W0334641

ARCHE

JOANNA GLEN

DIE ANDERE HÄLFTE DER AUGUSTA HOPE

ROMAN

Aus dem Englischen von
Stefanie Ochel

ARCHE

Die Originalausgabe erschien 2019 unter dem Titel
The Other Half of Augusta Hope bei The Borough Press
(ein Imprint von HarperCollins, London).

Die Arbeit der Übersetzerin am vorliegenden Text wurde
vom Deutschen Übersetzerfonds gefördert.

MIX
Papier aus verantwortungsvollen Quellen
FSC® C014496

ISBN 978-3-7160-2782-0

Deutsche Erstausgabe
1. Auflage 2019
© der deutschsprachigen Ausgabe
2019 by Arche Literatur Verlag AG, Zürich-Hamburg
© 2019 by Joanna Glen
Lektorat: Heiko Arntz
Alle Rechte vorbehalten
Gesetzt aus der Bembo Std
Satz: Greiner & Reichel, Köln
Druck und Bindung: GGP Media GmbH, Pößneck
Printed in Germany

www.arche-verlag.com
www.facebook.com/ArcheVerlag

Für Mark, Charlie und Nina

Eine Zeit zum Weinen und eine Zeit zum Lachen,
eine Zeit für die Klage und eine Zeit für den Tanz;
eine Zeit zum Steinewerfen und eine Zeit zum Steinesammeln.

Kohelet 3:4–5

AUGUSTA

Nichts deutete darauf hin, dass meine Eltern mal jemanden umbringen würden. Das würde jeder sagen - bis auf den toten Jungen, der sagt nämlich nichts mehr. Er hat seine Geschichte mitgenommen, über den Rand der Erde hinaus, wie die anderen, die vor und nach ihm gestorben sind.

Diese Geschichte, meine Geschichte, ist irgendwie auch ihre.

Meine Geschichte beginnt wie alle Geschichten mit einer Mutter und einem Vater, nämlich Stanley und Jilly Hope.

Stanley ging immer ein bisschen gebückt, wie um sich für seine Größe zu entschuldigen, und trug gern einen dunklen Wollanzug, dessen Hosenbeine beim Hinsetzen hochrutschten und zwei weiße und komplett haarlose Schienbeine entblößten. Jilly reichte ihm gerade übers Kinn, war knautschig wie ein Marshmallow und Schürzenträgerin. Ihre fahlen Locken, die sie eher erfolglos zu bändigen versuchte, endeten knapp über den Schultern.

Das Haus im Willow Crescent in Hedley Green hatten meine Eltern schon angezahlt, bevor es dort überhaupt Häuser gab. Es war das größte Risiko, das sie je im Leben auf sich nahmen. Alle Ersparnisse gingen drauf für ein schlammiges Stück Erde.

Von da an ging man auf Nummer sicher. Das Leben spielte sich ausschließlich im Willow Crescent ab, unserer halbkreisförmigen Straße mit Rondell in der Mitte, und so lebten sie ihr Leben im Kreis, tagein, tagaus, rundum zufrieden, ohne jemals herauszuwollen.

Ich dagegen wollte, kaum war ich *raus* aus dem Bauch meiner Mutter, immer nur *raus* aus allem, wo man mich *rein*steckte, und versuchte, mit einigem Erfolg, aus Bettchen, Laufstall und Kinderwagen zu fliehen.

Meine erste Flucht (die aus meiner Mutter) verlief nicht ganz reibungslos. Ich hatte mich verdreht und mir dabei die Nabelschnur um den Hals gewickelt, während Julia am 31. Juli kurz vor Mitternacht seelenruhig auf die Welt rutschte. Ich kam erst ein paar Minuten später zum Vorschein, da war es bereits August, und so wurden wir Zwillinge mit verschiedenen Geburtstagen.

Meine Schwester, im Juli geboren, bekam den Namen Julia, ich, im August geboren, sollte Augusta heißen. Das war stringent und stimmig, wie in den zahllosen Namensratgebern empfohlen, die meine Mutter während der langen Monate unseres Heranreifens auf dem Nachttisch gestapelt hatte. Unser doppelter Exit war also vollbracht. Das Wort *Exit* mochte ich, schließlich hieß *ex* auf Latein »aus, heraus«, und in Mathematik stand *x* für alles Mögliche. Und in der Schule hingen überall diese *Exit*-Schilder in Grün und Weiß, bloß kam man da nie besonders weit.

Stanley und Jilly Hope tendierten mehr zum Drinnen als zum Draußen, zum Bleiben mehr als zum Gehen. Sie waren als Erste in den Willow Crescent gezogen und brüsteten sich damit vor den Nachbarn wie mit einem Verdienstorden. Wir wohnen in *Nummer 1.* Als würde sie das zu Gewinnern machen.

Mich dagegen beschlich schon früh der Gedanke, dass sie eigentlich Verlierer waren.

»Geh weg!«, befahl ich dem Gedanken, doch er blieb.

Ich habe nie jemandem davon erzählt, nicht einmal Julia, aber sie sah es mir an, und ich wusste, dass es sie traurig machte – und das tut mir heute leid, ich kann gar nicht sagen, wie leid.

Sie und ich waren Schneeweißchen und Rosenrot: Julia, hell, still und zurückhaltend, selbstgenügsam und häuslich, immer ein Summen auf den Lippen; und ich das genaue Gegenteil, dunkel, geradeheraus, mit dem Drang nach draußen und dem Wind im Rücken, immer einen Fluch auf den Lippen.

Unser fünfter Geburtstag, die Vorschule war überstanden. Meine Beine und Arme waren immer schmaler geworden, und inzwischen war ich drei Zentimeter größer als Julia. Wir bekamen Dreiräder, meins war gelb, Julias rosa. Julia zeichnete Kreidelinien auf die Einfahrt und übte den ganzen Tag rückwärts einparken. Ich radelte auf die Straße, bog nach links, den Halbkreis entlang bis zur Nummer 13, quasi bis auf zwölf Uhr, dann über die Straße zum Rondell, wo ich mein Dreirad geradewegs in den Fischteich steuerte, diesmal mit »We all live in a yellow submarine« auf den Lippen.

Im Jahr 1998, da war ich sieben, führten wir mit der Klasse ein Meeresprojekt durch (leider an Land, wie ich enttäuscht feststellen musste) und lernten von Miss April, dass *marinus* auf Latein »zum Meer gehörend« bedeutet und *sub* »unter«, daher *submarine*. Doch als ich mich meldete und die Lehrerin mit »Entschuldigung, Miss, ihr Stift liegt *sub* dem Tisch« ansprach, meinte sie nur, ich solle mich »nicht immer so aufspielen«.

Ich habe schon immer Wörter geliebt, wie andere Leute vielleicht Bonbons oder Pudding lieben – Wörter, aus Buchstaben gemacht, auf dass aus Lauten Dinge werden, echte Dinge. Was für ein Wunder, dass wir behalten, welche Laute zu welchen Dingen gehören, uns Abertausende von Lautkombinationen merken – denn genau das ist Sprache. Als Kind war ich fasziniert davon und blieb jedes Mal wie verzaubert stehen, wann immer ich jemanden Spanisch, Französisch oder auch Gujarati sprechen hörte.

Irgendwann ging mir auf, dass ich für Ausländer bestimmt genauso schlau klang, wenn ich die englischen Wörter runterratterte wie ein Vollprofi, und das machte mich ein bisschen stolz. Dabei tun wir das ja alle ständig – na ja, fast alle, außer Graham Cook von nebenan. Der brachte irgendwie gar keine Wörter hervor.

»Die Cooks sind wirklich zu bemitleiden«, sagte mein Vater leichthin und ohne eine Spur von Mitleid im Gesicht. »So was kann jeden treffen …«

Ich ging gern nach nebenan und unterhielt mich mit Jim Cook, wenn der in der Auffahrt sein Auto wusch, weil er immer neue

Träume *in petto* hatte. Der Ausdruck kam, wie ich später lernte, von lateinisch *in pectore,* »im Herzen«. Nur schafften es Jim Cooks Träume irgendwie nie aus seinem Herzen ins wahre Leben.

An Tagen, wenn Grahams Pfleger kam, nahm Barbara Cook mich und Julia oft mit ins Schwimmbad, da die Arme, wie meine Mutter mir erklärte, gern auch mal ganz normale Dinge auf ganz normale Weise tun wollte. Ich wollte die Schwimmbadbesuche für Barbara Cook immer so schön wie möglich machen, auch wenn die eigentlich nie darüber sprach, wie es ihr ging.

Eines Tages fand ich nach dem Schwimmen meinen Rock und meine Unterhose nicht wieder. Als ich nur im roten T-Shirt und unten ohne zu Barbara in die Umkleidekabine ging, rief sie aus: »Ha, Augusta, du siehst ja aus wie Pu der Bär!«

Und sie lachte, bis ihr Tränen über die Wangen liefen, und wickelte mir mein nasses Handtuch um die Hüfte. Mir glühten die Wangen vor Scham, als ich so neben ihr zum Parkplatz stolperte.

Ich wollte Barbara Cook mögen, und ich mochte sie auch, vielleicht hatte ich sie sogar lieb, also wollte ich mir nichts draus machen, dass sie mich auslachte, als ich mich sowieso schon schämte. Ich lernte an diesem Tag eine wichtige Lektion: dass auch die Menschen, die wir mögen, vielleicht sogar lieb haben, uns früher oder später enttäuschen – und umgekehrt tun wir das auch.

»Warum hat Barbara mich ausgelacht?«, fragte ich Julia, als wir wieder zu Hause waren.

Julia zuckte die Schultern und frickelte weiter an der dicken Schnur, die aus dem Kopf einer bunten Strickliesel kam. Ich hasste dieses Ding. Ich hatte selbst auch so eins. Allerdings noch verpackt. Eingesperrt in einem stickigen Karton. Wie wir alle.

Unbegreiflicherweise hängte meine Mutter Julias Strickschnur an die Kordel der Badezimmerlampe, allerdings fiel sie unter dem restlichen Deko-Klimbim auch nicht weiter auf. Mit dabei: Schmetterlinge aus Krepp, Papier-Mobiles an Kleiderbügeln, Häkeldeckchen an Fenstern, Magnetbildchen am Kühlschrank – das ganze Haus ein Schrein für uns, die Zwillinge, ihre Mädchen.

Mehr Kinder kamen nicht.

»Warum das Glück herausfordern«, sagte mein Vater, »wenn man zwei perfekte Kinder hat?«

»Perfekt findest du uns?« Julia lächelte und rekelte sich auf dem Sofa wie eine Katze, mit dieser wunderbaren Aura der Zufriedenheit, die sie umgab wie ein riesiger, menschenförmiger Heiligenschein.

»Ohne Komplikationen, meine ich«, sagte mein Vater und nickte in Richtung von Nummer 2, wobei er Julia seine kleine blasse Hand auf die Schulter legte. »Geistig voll da. Nicht … Na, ihr wisst schon.«

Er beschrieb mit dem Zeigefinger Kreise an der Schläfe.

Meine Mutter klopfte sich die Hände an der Schürze ab und betrachtete uns wie zwei Kuchen aus ihrer Produktion, die wirklich prächtig geraten waren.

»Graham Cook ist *voll da*«, rief ich und war außer mir. »Was musst du da mit dem Finger rumkreiseln? Und was glaubst du, wie seine Eltern das fänden? Und was zum Teufel soll *perfekt* überhaupt bedeuten – die Leute, die du so perfekt findest, machen nämlich dann doch die …«

»Kannst du mal langsamer reden, Augusta? Ich komm gar nicht so schnell mit.«

»… allerschlimmsten Sachen.«

Ich redete weiter, denn ich hörte mich wahnsinnig gern reden, obwohl ich gerade erst sieben war, und malte mir immer aus, wie schlau ich erst klingen würde, wenn ein Ausländer zuhören würde. Jemand, der nicht aus unserem langweiligen Land kam, dieser Insel auf einem grauen Ozean, sondern aus einem der vielen anderen Länder der Welt, wo sie bessere Meeresfarben hatten, nämlich Türkis und Aquamarin und Azurblau.

Wie man sieht, war ich nicht von Julias Aura der Zufriedenheit umhüllt. Ich weiß nicht, warum. Ich schätze, wir waren einfach verschieden gestrickt, sie und ich.

Ich war so gestrickt, dass ich unbedingt ein Buch schreiben wollte. Schon seit ich denken konnte.

Erst aber wollte ich mir so viele Wörter wie möglich einprägen, denn ich wollte präzise schreiben und mit ordentlich Wumms – ein Wort übrigens, das das Wörterbuch gar nicht kennt.

Ich schlug das Wörterbuch beim A auf und arbeitete mich bis Zytotoxizität durch alle Buchstaben des Alphabets, sprach die Wörter laut aus, prägte sie mir ein und probierte sie in neuen, ausgefallenen Kombinationen. Dann ging ich zurück zum A.

Im Durchschnitt gebrauchen die Leute beim Sprechen im Alltag nur 5000 Wörter und beim Schreiben doppelt so viele; ein gebildeter Mensch kann es auf 80 000 bringen, und das zwanzigbändige *Oxford English Dictionary* umfasst 171 476 Haupteinträge für Wörter im aktiven Gebrauch, 47 156 für veraltete Wörter und zusätzlich 9500 Unterpunkte für Ableitungen.

Eines Morgens in der Bücherei von Hedley Green nahm ich mir vor, den schönsten Ländernamen zu finden, wobei ich nur nach dem Klang gehen würde, ohne etwas über das Land zu wissen.

Eigentlich hätte ich bei einer Puppenwerkstatt mitmachen sollen, aber ich verdrückte mich, sodass Julia gleich zwei Schlangen mit Plastikaugen und Filzzungen aus Ringelsocken basteln musste. Nicht so mein Fall.

Ich schlich mich an Jean, der Bibliothekarin, vorbei, die die Angewohnheit hatte, sich die Haare auszurupfen. Mit einem Atlas setzte ich mich zwischen die Regale, las das Register von von A bis Z durch und kam zu dem Schluss: Der beste Name für ein Land war Burundi.

Burundi Burundi Burundi. Ich sagte mir den Namen so oft vor, bis er gar nichts mehr bedeutete. Er schwappte nur noch wie Wellen durch meinen Kopf.

Ich ging in die Ecke der Bibliothek, wo ein großer Globus auf Rädern stand, und ich fand Burundi, ein Binnenland in Afrika, zwischen Tansania, Ruanda und der Demokratischen Republik Kongo. Ich drehte den Globus langsam herum und versuchte dabei, mir Namen und Lage und Grenzen der Länder einzuprägen und welche Formen sie mit dem Meer und miteinander bildeten. Dann drehte ich ihn immer schneller, bis alles zu einem grün-blauen Streifen verschwamm, und stellte mir dabei vor, wie ich mich mitdrehte, als nadelstichkleiner Punkt in der Hedley-Green-Bücherei in Südengland. Und ich dachte, eigentlich müssten wir doch alle von der Erde runterfallen – ich, Julia, die Puppenbastellehrerin und alle Ringelsocken.

Bei meinen Recherchen über Burundi in den Lexika und Sachbüchern fand ich heraus, dass die Hutu, die zuerst da gewesen waren, von den Tutsi verachtet wurden – obwohl sie alle die gleiche Bantusprache Kirundi sprachen, die gleiche Hautfarbe hatten und Christen waren. Irgendwann waren europäische Männer auf Schiffen gekommen und hatten gesagt, die Hutu sollten sich um die Rinder der Tutsi kümmern. Um die sehr lange Geschichte zusammenzufassen: Am Ende wollten sie sich am liebsten alle gegenseitig umbringen. Ich war bestürzt darüber, wie traurig und sinnlos das war – und dann darüber, wie viele andere traurige und sinnlose Dinge Menschen auf der Erde anstellten. Also wandte ich mich dem Himmel zu.

Am Anfang meiner Recherchen über den Himmel erschien mir eine Wolke als etwas Simples – ein schwebender Wasserdampfbausch, mehr nicht. Aber je mehr ich las, desto mehr bedeutete *Wolke*. Die fünf Buchstaben waren elastisch, und sie dehnten sich in meinem Kopf mit den Jahren immer weiter, bis mir klar wurde, dass wahrscheinlich irgendwo jemand seine Doktorarbeit über Wolken schrieb, oder über einen klitzekleinen Aspekt von Wolken, und dass dieser Aspekt vielleicht ein Leben lang die Hälfte seines Gehirns beanspruchen würde.

Mir wurde schwindlig, als ich erkannte, was alles in dem schlichten Wort *Wolke* steckte. Und als ich erkannte, dass das für alle Wörter galt. Mir war schwindlig, und ich fühlte mich winzig, wenn ich die Wolken vorbeiziehen sah, und sie kamen mir vor wie Sprechblasen. Mit den Jahren verbrachte ich immer mehr Zeit zwischen den Wörterbuchregalen der Bücherei und platzierte neue Wörter in den Sprechblasen, Wörter, die mir besonders gefielen, in alphabetischer Reihenfolge, von A bis Z. Admiral, Aeronaut, Akanthus, Bergamotte, Bohnenstange (ich), Calypso, Chrysantheme, Clou. Ich dachte über die Größe der Wörter nach – oder sollte ich sagen, ihre Tiefe und den Raum, den sie einnahmen? Es ging dabei nie um die Zahl der Buchstaben, sondern darum, welche Art Ding oder Dinge in ihnen enthalten waren.

Ich dachte an die Tausende und Abertausende von Wörtern mit ihren Tausenden und Abertausenden von Bedeutungen, und ich begriff, was ich am Ende meines Lebens wissen würde: fast nichts. Aber mein Fast-Nichts wäre bestimmt ein anderes als das Fast-Nichts der anderen Menschen, und alle zusammen wüssten wir dann ein bisschen mehr als fast nichts. Und dann käme natürlich der Tod, und alles, was wir rausgefunden hätten, würde mit uns begraben werden. Was für eine sinnlose Verschwendung. Sollte man uns nicht erst auf den Kopf stellen und unser ganzes Wissen rausschütteln – wie die Münzen aus einem Sparschwein?

Noch tagelang trug ich Burundi auf der Zunge, kaute auf dem Wort herum wie auf Kaugummi. Burundi, so fand ich heraus, war ein großes, raumgreifendes Wort, und es dehnte und dehnte sich weiter. Denn Burundi bedeutete Millionen Dinge.

Es umfasste 27 816 Quadratkilometer, ein großer Teil davon hügelig und bergig und zehn Prozent Wasser, hauptsächlich im gigantischen Tanganjikasee mit seinen 250 Arten von Buntbarschen in allen Regenbogenfarben.

In Burundi lebten etwa zehneinhalb Millionen Menschen – Hutu (85 Prozent), Tutsi (14 Prozent) und Twa (1 Prozent) – und die meisten von ihnen waren traurig. Es gab kaum noch fruchtbaren Boden im Land, kaum noch Bäume in den Wäldern, und wer nicht von den anderen umgebracht wurde, starb an Aids.

2016 erst landete Burundi bei einer von diesen weltweiten Glücksumfragen wieder auf dem letzten Platz.

Burundi war meine erste ungewöhnliche Wahl und, wie sich herausstellen sollte, bei Weitem nicht die letzte. Ich mochte, was aus der Reihe fiel – und hatte ich es mir einmal in den Kopf gesetzt, konnte ich nicht mehr loslassen. Ich stellte mir immer wieder vor, wie anders mein Leben wäre, wenn ich dort und nicht hier zur Welt gekommen wäre. Und über die Jahre hinweg hielt ich mich, so gut es ging, über Burundi auf dem Laufenden und schrieb sogar Briefe an jeden der amerikanischen Botschafter des Landes.

Von den Botschaftern kam nie eine Antwort, also wandte ich mich wieder den Wörtern zu, die irgendwie leichter zugänglich waren.

Dem Wort Asda zum Beispiel. Das war eigentlich kein Wort, sondern der Name einer Supermarktkette, zu der sich die Fleischereien der Gebrüder *As*quith mit der Molkerei Associated *Da*iries 1965 vereint hatten.

Wollte man etwas Ähnliches mit *Ju*lia und Augu*sta* anstellen, dann konnte man uns, so entdeckte ich, *Justa* nennen – und wir wären eins. Und das waren wir ja auch tatsächlich – damals, 1999, mit neun Jahren und identischen Faltenröcken, Modell Jane aus der Lesefibel *Peter and Jane*. Unsere Mutter hatte eine ganze Sammlung von gebrauchten Ladybird-Büchern.

Justa war, wie ich später herausfand, auch die feminine Form des lateinischen Adjektivs *justus,* das recht und gerecht und richtig und triftig und einen Haufen anderer Dinge bedeutete.

Das Wort Asda fasst das Leben, in das ich hineingeboren wurde, ganz gut zusammen, ein Leben nämlich, in dem Asda Nachrichtenwert hatte. Und die Nachricht lautete, dass es bald einen *gigantischen* neuen Asda in dem *gigantischen* neuen Shoppingcenter an der Hauptstraße geben würde. Das waren – 1999 – *gigantische* Neuigkeiten in unserem Haus, im Willow Crescent, auf dem Schulhof und in der Einkaufsstraße von Hedley Green.

Es sollte der größte Asda in Hertfordshire oder in Südengland oder auf der ganzen Welt werden, je nachdem, wem man gerade zuhörte. Er würde immens sein und weiß und aus gebogenem

Glas – wie ein riesengroßes Ufo. Alle waren aufgeregt. Außer mir. Für sie war Asda ein großes Wort, aber für mich war es klein. Größe spielte dabei keine Rolle.

»Ich wüsste nichts, was weniger aufregend ist als ein neuer Asda«, sagte ich zu meiner Mutter und Julia. Aus reinem Trotz, wie meine Mutter es nannte. Und aus *Opposition*, wie ich es nannte, weil ich neue Wörter mochte.

»Sei nicht so ein Muffel, Augusta«, sagte meine Mutter. Wir waren gerade beim Frühstück, aber sie glasierte schon Cupcakes in Pastellfarben für später zum Tee, so wie Modehäuser im Frühling ihre Herbstkollektionen präsentieren. Sie war immer gern mindestens eine Mahlzeit voraus, manchmal auch mehr, und wenn man zu lang darüber nachdachte, kam man selbst aus der Puste. Sie saß praktisch nie still.

Entgegen meiner Aussage fielen mir auf Anhieb doch gut fünfundzwanzig Dinge ein, die tatsächlich weniger aufregend waren als der neue Asda. Schmalz und Spülmittel und abgeschnittene Fingernägel und Spachtel zum Beispiel und dieser Choral, den wir in der Schule singen mussten, der mit »Forty days and forty nights« begann.

Auch wenn alle das neue Center nur Asda nannten, sollten irgendwann (wenn denn alles nach Plan verlief) auch Filialen von Homebase, Next und Mothercare einziehen, ebenso wie vielleicht, so wollte es das Gerücht – denn Gerüchte *wollen* vieles –, ein Kinopalast und sogar eine Bowlingbahn. Kino und Bowlingbahn wurden nie Wirklichkeit, war ja klar. (Übrigens, was für ein Riesenwort ist bitte *Gerücht*, eine gigantische Lagerhalle der Fantastereien, voll bis zum Anschlag.)

Wenn ich als Kind Leuten meinen Namen sagte, wiederholten sie nur »Augusta?« mit Fragezeichen in der Stimme, als glaubten sie, ich könnte mich bei meinem eigenen Namen vertan haben.

Ich antwortete: »Ja, Augusta.«

Sie sagten: »Aha, verstehe.«

Manche sagten dann: »Und wie heißt du richtig?«

Ich sagte erneut: »Augusta.«

Sie sagten: »Den Namen hab ich noch nie gehört.«

Aber bald begann ich, meinen Namen zu mögen.

Er fällt aus der Reihe, wie so vieles, was ich mag.

Der Name Augusta, feminine Form von Augustus – majestätisch, erhaben, ehrwürdig –, wurde früher an die weiblichen Angehörigen römischer Kaiser vergeben.

Das nur nebenbei.

»Hummelguste«, nannte mich meine Mutter manchmal.

»Fräulein Hummeln-im-Po, kannst du mal kurz still sitzen und gar nichts sagen?«

Meine Mutter sagte immer wieder, wie sehr sie sich über die Mothercare-Filialen gefreut hätte, als wir noch klein waren. Ich fand die Aussage schon beim ersten Mal sinnlos.

Julia sagte mir einmal, dass Zwillinge zu haben für unsere Mutter die Vorstellung vom Himmel gewesen sei – Pastellstrampler, Faltenkleidchen und Pluderhöschen.

Ich überlegte, woraus *mein* Himmel wohl bestehen würde. Aber dann fiel mir ein, dass ich wahrscheinlich gar keine Wahl hätte, es war ja eher ein Gemeinschaftsprojekt.

Paradies gefällt mir als Wort sowieso besser als *Himmel*, doch am liebsten mag ich *Elysium,* vom griechischen Wort für das Land der Seligen, von dem eins meiner absoluten Lieblingsadjektive stammt: *elysisch* – ein Wort, das übrigens niemand je benutzt.

Meine Großmutter Nellie (der ich meinen zweiten Vornamen, die glatten, dunklen Haare und dürren Beine verdanke) sagte immer, im Himmel würden wir vor allem rumstehen und warten – ganz in Weiß, mit Kronen auf dem Kopf, wie in diesem Weihnachtslied. Ich wusste schon, dass ich keine Krone tragen wollte, und ich *hasste* Rumstehen und Warten. Ich hoffte also, dass sie sich irrte. Ich habe immer noch keine Ahnung, wie das Ganze abläuft, aber ich wüsste es zu gern. Wie wir alle wohl.

Laut Julia wiederum war der Himmel voller Rosen und Wasserfälle und Schwärme weißer Tauben, drei der Dinge, die sie am liebsten hatte.

»O, hätte ich doch Flügel wie die Taube, ich wollte hinfliegen und ruhen«, sagte meine Großmutter, die gern in Bibelversen sprach. Auslöser konnte irgendein Wort oder Gedanke sein, oder ein Fluch auf jemanden, den sie nicht mochte. Besonders gern teilte sie die Menschen in Schafe und Böcke ein und wünschte meinen Bockgroßvater bei jeder Gelegenheit in den Schlund der Hölle, weil er kurz nach der Geburt meiner Mutter mit der Sekretärin durchgebrannt war.

Freitagabends und samstagnachmittags saß meine Großmutter in der Wohnzimmerecke und gab wie ein antiker griechischer Chor zu allem ihren Senf dazu. Dabei spielte sie an ihrer Halskette mit dem silbernen Kreuz und dem ewig sterbenden kleinen Jesus dran. Das machte mich immer etwas nervös.

Um Platz für das magische Asda-Bauprojekt zu schaffen, wurden die Reihenhäuser an der Hauptstraße abgerissen und die Bewohner, wie überall zu hören war, *großzügig entschädigt*. Der Abriss ging scheibenweise vonstatten, im Prinzip wie beim Portionieren von Viennetta-Eis. Ich hielt das für einen meiner besten Vergleiche, aber niemand sonst in der Familie wusste ihn zu würdigen.

Mrs Venditti, die mit dem Eismann verheiratet war, weinte, als Scheibe Nummer 3 abgetragen wurde, und meine Mutter erklärte, dass in diesem Haus ihr Baby am plötzlichen Kindstod gestorben war. Ich hatte irgendwo gehört, dass das passierte, wenn man Babys auf den Bauch legte, und fragte, ob Mrs Venditti das vielleicht aus Versehen getan hatte, aber meine Mutter sagte nur: »Können wir bitte das Thema wechseln?«

»Warum?«, fragte ich.

»Weil ich nicht so gern über tote Babys rede«, sagte sie.

Mein Vater fügte hinzu: »Mrs Venditti ist auch Italienerin.«

Ich sagte: »Was meinst du damit?«

Er sagte: »Stell doch nicht immer so viele Fragen.«

Jemand krachte mit einem alten Renault 5 in einen Minibus voller Schulkinder, weil er zusah, wie Nummer 8 fiel. Immerhin wurde niemand schwer verletzt. Ein Schild mit der Aufschrift »Augen auf die Straße« wurde an die Ampel gehängt. Nur musste man die Augen nach oben richten, um es zu lesen. Manchmal, fand ich, denken Erwachsene die Dinge nicht zu Ende.

Meine Mutter erlaubte mir, unserem Vater abends auf der Hauptstraße entgegenzugehen, wenn er von der Arbeit kam. Es gab ihr das Gefühl, dass alles an unserem Leben vollkommen war. Wie bei den Familien in den alten Ladybird-Büchern, die nach wie vor die Fächer der auf Hochglanz polierten Kiefernkommode füllten.

Als Letztes wurde das Haus der Greens abgerissen, und alle sechs Greens sahen vom Bürgersteig gegenüber zu, während ich auf meinen Vater wartete. Und da kam er schon, pfeifend, auf dem Heimweg von seinem Laden für Schulbekleidung – Stanley Hope Uniforms.

»Das muss ein trauriger Tag für Sie sein«, sagte er fröhlich zu Mr Green, als fühlte er sich dank Mr Greens Traurigkeit sicherer in seinem eigenen Glück.

»Ist nur Stein und Mörtel«, sagte Mr Green mit den Händen in den Hosentaschen.

»Es ist ein *Zuhause*«, sagte mein Vater.

»Gefühlsduselei, Stanley«, sagte Mr Green.

Darauf schien meinem Vater keine Antwort einzufallen.

»Machst du dir keine Sorgen?«, fragte Mr Green meinen Vater.

»*Sorgen,* warum?«, entgegnete der.

»Nicht noch mehr *Sorgen,* Jilly«, war immer die Standardantwort meines Vaters, wenn meine Mutter vorschlug, einen Hund anzuschaffen, ein Flugzeug zu besteigen – oder noch ein Baby zu bekommen, ihr Lieblingsvorschlag schlechthin.

»Schuluniformen!«, rief Mr Green gegen den Lärm an und nickte in Richtung Bauzaun, hinter dem der größte Asda des Universums entstehen sollte.

»Schuluniformen?«, rief mein Vater zurück.

Das Krachen verstummte für einen Moment.

»Bei Asda gibts auch Schuluniformen«, sagte Mr Green sehr langsam und sehr laut, als wäre mein Vater schwer von Begriff. »In rauen Mengen. Und billig. Das ganze Pipapo.«

Ich sah meinen Vater an. Für den Bruchteil einer Sekunde ging ein haarfeiner Riss durch sein Gesicht, wie der Sprung in einer Porzellankanne. Ich starrte auf den Boden. So wollte ich sein Gesicht nicht sehen. Als ich wieder aufblickte, war der Riss weg. Aber jetzt hatte das Gesicht eine glänzende Schweißschicht, die aussah wie Uhu-Kleber. Ich hoffte, der würde den Riss einfach kitten – aber ich wusste ja, dass Risse nicht kleiner werden und zusammenwachsen, sondern größer werden und bersten. Vor meinem geistigen Auge sah ich das Gesicht meines Vaters entzweibrechen.

»Na, dann machen wir uns mal auf den Weg«, sagte mein Vater zu Mr Green und riss den Arm hoch, um Mrs Green und den vier gelangweilten Kindern zuzuwinken.

»Was ist ein Pipapo?«, fragte ich, gierig auf ein neues Wort für meine P-Liste.

Mein Vater hatte Mr Green keine Antwort gegeben, und mir gab er auch keine. Er rannte förmlich nach Hause. Normalerweise schlenderten wir Seite an Seite zurück und sprachen über meinen Schultag. Jetzt zitterten seine Finger, und ich sah ihm an, wie dringend er zu meiner Mutter wollte.

»Ein Herz und eine Seele«, so nennt sie das – auch heute noch, trotz allem, oder gerade deswegen. »Darum gehts in der Ehe. In guten und in schlechten Tagen. Ob krank oder gesund.«

»Ich muss mit dir reden, Jilly«, sagte mein Vater, sobald er die Tür geöffnet hatte, ganz außer Atem vor Sorge. Ich bezog Position unter der Durchreiche (einem gewölbten Loch in der Wand) auf der Wohnzimmerseite, von wo aus ich alle Küchengespräche mithören konnte.

»Aber Schatz«, sagte meine Mutter lachend. »Asda ist doch keine Konkurrenz für Stanley Hope Uniforms!«

»Meinst du?«, sagte mein Vater. »Wirklich?«

»Was zählt, ist die persönliche Beratung«, sagte meine Mutter. »Wer nimmt denn bei Asda bei den Kindern Maß? Und wer näht ihnen bei Asda die Initialen in die Turnbeutel?«

»Wirklich?«, wiederholte mein Vater. »Also kein Grund zur Sorge?«

Und er ging in den Flur und murmelte nur: »Kein Grund zur Sorge. Kein Grund zur Sorge.«

»Waren die Greens traurig, als ihr Haus eingestürzt ist?«, fragte meine Mutter beim Abendessen.

»Mr Green meinte, es ist bloß Stein und Mörtel«, sagte ich.

»Wie lieblos«, sagte meine Mutter. »Wo sie doch ihre Kinder in dem Haus großgezogen haben.«

»Er hat Dad gefühlsduselig genannt«, sagte ich.

Mein Vater wurde rot.

»Ich mag dich gefühlsduselig«, sagte meine Mutter.

Julia und ich sahen uns an und warteten darauf, dass meine Mutter meinen Vater auf das verschwitzte Haar küsste – was sie auch tat. Ich fand immer, dass sein Haar etwas komisch roch.

»Wir haben dir etwas zu sagen, Daddy«, sagte meine Mutter.

»Ach ja?«, sagte mein Vater, während er sich die fünfte Wurst auf die Gabel spießte.

»Julia ist ›Dichterin der Woche‹ geworden«, sagte meine Mutter. »Das ist eine wichtige Auszeichnung an der Schule.«

»Toll«, sagte mein Vater und fügte hinzu: »Augustas Gedicht war bestimmt auch gut.«

»Julia möchte es dir vorlesen, Stanley«, sagte meine Mutter.

»Der Titel meines Gedichts«, fing Julia an, mit einem leicht beschämten Blick zu mir, denn Gedichte waren eigentlich mein Ding, »lautet ›Der Name meiner Mutter‹.«

»Alle hatten denselben Titel«, ergänzte ich, nur zur Information, doch meine Mutter verstand es als eine Spitze gegen Julia und warf mir einen strengen Blick zu.

»Dann schieß los«, sagte mein Vater.

Julia stand auf und begann zu lesen, allerdings war das Vorlesen nicht ihre große Stärke, sie neigte dazu, sich zu verhaspeln. Ich biss die Zähne zusammen.

»Meine Mutter, die heißt Jill,
ihre Stimme klingt nicht schrill,
sie mag Sommer schon im April
und trägt Rüschen, wann sie will.«

»Bravo«, rief mein Vater lachend. Über die Verhaspler sah er hinweg.

»Sie hat mich gut getroffen, oder?«, sagte meine Mutter. »Passt genau. Ich trag Rüschen, wann ich will, stimmts, Stan?«

Ich freute mich wirklich, dass Julia die *Dichterin der Woche*-Urkunde bekommen hatte, und fand es toll, wie sie beim Vorlesen ihre kleine Nase gekräuselt hatte wie ein Kaninchen, aber ich wusste, dass das kein gutes Gedicht war. Entweder die Lehrerin hatte keine Ahnung von Lyrik oder sie bezweckte etwas anderes, eine ausgewogene Preisverteilung zum Beispiel.

Meine Mutter und mein Vater lachten nach Julias Vortrag noch eine Weile weiter, was mich auf den Gedanken brachte, dass sie langsam den Verstand verloren. Selbst wenn man die Reime mochte, so witzig war das Gedicht wirklich nicht.

»Sommer im April mag ich, und wie!«, lachte meine Mutter und wischte sich die Augen, »und mit der Stimme geb ich mir Mühe.«

Der Sommer kam näher, und am 30. oder 31. Juli (Julias Geburtstag) würde mein Vater wie jedes Jahr für zwei Wochen den Laden schließen, weil die meisten Leute verreist waren und weil meine Mutter unbedingt vierzehn Tage in die Ferien fahren wollte.

Sie verbrachte jedes Jahr fünfzig Wochen mit der Planung unseres zweiwöchigen Sommerurlaubs, des einzigen Urlaubs, den mein Vater sich gönnte, weil er den Laden niemand anderem überlassen mochte, wie manche Mütter niemand anderen ihre Babys auf den Arm nehmen ließen. Er hatte ein Schild mit einem Jahreskalender im Schaufenster. Darauf stand in dicken, unterstrichenen Großbuchstaben: GEÖFFNET, und die vierzehn Ferientage waren mit einem hauchfeinen Bleistift durchgestrichen.

»Noch sechs Monate, dann gehts los«, sagte meine Mutter jedes Jahr.

»Noch fünf.«

»Vier.«

»Drei.«

»Zwei.«

»Noch einen Monat.«

Wenn wir in Urlaub fuhren, installierte mein Vater im ganzen Haus Zeitschaltungen an den Lampen, die perfekt unseren Lebensrhythmus nachahmten, und kontrollierte sie vor der Abreise gut fünf Mal und dann noch einmal zur Sicherheit. Als ich einwandte, ich hätte im Willow Crescent noch nie irgendwelche Einbrecher herumlungern sehen, erklärte er, die liefen ja nicht im gestreiften Hemd mit Beutesack auf dem Rücken herum – jeder könne ein Einbrecher sein, sogar Leute, die wir kannten und mochten, sogar Nachbarn aus dem Willow Crescent.

»Sogar Barbara Cook?«, fragte ich.

»Barbara Cook natürlich nicht.«

»Du bist doch bei der Nachbarschaftswache«, sagte ich. »Müsstest du nicht längst wissen, wenn unter unseren Nachbarn Einbrecher sind?«

»Jetzt lass deinen Vater in Ruhe, siehst du nicht, wie beschäftigt er ist?«, sagte meine Mutter mit ihrem Urlaubsleuchten in den Augen. Sie fürchtete wohl, wegen meiner dreisten Art würden ihm gleich wieder die Hände zittern. Das taten sie manchmal, gerade am Tag der Abreise, wenn seine Nerven zum Zerreißen gespannt waren.

Ab September begann meine Mutter mit ihren Besuchen im Reisebüro. Sie achtete auf die Werbeständer vor dem Zeitungsladen. Sie durchforstete die Sonntagszeitungen. Sie las auch die Schulzeitung mit den Angeboten für Ferienhäuser und Wohnwagen.

Julias Gedicht wurde auch in der Schulzeitung veröffentlicht.

Meine Mutter schnitt es aus und rahmte es ein, und mein Vater nagelte es an die Wand. Julia legte mir ein Werther's-Toffeebonbon unters Kopfkissen mit einem Zettel, auf dem stand: »Du bist die wahre Dichterin in der Familie.«

Ich kaute in aller Bescheidenheit darauf herum und nahm es hin, als Julia (nicht zu Unrecht) sagte: »Mein Gedicht ist eigentlich ziemlich mies.«

Ich wollte entgegnen: »Nein, ist es nicht«, doch ich brachte es nicht über die Lippen. Julia hätte sowieso gewusst, dass es komplett geschwindelt war.

So ist das bei Zwillingen, vielleicht bei allen Geschwistern. Man kennt das Äußere der jeweils anderen, kennt den Körper, mit dem man jeden Abend badet, bis man irgendwann zu groß ist, um zu zweit in die Wanne zu passen. Ab da sitzt die eine auf dem Toilettendeckel und plaudert so lange mit der anderen in der Wanne, bis man heißes Wasser nachlässt und die Plätze tauscht.

Du kennst den kleinen Leberfleck auf Julias rechtem Oberarm und die dunkle Sommersprosse auf dem linken Ringfinger, dank der sie ihre Rechte von ihrer Linken unterscheiden kann, und ihr Innerstes kennst du genauso gut. Du spürst ihre Tränen, bevor sie fließen – und du willst sie aufhalten, so dringend willst du sie aufhalten, doch du kannst es nicht, so ist es nun einmal. Du hörst ihr Lachen, bevor es erklingt, und wenn du ihr Lachen hörst, musst du auch lachen. Ihr schönes, helles Lachen.

So gesehen ist dein Zwilling dein Zuhause.

Zumindest war das bei mir so.

Viel mehr als mein sogenanntes Zuhause.

Was für ein Wort: Zuhause – Millionen von Bedeutungen, eingewickelt in ein Riesentuch, das wir wie ein Wanderbündel an einem Stock über der Schulter tragen.

»Hast du nicht auch ein Gedicht geschrieben, Augusta?«, fragte meine Mutter.

Ich nickte.

»Das musst du mir zeigen«, sagte sie.

»Ach, ist nicht so wichtig.«

»Ich finde es sehr wohl wichtig«, sagte meine Mutter, woraus folgte, dass ich mein Heft holen musste. Was ich absolut nicht wollte.

»Hier«, sagte ich. »Miss Rae hat es nicht so gefallen.«

»*Natürlich* hat es ihr gefallen«, sagte meine Mutter, die das *natürlich* überhaupt nicht wissen konnte.

Ich gab meiner Mutter das aufgeschlagene Heft und sie las:

»Der Name meiner Mutter« von Augusta Hope

Meine Mutter heißt Jilly,
angeblich ist das die
Kose-Kurzform von Jill
nur eben ein Ypsil-
on länger und wenn man nur will
warum nennt man nicht Dill,
(wenn man ihn mag)
Dilly,
das Lieblingsfossil
Fossily,
(oder wär das Fusilli?)
und den netten Prof
Dr. Phily,
aber jetzt bin ich lieber stilly.

Darunter hatte die Lehrerin geschrieben:

»Das ist ein ziemlich merkwürdiges Gedicht, Augusta, und das Reimschema ist unregelmäßig. Gut!«

Meine Mutter starrte auf den Kommentar der Lehrerin.

Dann auf die graue Linie darunter. Sie versuchte, die Überreste einer Schrift zu entziffern, und fragte sich wohl, was um alles in der Welt sie zu diesem seltsamen Gedicht sagen sollte.

Unter den Kommentar der Lehrerin hatte ich geschrieben:

»*Nur z. K.* (das stand, wie ich herausgefunden hatte, für *zur Kennt-*

nisnahme): Das sollte gar kein regelmäßiges Reimschema sein.« Dann hatte ich es ausradiert. Ich wusste, es war zwar richtig, aber auch ziemlich frech – und altklug.

Meine Mutter schaute immer noch angestrengt auf die ausradierte Zeile.

»Was stand hier?«, fragte sie.

»Ich weiß nicht mehr«, sagte ich.

»Dein Gedicht ist …«, begann meine Mutter und brach dann ab.

»Schon gut«, sagte ich. »Es muss dir nicht gefallen. Es ist wirklich etwas merkwürdig.«

»Manchmal frage ich mich, was da die ganze Zeit in deinem Köpfchen vorgeht«, sagte meine Mutter.

Mein Gedicht hat sie nicht eingerahmt.

PARFAIT

Meine Mutter hieß Aurore, was Morgenröte bedeutet.

Und mein Mutterland, das immer noch auf seine Morgenröte wartet, heißt Burundi.

Burundis Poesie lebt in den Kolibris, die aus langen Blüten Nektar saugen, im satten Grün der Blätter nach dem Regen, den schillernden Buntbarschen in den Tiefen des Tanganjikasees, wo die Krokodile reglos und trügerisch dahindösen und die Nilpferde in Reih und Glied flussabwärts paddeln.

Und sein Geist lebt in den würdevollen Gesichtern all derer, die vergeben wollen, im festen Glauben, dass Burundi eines Tages wieder schön sein wird.

Gesichter wie das meines Vaters.

Ich war sein erster Sohn, und er betete, dass endlich Frieden herrschen würde, wenn ich erst groß wäre.

»Du bist schon mit einem Lächeln zur Welt gekommen«, sagte er zu mir. »Und du warst so perfekt. Alles, wovon wir geträumt hatten.«

»Also haben wir dich Parfait getauft«, sagte meine Mutter.

»Parfait Nduwimana«, sagte mein Vater (was *Ich bin in Gottes Hand* bedeutet).

»Ein wunderschönes Baby warst du«, sagte meine Mutter, »mit den kleinen Grübchen auf den Wangen.«

»Was soll an Grübchen schön sein?«, fragte ich.

»Ach, alles!«, antwortete sie, kam auf sehnigen Beinen auf mich zugehüpft und strich mir über die Wange.

Meine Mutter – sie erinnerte mich an einen zarten Vogel.

Bei jeder Gelegenheit beobachtete ich Vögel: den Wiedehopf, den Haubenzwergfischer und das Pfirsichköpfchen, meinen absoluten Liebling – ein kleiner Papagei im Regenbogenkleid, der immer im Flusslauf oberhalb unseres Gehöfts sein Bad nahm.

»Der Vogel da ist so …«, sagte ich.

Und mein Vater ergänzte: »Unnötig, irgendwie.«

Das ist Schönheit wohl immer.

Dass ich ohne sie nicht leben kann, fand ich erst später raus.

Dann sagte mein Vater: »Unnötig extravagant.«

Ich sagte: »Was heißt das?«

»Das hier«, sagte er, drehte sich im Kreis und deutete auf alles in der Umgebung, den Himmel und die Bäume und das klare Wasser über den Kieseln.

Meine Familie wusch sich weiterhin in dem kleinen Flusslauf, wie die Vögel.

Am Anfang waren wir zu neunt.

Die Zwillingsmädchen: Gloria und Douce, die am liebsten in den glitzernden Brautjungfernkleidchen herumtanzten, die die Baptisten in Plastiksäcken mitgebracht hatten.

Die Zwillingsjungen: Wilfred, benannt nach einem englischen Missionar, der mal auf unserer *colline* lebte (und später dort auch starb), und Claude, benannt nach einem französischen.

Pierre war stark und starrköpfig, und man wusste nie, was in ihm vorging.

Bei Zion, dem Jüngsten, wusste man es genau. Schon von klein auf trug er das Herz auf der Zunge, wie man so sagt.

Auf dem Gesicht meines Vaters lag immer eine Art Leuchten, als hätte er eine Kerze im Innern, die durch seine Augen flackerte. Ich sehe sein freundliches Lächeln vor mir, von einem Ohr zum anderen, und höre sein Lachen, das aus irgendeiner geheimnisvollen inneren Quelle hervorsprudelte. Ich sehe seine Hände, wie sie aus einem Stöckchen eine Pfeife, aus Kokosnuss und Zwirn einen Fußball für uns formen.

Ich spüre die Umarmung meiner Mutter, die Achseln leicht

feucht auf meinen Schultern, ihre warme, weiche Brust an meiner Wange, und ein wohliges Kribbeln vom Nacken bis in die Fußsohlen: Geborgenheit.

Ich sehe uns alle zusammen ums Feuer sitzen, die Zwillingsmädchen, singend, Pierre still vor sich hin brütend, die Zwillingsjungen, buchstäblich unzertrennlich, an den Fußgelenken zusammengebunden, und das Baby in den Armen meiner Mutter noch von einem Rest Himmel beseelt.

»Wir nennen ihn Zion«, sagte mein Vater, als meine Mutter das Kind herauspresste, unter dem Lärm von Schüssen aus einem benachbarten Gehöft.

Die Frauen nabelten das Baby ab.

»Zion, ja!«, rief mein Vater. »Und wir träumen weiter von der Stadt, die da kommen wird!«

AUGUSTA

Am 31. Dezember 1999, dem letzten Tag des zwanzigsten Jahrhunderts und des alten Millenniums, einem Tag mit viel Potenzial für Drama, fand bei Pattons in Nummer 13 eine Silvesterparty statt. Es war das einzige frei stehende Haus im Willow Crescent und stand leer bis auf mehrere Türme identischer Pappkartons, jeder davon mit schwarzem Marker in mysteriösen vokallosen Chiffren wie SZ1/KS oder WZ/BR beschriftet, sodass man denken konnte, Mr Patton wäre beim Geheimdienst.

Wie sich herausstellte, diente die Jahrtausendwende nur als Vorwand, denn der eigentliche Zweck der Party bestand darin, den Patton-Kindern Gelegenheiten für allerlei musikalische Darbietungen zu geben. Und zwar praktisch alle fünf Minuten. Cello, Geige, Klarinette, ein Blockflötenensemble, und das Ganze wieder von vorn, bis wir anderen vor Langeweile fast gestorben waren.

Dann kam der 1. Januar 2000 – Julia und ich waren neuneinhalb, und das Science-Fiction-Zeitalter hatte begonnen.

Es ließ hoffen. Als könnte jeden Moment etwas Gewaltiges passieren. Als würde im nächsten Augenblick ein Bataillon Silberroboter im Crescent einmarschieren. In Wirklichkeit aber rollte am nächsten Tag, dem 2. Januar, ein Flügel über den Bürgersteig. Weil die Pattons (die, wie gesagt, sehr *musikalisch* waren) aus unserer Straße auszogen. Durchs Fenster sahen wir Tabitha Patton in einem komplett leeren Haus zwischen Umzugskartons Geige üben. Sie war zehn und bereitete sich auf die Musikprüfung in Stufe 8 vor. Sie war auf der Privatschule, wo anscheinend nur Genies rumlaufen.

»Stufe 8, das ist doch grausam«, sagte meine Mutter.

»Oder brillant«, sagte ich (nur aus Opposition, denn ehrlich gesagt konnte ich Tabitha Patton nicht ausstehen).

»Musst du mir immer widersprechen?«, fragte meine Mutter.

Wenige Tage später fuhr ein riesiger, mit ausländischen Wörtern beschrifteter Möbelwagen vor, und Umzugsleute trugen geschnitzte Bänke und strassbesetzte Kissen, antike Vogelkäfige, Hutständer und kanariengelbe Pappkartons ins Haus.

Doch viel besser als all das war das Eintreffen eines dunkelhaarigen Jungen, der scheinbar mühelos vier Kisten auf einmal tragen konnte.

Julia und ich lungerten draußen in unseren Regenmänteln herum, taten, als hätten wir irgendwo im Rondell etwas verloren, und beobachteten den Jungen im Schutz der Trauerweide – übrigens ein lausiger Beobachtungsposten, weil die Zweige viel zu dünn und fransig waren und uns nur bis zur Hüfte verdeckten.

Dann liefen wir rüber und suchten auf dem nassen Bürgersteig vor Nummer 13 weiter, murmelten was von *verloren* und erfuhren, dass der Junge Diego hieß. Unseren verlorenen Gegenstand vergaßen wir in der Aufregung wieder, und als Diego uns am nächsten Tag fragte, ob wir ihn gefunden hätten, hatten wir keinen Schimmer, wovon er sprach.

Im Rückblick betrachtet war er zwar bloß ein pummeliger Zwölfjähriger, aber er war drei Jahre älter als wir, und für uns war er der Größte mit seiner dunklen spanischen Haut und den schwarzen Augen. Seine Schwester hieß Paloma, was Taube bedeutet, wobei sie nicht gerade ein Täubchen war und dies vielleicht nicht der passendste Name für sie.

»An welches Tier erinnert sie dich denn?«, fragte ich Julia.

»Sag ich nicht«, antwortete sie.

Wir prusteten trotzdem los.

Dann tat es uns leid, und Julia sagte: »Sie hat ein hübsches Gesicht.« Was die Leute eben über dicke Mädchen sagen.

Meine Mutter kochte eine große Lasagne für die Neuankömmlinge, wie es bei ihr Brauch war. Mein Vater war schließlich Leiter der Nachbarschaftswache, da war dies ihrer Meinung nach das

Mindeste, was sie tun konnte. Sie überreichte sie an der Haustür und spähte in den Flur, in der Hoffnung, hereingebeten zu werden.

»Es sah ganz schön kahl aus«, sagte sie bei ihrer Rückkehr, »soweit ich sehen konnte.«

»Sie sind doch gerade erst eingezogen«, sagte mein Vater. »Und bestimmt haben sie sowieso andere Bräuche.«

»Möbel werden sie sicher haben«, sagte ich.

Ein paar Tage später beging Diegos ausländische Mutter den Fehler, meiner Mutter die Lasagneform nicht zurückzubringen, die sie 1998 im Urlaub gekauft hatte und auf deren Boden die Worte *Quimper, Bretagne* zu lesen waren.

»Von einer neuen Nachbarin hätte ich was anderes erwartet«, sagte meine Mutter, die nicht genug Fantasie besaß, um sich in Menschen hineinzuversetzen.

Julia ging rüber zu Nummer 13, um die fehlende Form zu holen, und nahm ihr Lächeln mit. Auf dem Rückweg pflückte sie einen Zweig gelber Winterblüte aus unserem Garten und legte ihn in die Auflaufform, sodass die Küche, als meine Mutter später hereinkam, nach Blütenblättern duftete. Sie wusste einfach, wie man sie nehmen musste. Ich hätte hundert Jahre überlegen können und wäre trotzdem nicht auf die Idee gekommen, meiner Mutter einen Blütenzweig in die Lasagneform zu legen.

Wenn ich jetzt hier in La Higuera im Süden Spaniens meine Geschichte aufschreibe, kann ich, obwohl Hedley Green über dreitausend Kilometer weit weg ist, die Winterblüte im Vorgarten von Nummer 1 riechen, hab den Duft von Julias weichem, hellem Haar in der Nase, noch nass, frisch gewaschen mit Timotei-Shampoo, ich sehe es vor mir, wie es ihr über den rosa Morgenmantel fällt und darauf wartet, geföhnt zu werden. Manchmal setzten wir uns mit gespreizten Beinen hintereinander, zu zweit, manchmal auch noch mit Angela Dunnett aus unserer Straße und Julias leicht dusseliger Freundin Amy Atkins, föhnten und flochten einander die Haare und kreppten sie mit dem Crimper und wechselten uns damit ab, wer hinten sitzen musste und so diesmal nicht frisiert wurde.

»Angela Dunnett braucht vielleicht eher einen Quimper zum Kreppen«, sagte ich mit Blick auf die bretonische Lasagneform.

»Für ihren Sprachfehler kann sie doch nichts«, sagte meine Mutter. »Also lass die Schlaumeierei.«

Ich schämte mich zwar, aber fand es auch ein bisschen lustig, dass Angela Dunnett, die sich immer so toll fand, das R nicht richtig aussprechen konnte. Obwohl sie nur zwei Jahre älter war als wir, führte sie sich auf, als wüsste sie schon alles, was es über die Welt zu wissen gab.

Julia erzählte, dass Diegos Mutter Lola Alvárez hieß, wobei sie sich große Mühe gab, den Namen spanisch auszusprechen. Er bestand aus den schönsten Lauten, die ich je gehört hatte. Außerdem, fügte Julia hinzu, würde Lola Alvárez sich bestimmt doch noch als sehr gute Nachbarin entpuppen, sie hatte ein so liebes Lächeln.

Drei Monate später war es mit Julias Prognose nicht mehr weit her, denn inzwischen war der Vorgarten von Nummer 13 mit Unkraut überwuchert, was natürlich das Straßenbild verunstaltete. Meine Mutter meinte, wenn der Leiter der Nachbarschaftswache dieser Lola Alvárez das nicht sagen konnte, wer dann?

Also wurde mein Vater zu ihr hingeschickt. Doch bei seiner Rückkehr äußerte er Zweifel, ob seine Botschaft richtig angekommen war.

»Hast du überhaupt etwas gesagt?«, fragte meine Mutter.

»Ich hab gesagt, den Engländern ist ihr Heim heilig.«

»Das ist immerhin ein Anfang«, sagte meine Mutter.

»Ich frage mich, ob sie vielleicht den Unterschied zwischen Blumen und Unkraut nicht kennen«, sagte mein Vater. »Vielleicht ist es bei denen da anders.«

Er deutete in Richtung Bahnübergang, als läge Spanien hinter den Gleisen.

»Dann werde ich ihnen den Unterschied erklären, Stanley«, sagte meine Mutter.

Ich war dabei, als sie es tat, stand neben ihr und wäre am liebsten im Erdboden versunken, als sie sich vor dem Haus der Nachbarn die Locken zurechtstrich und schließlich klingelte. Ihre Wangen unter dem blassbeigen Make-up waren gerötet.

»Ihre Unkräuter sind meine Blumen«, sagte Diegos Mutter zu meiner Mutter und zwinkerte sie an, die Hände in den Taschen einer weiten Latzjeans, und lächelte wieder auf diese liebe Art, bei der sich kleine Fältchen an den Augenwinkeln bildeten.

Meine Mutter hatte nie gelernt zu zwinkern. Noch hatte sie das Bedürfnis. Noch hatte sie Verständnis für Erwachsene in Latzhosen.

Die sogenannten Unkräuter in Weiß, Blau, Gelb und Rot wuchsen weiter im Garten von Nummer 13, und ich fand sie wunderschön.

Ihre Unkräuter sind meine Blumen – noch so viele Jahre später denke ich an diesen Satz.

Ich wusste sofort, dass ich Diegos Mutter ins Herz schließen würde. Diegos Vater Fermín war hochgewachsen und dunkel und ein namhafter Wissenschaftler, der nach Hedley Green gezogen war, um das riesige Forschungslabor im Industriepark von Tattershall zu leiten. Diegos Mutter hatte eine Stelle als Spanischlehrerin im Oberstufen-College in Hinton gefunden, und sie trug ihre Haare in zwei Zöpfen, mit einer Rose in jedem Haargummi. Manchmal zog Fermín ihr Gesicht an den Zöpfen zu sich heran und küsste sie auf den Mund, mitten in der Küche. Ich war von diesem Anblick völlig hingerissen.

PARFAIT

Wenn meine Mutter sich gegen die dunkle Brust meines Vaters lehnte wie gegen eine starke Wand und er die Arme um sie legte, die Hände vorn einhakte wie zwei Enden eines Gurts, dann wusste ich, uns konnte nichts Schlimmes passieren. Er war ja da, würde uns retten, was auch immer geschah.

»Wir brauchen alle einen Erlöser«, sagte er oft und lächelte dabei.

»Brauchen wir nicht«, sagte Pierre dann. Es verletzte meinen Vater, diese Angewohnheit, immer zu allem Nein zu sagen.

Nun aber kam wirklich ein Erlöser.

Nicht von oben aus dem Himmel.

Sondern über die Grenze aus Ruanda.

Mit dem Namen Melchior wie mein Vater, wie einer der drei Weisen.

Er war ein Hutu, wie wir.

Und dieser Hutu sollte *Präsident von Burundi* werden.

Und das, obwohl Hutu nicht Präsidenten wurden, nicht unter normalen Umständen, jedenfalls bis jetzt.

Den Tag, an dem Melchior Ndadaye die Macht übernahm, werde ich nie vergessen. Die Hoffnung, die wir in unseren neuen *Hutu-Präsidenten* setzten, wehte in dem Rauch, der über den Kegeldächern der Hütten aufzog, dem Rauch der tausend Feuer, über denen auf den *collines* vor Bujumbura zur Feier des Tages tausend Hühner gebraten wurden.

»Wir haben die Wahl, die Tutsi zu lieben, auch wenn sie die Hälfte der Menschen, die wir liebten, umgebracht haben«, sagte mein Vater. »Wir haben die Wahl, unseren Nachbarn zu lieben.«

Wir nickten, denn wir wollten unseren Vater um keinen Preis enttäuschen.

»Und wer ist unser Nachbar?«, fragte mein Vater.

»Jeder, den Gott erschaffen hat«, sagten wir im Chor, wie es uns beigebracht wurde. »Egal ob Hutu, Tutsi oder Twa.«

»Hoch lebe der neue Präsident!«, sagte mein Vater.

»Hoch lebe der neue Präsident!«, antworteten wir als Echo.

Wir ahnten nicht, dass einhundertzwei Tage später Männer aus der Armee – der Armee des Präsidenten – ihren Präsidenten ermorden würden. Wir ahnten nicht, dass seine achtunddreißig Palastwächter keinen Versuch unternehmen würden, ihn zu schützen.

Aus Rache verübten die Hutu ein Massaker an den Tutsi. Was, laut meinem Vater, der Präsident nicht gewollt hätte. Dreihunderttausend Menschen kostete der Konflikt am Ende das Leben, und einer davon war mein Vater, der sich entschied, die andere Wange hinzuhalten. Jemand musste schließlich, wie er uns so oft erklärte, *den Kreislauf durchbrechen*.

Ich war damals acht Jahre alt.

Ich sah den Flughunden nach, die in einer großen schwarzen Wolke nach Norden flogen, und ich wusste, ich würde es hier auf der *colline* ohne ihn nicht aushalten. Vielleicht würden die Flughunde über den ganzen afrikanischen Kontinent bis nach Europa fliegen – und vielleicht könnte auch ich es eines Tages bis dort schaffen.

Die Länder Europas rückten weiter zu einem einzigen glücklichen Kontinent zusammen. So hatten es die Baptisten erzählt – die mussten es wissen, sie waren ja selbst aus England und aus Frankreich. Über die Jahre brachten sie uns außer Kleidung auch gebrauchte Taschenbücher und Atlanten, zweisprachige Wörterbücher und alte Zeitschriften, und ich blieb nachts auf, um von dieser anderen Welt zu lesen, meinen französischen Wortschatz zu erweitern, Englisch zu lernen und die europäischen Hauptstädte.

Ich erfuhr von einer Popband namens Spice Girls und einer Nonne namens Mutter Teresa und einer schönen Prinzessin, die in einem Tunnel in Paris ums Leben kam, und einer Frau, die einundachtzig Tage allein über den Atlantik ruderte.

Also war es offensichtlich möglich, woanders hinzukommen, wenn man den Mut hatte.

Ich könnte meine ganze Familie an einen besseren Ort bringen. Wir könnten die *colline* verlassen, mit dem Boot über den See fahren, durch Ruanda hinauf zur Demokratischen Republik Kongo wandern, dann durch die Zentralafrikanische Republik weiter in den Tschad, durch Niger und Algerien bis nach Marokko, und auf der Karte hatte ich gesehen, dass sich dahinter nur ein winziger Meeresstreifen befand, schmal wie ein Fluss. Den würden wir mit dem Boot überqueren und im Süden von Spanien wohnen.

Vielleicht ein neues Leben finden.

Doch die Jahre verstrichen, und wir fanden kein neues Leben. Alles lief weiter wie immer.

Etwas aber änderte sich doch.

Das Jahrtausend neigte sich dem Ende zu.

Am 31. Dezember 1999 saßen wir alle in der Hocke zusammen, unsere nackten braunen Füße verkrustet von rotem Schlamm, und blickten erwartungsvoll über den Tanganjikasee, dessen Wasser über unsere Grenzen und weit darüber hinaus schwappte, und stellten uns vor, etwas Großes würde passieren, als wir um Mitternacht die Schwelle zum neuen Jahrtausend überschritten.

»Das ist der längste See der Welt«, erklärte ich meinen Geschwistern und versuchte dabei, den fröhlichen Tonfall unseres Vaters zu imitieren, auch wenn ich ihn nicht mehr so genau im Ohr hatte, sechs Jahre nach seinem Tod. Auch nachts konnte ich mir seine Stimme kaum noch ins Gedächtnis rufen, doch sein markantes, breites Lächeln und sein Augenzwinkern sah ich immer noch vor mir.

»Und der zweittiefste und zweitgrößte, nach dem Baikalsee in Sibirien«, ergänzte ich. »Er fasst achtzehn Prozent des weltweiten Süßwasservorkommens – und die Fische darin sind so bunt und besonders, dass sie an reiche Männer auf der ganzen Welt verkauft werden, die sie in Glaskästen in ihren Speisezimmern halten.«

»Und dann brechen die Soldaten da ein und zerschlagen die Glaskästen?«, fragte Zion.

»In diesen Ländern brauchen sie keine Soldaten«, dozierte ich – ich war inzwischen vierzehn, schon aus dem Stimmbruch heraus und zunehmend behaart. »Nein, die reichen Männer leben in Frieden.«

»Frieden?«, sagte Zion und kräuselte die Stirn.

Und dann gingen Zion und ich den Hang des Hügels entlang und blickten hinauf zum Himmel.

»Stell dir vor, die Wolken wären Boote«, sagte ich, ging in die Hocke und legte Zion den Arm um die Schulter, wie mein Vater es früher bei mir getan hatte. »Und jetzt stell dir vor, mein Kleiner, sie sinken herab, und wir steigen ein. Und weißt du, was? Dann ziehen wir mit den Wolken über die Grenze von Burundi und über ganz Afrika bis hoch zum Meer.«

»Echt?«, fragte Zion.

»Echt echt«, sagte ich. Ich wünschte mir so sehr, es wäre wahr, ich könnte wirklich was ändern und Zion vom Ort seiner Geburt befreien.

AUGUSTA

Meine Mutter mit ihrer Vorliebe für alles, was mit Stricken, Sticken und Nähen zu tun hatte, wollte uns ständig für diese schrecklichen Handarbeitsgruppen begeistern, wo man Stoffeulen basteln oder Puppendeckchen häkeln musste.

Für den Laden unseres Vaters bot sie einen speziellen Service an, der darin bestand, Turnbeutel, Mäppchen, Hemden, einfach alles mit Namen zu besticken.

Wir waren kaum auf der Welt, da prangten auch unsere Namen schon auf allem, mal eingenäht oder aufgestickt, mal gemalt und gerahmt, mit Blumenschnörkeln, die sich oben und unten aus den Buchstaben rankten.

Barbara Cook aus Nummer 2 war von den Arbeiten meiner Mutter so beeindruckt, dass sie einen Malkurs belegte, was dazu führte, dass sie bald nur noch indische Wickelröcke trug. Was mit ledernen Slipper-Pumps, hautfarbenen Strumpfhosen und Anoraks ziemlich komisch aussah.

Helen Dunnett aus Nummer 3 (die einen sehr dünnen grauen Windhund besaß) häkelte viel, zum Beispiel Krawatten für ganz kleine Jungs, Babymützchen und Klopapierhüte – und sogar ein Mäntelchen für den Hund, in Blassgrün.

Der Handarbeitswahn muss ansteckend gewesen sein, denn in kürzester Zeit war über die Hälfte der Frauen im Willow Crescent davon befallen und bastelte in der Freizeit um die Wette, schuf Flickenpuppen, dreieckige Kerzen, Babysachen, Pop-up-Grußkarten für besondere Anlässe. Nichts schien unmöglich – kaum gedacht, schon handgemacht.

Meine Mutter träumte von einem eigenen Bastelraum, schließlich hatte mein Vater ja auch sein eigenes Arbeitszimmer, doch obwohl er sechs Tage die Woche außer Haus arbeitete, kam er nicht auf die Idee, es mit ihr zu teilen.

Sein Arbeitszimmer war der einzige Raum in unserem Vier-Zimmer-Haus, für den er verantwortlich war. Auf seinem Schreibtisch herrschte makellose Ordnung, die dunkelgrünen Akten waren beschriftet von A bis Z, die Pinnwände mit bündig aneinandergrenzenden Zetteln behangen. Er war auch zuständig für die Doppelgarage, die Einzelgarage und den Garten, wo jedes Ding seinen festen Platz hatte.

Barbara Cook hatte die Idee, im Willow Crescent einen Handarbeitsmarkt abzuhalten. Man war sich schnell einig, dass Nummer 1 die beste Adresse dafür wäre, nicht nur wegen unseres überdurchschnittlich großen Gartens, sondern auch, im Fall von Regen, wegen der makellos ordentlichen Doppelgarage. Die Einzelgarage sollte für das von den Kindern zu organisierende Rahmenprogramm dienen.

»Wir hatten überlegt, wie wir Spenden für die *Farm School* sammeln können, wo Graham Cook hingeht«, erklärte meine Mutter meinem Vater. »Wir alle fanden, so ein Handarbeitsmarkt wäre eine gute Idee.«

»Wie nett«, sagte mein Vater. »Da werden sich die Cooks freuen.«

»Ja, das dachten wir auch«, sagte meine Mutter, ließ diesen Anfall von Menschenliebe kurz wirken und streute dann wie beiläufig die Sache mit dem Veranstaltungsort ein.

»Ich will nicht, dass alle über unseren Teppichboden trampeln, um auf Toilette zu gehen«, sagte mein Vater.

Ein paar Stunden später hatte sich die Diskussion unserer Eltern mehrmals im Kreis gedreht, beide klangen immer gereizter, und Julia und ich lauschten vom Bett aus bang auf Hinweise auf die bevorstehende Scheidung, als unser Vater plötzlich ausrief: »Und ob ich eine Außentoilette baue!«

Den ganzen Frühling und Sommer hindurch werkelte mein Vater

an dieser Außentoilette, und am Ende strich er sie an und montierte ein Rot-Grün-Drehschloss, das anzeigte, ob gerade besetzt war. Innen gab es eine kleine Ablage, für die meine Mutter ein Bouquet Trockenblumen zusammenstellte. Bei Helen Dunnett kaufte sie einen Häkelklopapierhut – und zwar in, wie Helen es nannte, Terrakotta-Rost.

Nach Abschluss der Arbeiten wirkte mein Vater an den Sonntagen immer ein bisschen verloren, als wäre seinem Leben der Sinn abhandengekommen.

Meine Mutter und ihre Freundinnen hielten alle fünf Minuten Konferenzen an unserem Küchentisch ab, während die Kinder mit der Planung der Zusatzveranstaltungen wie *Schätze die Anzahl der Bonbons im Glas* oder *Rate, wie schwer der Kuchen ist* begannen.

Meine Aufgabe war es, die gebrauchten Spielsachen zu sortieren und mit Preisen zu versehen, die meine Mutter jedoch, wie ich später feststellte, mit Edding noch einmal überschrieb. Unter den Spielsachen fand ich eine hässliche Stoffpuppe mit gelben Zöpfen, eine nagelneue Peter-Hase-Figur und eine bemalte Porzellanpuppe mit nur einem Arm und einem Bein. In meiner Wut über die mit der Preisbeschriftung vertane Zeit riss ich ihr auch die restlichen Gliedmaßen aus, was sich seltsam anfühlte. Ihren Torso legte ich zusammen mit dem abgetrennten Arm und Bein in meine Nachttischschublade und verfasste dann eine Geschichte über ein totes Baby, das in Plastik eingepackt war, wie der unbenutzte Peter Hase.

Ich gab sie Julia zu lesen, damit noch jemand anders wusste, wie schrecklich es bei mir im Kopf zuging, wo man ja nicht immer die Kontrolle hat. Sie zögerte kurz, atmete tief durch und sagte dann: »Jeder hat mal komische Gedanken. Und vielleicht hast du zu viele schlimme Dinge über Burundi gelesen. Aber wir verbrennen sie doch sowieso wieder, oder, Gusta? Das macht bestimmt auch Spaß, meinst du nicht?«

Ich stimmte zu, aber heute bereue ich, dass ich sie ihr gezeigt habe.

Noch so viele Jahre später höre ich ihre kindliche Stimme so klar und deutlich, dass ich vor Schreck zusammenzucke.

Ich höre, wie sie versucht, mich zum Spaß, zum Fröhlichsein hinzuziehen, weg von der Dunkelheit.

Eine blasse Motte flattert auf das Licht der Kerze zu, die vor mir steht, während ich hier im Halbdunkel des Wohnwagens schreibe. Ich verscheuche sie. Sie hat dunkle Schnörkel auf den Flügeln, wie Buchstaben auf sepiafarbenem Papier.

Julia ging ins Haus, um Streichhölzer zu holen, und wir verzogen uns in ein gemütliches Versteck hinter dem Schuppen – ich spüre jetzt noch die rauen Holzlatten, an denen unsere Pullis hängen blieben, und ich sehe den Feuerkorb vor mir, mit Spinnweben überzogen. Dort, auf einer dieser glücklichen Zeitinseln nur für Geschwister, standen wir nebeneinander vor unserem kleinen Feuer und sahen meine Geschichte in Flammen aufgehen.

Mein Vater drehte durch, als er uns fand.

Ich sagte, es sei alles meine Schuld.

Auch Julia nahm Schuld auf sich, wobei sie seine Wut mit ihrer leisen, sanften Stimme übergoss, wie eine warme Dusche.

»Es tut uns leid, Dad, es tut uns leid«, sagte sie, ihr kleines herzförmiges Gesicht war ganz zerknittert vor lauter Leidtun.

Damals dämmerte mir, was ich heute weiß: Mir tat es überhaupt nicht leid.

Worüber man im Komitee nicht sprechen konnte, weil Barbara Cook den Handarbeitsmarkt auf die Beine gestellt hatte, war die Frage, was an dem Tag mit Graham Cook passieren sollte. Denn auch wenn es keiner sagte, fürchteten alle, seine komischen Gurgellaute würden die Menschen vom Kaufen abhalten.

Als eines Samstags Barbara Cook auf Besuch zu ihrer Schwester fuhr, wurde daher in unserer Küche eine Ad-hoc-Sitzung des Komitees einberufen. Praktisch noch bevor sie begonnen hatte, kam mein Vater ständig hereingelaufen in der Hoffnung, sie wäre bald vorbei.

»Und wenn Barbaras Bruder kommt und den Tag über auf Graham aufpasst?«, sagte meine Mutter. »Er kann gut mit ihm umgehen.«

Mein Vater schüttelte den Kopf.

»Der ist doch unberechenbar«, sagte er im Vorbeigehen. »Was, wenn er im Garten einen seiner Wutanfälle bekommt?«

»Ich kann mich gern um Graham Cook kümmern«, sagte ich. Graham war zwar fünf Jahre älter als ich, aber ich fand, unter den gegebenen Umständen ginge es vielleicht trotzdem.

»Ach, Schatz, du kannst doch nicht auf Graham Cook aufpassen«, sagten meine Eltern praktisch unisono, als mein Vater wieder durch die Küche lief. »Du bist doch erst zehn.«

»Fast elf«, sagte ich.

»Wenn Graham wütend wird, tickt er aus«, sagte Hilary Hawkins. »Da kann man echt Angst bekommen.«

Am Ende aber erzählte Barbara Cook dem Handarbeitskomitee, wie sehr Graham sich auf den Markt freute, und so saß er, als der Tag dann kam, mit seinem roten Bus in der Hand in einer schattigen Ecke hinten im Garten neben dem Kerzenstand, machte Gurgellaute und hielt so die Leute davon ab, näher zu kommen.

Ich ging zum Stand mit den gebrauchten Spielsachen und kaufte mir einen roten Plastikbus. Mit dem setzte ich mich neben Graham, damit es normaler wirkte, einen roten Plastikbus zu halten. Ich spielte mit dem Gedanken, selbst auch Gurgellaute zu machen und die Arme ruckartig zu bewegen, kam aber zu dem Schluss, dass das zu viel Aufsehen erregen würde.

So saßen Graham Cook und ich mit unseren Plastikbussen im unerwarteten Sonnenschein nebeneinander, und er schien beruhigt und machte fast keine komischen Laute. Julia musste zwar am Glückstopf neben der Außentoilette die Stellung halten, aber sie ermunterte mich mit ihrem Julia-Lächeln.

Dann kam mein Vater und raunte mir zu, sobald Barbara Cook außer Hörweite war: »Meine Güte, steh auf. Du machst dich lächerlich. Die Leute denken noch, du wärst auch ein bisschen …«

»Ein bisschen was?«, wollte ich wissen.

»Halt ein bisschen … du weißt schon. Zurückgeblieben. *Spastisch.*«

»Ich bleibe hier«, sagte ich. »Aus Solidarität mit Graham.«

Da packte mich mein Vater, zog mich ruckartig hoch, als wollte er mir den Arm ausreißen, und flüsterte mir mit einer strengen, fast drohenden Stimme ins Ohr: »Du gehst jetzt rüber zum Glückstopf und hilfst deiner Schwester.«

Graham Cook stöhnte und heulte auf und versuchte wegzulaufen, und Jim Cook musste ihn im Polizeigriff festhalten.

Ich schloss mich in der Außentoilette ein und brach in Tränen aus, ich weinte und weinte, so tief saß der Schock, und als ich mit meinem roten Bus wieder rauskam, hatte sich eine lange Schlange gebildet, und Angela Dunnett sagte: »Wir wollten schon die Feuerwehr wufen. Wir dachten, du wärst eingeschlossen.«

Ich hatte ein schlechtes Gewissen, weil Angela Dunnett so nett zu mir war und mir sogar einen Cupcake mit Buttercreme vom Kuchenstand geholt hatte, um mich zu trösten, und ich beschloss, nie, nie wieder Witze über ihr *R* zu machen.

Mein Freund Ian tauchte auf und kaufte aus Spaß die hässliche Puppe mit den gelben Zöpfen. Wir lieferten uns hinter der Außentoilette später ein Tauziehen – bis sie riss und die ganze Füllung herausquoll.

Danach stellte ich mich neben Julia an den Glückstopf, den roten Bus in der Hand. Julia fragte nicht, warum ich geweint hatte. Sie nahm nur meine Hand, doch als mein Vater mit rotem, wutverzerrtem Gesicht angelaufen kam, ließ sie sie wieder los. Im Vorbeigehen zischte er mir eine weitere laute Ermahnung ins Ohr: »Leg den verdammten Bus weg.«

Julia biss sich auf die Lippe und wirbelte die Sägespäne im Glückstopf auf, damit die verbliebenen Preise zum Vorschein kamen.

Alle Fröhlichkeit war aus ihrem Gesicht verschwunden.

PARFAIT

Ich erinnere mich genau an den Tag, als ich Víctor, den spanischen Priester, auf der Straße auf seinem Fahrrad traf. Wir fingen an, uns zu unterhalten, und bald sprudelte es nur so aus mir heraus, alles, was sich in mir angestaut hatte, weil ich nicht gewusst hatte, wohin damit.

Ich erzählte Víctor, dass eine Woche nach der Ermordung Melchior Ndadayes auch mein Vater Melchior gestorben war.

»Die Soldaten sind zu uns auf die *colline* gekommen«, sagte ich. »Und mein Vater hielt einfach die andere Wange hin, weil er den Kreislauf durchbrechen wollte.«

Ich erzählte ihm vom nächsten Mal, als die Soldaten kamen und der englische Missionar Wilfred sich vor unsere schwangere Nachbarin Honorine gestellt hatte, damit die Soldaten nicht sie, sondern ihn erschossen.

»Ich werde nie vergessen, wie er lächelte, obwohl er schon tot war«, sagte ich. »Er lag da inmitten der Narzissen, die seine Mutter aus England geschickt hatte. Ich schämte mich so sehr dafür, was unser Land ihrem Sohn angetan hatte.«

Víctor nickte.

»Meine Mutter ist dann mit den Frauen zur Müllhalde gegangen«, sagte ich, »und sie haben Narzissen aus alten Blechdosen gebastelt, um sie auf sein Grab zu legen.«

Ich holte tief Luft, denn über Claude wollte ich nicht sprechen.

Ich hatte ihm zugerufen, er solle rennen, als die Soldaten mit brennenden Fackeln kamen, aber als ich später hinter dem Busch am Fluss alle abzählte, war er nicht dabei. Wir fanden seinen verbrannten Körper zu spät, in eine Ecke gekauert.

»Sein Zwillingsbruder Wilfred hat immer noch das Seil am Fußgelenk«, sagte ich zu Víctor. »An dem er und Claude sich immer zusammengebunden hatten. Er nimmt es einfach nicht ab, und ich kann ihn nicht fragen, warum, weil er nicht mehr spricht. Kein Wort, seit Claude tot ist.«

Ich erzählte ihm von meiner Mutter, der es nicht gut ging und die keinen Arzt aufsuchen wollte, weil alle Ärzte Tutsi waren und sie ihnen nicht traute.

Immer weiter sprudelte es aus mir heraus, und Víctor nickte weiter.

Dann erzählte er mir aus seinem Leben. Von der Schule für taube und blinde Kinder, die er oben auf dem Hügel errichtet hatte. Damit sie sich nicht mehr ausgegrenzt fühlten und sich nicht mehr schämen mussten. Dann lud er mich ein, sie kennenzulernen, und ich schüttelte ihnen allen die Hände, und Víctor machte mir in seiner kleinen Küche einen Haferbrei mit Mangostücken.

»Ist Spanien wirklich da drüben?«, fragte ich. »Am Ende von Afrika und hinter dem Meer?«

Licht strömte in meinen Körper beim Gedanken an dieses Land, das real war und voller Frieden und Sonnenschein und gar nicht so weit weg.

»Es ist wirklich da drüben«, sagte Víctor.

»Und wie ist es da?«, fragte ich.

»Das Meer geht fast einmal ganz rum, und im Sommer machen die Leute Picknick am Strand und gehen schwimmen. Weihnachten und Ostern haben wir Straßenfeste, bei denen die Männer Filzhüte tragen und die Frauen gepunktete Kleider und Rosen im Haar – und wir haben einen Tanz namens Flamenco.«

»Hast du schon mal Flamenco getanzt?«, fragte ich ihn.

Víctor nickte.

»Ich war ja nicht immer Priester«, sagte er lachend.

»Ist er so ähnlich wie unsere Tänze?«, fragte ich.

»Er geht ungefähr so«, sagte Víctor.

Er stand von dem kleinen Holzstuhl auf, warf die Hände in die

Luft und begann zu tanzen, wobei er die Hüften kreisen ließ und mit den Füßen aufstampfte.

»Und die Frau tanzt so …«, sagte er, und jetzt lachte er richtig, und ich lachte mit, denn er sah zum Brüllen aus mit seinem dicken grauen Bart, dem rosa Gesicht und der weiten Hose, wie er die Hüften schwang, sich im Kreis drehte und dabei sein imaginäres Kleid rascheln ließ.

Ein Mann namens Nelson Mandela kam im Radio.

Víctor hörte auf zu tanzen und drehte die Lautstärke hoch.

Dieser Nelson Mandela hatte eine Stimme, die man nicht mehr vergaß – irgendwie weich, aber unten drunter hart – wie Wolle mit Stahl im Innern.

Nelson Mandela machte Präsident Buyoya den Vorschlag, dass die Tutsi und Hutu abwechselnd die Führung im Land übernehmen könnten, das würde vielleicht die Menschen in Burundi davon abhalten, ständig zu kämpfen und zu sterben.

Víctor klatschte in die Hände und rief: »Ja! Ja!«

Ich sagte: »So naheliegend. Warum ist da noch keiner drauf gekommen?«

»Weil niemand gern die Macht teilt«, sagte Víctor.

AUGUSTA

Die Frage der Machtverteilung führte zu einer Zerreißprobe im Willow Crescent, als das Komitee ein Jahr nach dem ersten Handarbeitsmarkt mit frischem Elan zur Planung des zweiten zusammentrat.

Denn als Janice Brown laut überlegte, ob Graham auf dem Markt wirklich gut aufgehoben sei, stand Barbara Cook einfach vom Tisch auf. Dabei blieb sie mit ihrem indischen Wickelrock hängen, der aufging und eine große weiße Unterhose mit einer teigigen Pobacke entblößte.

Eine schreckliche Stille legte sich über die Runde, als die Haustür krachend ins Schloss fiel.

Meine Mutter sagte: »Oje.«

Dann behaupteten alle, in einem Komitee müsse man auch unangenehme Themen ansprechen und dürfe vor der Wahrheit nicht die Augen verschließen, und es sei nun einmal Tatsache, dass Graham Cook die Käufer vom Kaufen abschreckte.

Julia und ich saßen still und brav daneben. Julia presste gerade Blumen in einer Holzpresse und ich blätterte in meinem Buch über lateinische Redewendungen, als ich mich sagen hörte: »Wenn der Markt dazu da ist, Graham Cook zu helfen, sollte es euch nicht so wichtig sein, wie viel Geld seine Schule bekommt, sondern dann lasst ihr ihn einfach dabei sein.«

Julia hob eine Hand, wie meine Mutter es immer tat, wenn mein Vater ihr im Auto nicht früh genug auf die Bremse getreten war.

Meine Mutter saß völlig unbewegt da, als hätte jemand bei ihr den Pausenknopf gedrückt, und dann ergriff Hilary Hawkins das

Wort: »Mir hat nie jemand gesagt, dass es darum geht, Geld für Graham Cooks Schule zu sammeln.«

»Und wer hat das Geld letztes Jahr bekommen?«, fragte ich meine Mutter. »Ist es nicht an seine Schule gegangen?«

Jetzt nahm Julia meine Hand, was »Klappe halten« bedeutete.

»Ich weiß gar nicht«, sagte meine Mutter. »Ich hab die Kasse nicht gemacht. Janice Brown war Schatzmeisterin.«

Julia sah meine Mutter an und dann mich und dann wieder meine Mutter, und da wusste ich, meine Mutter hatte meinen Vater angeschwindelt, damit er zustimmte, den Markt in unserem Garten abzuhalten.

»Wir können ja dieses Jahr einen Anteil spenden«, sagte Janice Brown, die rot geworden war und mir einen bitterbösen Blick zuwarf, als meine Mutter gerade nicht hinsah. Von *Liebe deinen Nachbarn*, wie es auf den weißen Plastiksäcken stand, in denen sie immer unsere Altkleider für afrikanische Kinder sammelte, konnte bei ihr in dem Moment nicht die Rede sein.

Nach diesem plötzlichen Aufruhr machte sich eine noch größere Stille breit, und in diese Stille brach Zuglärm. Wir ließen den Zug unsere Stille sprengen, wir waren schon daran gewöhnt. Wir wussten nicht, dass Barbara Cook spazieren gegangen war, um sich zu fangen. Wir wussten nicht, dass sie auf der anderen Seite dessen wartete, was jeder in Hedley Green nur seufzend den *Übergang* nannte.

Der Bahnübergang von Hedley Green war immer wieder in den Nachrichten – er ließ Menschen Babys im Auto zur Welt bringen und Abiturprüfungen verpassen; für Schuljungen stellte er, wie manche es ausdrückten, eine zu große Verlockung dar, und immer wieder waren Sträuße vertrockneter Rosen am Zaun zu sehen, an der Stelle, wo ein Junge namens Specki Jenkins beim Spielen mit seinen Kumpels ums Leben gekommen war. Das heißt, wir sollten ihn, seit er tot war, nur noch Franky Jenkins oder noch besser Francis nennen, denn so war er getauft.

Seine Mutter hatte eine Gedenktafel an der Schranke angebracht, und man sah sie oft dort stehen, wie sie sie polierte, den vorbeifahrenden Zügen nachsah und auf die Gleise starrte, als gäbe es eine kleine Chance, dass Specki Jenkins nach einem sehr langen Versteckspiel doch noch aus dem hohen Gras gelaufen käme.

Für Francis Jenkins, 1980–1992, der hier am Übergang starb und jetzt bei den Engeln ist.

PARFAIT

Ich saß auf dem Hügel und grübelte, wie ich unsere Zukunft ändern könnte. Der kleine Wassergraben zwischen Afrika und Europa, das war unser Übergang.

Er verhieß Frieden und Hoffnung und die Chance auf ein neues Leben.

AUGUSTA

Der Zug raste vorbei, die Schranken gingen hoch – und Barbara Cook marschierte mit festgezurrtem Wickelrock und versteinerter Miene wieder zur Tür herein, um ihren Rücktritt zu verkünden. Meine Mutter wollte das nicht gelten lassen, natürlich sei Graham Cook auf dem Markt herzlich willkommen, da wären sich alle einig, und das Komitee setzte seine Sitzung fort, als wäre nichts geschehen.

Dieses Mal durfte ich den Stand mit den gebrauchten Büchern betreuen. Unter den zerschlissenen Enid-Blyton-Bänden stieß ich auf ein altes Buch mit Ledereinband, eine mit wunderschönen Aquarellen illustrierte Sammlung viktorianischer Kindergedichte aus dem Jahr 1900. Ohne meine Mutter zu fragen, nahm ich es mit nach Hause und versteckte es unter meiner Matratze. Ich erzählte niemandem davon, nicht einmal Julia.

Insgeheim wusste ich, dass es Diebstahl war.

Aber ich wollte es so gern haben.

Es enthielt die bekannten Kinderreime, die Julia und ich von klein auf auswendig konnten und früher immer so schnell runtergerasselt hatten, dass die Wörter sich überschlugen. *Humpty Dumpty* war darunter, ebenso *Mary, Mary, Quite Contrary,* wegen dem meine Mutter mich auch gern *Kleine Mary Querkopf* nannte, was mich jedes Mal in den Wahnsinn trieb.

Mein Lieblingsgedicht aber war »Der Händler und sein Pferdewagen« von William Brighty Rands. Die Abbildung zeigte Bäume und Vögel und Raupen – und einen alten prächtigen Pferdewohnwagen aus gelben und roten Latten, mit vorn links und rechts aufgemalten Blumenranken und flatternden Schmetterlingen darüber.

Es gab winzige Fenster mit Geranien in Blumenkästen, es gab eine Leiter, hölzerne Räder mit cremeweißen Speichen und einen rauchenden kleinen Schornstein. Durchs Fenster sah man eine dunkelhäutige Frau mit Kind auf dem Arm. Gerade fuhr der Wagen unter einem riesigen Baum hindurch, und der Händler auf der Kutschbank lenkte seinen Apfelschimmel auf einen dämmrigen, nicht klar auszumachenden Horizont zu.

Wenn ich allein war, las ich das Gedicht wieder und wieder, und dann klopfte mein Herz, und meine Seele bekam Flügel, und es begann in mir zu singen, *niemand weiß, woher er kommt*, und ich saß auf dem Pferdewagen, *wohin's ihn treibt am Horizont,* und dann lenkte ich den Apfelschimmel, und mein eigener Horizont war unerkennbar – und jedes Mal, wenn ich in meiner Vorstellung die Leiter zum Wagen hinaufstieg, gab ich meiner Lebensgeschichte ein neues Ende. Und nie landete ich in Hedley Green.

Vielleicht wollte ich Julia das Buch deshalb nicht zeigen, ich brachte es nicht übers Herz, ihr zu sagen, dass ich wegwollte.

Irgendwo sein wollte, nur nicht da, wo ich war.

Und zwar am liebsten gestern.

Natürlich wusste ich, dass sie bleiben wollte.

Und dass wir, wenn ich ging und sie blieb, nicht mehr *Justa* wären.

Es würde uns entzweireißen, die Füllung würde aus uns herausquellen wie aus der hässlichen Puppe.

PARFAIT

Die Füllung quoll aus meiner Mutter heraus.

Ich wusste es in dem Moment, als Douce aus der Hütte gerannt kam und diesen Schrei ausstieß.

Aber ich hatte nicht den Mut, mich dem zu stellen, was ich wusste.

Nicht schon wieder.

Also rannte ich hinauf zu Víctors Haus, und gemeinsam rasten wir mit seinem Fahrrad den Hügel wieder runter, ich mit angezogenen Beinen auf dem Gepäckträger. Beim Anblick von Víctors starkem Rücken mit den kräftigen Schulterblättern, dem breiten weißen Nacken und grauen Haarschopf hatte ich das Gefühl, dass diesmal, dieses eine Mal vielleicht, alles gut ausgehen würde.

Doch kaum erreichten wir die Hütte, verflüchtigte sich das Gefühl. Denn da saßen Gloria und Douce und Wilfred und Zion im Halbkreis, und vor ihnen lag meine Mutter. In gewisser Weise war es zwar meine Mutter, aber sie sah mehr aus wie ein leerer Sack.

Atme doch, dachte ich. Atme ein, aus.

Ich erinnerte mich an ihre Haut an meiner Wange.

So weich.

Zion stand auf.

»Sie geht zu Papa«, sagte er, ballte die Finger zur Faust und streckte sie dann wieder. »Das ist doch gut, oder? Dass sie bei ihm ist? Dass sie wieder zusammen sind.«

»Genau«, sagte ich und wischte mir jede Träne weg, kaum dass sie zu rollen begann, als Ältester musste ich tapfer sein.

»Ja, mein Kleiner«, sagte ich und versuchte, von irgendwo ein Lächeln aufzutreiben, »genau da wird sie sein, an dem riesigen Strom, wo der Baum steht, der jeden Monat Früchte trägt – weißt du noch? –, mit den Blättern, die zur Heilung der Völker dienen.«

»Blätter heilen keine Völker«, sagte Pierre, der gerade durch die offene Tür hereinkam. »Blätter bewirken gar nichts.«

»Außer Fotosynthese«, sagte Zion.

Zion merkte sich alles, was ich ihm beibrachte. Dass er mir zuhörte, wie ich meinem Vater zugehört hatte, gab mir Kraft. Dass er mich viel mehr liebte, als die anderen es taten, gab mir eine Bestimmung. Mit ihm an der Seite hatte das Weitermachen einen Sinn.

»Ja, Zion«, sagte Víctor. »Deine Mutter ist in der ewigen Stadt angekommen.«

»Wie mein Name!«, rief Zion.

»Genau, wie dein Name!«, sagte Víctor. »Und jetzt tanzt sie mit deinem Vater über die goldenen Straßen.«

»Was denkst du?«, fragte Pierre an Víctor gewandt, und er klang gereizt, wollte von goldenen Straßen nichts hören, »was hat sie umgebracht?«

»Wahrscheinlich Cholera«, sagte Víctor.

»Hätte der Arzt sie retten können?«, fragte ich Víctor.

Er legte mir den Arm um die Schulter.

Pierre hakte nach: »Und, hätte er?« Sein Tonfall gab mir das Gefühl, dass alles, was in unserem Leben passierte, meine Schuld war.

»Tja, Cholera ist eine verzwickte Sache«, sagte Víctor.

Dann grub er ein Loch in die Erde, und wir alle dankten nacheinander Gott für unsere kleine vogelzarte Mutter Aurore, deren Name Morgenröte bedeutete. Wir versammelten uns um das Grab, und während Víctor es mit roter Erde füllte, sang er uns vor, damit wir einstimmten: *Die Freiheit ist nah, die Freiheit ist nah, die Freiheit ist nah, o ja, so nah!*

Mittendrin lief Pierre einfach davon.

Ich konnte ihn verstehen.

Die Freiheit schien alles andere als nah.

Mit jedem Jahr, das verstrich, fühlten wir uns weniger frei.

AUGUSTA

Je älter man wurde, fiel mir auf, umso mehr musste man aufpassen, was man sagte. In der ersten Klasse konnte man noch mit allem Möglichen herausplatzen, aber spätestens nach der Grundschule musste man jedes Wort vorher abwägen.

Zum Beispiel konnten wir in der Siebten und ein paar Jahre danach das Wort *Rasenmähen* nicht mehr laut sagen. Nachdem Robin Fox die Klasse irgendwann in die Welt des *eindeutig Zweideutigen* eingeführt hatte, traute sich praktisch keiner mehr, in der Schule überhaupt den Mund aufzumachen. Bei den Mädchen der Klasse wuchsen immer mehr Haare an immer heikleren Stellen, und Robin Fox kommentierte unsere struppigen Beine und Achseln mit den Worten: »Da ist wohl am Wochenende mal wieder *Rasenmähen* angesagt!«

Was blieb uns übrig, als unser gesamtes Taschengeld für Einwegrasierer, Epiliercremes und Wachsstreifen auszugeben, die nie was brachten? Unfassbar im Nachhinein, was für eine Macht er über uns hatte.

Robin Fox hatte vier ältere Brüder und wusste daher, wie man normale Sätze durch das Heben einer Augenbraue ins Sexuelle kehren konnte. Unser ganzes Leben lang hatten wir »Kommst du?« fragen können, ohne uns was dabei zu denken. Aber das war einmal. Jetzt sahen wir immer Robin Fox' hochgezogene Augenbraue, und wenn genug Publikum da war, bekamen wir obendrauf den vorgetäuschten Orgasmus aus *Harry und Sally* zu hören, und zwar in voller Länge. Mit einem am Esstisch wild strampelnden, stöhnenden und keuchenden Robin Fox.

Ich erinnere mich an einen Tag im Frühling kurz vor unserem dreizehnten Geburtstag. Mein Vater mähte den Rasen ohne einen Hauch von Zweideutigkeit; meine Mutter kümmerte sich (dito) um die weichen Kurven der Schnittkanten; und Julia war (unbehelligt von Robins hochgezogener Braue) am Unkrautjäten.

Auch ich dachte nicht an Robin Fox. Das Glück der Sommerferien bestand auch darin, Ruhe vor ihm zu haben.

Nein, ich dachte an Lola Alvárez und ihren Satz »Ihre Unkräuter sind meine Blumen«.

Die »Unkräuter« mit ihren hübschen blauen Blütenblättern, die für mich haargenau wie Blumen aussahen, lagen jetzt auf dem Boden und warteten darauf, in grünen Plastiksäcken zur Mülldeponie gefahren zu werden, um dort in einem gelben Metallcontainer zu enden.

Ich war in meinem stickigen Zimmer geblieben, um mich vor der Ödnis der Gartenarbeiten zu drücken. Gerade beobachtete ich Pallys weiße Taube, die in dem cremeweißen Taubenschlag wohnte, den Fermín in ihrem Garten gebaut hatte. Die Taube kam oft zu Besuch und flatterte dann zwischen den samtigen Blütenblättern des Magnolienbaums herum, den mein Vater exakt in die Mitte unseres Vorgartens gepflanzt hatte. Von Zeit zu Zeit maß er alles noch einmal nach, nur um sich daran zu erfreuen, wie genau er gemessen hatte.

Heute war die Taube über unser Haus hinweg zu den drei Kirschbäumen im hinteren Garten geflogen. Sie flatterte von Baum zu Baum und weiter zum Garten der Cooks, wo sie oben auf Grahams Schaukel landete. Die stand schon seit Ewigkeiten da, aber ich hatte bisher kaum darauf geachtet.

Ich hatte zwar gesehen, wie Barbara Cook Graham – im Regen – in dem riesigen Gitterschaukelsitz anschubste, und ich hatte auch gesehen, wie Jim Cook ohne Hemd mit seinem großen Ballonbauch vor der Schaukel stand und dabei grölte: »Hey ho and up she rises.«

Aber als ich an diesem Tag aus dem Fenster blickte, fiel mir auf, dass ich noch nie jemanden auf der zweiten, normalen Schaukel neben Graham hatte sitzen sehen. Noch nie in seinem ganzen Leben.

Also schlich ich mich nach unten und aus dem Haus, lief über den schmalen, grau gepflasterten Weg unserer Auffahrt nach nebenan und fragte Barbara Cook, ob Graham Lust hätte, mit mir zu schaukeln.

Graham war in seinem komischen Laufstall, wo er vor und zurück wippte und dabei ein bisschen klang wie ein Staubsauger, den man auf dem Teppich hin und her schiebt.

Barbara Cook sprach ihn an und führte ihn dann am Arm in den Garten. Es war gar nicht so leicht, ihn in die Schaukel zu bekommen, aber als er mit seinem roten Bus erst einmal drinsaß und zu schaukeln begann, hörten die Staubsaugergeräusche auf.

Barbara schob Graham an, und auch ich fing an zu schaukeln, langsam erst, vor und zurück im Takt mit ihm, dann immer höher. Von oben sah ich meine Mutter, meinen Vater und Julia im Garten graben.

Und runter.

Und hoch – alle noch am Graben.

Und runter.

Und hoch – eigenartig, meine Familie ohne mich als Familie zu sehen.

Grabend.

Voller Konzentration.

Mein Vater drehte sich um.

Und wieder runter.

Ich fand es großartig, dass sie keine Ahnung hatten, dass ich sie beobachtete.

Ich kam mir allwissend vor.

Aber auch etwas seltsam.

Ich sang »Hey ho and up she rises« wie Jim Cook, und Graham und ich machten zusammen Lachgeräusche.

Und wieder hoch – meine Familie weiterhin ahnungslos.

Es roch nach frisch geschnittenem Gras.

Barbara Cook ging kurz ins Haus, und ich hörte, wie sie mit Jim schimpfte: »Du bist betrunken!«

Sie kam mit einer Kamera zurück. Sie stellte sich vor die Schaukel, rief »Cheese!« und fing an zu lachen. Sie schien gar nicht mehr aufhören zu können, und es klang, als hätte sich dieses Lachen über einen langen Zeitraum irgendwo tief drinnen aufgestaut. Während sie weiterlachte, machte sie immer mehr Fotos von ein und derselben Szene – Graham Cook und ich, nebeneinander auf der Schaukel.

Sie gab Graham noch einen Schubs und ging wieder ins Haus. Von dort brachte sie Tee und ein geblümtes Kissen mit, setzte sich auf den weißen Plastikstuhl und stellte ihren Tee auf den weißen Plastiktisch. Sie seufzte laut und tunkte einen Keks in den Tee, bis er an den Rändern aufgeweicht war. Als sie den Kopf hob, sah ich, dass sie weinte, und zwar so, wie sie gelacht hatte: als würde sie nie mehr aufhören.

Grahams Schaukel war zum Stillstand gekommen, und er stöhnte und zuckte, und Barbara Cooks Tränen sprudelten weiter von tief drinnen. Ich stellte mir vor, dass wir alle den Bauch voller Bläschen hatten, die sich beim Weinen säurerot und beim Lachen blau färbten wie Lackmuspapier. Wahrscheinlich trugen wir alle einen unerschöpflichen Vorrat dieser Bläschen in uns, und ich hätte gern gewusst, ob mein Leben mehr ein lachendes bläuliches oder ein weinendes rotes sein würde. Das weiß niemand.

Nein, niemand weiß es.

Barbara Cook weinte weiter, Graham und ich schaukelten weiter, und nach einer Weile war Schluss. Ich bedankte mich bei Barbara, schlich durch die Doppelgarage und die Hintertür zurück ins Haus und lief die Treppe hoch. Auf dem Absatz traf ich meine Mutter.

»Wir haben dich gerufen«, sagte sie. »Wo warst du die ganze Zeit?«

»Auf Toilette«, log ich.

»Wir fahren jetzt alle zusammen zur Deponie«, sagte sie.

»Wie aufregend«, sagte ich, was nicht die richtige Antwort war.

Kurz darauf saßen Julia und ich angeschnallt auf dem Rücksitz des Autos.

»Und was hast du solange getrieben?«, fragte meine Mutter.

»Nichts«, sagte ich.

Als ich eine Woche später bei den Cooks vorbeischaute, hing ein großes gerahmtes Foto von Graham und mir auf den schwingenden Schaukeln im Flur.

Als ich eintrat, rief Barbara Cook Graham zu: »Deine *Freundin* ist hier.«

Das gab mir ein komisches Gefühl. Ich hoffte, ich könnte einfach so nett zu Graham sein, ohne seine Freundin werden zu müssen, also seine feste Freundin. Und dann ging mir auf, dass Graham sein Leben lang wohl nie eine feste Freundin haben würde.

Richtig problematisch wurde es, als mein Vater bald darauf die Cooks besuchte und das Foto im Flur entdeckte und als Barbara Cook Graham zurief: »Der Vater von deiner Freundin ist hier!«

Mein Vater forderte Barbara auf, das nicht mehr zu sagen. Als er nach Hause kam, sagte er, weder ich noch Julia dürften Graham Cook zu Hause besuchen, er wäre kein Umgang für uns. Und was ich mir dabei gedacht hätte, mit ihm *zu schaukeln*, als ob … als ob ich ..., stammelte er und brach ab.

Meine Mutter guckte ganz erschrocken, wrang ihre Schürze und fing an, Barbara Cooks gute Eigenschaften aufzulisten.

»Es macht mir aber Spaß, mit ihm *zu schaukeln*«, sagte ich trotzig. »Und ich bin gerne mit ihm befreundet.«

Der Hals meines Vaters lief rot an, und seine Finger zitterten.

»Das Schaukeln hört auf«, sagte er.

Dann sagte ich etwas sehr Freches. Mit einem Wort aus der Welt des Zweideutigen, das ich in der Schule gelernt hatte. Mein Vater fand es nicht so lustig.

Ich sagte: »Und wie ist es mit Rutschen? Oder hast du Angst, ich lass ihn über mich drüberrutschen?«

Meine Mutter und mein Vater wurden ganz still, und mein Vater forderte mich und Julia auf, bitte in unser Zimmer zu gehen.

Sofort.

Jetzt.

JETZT.

»JETZT«, schrie mein Vater.

Julia fragte mich, warum mein Vater sich über die Sache mit Graham so aufregte.

»Weil er so ein Idiot ist, zu glauben ...«, fing ich an.

»Bitte sag nicht so was«, sagte Julia.

»... dass ich Graham als Freund will. Wo doch ein Blinder sieht, dass ich Diego will!«

»Ich auch«, sagte Julia.

»Wir können ihn nicht beide haben«, sagte ich. »Wir können ihn ja schlecht teilen, das führt sogar bei Zwillingen etwas zu weit.«

»Aber für wen wird er sich entscheiden?«, fragte Julia. »Auf jeden Fall für eine von uns. Wir sind schon ewig hinter ihm her.«

»Die Entscheidung ist nicht schwer«, sagte ich. »Wir sind uns ja nicht gerade ähnlich. Besonders für Zwillinge.«

Noch im selben Moment wusste ich, wie er sich entscheiden würde.

»Jeder sagt, im Gesicht sehen wir uns ähnlich«, sagte Julia. »Nur die Haarfarbe und Körperform sind unterschiedlich.«

Ich blickte an meinen dünnen Beinen mit den dunklen Haaren hinunter.

»Tja, er muss einfach danach entscheiden, wessen Haare und Körper er lieber mag«, sagte Julia.

»Das klingt schrecklich«, sagte ich. »Man muss sich doch in den Charakter verlieben, nicht in die Körperform. Es ist voll sexistisch, Frauen als Körper zu betrachten, Julia.«

»Aber ich kapier immer noch nicht, warum Dad nicht will, dass du Graham besuchst.«

»Er will mich nicht mit einem *Spastiker* zusammen sehen.«

»Hör auf«, sagte Julia.

»Das hat er ungelogen beim Handarbeitsmarkt zu mir gesagt«, sagte ich. »Dass ich, wenn ich bei Graham sitze, auch spastisch wirke.

Und dann hat er mir fast den Arm ausgekugelt, um mich wegzuziehen.«

»Trotzdem versteh ich nicht, warum er uns ins Bett geschickt hat«, sagte Julia, die unsere Eltern nicht gern kritisierte.

»Weil ich einen Witz gemacht hab, übers Rutschen.«

»Welchen Witz denn?«

»Robin Fox hat erzählt, es heißt *drüberrutschen*, wenn ein Mann Sex mit einer Frau hat. Und er meinte auch, in Straßen wie der hier rutschen die Männer ständig über fremde Frauen drüber. Swingen heißt das wohl.«

»Aber Dad ist doch bei der Nachbarschaftswache«, sagte Julia. »Würde er das nicht verhindern?«

»Es passiert ja in den Häusern«, sagte ich. »Anscheinend werfen einfach alle ihre Schlüssel in eine Schale und landen in irgendeinem anderen Haus.«

»Was? Sie gehen mit Absicht ins falsche Haus?«, sagte Julia.

»Ja«, sagte ich. »Für Sex.«

»Was? Leute wie Helen Dunnett und Janice Brown?«, sagte Julia mit einer tiefen Falte auf der Stirn.

»Robin Fox meinte, das wäre typisch Vorstadt, aber ich hab keine Ahnung, wie er das meinte.«

»Meinst du, Mum und Dad machen bei so was mit?«, fragte Julia ungläubig. »Glaubst du, Dad hat Sex mit Helen Dunnett oder Janice Brown gehabt?«

Ich nickte ernst und sagte dann: »Wobei ich mir nicht vorstellen kann, dass irgendwer außer Mum den Anblick von Dads Unterhosen erträgt.«

Julia kugelte sich vor Lachen beim Gedanken an die grauen Slips mit Y-Eingriff, durch die die Männer ihr Ding stecken konnten. (Wir kannten inzwischen haufenweise Wörter für das Ding, aber keine von uns brachte es über sich, sie zu benutzen – schon der Gedanke daran grauste uns. Ganz zu schweigen von der Rolle, die sein Ding in unserer Entstehung gespielt hatte. Mit unserer eigenen Mutter!)

Jetzt kam mein Vater wutschnaubend die Treppe hoch, denn er hatte gehört, dass ich, anstatt mich für meinen unanständigen Witz zu schämen, schon wieder am Lachen war. Dann stand er bebend und mit pochenden Adern am Hals vor uns und brüllte, aber wir wussten ja, dass er seine graue Schlitzunterhose anhatte, und schlugen uns die Hand vor den Mund, um nicht erneut laut loszulachen. Es nutzte nichts, wir prusteten durch die Finger. Was ihn vollends auf die Palme brachte.

Dann kam noch unsere Mutter dazu, sie hatte gebadet und roch nach Talkumpuder, und durch das leicht durchsichtige Nachthemd konnten wir ihre große Stretchunterhose und den Speckring sehen, der wie ein riesiger Donut auf ihrer Hüfte saß.

»Wenn ihr weiter so lacht«, sagte meine Mutter, »bekommt euer Vater noch eine Herzattacke.«

Kaum hatte sie das Wort *Herzattacke* gesagt, platzte mir, ich weiß nicht, warum, eine Art Lachschrei aus dem Mund und zwischen den Fingern durch – worauf auch Julia schallend loslachte.

Meine Mutter lief knallrot an.

Sie blickte Julia an und sagte: »Von dir hätte ich mehr erwartet.«

Und ich begriff, dass sie von mir offensichtlich nichts erwartete.

Ich war hin- und hergerissen – wollte ich ab jetzt brav sein wie Julia oder extra böse, um es meiner Mutter heimzuzahlen?

PARFAIT

Wenn mein Kopf mal wieder übervoll war, ging ich oft runter zum See, tauchte tief ein ins Wasser wie ein Delfin, bis ich wieder klar denken konnte, und rief mir in Erinnerung, dass ich Parfait Nduwimana war – *in Gottes Hand*.

»Kommt«, rief ich den anderen zu. »Wer will schwimmen lernen? Es ist so ein schöner Tag.«

»Da sind Krokodile im Wasser«, sagte Gloria. »Du bist wohl verrückt!«

»Nicht da, wo ich schwimme«, sagte ich.

»Wir kriegen alle Bilharziose«, sagte Douce.

»Und Blutegel an den Beinen«, sagte Pierre.

»Wir kommen mit und gucken dir zu, wie wärs?«, sagte Gloria. »Komm, Wilfred, du auch.«

Wilfred sah sie an und sagte kein Wort.

»Pierre?«

»Mal sehen.« Pierres Stirn war wie üblich zerfurcht, als tobte dahinter ein Krieg.

»Zion?«

»Wenn Parfait geht, gehe ich auch.«

Es war eine ziemliche Strecke den Hügel runter, aber der See glitzerte, Schmetterlinge flatterten herum, und fast fühlten wir uns wieder wie eine Familie, wie wir so in einer Reihe durch den Sonnenschein spazierten.

Gloria und Douce hatten sich untergehakt, aber sie sangen nicht mehr zusammen wie früher. Wilfred humpelte nebenher, immer noch das Seil am Fußgelenk, dahinter Zion in seinem rot-weißen

Nylon-Fußballhemd, von dem er sich einbildete, es hätte mal David Beckham gehört. Pierre folgte mit einigem Abstand.

»So ähnlich wärs, wenn wir nach Spanien laufen«, sagte ich zu ihnen. »Aber da schwimmen wir dann im türkisen Meer, richtig im Atlantik. Und machen Picknick am gelben Sandstrand. Und trinken spanischen Wein.«

»Wie wollen wir denn den weiten Weg schaffen?«, sagte Douce. »Ich schaff das auf keinen Fall.«

»Wir gehen in kleinen Etappen«, sagte ich. »Und ihr habt immer Zeit zum Ausruhen, versprochen. Und wenn ihr mal zu müde seid, rasten wir eben einen Tag.«

»Wir müssen das ja nicht jetzt entscheiden«, sagte Gloria.

»Aber wir müssen gehen«, sagte Zion mit diesem fest entschlossenen Blick. »Ich kapier nicht, warum ihr nicht wollt. Wir gehen nach Europa und fangen ein neues Leben an, mit einem eigenen Haus am Strand, wo wir dann alle drin wohnen. Und wir feiern Feste und trinken spanischen Wein. Was hält euch hier bloß? Ich verstehs einfach nicht.«

»Wir wissen doch gar nicht, wie es in Europa ist«, sagte Douce leise. »Vielleicht ist es schlimmer als hier.«

»Nichts ist schlimmer als hier«, sagte Zion. »Und ich gehe auf jeden Fall mit Parfait mit. Wenn ihr nicht wollt, lasst es bleiben.«

»Es ist viel zu weit«, sagte Gloria.

»Gott hat uns Beine gegeben«, sagte Zion. »Was glaubst du, wofür die sind, wenn nicht zum Gehen?«

Ich legte Zion den Arm um die Schultern und drückte ihn.

»Gib ihnen Zeit, mein Kleiner«, sagte ich.

»Ich meins ernst«, sagte er. »Wenn es nach mir geht, sind wir morgen weg. Ich will, dass wir wieder glücklich sind.«

AUGUSTA

Zum ersten Mal hörte ich das Wort *España,* als Diego im Willow Crescent einzog. Hätte mir vorher jemand gesagt, dass es ein so luftiges und helles und herrliches Wort für ein Land gibt, hätte ich mich vielleicht nie für Burundi entschieden.

Ich hatte (natürlich) gedacht, dass das Land an der Grenze zu Frankreich den Namen *Spanien* trug, und der hatte mich nur insoweit beschäftigt, als er sich auf *Kastanien* reimt, was mich zu der Überlegung führte, ob man wohl irgendwo eine einzelne Spanie (oder auch Albanie) finden konnte.

Weiter als Frankreich waren wir nie gekommen in unseren August-Urlauben, die meine Mutter sämtlich in einem Klebefotoalbum dokumentierte und mit Anmerkungen versah.

Jeder, der die Alben zu sehen bekam, wies genüsslich darauf hin, wie unterschiedlich Julia und ich geraten seien und wer von uns nun größer, kleiner, dünner, dicker, blasser, dunkler war.

So ist das bei Zwillingen.

Ich galt bald als die Schlaue – da musste Julia natürlich die Gegenposition einnehmen. Julia wiederum galt bald als die Hübsche – Sie ahnen, worauf ich hinauswill. Und ganz objektiv betrachtet war ich auch kein sehr ansehnliches Kind.

Da stand ich mit Knubbelknien und zugekniffenen Augen am Strand von Benodet, zwanzig Kilometer von Quimper entfernt, wo meine Mutter die Lasagneform gekauft hatte.

Dort war ich in Wales, dürr und groß, mit leicht strähnigen Haaren.

In dem Urlaub hat es viel geregnet, aber wir sind trotzdem in den Pool gegangen.

Am Beckenrand stand mein Vater unter einem Regenschirm mit unseren Handtüchern unterm Arm, neben ihm meine Mutter mit meiner Brille. Beim Rausklettern fing sie mich ab, damit ich nirgendwo gegenlief. Meine Großmutter merkte sich derweil im Pool-Café alles, was es an den anderen Gästen zu bemäkeln gab, um uns später davon zu berichten.

»Du liest zu viel«, sagte meine Mutter, als sie mir die Brillenbügel um die nassen Ohren legte. Sie wollte mir den Arm tätscheln, aber ich schüttelte ihre Hand ab, ich mochte nicht, wenn meine Eltern mich anfassten. Und weil ich sie immer abschüttelte, gaben sie irgendwann auf und bedachten stattdessen Julia mit ihrem Getätschel.

Julia ließ es über sich ergehen, dass ich ihr in unserem winzigen Zimmer in der Holzhütte nicht nur Gedichte vorlas, sondern auch Auszüge aus *Stimmen im Wind*, das ich bei unserer Großmutter im Regal entdeckt hatte. Die Liebesszenen zwischen der weißen Frau und dem schwarzen Sklaven hatte ich mit Kassenbons markiert.

Meine Mutter folgte uns auf Schritt und Tritt durch das verregnete Feriendorf aus Blockhütten, denn sie wollte »ein Auge auf uns haben«, nachdem Amanda Dowler auf dem Heimweg von der Schule verschwunden war und man ihre Leiche später aus der Themse gezogen hatte. Dann, an unserem vierten Urlaubstag – glaubt mans? –, verschwanden zwei Mädchen namens Holly und Jessica in einem Ort namens Soham. Julia und ich beteten verzweifelt, dass sie gesund und wohlbehalten aufgefunden wurden. Aber nein! Ihr Schicksal brachte meine Mutter fast um den Verstand, und sie wollte uns ab sofort nicht mehr allein zur Schule gehen lassen. Sonst würde uns noch jemand entführen und an Menschenhändler verkaufen und zur Prostitution zwingen.

»Hahaha«, sagte meine Großmutter.

PARFAIT

Wenn ihnen danach war, brachen die Soldaten in unsere Hütte ein und brachen die Körper meiner Schwestern wie leere Tongefäße.

Und waren wir auch gebrochen, dachte ich, irgendwann würden wir einfach davonfliegen, nach Spanien. Ich sah uns über den Wolken schweben wie die Kronenkraniche oder Engel mit weiß gefiederten Flügeln. Ja, schick uns Engel, betete ich, mach, dass sie jetzt in diesem Moment herabstoßen und Douce und Gloria retten.

Und sollten die Engel ausbleiben, würde ich die beiden eben mit nach Spanien nehmen, wo ihnen kein Mann was antun konnte. Ich würde ihnen ein kleines weißes Steinhaus am Wasser bauen und Hängematten zwischen den Palmen aufhängen, und darin könnten sie liegen und schaukeln, während ich im blauen Meer fischen ging. Und abends würden wir alle zusammen ums Feuer sitzen und Fisch braten und spanische Gedichte lesen.

AUGUSTA

Unsere Eltern wollten, dass Julia und ich mit Französisch weitermachten. Aber die Hedley Heights, unsere neue Schule, bot zum ersten Mal in der Achten auch Spanisch als Wahlfach an. Aber nur wer zu den Klassenbesten gehörte, durfte beide Sprachen gleichzeitig belegen.

Julia gehörte nicht zu den Klassenbesten und blieb bei Französisch. Das wollte sie zwar eigentlich nicht, da sie wie ich in Diego aus Nummer 13 verliebt und dazu grottenschlecht in Französisch war, aber sie machte wie immer bereitwillig, was unsere Eltern wollten.

»Es tut mir weh, wenn sie enttäuscht gucken«, sagte sie.

»Das machen sie, um dich zu manipulieren«, sagte ich.

Wer wollte, konnte auf der Hedley Heights in der Mittagspause auch noch Latein machen. Ich war schon seit einem Jahr dabei und verpasste damit den Kochkurs, einer der wichtigsten Vorzüge der Lateinstunden. Am Anfang. Bevor ich alles andere daran toll fand.

Meine Mutter hatte uns erst beide für den Kochunterricht eingetragen, Kochen war ja ihr Ding. Mir war aufgefallen, dass manche Leute wegen meines Mädchenseins glaubten, Kochen wäre auch mein Ding. Um mit dem Missverständnis aufzuräumen, hielt ich es für das Klügste, niemals kochen zu lernen. Weder im Kochkurs noch bei den verschiedenen Gelegenheiten, wenn meine Mutter es zu Hause versuchte.

»Ach, Augusta«, sagte sie, »was wird dir denn Latein später bringen?«

»Vielleicht werde ich Professorin in Cambridge«, sagte ich.

»Professoren müssen auch mal kochen«, sagte meine Mutter.

Und kapierte wie immer gar nichts.

»Was willst du bloß mit all den Wörtern anstellen, auf die du so versessen bist?«, sagte meine Mutter.

»Warts nur ab«, sagte ich.

Nun saß ich also allein im Spanischunterricht, und *España* schwirrte und tanzte in meinem Kopf, leicht wie eine Fee, wie ein Schmetterling, wie Frühlingsgefühle.

Und schon meldete ich mich und fragte den Lehrer nach dem spanischen Wort für Fee. Ich konnte nicht anders. Und ich wollte gar nicht wissen, wie man *Ich heiße Augusta* auf Spanisch sagt, worauf die ganze Stunde offensichtlich hinauslief.

»Fee oder Elfe – *hada*«, sagte der Lehrer, und sein Mund war weich wie ein Knautschsack, als er es sagte. Ich war gespannt, ob ich das mit meinem Mund auch anstellen konnte, das *d* bis zum Verschwinden erweichen.

»Oder *duende* vielleicht«, sagte der Lehrer, »was Kobold bedeutet, aber eigentlich unübersetzbar ist.«

Unübersetzbar, ich spitzte die Ohren – was für ein wunderschöner, komplizierter Gedanke. Ich speicherte ihn ab für später und hoffte, auch unübersetzbar zu sein.

»Gerade erst ist ein Buch namens *Duende* erschienen«, sagte der Lehrer. »Von Jason Webster – vielleicht wäre das was für dich.«

Duende – ich erfühlte das Wort auf meiner Zunge, versuchte, den Lehrer nachzuahmen.

»Duende«, sagte der Lehrer, »ist dieses …«

Er zögerte.

»Dieser …«

Wir starrten ihn gebannt an.

»Dieser Moment der Ekstase.«

Er hielt inne.

Und ich dachte, ich muss *es* finden, dieses Ding, das fehlt, was immer *es* ist.

PARFAIT

Ich wusste genau, wo ich es finden würde. Das, was fehlte. Es war oben, Richtung Norden – ich wusste es einfach.

Ich lief den Hügel hinauf zu Víctor, der in seinem Gemüsegarten zugange war. Denn ich hatte mich entschieden.

»Wir haben wieder einen Hutu als Präsidenten, Parfait«, sagte er. »Sie teilen sich wirklich die Macht – und vielleicht ist der Frieden endlich in Sicht.«

Ich sah zu, wie er, auf Knien hockend, die großen, zähen Blätter von einem Brokkolistiel abzupfte und in einen Eimer warf, die kleinen baumartigen Köpfe in einen anderen, und dachte nur, der neue Präsident interessiert mich nicht.

Die Hühner liefen gackernd durch den Matsch vor dem Gehege, und Víctors blinde Kinderschar tanzte durch den Garten, wobei sie ihre weißen Stöcke schwangen und skandierten: *»Linker Fuß vor und der Stock nach rechts, rechter Fuß vor und der Stock nach links.«*

»Ich hab mich entschieden, Víctor«, sagte ich. »Ich werde in dein Land gehen und mir da ein Zuhause aufbauen.«

»Ach, wirklich?« Víctor ließ sich auf die Fersen sinken und zwinkerte mich an.

»Ich sehe keinen Sinn darin, hierzubleiben«, sagte ich.

»Ein toller Plan, Parfait«, sagte Víctor. »Aber für deine erste Reise ist Spanien vielleicht etwas ehrgeizig. Es sind achttausend Kilometer.«

»Wir gehen einen Schritt nach dem anderen«, sagte ich, wütend über Víctors oberlehrerhaften Ton, darüber, dass er mich nicht ernst nahm. »Ist doch egal, wie lang es dauert. Hier hält uns nichts.«

»Du weißt, dass da ein Meer ist zwischen Afrika und Spanien?«, fragte Víctor, als wäre ich ein Idiot.

»Aber ein sehr kleines Meer«, sagte ich, ohne zu lächeln. »Ich hab es mir im Atlas angeguckt, und es ist mehr wie ein Fluss. Von Tanger aus können wir mit dem Boot übersetzen. Warst du da schon mal?«

»Da war ich tatsächlich schon einmal«, sagte Víctor.

»Wann war das?«

»Bevor ich hierherkam, ganz am Anfang meiner Reise durch Afrika.«

»Und was hast du da gemacht?«

»Bei einem Freund gewohnt – einem Priester, am Hafen …«

Víctor verstummte einen Moment und schloss die Augen.

»Aber nachts ist es da gefährlich, Parfait, da sind Gangster unterwegs, da treibt man sich nicht allein herum, zu keiner Tageszeit …«

»Also ist dein Freund noch da?«, fragte ich.

»Ich glaube schon«, sagte er.

»Du *glaubst* es, oder du *weißt* es?«, fragte ich. Mir war klar, dass er mich von meinem Plan abbringen wollte.

Víctor zupfte Brokkoliblätter.

»Sag nicht, du weißt es nicht, nur um mich am Gehen zu hindern«, sagte ich. »Dein Freund wird uns doch helfen, meinst du nicht? Wenn ich sage, dass ich dich kenne.«

Víctor machte ein zerknittertes Gesicht.

»Vielleicht will ich dich einfach nicht verlieren«, sagte er. »Du hast doch gerade angefangen, hier auszuhelfen, fährst den Transporter …«

Er ließ den Satz ins Leere laufen.

»Du gibst mir doch seinen Namen und seine Nummer, oder, Víctor?«, sagte ich. »Ich hab das Gefühl, der Plan nimmt Gestalt an.«

»Also, zuallererst«, sagte Víctor, »müssen wir dir wohl Spanisch beibringen. Englisch kannst du ja schon …«

»Das hat mir mein Vater beigebracht. Und die Baptisten.«

»Und Spanisch ist gar nicht so viel anders als Französisch.«

»Also, fangen wir an?«, fragte ich.

»Fangen wir mit den Verben an.«

»Mein Vater hat immer gesagt, ich lerne schnell«, sagte ich. »Ich sauge alles auf wie ein Schwamm, hat er gesagt.«

Und das stimmte auch – wenn ich wollte, konnte ich stundenlang bei der Stange bleiben, und mit etwas Wiederholung schien ich alles zu behalten.

Die Hühner gackerten weiter, Víctor gärtnerte weiter, die blinden Kinder schwangen weiter im Hof ihre Stöcke, und ich hockte mich mit meinem Herzen voller Hoffnung unter einen Eukalyptusbaum und sagte auf: *»Hablo, hablas, habla, hablamos, habláis, hablan.«*

AUGUSTA

Mr Sánchez sammelte sich.

»*Duende* kann man beim Flamenco erleben, wenn alle Bedingungen stimmen – wenn die Gitarre und der Gesang und der Tanz mit dem Klatschen der Menge und der nächtlichen Hitze verschmelzen. Dann plötzlich, manchmal nur ganz kurz, wie beim Feuerwerk, nur viel besser, entlädt sich eine berauschende Energie, und die ganze Atmosphäre verändert sich. Und neben dir murmelt vielleicht jemand ganz leise, im Schutz des Dunkels, aus dem Innern des Zaubers: *Olé*.«

Vielleicht war der *duende* soeben durch die grauen Wände des Klassenzimmers oder unter der Tür hindurchgeweht. Die Atmosphäre hatte sich gewandelt, und es war totenstill. Wir saßen da und starrten Mr Sánchez an wie in Trance.

Nach und nach wich die Stille einem leisen Rascheln, wie das Flattern von Schmetterlingsflügeln.

Ich meldete mich.

»Und was heißt Schmetterling?«

Meine Stimme klang seltsam brüchig.

Ich konnte nur an *duende* denken.

»Schmetterling – *mariposa*«, sagte Mr Sánchez.

»Oh«, sagte ich. »Danke.«

Denn sowie man das Wort *mariposa* sagt – probieren Sie es aus! –, fliegt ein Schmetterling aus dem Mund.

»Und jetzt alle zusammen«, sagte Mr Sánchez.

Mariposa mariposa mariposa.

Schmetterlinge flatterten wie Konfetti durchs Klassenzimmer.

»Was heißt Frühling auf Spanisch?«, fragte ich.

»Frühling?«, sagte Mr Sánchez. *»Primavera.«*

Primavera primavera primavera.

Ich dachte mir damals gern lateinische Sätze aus, versuchte sogar, einen Teil meines Tagebuchs auf Latein zu schreiben. In meiner Familie erzählte ich niemandem davon, die hielten mich sowieso schon für verrückt.

Primavera.

Für mich klang das nach Latein.

Primum – das Erste.

Verum – die Wahrheit.

Ich meldete mich.

»Mr Sánchez«, sagte ich. »Das Wort für Frühling klingt wie erste Wahrheit.«

Um mich herum bekamen die Gesichter den Ausdruck, den sie um mich herum immer bekamen.

Aber Mr Sánchez nickte. Er sah ganz nachdenklich und traurig aus, ich wusste gar nicht, warum.

»Frühling«, sagte er, seine Augen blickten dabei so trübsinnig wie die der einsamen Kuh, die die Hendersons grundlos auf ihrer Weide hielten. »Frühling – die erste Wahrheit. Ja, wahrscheinlich.«

Wieder wurde es still im Klassenzimmer.

Als wäre der *duende* zurück.

Mr Sánchez war der einzige Lehrer, den ich je hatte, der durch seine eigene Stille Stille schaffen konnte. Die meisten Lehrer mussten mit den Armen rudern und rufen und mit irgendwas drohen.

»Frühling«, wiederholte er. »Die erste Wahrheit.«

Als die Schulglocke ertönte, konnte ich es nicht glauben.

Mr Sánchez schreckte auf.

Später erfuhr ich, dass er seine Frau verloren hatte, deren Name Leonor gewesen war, wie die Frau des spanischen Dichters Antonio Machado. Sie war im Frühling gestorben. Während sie im englischen Hospiz immer kahler und immer weniger wurde, rieselten vor dem Fenster die Apfelblüten herunter und vermoderten auf dem Rasen.

»Das Bücherverteilen am Anfang hat wohl ziemlich lang gedauert«, sagte Mr Sánchez. »Uns ist die Zeit davongelaufen …«

»Das tut sie doch immer. Die Frage ist, wohin«, sagte ich.

Er lachte.

Dann stockte er, und es sah aus, als wäre er den Tränen nah.

»Ja, wohin? Wo ist die ganze Zeit geblieben, Augusta?«

»Vielleicht finden wir sie ja im Himmel«, antwortete ich zu meiner eigenen Überraschung. Die Worte kamen aus mir heraus, ohne dass ich sie gedacht hatte.

»Oder wäre das die Hölle?«, erwiderte Mr Sánchez. »Unsere ganze Vergangenheit am Straßenrand aufgehäuft zu sehen, alles, was wir je gesagt, gedacht und getan haben.«

Das war so eine von Mr Sanchez' Fragen, die einem den Atem verschlugen, als hätte er sie dir mitten durchs Herz geschossen.

Dann war unsere allererste Spanischstunde vorbei. Alle erhoben sich schon von den Stühlen, da sagte Mr Sánchez: »Und natürlich ist Spanisch die Sprache von Miguel de Cervantes, Federico García Lorca, Gabriel García Márquez, Isabel Allende und nicht zu vergessen Picasso, Dalí und Velásquez.«

Der Klang dieser Namen!

Das ist mein Himmel.

In meinem Himmel sitzen sie unter einer ewigen Palme zusammen und unterhalten sich bis in alle Ewigkeit über weltbewegende Dinge, in diesem herrlichen Spanisch, das klingt wie MG-Salven und Lebensfreude zusammen.

Einer nach dem anderen verließen wir den Raum, aber ich blieb vorn stehen und sagte: »Danke, Mr Sánchez. Das war die beste Stunde, die ich je hatte – und können Sie mir bitte Ihr Buch über den *Duende* leihen?«

Er nickte und strich sich den Bart und wirkte wie unter Schock, und ich wusste eins: Ich musste unbedingt nach Spanien.

Nach *España*.

PARFAIT

Ich erzählte Víctor, wenn ich es nach Spanien geschafft hätte, wollte ich Lehrer oder Arzt, Künstler oder Dichter werden.

»Dann fangen wir mal mit der Kunst an«, sagte er. »Dabei kann ich dir helfen.«

Er ging hinter sein Häuschen und holte eine alte Staffelei, einen verschmierten Farbkasten und ein paar Zeichenstifte aus dem Vorratsschrank.

Zuerst musste ich Bilder spanischer Meister aus Víctors Kunstgeschichtsband abzeichnen. Dann durfte ich mit Pastellfarben arbeiten und danach Ölfarben probieren.

In seinem Bildband über europäische Gegenwartskünstler stieß ich auf das Foto eines Malers namens Sami Terre. Er hatte meine Hautfarbe und ganz viele lange schwarze Zöpfchen. Er stammte aus einem Drecksloch am Brüsseler Stadtrand, so nannte er es, und hatte als Graffitisprayer angefangen.

Ich zeigte das Foto Gloria und Douce: »Könnt ihr mir die Haare auch so machen?«

»Für wen willst du dich denn so hübsch machen?«, fragte Gloria.

Ich schüttelte den Kopf.

Sie machten sich an die Arbeit, zusammen mit Amie Santiana, die auf dem Gehöft nebenan wohnte und sich mit Frisuren auskannte.

Als ich am nächsten Tag aus der Hütte trat, kam ich mir tatsächlich etwas größer vor. Wenn ein Sami Terre berühmt geworden war und in Büchern stand, obwohl er in einem Drecksloch geboren war, konnte jeder es schaffen. Sogar ich.

Gegenüber in der Akazie gurrten Brillentauben – grrrrrrr,

u-UU-u. Ich holte das Hochzeitsfoto meiner Eltern aus der Erinnerungskiste. Ich fand auch ein Kärtchen, das mein Vater meiner Mutter in der Hochzeitsnacht geschenkt hatte.

»Gott, gib mir die Gelassenheit, Dinge hinzunehmen, die ich nicht ändern kann«, stand darauf, *»den Mut, Dinge zu ändern, die ich ändern kann, und die Weisheit, das eine vom anderen zu unterscheiden.«*

Eine gute Entscheidungshilfe.

Es gab etwas, das ich ändern konnte.

Den Ort, an dem wir lebten.

Ich hatte den Mut dazu, das wusste ich.

Ich malte das Foto ab – meine Eltern an ihrem Hochzeitstag, Arm in Arm, mein Vater in einem dunklen Anzug und meine Mutter in einem seidig glänzenden Brautkleid, geliehen vom baptistischen Priester.

»Sag mir, dass es richtig ist, wenn ich weggehe«, bat ich meinen Vater auf dem Foto, aber es kam keine Antwort.

Ich arbeitete tagelang an dem Porträt, hängte abends eine alte Matte darüber und sagte allen, sie dürften es nicht angucken, noch nicht.

Und wenn mir vom Bananenpflücken die Arme noch so wehtaten, ich malte weiter.

Dann war das Bild fertig.

Víctor kam mit dem Fahrrad zu uns, alle versammelten sich, was mich plötzlich befangen machte, aber dann zog ich die Matte herunter.

»Du bist ein Genie«, sagte Víctor. »Ein Naturtalent! Bleib hier, aus dir wird mal ein berühmter burundischer Maler.«

Die anderen starrten auf meine Mutter und meinen Vater, vielleicht in der Hoffnung, dass sie aus dem Bild treten und wieder mit uns in der Hütte leben würden.

»Damit können wir unterwegs Geld verdienen«, erklärte ich. »Mit Porträts.«

»Ich komme nicht mit«, sagte Pierre. »Ich bleibe hier und ziehe in den Kampf.«

»Kampf?«, fragte ich. »Du willst in die Schlacht ziehen?«

»In den Kampf, mit allem, was dazugehört.«

Mein Vater auf der Staffelei mit seinen zwinkernden Augen und seinen Wangen, diesen *»Halt auch die andere hin«*-Wangen, hörte kurz auf zu zwinkern.

»Was würde Pa dazu sagen?«, fragte ich.

»Und was hat es ihm genützt? Dass er nicht zurückgeschlagen hat? Dass er den Kreislauf durchbrochen hat?«, erwiderte Pierre.

Wilfred starrte weiter das Bild an.

Die Mädchen sahen traurig drein.

Víctor schwieg.

»Wann gehts los?«, fragte Zion.

Dann gingen wir leise, einer nach dem anderen, aus der Hütte. Meine Eltern blieben auf der Staffelei und warfen sich weiter verliebte Blicke zu.

»Geduld, mein Kleiner«, sagte ich und fing an, mit ihm herumzutanzen, um selbst wieder fröhlicher zu werden. So stellte ich mir damals Flamenco vor. Inzwischen weiß ich, dass Flamenco ganz anders geht.

»Tanzt mit!«, rief ich den Mädchen zu. »Man schwingt die Hüften so und hebt die Arme so und dreht sich so – und die Frauen haben schmetterlingsbunte Kleider an.«

»Und wenn man Lust hat, darf man immer *Olé* rufen!«, sagte Zion.

Gloria winkte ab: »Tanzt ihr Jungs weiter. Ich gucke lieber zu.«

Douce nickte.

Wenn Zion und ich allein waren, sagten wir andauernd *Olé*, wir hatten auch unser Spezial-High-five – von oben nach unten. Das war unser Zeichen, dass wir an unsere Reise glaubten.

»Olé olé olé olé.«

AUGUSTA

Meine Mutter hatte begonnen, mögliche Reiseziele für den Sommer 2004 mit rotem Kugelschreiber einzukringeln, und ich fragte Mr Sánchez, ob Spanien ein guter Ort zum Urlaubmachen wäre.

»Die Costa del Sol sollte man unbedingt meiden«, sagte er. »Da wimmelt es von Engländern!«

Und wir lachten verschwörerisch, einig darin, wie langweilig die Engländer waren. So langsam fragte ich mich, ob ich vielleicht in Wahrheit Spanierin war und vom Storch (haha) nur am falschen Ort abgeworfen worden war. Über Sex wusste ich natürlich inzwischen eine ganze Menge – und zwar nicht nur von den Szenen aus *Stimmen im Wind*. Nein, das Internet hatte Einzug gehalten – jedenfalls in den Häusern anderer Leute. Meine Eltern setzten dagegen weiter auf Papier. Meine Mutter hatte uns ein Buch über Sex gekauft, das sie uns in die Hand drückte mit den Worten, wie wundervoll es sei, ein Baby zu bekommen, ein großes Privileg für jede Frau.

»Nicht für jede«, sagte ich. »Manche Frauen können keine Kinder bekommen.«

Da warf sie mir den *»Du wieder!«*-Blick zu, also sagte ich nichts davon, dass das Privileg auch Leid bedeuten konnte oder dass für Barbara Cook jeder Tag als Mutter Liebe und Leid bedeutete, sodass die beiden ein und dasselbe wurden. Ich verkniff mir auch zu sagen, dass Liebe wohl das allergrößte Wort der Welt war und wir im Laufe eines Lebens nie dahinterkommen würden, was es bedeutete. Und dass wir, wenn wir Liebe in eine Waagschale und Leid in die andere legen würden, unsere Meinung womöglich ändern und feststellen müssten, dass Leid viel stärker wog. Dann überlegte ich, ob Liebe und Leid nicht vielleicht in dieselbe Waagschale gehörten. Und dass man das eine nicht ohne das andere haben konnte. Aber dann konnte ich mich nicht entscheiden, was in der anderen Waagschale liegen sollte. Aber nichts von alldem sprach ich aus, während meine Mutter uns über die Risiken der Tamponbenutzung aufklärte, allen voran über die Gefahr des toxischen Schocksyndroms.

»Und davon abgesehen«, sagte sie am Ende ihrer Ausführungen, »kann es sehr schmerzhaft sein, wenn ihr sie *einführt in eure. Einführt in eure. In eure.*«

Das Wort wollte einfach nicht rauskommen.

»Scheide«, sagte ich.

Vor lauter Schreck, das Wort ausgesprochen zu hören, quetschte meine Mutter die Packung extradünner Binden in ihrer Hand zusammen und lenkte auf das Thema Ferien um. Sie legte die Binden beiseite und holte ihren Spiralblock hervor, der als Urlaubsplaner diente.

»Spanien soll sehr sicher sein«, sagte ich. »Und ich könnte mein Spanisch verbessern, in der Bretagne haben wir ja auch Französisch geübt.«

Spanien, notierte meine Mutter und unterstrich es doppelt.

Das Ferienhaus der Familie Alvárez befand sich nicht an der Costa del Sol, sondern der Costa de la Luz, erklärte ich meiner Mutter. In einem Dorf am Strand namens La Higuera. Was Feigenbaum bedeutet. *Higos* sind Feigen, und das *H* wird nicht ausgesprochen.

Da Diegos Familie im nächsten Jahr im August für eine Hochzeit nach Argentinien fliegen wollte, bestand die Möglichkeit, ihr Ferienhaus mit Feigenbäumen im Garten zum Freundschaftspreis zu mieten. Sie selbst wollten dann erst in der Weihnachtszeit wieder hinfliegen.

Mein Vater sagte: »In Spanien ist alles anders. Lola sonnt sich im Garten angeblich ohne Badeanzug. Wahrscheinlich machen die das da alle so. Und im Sommer ist es richtig heiß. Drückend. Vielleicht ist das alles nichts für uns.«

Er hatte recht.

Für ihn war es nichts.

Aber gemeinsam, verbündet und verschworen, würden wir ihn schon rumkriegen.

Ich halte kurz inne und blicke mich um, während ich dies schreibe, hier in La Higuera, dreizehn Jahre nach unserem ersten Besuch. Wie sehr ich an diesem Ort hänge, an den Feigenbäumen und Palmen, der warmen Luft und den wilden Winden.

Da waren wir – unschuldig und naiv.

Und so aufgeregt.

»Noch zwei Monate«, sagte ich zu Julia und machte wieder ein Kreuz in den Kalender, den wir innen an die Kleiderschranktür gehängt hatten.

»Werden wir verändert sein, wenn wir zurückkommen?«, fragte Julia.

»Na klar«, sagte ich lächelnd.

Ich weiß noch, wie wir packten für Spanien, die Koffer aufgeklappt auf dem Bett. Sonnenstrahlen fielen durchs Fenster und erhellten die Zimmerecke, wo ein kleines Eckregal stand, immer noch steht. Darauf unsere Preise – all meine Schulpokale aus falschem Silber, die Rosette vom Reitturnier am oberen Brett und Julias goldene, ballettschuhförmige Tanztrophäen. Ich erinnere mich an die schwirrenden Staubkörnchen im Licht, unsere Hautschuppen.

Ich blicke hinunter auf meine Hand, meine Haut, sie ist braun von der Sonne, denn ich lebe jetzt hier.

Die Haut meiner Hand.

Mano auf Spanisch.

Mano mano mano – Man-ometer - Man-över - Mann-über-Bord - Man-o-ti. Ach nein, Manati heißt das.

Manatis, Rundschwanzseekühe – delfinartige Wesen mit runden Nasen. Wie die Pilotwale in der Straße von Gibraltar, als wir mit dem Boot von Tarifa ablegten.

An jenem Tag.

PARFAIT

»Und, kommst du mit?«, sagte ich zu Wilfred. »Ich frag dich zum letzten Mal.«

Wilfred schüttelte den Kopf.

»Wir bauen uns ein neues Zuhause mit Hängematten im Garten.«

Er schüttelte wieder den Kopf.

»Sicher?«, fragte ich. »Wenn wir weg sind, kannst du es dir nicht mehr anders überlegen. Heute ist der Tag der Entscheidung.«

Wilfred zeigte auf das Seil an seinem Knöchel.

»Bei Claude willst du bleiben?«, fragte ich.

Er nahm mich am Arm und führte mich zu der Stelle, wo wir Claude begraben hatten, und dort, unter der Zypresse, lag ein Haufen Steine, mit einer frischen roten Rose in einem Tontopf. Wilfred hatte den Namen CLAUDE in die Baumrinde geritzt und eine Strichliste in Fünferblöcken, vier senkrechte Linien und eine Diagonale, für jeden Tag, seit er gestorben war – sie zogen sich nach oben und um den Stamm herum.

Als ich die Strichliste sah, nahm ich ihn in den Arm. Ich war größer als er, und sein Gesicht lag an meiner Brust.

Ich musste weinen, als ich ihn weinen spürte.

Als ich fühlte, was er fühlte, und nichts tun konnte.

Drei Jahre seit Claudes Tod – und wie muss es erst sein, einen Zwilling zu verlieren.

Mir ging der Anblick von Claude in der ausgebrannten Hütte nicht aus dem Kopf.

Drei Monate seit dem Verschwinden der Mädchen und kein Lebenszeichen von ihnen.

Der Schmerz war zu viel für mich.

Die Schuld auch.

Wilfred wand sich aus meiner Umarmung und ging in die Hocke, aber er hielt weiter meine Hand fest und malte zwei Fragezeichen in die Erde.

»Was fragst du dich?«, wollte ich wissen. Ich hockte mich neben ihn. »Warum du Claude nicht gerettet hast? Wo die Mädchen sind?«

Er nickte einmal, noch einmal.

»Ich auch«, sagte ich. »Ich auch.«

Er zeigte auf das Seil an seinem Bein. Und uns beiden rannen die Tränen über die Beine und die trockenen Füße und versickerten in der Erde.

»Wenn ich gehe, wirst du mir verzeihen?«, fragte ich.

Wilfred nickte und zeigte auf den Baum.

»Suchst du jeden Tag eine Blume für Claude?«

Er nickte wieder.

»Ich halte den Schmerz hier nicht mehr aus«, sagte ich. Und ich wusste, das war der wahre Grund.

Ich tat es eigentlich nicht für Zion.

Ich tat es für mich.

»Ich gehe, weil ich den Schmerz hier nicht mehr aushalte«, erklärte ich auch Víctor. »Also sag mir nicht, dass ich bleiben soll. Ich kann es nicht mehr hören. Und ich kann es nicht mehr ertragen. Und ich kann hier nicht mehr leben. Ohne die anderen.«

Víctor wandte den Blick ab.

»Ich werde dich vermissen, Parfait«, sagte er.

»Ich dich auch«, sagte ich und biss die Zähne zusammen, so weh tat es.

»Vielleicht möchte Wilfred ja zu mir kommen und bei mir in der Schule wohnen«, sagte Víctor. »Er kann im Garten helfen, hier und da ein bisschen mitarbeiten, mit den Kindern Fußball trainieren, Gebärdensprache lernen.«

Er hielt inne.

»Das ist die Idee«, sagte er zu sich selbst, und seine Miene hellte sich auf. »Vielleicht hilft ihm Gebärdensprache dabei, sich zu öffnen.«

»Er ist nicht taub«, sagte ich. »Er weiß einfach nichts mehr zu sagen.«

»Vielleicht findet er neue Dinge, die er sagen will, wenn er erst mal in einem neuen Haus wohnt, neue Dinge tut«, sagte Víctor. »Was meinst du?«

»Ist das dein Ernst?«, fragte ich. »Du würdest ihn aufnehmen?«

»Natürlich. Und Pierre auch. Und die Mädchen, wenn …«

»Du willst weiter nach ihnen suchen?«, fragte ich.

Víctor nickte.

»Du bist ein Segen«, sagte ich. »Mein Vater hat immer gesagt, zählt die guten Dinge in eurem Leben und seid dankbar. Und dich zähl ich tausend Mal, jeden Tag. Du bist tausend – Millionen – gute Dinge. Oder noch mehr. Grenzenloser Segen. *Bendiciones infinitas.*«

»Ach, wer spricht denn da schon so fließend Spanisch?« Víctor umarmte mich.

»Ich hab das Gefühl, ein Danke ist nicht genug.« Ich lächelte ihn an.

»Gib diesen Ort nicht auf, gib die Hoffnung für ihn nicht auf«, sagte er. »Auch wenn du gehst, du kannst immer zurückkommen. Ich glaube an den Frieden. Er liegt in der Luft. Vielleicht ist der Bürgerkrieg schon Ende November vorbei. Die Dinge ändern sich, Parfait, verstehst du?«

AUGUSTA

Die Dinge ändern sich.

Manchmal ganz unerwartet.

Durch einen ganz kleinen Akt.

Wie das Buchen von Flügen nach Sevilla.

Meine Mutter gab meinem Vater einen Kuss aufs verschwitzte Haar und wartete auf den richtigen Moment. Schließlich ging es um Flugzeuge und um fremde Menschen, um eine Sprache, die er nicht konnte, um ein Mietauto und um Rechtsverkehr, alles machte ihm *Sorgen*.

Aber die Begeisterung meiner Mutter war entfacht, und Julia und ich hatten alles darangesetzt, das kleine Feuer zu schüren. Wir pusteten in die Flammen wie zwei Blasebälge, bis wir alle drei darauf brannten, zum Ferienhaus der Nachbarn zu fahren, an diesen weiten Strand, wo die Atlantikwellen an Land krachten.

Mein Vater hatte also keine Chance, uns Spanien, die Küste des Lichts, das kleine Dorf namens Feigenbaum zu versagen. Schon Monate vor unserer Abreise hörten wir im Traum in unseren Betten im Willow Crescent Nummer 1 das Auf und Ab der krachenden Fluten.

Wir platzten fast vor lauter Vorfreude.

Vorfreude ist auch so ein Wort. Es füllt einen ganz aus und prickelt im Innern, und monatelang prickelten in uns Spanien, die Hitze, die Küste des Lichts, die Feigenbäume, die Kastagnetten und die Gitarren, und als wir dann endlich im Flieger saßen, waren wir wie Champagner, kurz bevor der Korken ploppt.

Gleich machts *plopp*.

Jetzt gleich.

Kabinencrew: Noch zehn Minuten bis zur Landung.

Meine Eltern hielten sich an den Händen, ganz verwundert, dass wir es so weit geschafft hatten, und flüsterten Stoßgebete. Die Räder wurden ausgefahren, es rumpelte.

Padum.

Willkommen in Sevilla.

Hier ist die Temperatur.

Hier ist die Temperatur fünfunddreißig Grad.

Mein Vater wischte sich mit einem Taschentuch über die besorgte Stirn. Den Flug hatte er überlebt, aber wie sollte er fünfunddreißig Grad überleben? Wir quetschten uns in den Mietwagen, und meine Mutter breitete die Landkarte auf ihren zitternden Knien aus.

»Konzentrier dich!«, sagte mein Vater. »Konzentrier dich!«

»Halt dich einfach rechts«, sagte meine Mutter. »Rechts! Rechts!«

»Wir dürfen uns nicht verfahren«, rief mein Vater. »Schick uns bloß nicht ins Stadtzentrum!«

Man konnte den Eindruck bekommen, das Stadtzentrum wäre eine Art schwarzes Loch, aus dem es kein Zurück gab.

»Schick uns bloß nicht ins Stadtzentrum!«, wiederholte mein Vater.

»Da!«, rief meine Mutter. »Das ist die Straße!«

»Sag das doch früher!«, sagte mein Vater.

»Fahr rechts! Rechts!«, sagte meine Mutter.

»Ich *fahre* rechts!«, sagte mein Vater.

Die Korken stiegen immer höher und höher, und irgendwann fuhren wir eine Strandpromenade entlang, bogen in eine Einfahrt, Julia und ich sprangen raus, machten das Tor auf, wie Diego es erklärt hatte, und es machte *plopp*, und wir waren da!

Barfuß und in Bikinis rannten wir den Weg zum Strand hinunter, und die Wellen waren genauso groß und so krachend, wie Diego es versprochen hatte. In einiger Entfernung stand ein Mann mit einem kleinen Wagen, der Styropordrachen verkaufte, und mein Vater kaufte ihm einen ab.

Er kaufte ihm einen ab.

Aus freien Stücken.

Wo er so ungern was kaufte.

Er gab nicht gern Geld für *Ramsch* aus.

Julia knotete den Drachen an ihrem Zopf fest, und der weiße Styroporvogel folgte uns, als wir zu viert am Strand spazierten, als wir planschten und dabei winzige silberne Fische über die Wellen springen sahen, die in der Sonne glitzerten.

Wir lachten.

Wir zeigten auf Sachen.

Wir spürten die Gischt im Gesicht.

Und wir waren.

Glücklich.

Ich unterbreche das Schreiben für einen Moment und klettere über die kleine Leiter auf das Dach meines Wohnwagens. Ich blicke auf den Strand hinaus und denke, wir vier waren dort. Genau dort hatte das Wasser uns den Sand unter den Füßen weggezogen. Der Sand, auf dem wir standen, ist längst nicht mehr da, doch das Haus ist geblieben.

Das Haus der Alvárez ist, innen wie außen sichtbar, aus grobem Stein gebaut und hat Wandbehänge aus indischem Stoff an schwarzen Eisenstangen. Die Betten haben metallene Kopfteile und weiße Bezüge, darüber Leinentagesdecken in ausgewaschenen Farben: Aquamarin, Sand, Zartrosa und Koralle. Auf jeder Fensterbank liegen Muschelschalen, von Diego und Pally am Strand aufgelesen, und ein paar seltsam geformte Treibholzstücke. Das Haus hat Fenster mit Holzläden und einen Terrakottaboden. Die Vordertür führt in einen sandigen Garten mit Palmen und Olivenbäumen mit Hängematten. Hinten gibt es eine reetgedeckte Veranda, einen Rasen und jede Menge Feigenbäume. In der Mitte befindet sich ein kleiner Badeteich, wo man mit ein bisschen Glück Babyfröschen beim Brustschwimmen zugucken kann.

Und dann ist da noch das holzgeschnitzte Gartenbett aus Marokko, mit stapelweise Zierkissen drauf, wie das Himmelbett eines nordafrikanischen Königs aus früheren Zeiten. Ein Thron von Bett. Es heischt Aufmerksamkeit – und steht genau in der Mitte meines Lebens. Hier war die Keimzelle, in jeder Hinsicht.

Ich blicke auf das marokkanische Bett, und es blickt zurück.

Ich verliebte mich auf Anhieb in das Haus, als ich es im August 2004 zum ersten Mal betrat. Und bei meinem Besuch 2011 verliebte ich mich zum zweiten Mal, auch wenn ich am liebsten Julia dabeigehabt hätte. Und ich verliebte mich von Neuem – nur diesmal viel heilloser, viel unglücklicher –, als Diego und ich kurz vor Weihnachten 2015 hierher entflohen. Und ich liebe es noch immer, trotz allem.

Aber ich weiß nicht, ob ich es je wieder betreten werde.

Jetzt, wo ich keinen Schlüssel mehr habe.

Ich laufe daran vorbei und blicke übers Tor.

Heute vermieten die Alvárez an Fremde.

Hinten im Garten liegen wechselnde Pärchen in Shorts und Bikini auf dem marokkanischen Himmelbett – von links kann man aus einem bestimmten Winkel das Bett hinter dem piksenden Birnenspalier sehen.

Ich sehe diesen Fremden zu, wie sie spätabends auf dem Steingrill Fisch braten.

In unserem Familienurlaub 2004 wollte Julia gern grillen, aber mein Vater war dagegen, er wisse ja gar nicht, wo er Kohle herbekommen sollte.

Laut meiner Mutter aßen die Leute hier sowieso keine Würstchen, beim Metzger jedenfalls hätte sie keine gesehen – nur Fische hätte es gegeben, lebendig hätten die ausgesehen, komplett mit Augen und Mäulern und Schwanzflossen.

»Ich glaube, das war ein Fischhändler«, sagte ich.

»Und wir müssten den Grill ja irgendwie wieder sauber kriegen«, sagte sie.

Also begnügten wir uns mit Gasherd und Mikrowelle und holten uns Grillhähnchen vom Imbiss.

Einmal gönnten wir uns einen Besuch im Strandrestaurant –

Restaurante Raúl, dessen Besitzer erwartungsgemäß Raúl hieß. Er hatte volles, dunkles Haar und einen dicken, haarigen Bauch und trug einen Strohhut. Er nahm mich und Julia mit auf seine Weide, um uns seinen Esel zu zeigen, mit dem gedrungenen, plüschigen Hals und störrischen Gesicht. Wir durften auch seine Vollblutstuten streicheln. Er erzählte uns, dass er frühmorgens, wenn es fast menschenleer war, immer am Strand reiten ging – das wäre auch die beste Zeit, um ein Picknick zu machen und den Sonnenaufgang hinter den Bergen zu beobachten. Ich übersetzte für meine Familie. Er erklärte meinen Eltern mit Händen und Füßen, dass Julia und ich eine Runde auf der Wiese reiten könnten, aber sie wehrten ab und zeigten auf ihre Köpfe und den Boden.

»Sombrero!«, sagte mein Vater. *»Sombrero!«*

Nicht genug, dass mein Vater aussah wie der letzte englische Idiot, wir verpassten auch noch die Chance, reiten zu gehen.

Raúls Frau Teodora hatte wunderschön glatte, karamellfarbene Haut und gutmütige schwarze Augen, und als sie sah, wie enttäuscht wir waren, schenkte sie mir und Julia *crema catalana*-Eis.

Sie kochte uns Paella mit Muscheln und frittierten Chanquete-Fisch, den man im Ganzen (einschließlich Augen) mit den Fingern aß, und die regionale Spezialität, angebratenen Thunfisch mit Trauben. Mein Vater verweigerte alles, bis auf das spanische Omelett.

Raúl schien nicht so viel zu arbeiten. Er lief herum und plauderte mit allen und knabberte dabei Sonnenblumenkerne.

»Meinst du, die verstehen sich überhaupt gegenseitig, so schnell, wie die reden?«, fragte meine Mutter.

»Ein Lärm wie im Vogelhaus hier«, sagte mein Vater und zog sich die Sportsocken hoch, die meine Mutter ihm gekauft hatte. Shorts passten nicht zu ihm, und ich war erleichtert, wenn er am Abend eine lange Hose über den rosa Beinen trug.

Am Sonntagabend besichtigten wir die dunkle Kirche auf dem Marktplatz. Sie war voller Gold und Alabasterstatuen und bedrückender Bilder der Jungfrau Maria und von Jesus, der sich am Kreuz windet, wie auf dem Anhänger meiner Großmutter.

Jeden Tag gingen wir in den winzigen Dorfladen am Kreisverkehr und deuteten auf das frisch gebackene *barras*-Brot, auf saftige Tomaten und Nektarinen, die die Frau im hellblauen Hauskleid für uns in braunes Papier packte und meine Mutter für unser Mittagessen in Lola Alvárez' marokkanischen Einkaufskorb legte.

Mein Vater gab mir Geld, damit ich die spanische Tageszeitung kaufen konnte, sodass ich den ganzen Tag überglücklich übersetzend mit meinem Wörterbuch am Strand zubrachte.

Wir ruderten und schwammen und surften auf Bodyboards und ließen uns von Wellen umhauen, und wir spazierten den Strand entlang zu *der schönen Stelle*, wo niemand sonst hinging.

Die schöne Stelle, so nannte es meine Mutter.

Sie befand sich ganz am Ende des Strands, bei einer Gruppe narbiger Felsen, mit ein paar Pinien dahinter und kleinen Wasserlachen, die bei Ebbe zurückblieben. Ein blaues Holzboot lag halb im Sand vergraben, darauf saßen wir oft zum Picknicken.

Heute ist mir klar, dass mein Vater wohl vor allem vor den spanischen Männern mit ihrer dunklen Haut und den behaarten Oberkörpern im belebteren Strandabschnitt flüchten wollte, die breitbeinig dastanden, Bier aus Dosen schlürften und ihm Sätze zuriefen, die er nicht verstand.

Er liebte unsere »Stelle«, weil er hier seine verbrannten Knie und seine Unzulänglichkeiten verstecken konnte. Hier gab es keinen Kiosk, wo er mit dem Zeigefinger fuchtelnd vor der Eistafel stehen musste, um dann in seiner Panik das falsche Geld hervorzuholen.

»Wir können ja einfach eine Familienpackung Eis im Supermarkt kaufen«, sagte meine Mutter.

»Viel besser«, pflichtete mein Vater ihr bei. »Egal, worauf ich zeige, sie haben es eh nicht da. Aber die Spanier bekommen immer genau das Eis, das sie wollen.«

»Das kann ich mir wirklich nicht vorstellen«, sagte ich.

»Und wenn ich um was bitte, fangen sie an zu lachen«, sagte mein Vater. »Die machen sich über mich lustig.«

An der *schönen Stelle* gab es keine Eisläden und keine lachenden Ausländer.

Es gab nur uns.

Manchmal überwinde ich mich dazu, hinunterzugehen, und spiele mit dem Gedanken, dort etwas aufzustellen. Etwas, das an uns erinnert – uns vier –, ein Schild mit der Aufschrift: »Familie Hope war hier glücklich. Kurz.«

Heute ist der Ort von Traurigkeit erfüllt, nicht nur meiner eigenen.

Vielleicht sollte ich eine Skulptur in Auftrag geben – einen Baum vielleicht mit vier gespreizten Ästen, wie Menschenarme.

PARFAIT

Es gibt einfach solche Orte – oder?

Orte, die mit so viel Gefühl angefüllt sind, dass man sich kaum traut, zurückzukehren.

Kennen Sie so einen Ort?

Für mich ist es Tanger.

Vor unserer Ankunft war der Hafen von Tanger, wo Víctor einst bei einem spanischen Priester übernachtet hatte, eine Märchenstadt aus *Tausendundeiner Nacht* mit schmalen, laternenerleuchteten Gassen voller würfelförmiger Häuser bis hinunter zum Hafen.

Und als wir dann wirklich da waren, kam es mir sogar noch magischer vor, nach allem, was wir erlebt hatten. Und in meiner Erinnerung besteht die Stadt aus Edelsteinen: Smaragd, Saphir und Aquamarin.

Ich erinnere mich an einen schönen sechseckigen Innenhof mit einem gekachelten Brunnen. Ich erinnere mich an einen schattigen Garten hinter dem rostfarbenen Haus des Priesters und an die Tonteller, auf denen er uns das Essen servierte, mit geometrischen Mustern in Grün und Saphirblau, wie Pfauenschwänze. Ich sehe auch Pfauen über den saftigen Rasen stolzieren, aber die bilde ich mir nur ein.

»José *María?«,* fragte Zion den Priester ungläubig mit seinem besten spanischen Akzent und verzog das Gesicht auf seine typische, leicht naseweise Art.

Der Priester lächelte.

»María?«, wiederholte Zion und imitierte eine hohe Mädchenstimme.

»Es tut mir wirklich leid«, sagte ich. Ich dachte: Bitte, Zion, beleidige ihn nicht, er ist unsere einzige Hoffnung.

Aber der Priester lachte nur, ein kehliges Lachen wie Víctors, und plötzlich vermisste ich ihn. Ich vermisste seine Stimme. Ich vermisste seine großen Hände, die gestikulierten. Seine peinliche Flamenco-Vorführung. Seine väterliche Liebe.

»Der Name ist *José* María«, sagte der Priester zu mir und deutete dabei auf Zion. »Und Mädchen können María José heißen – genau andersrum.«

Mit bitterbösem Blick gab ich die Erklärung an Zion weiter.

»Hier ist es ein bisschen wie im Himmel, nach den anderen Orten, an denen wir waren«, sagte ich mit einem Blick auf den leuchtend grünen Rasen und die dünnen Wasserstrahlen, die aus kleinen Hähnen am Rand in hohen Bögen über das Gras schwenkten und die Palmen zittern und glitzern ließen.

»Ihr seid wirklich zu Fuß gegangen?«, fragte José María. »Ihr macht doch Witze, oder?«

»Na ja, nicht nur zu Fuß«, sagte ich. »Wir sind gelaufen. Getrampt. Haben uns in Zügen versteckt. Wie es gerade kam.«

An manches von der Reise wollte ich mich nicht mehr erinnern, und wir hatten uns entschieden, darüber zu schweigen. Wie lang die Nächte waren. Und wie schwarz. Der Mann in Algerien, der uns an alte Männer verkaufen wollte, die Kämpfe am Straßenrand, die Müllhalden, wo Jugendliche Klebstoff schnüffelten, wo die Störche über den Müll staksten und Menschenaugen auspickten – das erzählten sich die Leute.

Wenn ich zurückblicke, erinnere ich mich vor allem daran, dass ich mich nachts nicht traute zu schlafen. Und wie müde ich war.

»Hat es sich gelohnt?«, fragte José María.

»Das hoffe ich«, antwortete ich und sah Zion an und wollte so sehr, dass es sich gelohnt hatte.

»Warum wollt ihr da leben?«, fragte José María.

»Dort herrscht Frieden.« Meine Stimme klang hart und entschlossen, er sollte gar nicht auf die Idee kommen, mir zu widersprechen oder mich umzustimmen, für einen Irrtum war es viel zu spät. »Wir haben einfach so viel Gewalt gesehen in unserem Leben, und so viel Tod. Also bauen wir uns jetzt ein neues Leben auf, wo wir glücklich und sicher sein können. So ist jedenfalls der Plan.«

»Frag ihn, ob es stimmt«, drängte Zion. »Frag ihn, ob Spanien so toll ist, wie wir denken.«

»Ist Spanien das schönste Land von allen?«, fragte ich den Priester.

Er lächelte.

»Das hängt immer davon ab.«

»Er sagt Ja«, erklärte ich Zion. »Und wir sind bald da. Alles klar?«

»Alles klar«, sagte Zion.

»Olé?«, sagte ich.

»Olé«, sagte Zion.

AUGUSTA

Am zwölften Urlaubstag, auf dem letzten Drittel des Wegs zu *der schönen Stelle*, kamen wir an ein paar Gruppen von Leuten vorbei, die in der Sonne lagen, ohne irgendwas an. Die Männer hatten Schniedel wie dicke, tröpfelnde Seegurken, bei den Frauen konnte man nicht nur die Haardreiecke sehen, sondern zwischen die Beine gucken, weil sie die nicht zusammenhielten. Kinder hüpften fröhlich dazwischen herum und fanden es anscheinend nicht weiter schlimm, dass die Eltern nichts anhatten.

»Geht weiter!«, rief mein Vater uns zu und wurde dabei immer schneller, als müssten wir ein Schlachtfeld durchqueren, unter Beschuss von allen Seiten.

»Kommt, kommt, kommt«, drängte er, also nahmen wir die Beine in die Hand und rannten praktisch zu unserer Stelle.

Aber mein Vater guckte immer noch, als hätte er einen Geist gesehen. Auf sein Buch konnte er sich kaum konzentrieren. Immer wieder sagte er: »Hoffentlich sind die Pädos nachher weg.«

»Vielleicht sind das gar keine Pädophilen«, sagte ich und erntete prompt Kopfschütteln und böse Blicke von meiner Mutter. »Vielleicht ziehen sie sich einfach nur gern aus.«

Immer wieder stand mein Vater von seinem Handtuch auf und sah sich um. Er wollte sicher sein, dass sich niemand von denen näherte.

Und jedes Mal fragte meine Mutter besorgt: »Alles in Ordnung, Schatz?«

»Einfach widerlich«, sagte mein Vater. »Da sind Kinder dabei.«

Meine Mutter drückte mir sachte einen Finger ins Genick, unten am Haaransatz, wie immer, wenn sie mich davon abhalten wollte, etwas zu sagen. Als könnte sie mich einfach ausknipsen.

»Warum liest du uns nicht ein paar Gedichte aus deinem Buch vor?«, fragte meine Mutter.

Also las ich.

Keiner hörte ihn, den toten Mann,
Aber noch lag er da, stöhnend:
Ich war viel weiter draußen, als ihr gedacht habt,
Und nicht winkend, sondern ertrinkend.

»Hast du nicht was Fröhlicheres?«, fragte meine Mutter.

»Aber versteht ihr nicht?«, sagte ich. »Es geht darum, wie wir einander missverstehen. Sie dachten, er winkt ihnen, dabei war er am Ertrinken. Dad denkt, die Leute sind Pädophile, dabei sind …«

»Wie wärs mit einem anderen?«, unterbrach mich meine Mutter. »Was Lustiges.«

Verkorkst wirst von Dad und Mum.

Julia warf mir einen bangen Blick zu.

So macht der Scheiß erst Sinn.

Mein Vater starrte mich regungslos an, als hätte das S-Wort ihm einen Stromstoß verpasst.

Der Apfel fällt nicht weit vom Stamm.

Meine Mutter schürzte die Lippen.

Der Wurm ist längst schon drin.

»Ich glaube, wir haben jetzt genug gehört«, sagte meine Mutter. »Ich wusste gar nicht, dass Dichter Kraftausdrücke verwenden dürfen. Was ist mit dem Entenlied, das ich euch früher vorgelesen habe? Julia, du kennst das doch noch.«

»Noch so ein Ausdruck, und …!«, sagte mein Vater.

»Ich weiß nicht, ob ich es noch kann«, sagte Julia.

Und ich dachte nur: Wie mächtig auch ganz kleine Wörter sein können.

»Na los«, sagte meine Mutter.

Julia hatte wieder den gequälten Ausdruck im Gesicht, den sie immer bekam, wenn sie nicht wusste, wie sie es uns allen gleichzeitig recht machen sollte. Wenn sie das Gefühl hatte, dass unser Glück sich auflöste. Und dann fing sie an, aber es war ihr sichtlich peinlich, es war ja ein Kindergedicht, und wir waren vierzehn und in der Mittelstufe.

Binsen wehn im Winde,
Wurzeln tief im See.
Enten planschen durch das Schilf,
Bürzel in die Höh!

»Und jetzt du, Gusta«, sagte Julia.

Also wählte ich diese Strophe:

Lebe jeder, wie er will,
Nur so bleibt man munter!
Was bei uns heißt: Bürzel hoch
Und die Köpfe runter.

Und ich schob gleich hinterher: »Eigentlich kann man die Strophe als Pro-FKK verstehen. Guckt mal da drüben!«

Die anderen versuchten, *nicht* zu gucken, auf die blanken Pobacken im Meer, auf das *Bürzel hoch* und das *Jeder, wie er will*, und so saßen wir alle schweigend da, während meine Mutter Blicke wie Pistolenkugeln auf mich abfeuerte.

Ein Wind kam auf, und Palmwedel und Stranddisteln und Sonnenhüte flogen den Strand entlang.

Wir blickten hinaus aufs Meer und sahen den Wellen zu, wie sie sich aufbäumten und an den Strand schlugen und mit ihren gekringelten Spitzen den Buchstaben C formten.

Ccccccc – eins nach dem anderen – wie im Schulheft.

Die Wellen schwappten über den Strand und durchtränkten unsere Handtücher, Böen peitschten uns den Sand in Mund und Augen. Es war der perfekte Moment zum Aufbruch – denn alle brachen auf.

An dem Abend wollten wir im Haus Spaghetti kochen, aber meine Mutter bekam das Gas nicht an, also gab es die Reste des Picknicks. Mein Vater hinterließ beim Gas-Kundendienst eine sehr laute und langsam gesprochene Nachricht auf Englisch mit leicht spanischem Akzent, dabei hatte ich angeboten, das Telefonat auf Spanisch zu führen.

Der Wind blies immer stärker, die Fensterläden klapperten, und draußen hörte man die Palmen knarzen.

PARFAIT

José María schenkte uns Pfefferminztee mit Zucker aus einer Silberkanne in kleine Gläser, die so heiß waren, dass man sie nicht halten konnte. Wir hatten ein Bad genommen, und die Haushälterin hatte uns komische lederne Schlappen gegeben, die uns immer von den Füßen rutschten. An Schuhe waren wir gar nicht mehr gewöhnt. Unsere eigenen waren längst verschlissen.

Ich musste all meinen Mut zusammennehmen für das, was ich als Nächstes sagen wollte. Auch die einfachsten Wörter sind manchmal fast unaussprechlich.

Gott, gib mir den Mut, dachte ich und tastete in meiner Jackentasche nach dem Gebetskärtchen und der Blechnarzisse, die ich aus der Erinnerungskiste zu Hause gestohlen hatte. Das war egoistisch gewesen, aber ich hatte mir eingeredet, dass sie mir mehr bedeuteten als den anderen.

Mach schon, feuerte ich mich selbst an, na los, spuck es aus.

Endlich.

»Víctor meinte, wir können uns vielleicht für den letzten Reiseabschnitt dein Boot leihen«, sagte ich.

»Leihen?«, sagte der Priester und lachte auf eine Art, die mir missfiel. »Wie wollt ihr es mir denn zurückgeben?«

Das hatte ich nicht bedacht, und ich kam mir dumm vor.

Einen anderen Plan hatte ich nicht, ich war müde und verzweifelt.

Weil ich so dringend ankommen wollte und Sorge, nein, verzweifelte Angst hatte, bei dieser letzten Prüfung zu scheitern.

Ich stand auf und schüttelte den Kopf, sodass ich aus beiden Augenwinkeln meine Zöpfe sehen konnte und sie auf den Wangen fühlte. Ich dachte an den europäischen Künstler Sami Terre, der sich selbst aus einem *Drecksloch* gezogen hatte, und blickte dem Priester fest in die Augen.

»Ich habe Geld«, sagte ich.

»Geld?«, wiederholte der Priester.

»Vom Porträtmalen«, sagte ich. Vielleicht würde ihn das beeindrucken. »Ich bin nämlich Maler.« Das hatte ich noch nie zuvor gesagt, aber anders als erhofft kam ich mir danach nur noch dümmer vor.

»Verstehe«, sagte José María mit einem schiefen Lächeln.

Ich dachte nur, wie verrückt das war – da läuft man zu Fuß achttausend Kilometer quer durch einen Kontinent und wird immer noch von Erwachsenen ausgelacht.

»Das heißt, ich habe das Geld, um dir das Boot abzukaufen«, sagte ich und fühlte mich immer noch wie ein Idiot.

»Ach, das ist ein ganz billiges Ding, nur für kurze Ausflüge entlang der Küste oder zum Fischen«, sagte José María und nahm einen Schlüsselring von einem Haken an der Hintertür. »Kommt, schaut es euch an. Dann seht ihr selbst.«

Wir gingen zum Hafen hinunter, wo José María uns durch ein Tor führte, und ich weiß noch, wie heftig mein Herz dabei klopfte. Alles, was ich mir vorgestellt hatte, war auf einmal nur allzu real.

Das Boot war aus dickem Gummi und hatte einen großen, alten Motor.

Ein Mann mit Schnurrbart stieg von seiner Jacht herunter und kam auf uns zu, um sich mit José María in einer Sprache zu unterhalten, die ich nicht verstand.

»Es sieht gut aus und stabil«, sagte ich zu Zion und versuchte dabei, zuversichtlich und entschlossen zu klingen. Denn ich konnte Spanien schon sehen, gleich da hinterm Wasser, gleich da.

Der Mann mit dem Schnurrbart kehrte auf seine Jacht zurück, und José María ließ uns ins Boot klettern, damit wir uns einen Eindruck verschaffen konnten.

»Ihr seht also«, sagte er, »es ist nur ein Schlauchboot. Zum Herumtuckern. Wenn der Wind nachlässt, können wir eine Angeltour machen.«

Wir nahmen auf den Sitzbänken Platz.

»Ihr könnt bei mir bleiben, solange ihr wollt«, sagte José María. »Wir werden Spaß zusammen haben.«

Wir kletterten wieder raus und liefen durch das Tor und den Hügel hinauf zu seinem Haus.

»Nun, wie auch immer«, fing José María an, als wir seinen Garten betraten. »Man hört, der Bürgerkrieg in Burundi ist fast vorbei. Vielleicht ist es am besten, ihr macht hier schön Urlaub und kehrt dann zurück. Ich kann euch dabei helfen. Nach Hause zu kommen.«

Er zwinkerte freundlich.

»Hört euch diesen Wind an!«, sagte er.

»Was hat er gesagt?«, fragte Zion.

»Der Krieg ist vielleicht bald vorbei.« Über den Wind sagte ich nichts.

»Jetzt sind wir den ganzen Weg gelaufen, und der Krieg ist vorbei?«, sagte Zion, und dann kam die Haushälterin rein und fragte, ob wir lieber Hühnchen oder Fisch in der Tajine zum Abendessen wollten.

»Die Leute sagen doch immer, dass der Krieg vorbei ist«, sagte ich. »Warten wir's ab! Hühnchen oder Fisch?«

»Hühnchen, bitte«, sagte Zion.

Die Tajine duftete nach Gewürzen, war warm und köstlich, und dazu aßen wir Reis. Zum Nachtisch gab es Wassermelone und Eiskugeln. Bald waren wir vollgegessen und müde, und es war Zeit fürs Bett.

Als ich noch einmal in die Küche zurückging, um zwei Gläser Wasser zu holen, dachte ich, wie einfach es wäre, doch nicht zu gehen. Wenn wir auch nur eine Nacht hierbleiben, dachte ich, wird es zu behaglich. Nur eine Nacht, und wir finden einen Grund dagegen. Wir lernen ihn besser kennen und bringen es nicht mehr fertig, uns davonzuschleichen. Gib mir den Mut, gib mir den Mut.

Ich ließ den Ring mit den Schlüsseln für das Boot und das Tor, das zum Hafen führte, in meine Tasche gleiten.

»Warts ab, bis wir erst in Spanien sind«, sagte ich zu Zion in unserem Zimmer.

»Du willst doch noch gehen, oder?«, fragte ich, doch ich glaube, die Frage galt eigentlich mir selbst. Ich überlegte noch, ob ich den Wind ansprechen sollte, aber das tat ich nicht. Ich sagte nichts.

»Ich glaube, der Priester will, dass wir bleiben«, sagte Zion.

»Was glaubst du, warum?«, fragte ich.

»Ich denke, er will uns in ein Flugzeug zurück nach Burundi setzen«, sagte Zion. »Ich denke, er steckt mit Víctor unter einer Decke. Er versucht, uns mit Angeltouren zu bestechen.«

»Da ist vielleicht was dran«, sagte ich. »Und was machen wir jetzt?«

»Nach Spanien fahren, und zwar schnell«, sagte Zion. »Sonst war alles umsonst.«

»Du hast recht«, sagte ich hastig, um keine Zeit für Zweifel zu lassen.

Zion hielt den Daumen hoch.

»Danke, dass du mit mir kommst, Zion.« Ich hielt den Schlüsselbund hoch, an dem sich ein kleiner Delfinanhänger befand. »Und dass du so mutig bist, Kleiner. Und für alles, was du ausgehalten hast.«

»Danke, dass du noch mutiger bist«, sagte Zion. »Du bist der Allermutigste. Warst du schon immer.«

Das fühlte sich gut an.

Auch, weil ich mich überhaupt nicht mutig fühlte.

»Also, machen wir's?«, fragte ich. Ich zog die Blechblume meiner Mutter hervor und rieb daran wie Aladin an seiner Lampe, aber kein guter Geist ließ sich blicken, um uns nach Spanien zu zaubern.

»Ja, gehen wir«, sagte Zion. »Auf nach Spanien, ins neue Leben.«

»Nichts wird wieder sein wie vorher«, sagte ich und betrachtete die Narzisse. »Wir verlassen Afrika, stell dir vor, Zion! Wir ziehen nach Europa! Wie wir es immer gesagt haben, wenn wir uns die Wolken angeschaut haben.«

Wir machten unser Spezial-High-five von oben nach unten, schauten einander in die Augen und suchten darin nach Anzeichen für Zweifel oder Schwäche oder Angst.

»Bleiben wir dann für immer da?«, fragte Zion. »Ich will nämlich nie mehr zurück. Wir werden Häuser am Strand haben, direkt nebeneinander, und wir werden heiraten und Kinder haben und eine gute Arbeit. Und sobald wir das Geld zusammenhaben, kaufen wir Flugtickets für die anderen und feiern ein riesiges Fest am Strand mit spanischem Wein und Flamenco. Ich sehe es schon vor mir.«

»Das neue Leben wird kommen«, sagte ich, steckte die Narzisse zurück in die Tasche und versuchte, daran zu glauben.

»Olé«, sagte Zion.

»Olé«, erwiderte ich.

Ich ließ mein ganzes Geld in dem weichen Lederschuh des Priesters zurück, und wir zogen los, durch die dunklen Straßen, schlichen uns wie Kinder beim Versteckspiel vorbei an den Würfelhäusern, die die Gassen hinunter zum Hafen säumten, und dann waren wir da.

AUGUSTA

Mein Vater konnte nicht schlafen.

Auf der Digitaluhr sah er die Minuten vorbeiticken, so drückte er es am Morgen aus, 22.30, 22.33, 22.56, eigentlich schlief er doch gut, 23.17, 23.37, 23.51, 00.00, die Uhrzeit gefiel ihm nicht, er war sonst nie um Mitternacht wach, also weckte er meine Mutter, sie sollte ihm Gesellschaft leisten.

Was eigentlich ganz süß ist.

Damals fand ich es einfach nur erbärmlich.

Während sie durch das Haus streunten und sich, anstatt zu schlafen, Sorgen machten über das Gas und den Wind, bekam mein Vater auch noch seine ganz eigenen Probleme mit Gas und Wind, wie er es nannte. Er hatte ja keine *warme Mahlzeit* gehabt, und die brauchte sein Magen abends nun mal, idealerweise was mit Kartoffeln.

Jedenfalls lief mein Vater wahrscheinlich gerade mit seiner *schrecklichen Magenverstimmung* auf und ab, und wahrscheinlich war meine Mutter sogar schon dabei, ihm seine Magentabletten aus dem Waschbeutel zu holen, als plötzlich eine riesige Eidechse unter dem Sofa hervorgehuscht kam. Mein Vater stieß einen gellenden Schrei aus, der uns weckte.

PARFAIT

Als ich im Hafen von Tanger das Tau losmachte, rechnete ich in jedem Moment mit Geschrei, mit Suchscheinwerfern, mit Motorengeheul.

Ich rechnete damit, erwischt zu werden.

Wollte ich erwischt werden?

Ich glaube nicht.

Das hier war die Erfüllung eines Traums.

Aber ich hatte solche Angst.

Durch das Tor und in den Hafen zu kommen, das war einfach.

Den Motor zu starten, war einfach.

Allmählich wurde ich ruhiger.

Alles halb so wild.

Spanien war buchstäblich da drüben.

Ich machte mich unnötig verrückt.

In Nullkommanichts wären wir da.

Das Wasser im Hafen war ruhig, plätscherte sanft gegen die Seiten der Boote. Aber das Meer, als wir die Hafenmauern hinter uns ließen, war groß – ein großes, unüberschaubares Etwas –, viel größer, als man es sich vorstellen konnte, wenn man es noch nicht gesehen hatte, auch wenn es auf der Karte wie ein Fluss aussah.

Die Wellen türmten sich auf, und das Boot hob und neigte sich.

Unsere Mägen ächzten unter den Bewegungen.

Ich versuchte, es zurückzuhalten.

Versuchte.

Versuchte.

Aber es war unmöglich.

Die Hühnchen-Tajine schwappte in meinem Magen hin und her, mir wurde schwindlig. Ich konnte nicht anders, ich übergab mich über die Seite des Boots.

Dann auch Zion.

Doch es brachte keine Erleichterung.

Wir fühlten uns schlechter.

Wir sprachen nicht.

Es war so dunkel.

Und das tosende Meer war jetzt auch in unseren Bäuchen.

Immerhin war ich mir ziemlich sicher, dass die Richtung noch stimmte. Der Kompass schien zu funktionieren, aber die Nadel tanzte vor meinen Augen – und ich übergab mich erneut. Der Kompass rutschte mir aus der Hand.

»Nicht mehr weit«, rief ich halb benommen aus wunder Kehle gegen das Grollen von Meer und Wind an.

Aber die Wellen wurden immer höher, und es war so dunkel, der Himmel pechschwarz. Vielleicht sollten wir doch lieber umkehren, dachte ich. Doch, unbedingt, wir müssen zurück. Aber da wusste ich schon nicht mehr, wo zurück war.

»Bind dich fest«, rief ich Zion zu, inzwischen war ich in Panik. »Bind dich mit dem Seil fest, sonst fliegst du noch raus.«

Ich gab mir Mühe, ruhig und gefasst zu klingen, aber ich keuchte vor Anstrengung, und das Boot ließ sich nicht mehr richtig steuern, wir wurden hin und her geschleudert, seitwärts, hoch und runter, und ich musste mich wieder übergeben, und die Wellen wurden immer noch höher und schwappten ins Boot, wir standen jetzt bis zu den Waden im Wasser, taumelten, wankten in der Finsternis, und das Wasser krachte über den Bootsrand, und wir taumelten, seitwärts, vor und zurück, zurück nach vorn – und ich hatte Angst, viel, viel mehr Angst als je zuvor in meinem ganzen beängstigenden Leben.

»Bind dich fest!«, schrie ich noch einmal, rutschte auf dem nassen Gummi aus und fiel hin, richtete mich wieder auf, fiel wieder hin.

Zion versuchte, das Gleichgewicht zu halten, aber auch er rutschte aus und landete in der Lache am Boden des Boots, die immer höher stieg, und fuchtelte wild und inzwischen klitschnass mit den Armen.

»Ich hab Angst«, wimmerte er. Er lag auf dem Rücken und versuchte verzweifelt, das Seil an seinem Gürtel zu befestigen. »Ich will zurück.«

»Alles okay«, sagte ich. Ich verschluckte Erbrochenes, mir brannten die Augen und der Rachen vom Salz. »Alles okay.«

Wir wurden tief nach unten gedrückt, dann bis zum Wellenkamm hochgehoben, dann ging es wieder nach unten, das Boot zog wilde Kreise, etwas wie der Hieb einer Riesenfaust rammte von unten gegen den Boden, und ich sah, wie Zion auf die Seite geschleudert wurde, gegen den Bug prallte, platt auf dem Boden landete und wieder hochgeschleudert wurde wie eine Stoffpuppe.

Ich streckte die Hand nach ihm aus.

AUGUSTA

Am Morgen um sieben kam meine Mutter in unser Zimmer. »Wo wir sowieso schon wach sind«, sagte sie mit dieser aufgesetzt fröhlichen Stimme, die immer zum Einsatz kam, wenn meinem Vater irgendetwas Kummer bereitete, »können wir ja zum Strand runtergehen und den Sonnenaufgang angucken, wie Raúl gesagt hat. Und an der schönen Stelle frühstücken. Wär das nicht nett?«

Julia sprang aus dem Bett und stieß die Fensterläden auf.

»Noch ziemlich dunkel«, sagte sie.

»Wir sind schon seit Stunden wach«, sagte meine Mutter. »Wär das nicht was Besonderes, am Strand zu frühstücken? An der einen Stelle?«

»Ich glaub, ich bleib hier«, sagte ich.

»Und was ist mit der Eidechse?«, fragte meine Mutter.

»Ich mag Eidechsen«, sagte ich.

»Glaubst du, es ist sicher?« Meine Mutter schien unschlüssig. »Dich hier allein zu lassen. Nicht so sehr wegen der Echse, mehr wegen der fremden Leute.«

»Natürlich ist es sicher«, sagte ich. »Ich dreh mich noch mal um.«

»Mir wäre es lieber, wenn du mitkommst«, sagte meine Mutter.

»Du weißt doch, dass sie kein Morgenmensch ist«, sagte Julia. »Lass sie hierbleiben. Wir sind doch nicht lange weg.«

Die drei zogen ab, und ich war mit einem Mal – endlich – allein.

Wie ich es erhofft hatte.

Ersehnt geradezu.

Egoistisch, wie ich bin.

Ja, egoistisch.

Ich stand auf, zog Lola Alvárez' marokkanischen Morgenmantel über, streifte durch die Zimmer und stellte mir vor, es wäre mein Haus und ich wäre eine berühmte Schriftstellerin, die hier ganz allein wohnte. Ich wollte so gern mein Leben lang Geschichten schreiben. Vielleicht als Erstes welche über Menschen aus Burundi, deren Geschichten anscheinend nie irgendwo erzählt wurden.

Ich nahm meinen Füller und das lederne Notizbuch, das ich von meinem Geburtstagsgeld auf dem Markt erstanden hatte, und schrieb ungefiltert alles auf, was mir in den Sinn kam.

Dann lief ich um das Haus herum und kletterte die Stufen zur Dachterrasse hoch, um die Sonne hinter den Bergen aufgehen zu sehen.

Der Wind war ganz plötzlich abgeflaut, und die Wolken hatten die Form von Kugelfischen, dickbauchige Gestalten mit winzigen Flossen und Schwänzen. Als die Sonne sich flammend hinter mir erhob, schwammen die Kugelfischwolken im Schwarm den Strand hinunter, wo meine Mutter, mein Vater und Julia sie bei ihrem Frühstück wohl sehen würden. Sie ließen einen perfekten, strahlenden Morgen zurück, von Magenta über Indigo zu Türkisblau, das funkelnd mit dem Meer verschwamm.

Mit der Sonne im Gesicht lehnte ich mich zurück und lud die Wörter ein, zu mir zu kommen, aber ordentlich, in A-bis-Z-Folge, wie es meine Art war. Und da waren sie schon: Arganie, Berber, Chrysopras – ich begann zu schreiben. Erst eine Liste auf Englisch von A bis Z. Dann eine auf Spanisch, was länger dauerte.

Die Listen habe ich heute noch – sie liegen hier im Wohnwagen.

Ich blättere um.

Salvación, tragedia, ultramarino.

Ultramarin, aus Lapislazuli gewonnenes Pigment, ein leuchtendes Tiefblau.

Ich starrte in den Himmel und flog davon.

Frei.

Volante.
Peces volantes.

Fliegende Fische.

Später an dem Tag machten wir eine Schiffstour, bei der wir Fliegende Fische beobachten wollten – doch sie ließen sich nicht blicken.

Kaum waren die drei zurück, leerten sie schon ihre Strandtaschen und packten sie mit Sachen, die wir für den Ausflug brauchen würden. Regenjacken, falls es auf dem Schiff nass werden würde. Fotoapparat. Fernglas. Kleidung zum Wechseln. Mein Vater steckte Geld in den komischen Plastikbehälter, den er am Strand immer um den Hals trug.

Während sie in Lichtgeschwindigkeit diese Vorbereitungen trafen, redeten sie kein Wort miteinander.

Verwundert blickte ich sie an.

Julias Wange war rot, als hätte die Sonne eine Hälfte ihres Gesichts verbrannt.

»Am Ende sind wir doch nicht so weit gelaufen und haben *vor dem Laden* unser Picknick gegessen«, sagte mein Vater. »Wir sind nicht ganz runtergegangen. Wie gesagt, *wir haben es uns anders überlegt. Wir haben vor dem Laden gefrühstückt.*«

»Habt ihr auch die Wolken gesehen, die aussahen wie Kugelfische?«, fragte ich, um die ständigen Wiederholungen nicht mehr hören zu müssen.

»Wolken?«, sagte mein Vater.

»Kugelfische?«, sagte meine Mutter.

»Ihr müsst sie doch gesehen haben«, sagte ich.

»Ja, ja«, sagte meine Mutter.

»Julia, hast du die Wolken gesehen?«, fragte ich.

»Weiß nicht.«

»Du weißt nicht, wie Kugelfische aussehen?«

»Ich weiß gar nichts.«

»Ich glaube, Julia ist einfach aufgeregt wegen der Schiffstour«, sagte meine Mutter.

Aber es war keine Aufregung, die ich in ihrem Gesicht sah.

»Hast du dir die Wange verbrannt?«, sagte ich. »Tut es weh? Da, meine ich …«

Ich streckte die Hand nach ihrer Wange aus.

»Ich hol die After-Sun-Creme«, sagte meine Mutter etwas zu laut.

»Es ist nichts«, sagte Julia, aber sie sah mich dabei nicht an – sie sah nur stur zu Boden.

Meine Mutter eilte aus dem Zimmer, kam kurz darauf wieder zurück und begann sofort, Julia After-Sun-Creme auf die Wange zu schmieren. Dabei blickte sie ihr streng in die Augen, wie immer, wenn sie einen davon abhalten wollte, etwas zu sagen.

Kurz darauf machten wir uns im Mietwagen auf den Weg, die Klimaanlage auf höchster Stufe.

Ich beugte mich zu Julia rüber.

»Was ist mit Mum los?«, flüsterte ich.

Julia zuckte die Schultern und sah aus dem Fenster.

»Haben sie sich gestritten?«

Sie schüttelte den Kopf.

»Aber was ist dann passiert? Ihr wirkt alle so durch den Wind.«

»Lass uns reden, wenn wir da sind«, sagte Julia und reckte den Hals, um durchs Fenster auf den Strand zu sehen.

PARFAIT

Ich sah mich auf dem großen Strand um.

»Wir sind da«, sagte ich. Der Strand drehte sich.

»Wir sind da«, wiederholte ich, sah mich weiter um, kniff immer wieder die salzverkrusteten Augen zu und rieb mir die Schläfen.

»Zion, wir haben es geschafft«, sagte ich. »Wir haben's geschafft!«

Ich berührte mich am Arm, um zu prüfen, ob ich echt war.

Gott, gib mir die Gelassenheit.

Ich musste versuchen, mich zu sammeln, mich zu erinnern, wie wir hierhergekommen waren, mir innerlich ein Bild zu machen, wie wir es an den Strand geschafft hatten. Aber in meinem Kopf schwirrten nur die Erinnerungen an die Wucht der Wellen, das herumkreiselnde Boot und die Dunkelheit und das glitschige, nasse Gummi und dieses Lebewesen, den Ozean, eine flüssige, brodelnde Bestie – und um mich herum drehte sich der Strand und ich mittendrin, alles drehte sich, immer schneller.

»Zion!«, rief ich, erst leise, dann lauter.

»Zion!«

Die Dinge hinzunehmen, die ich nicht ändern kann.

Den Mut.

Ja, den Mut.

Zion hatte versucht, sich am Boot festzubinden, wie ich es ihm gesagt hatte.

»Zion!«

Ein heftiger Ruck ging durch meinen Körper.

Der gigantische Fausthieb der Welle.

Die Dinge zu ändern, die ich ändern kann.

Und die Weisheit.

Das Boot des Priesters war nirgends zu sehen, aber vielleicht da drüben bei den Felsen.

Die Weisheit, die Weisheit.

Ich stand auf, mühsam, mit puddingweichen Beinen, nicht sicher, ob sie mich tragen würden. Ich schwankte, aber schaffte es, mich aufzurichten, und machte mich unter höchster Konzentration, den Blick fest auf einen Felsbrocken gerichtet, auf den Weg den Strand hinunter.

Vielleicht bindest du dich lieber fest.

Das eine vom anderen zu unterscheiden.

»Zion!«, rief ich.

Aber es kam keine Antwort.

Jetzt erinnerte ich mich.

Reglos, verdreht, wie eine Puppe.

Aber ich hatte die Hand noch nach ihm ausgestreckt.

Nach ihm geschrien.

Ich war ins Meer gesprungen, hatte mich am Gummi festhalten wollen, nach Zion gegriffen, mit aller Kraft gekämpft, doch dann geriet ich zwischen die Wellen, Wasser schoss mir in Nase und Augen, brannte mir im Hals, und dann nur noch Kreisen, nichts als Kreisen, nichts als Salz und Wasser und Keuchen und Beten und Keuchen und Kämpfen und plötzlich der Schock: Sand.

»Zion«, sagte ich, wieder benommen, wie unter Wasser, mit schwirrendem Kopf.

Wir sollten in dem Land bleiben, das wir lieben. Hatte mein Vater das nicht gesagt?

Und wir träumen weiter von der Stadt, die da kommt.

Alles drehte sich im Kreis, immer weiter im Kreis.

Stopp, sagte ich, stopp.

Ich falle, dachte ich.

Mir ist übel.

Das Boot ist nicht hier.

Er ist nicht hier.

Ich lief zurück, den Strand entlang.

Alles war im freien Fall, stürzte mit mir in den Abgrund, auch die Bäume, die drei Häuser hinterm Strand, alles rutschte ins Meer.

AUGUSTA

Am Zentrum für Meeresforschung in Tarifa gab es als Erstes einen kurzen Vortrag. Die Expertin erklärte, dass wir eventuell Grindwale, verschiedene Delfinarten und Fliegende Fische sehen würden. Sie sagte auch, dass immer mehr Plastik die Meere verschmutze, nicht nur der große Müllteppich im Pazifik, von dem wir alle schon wussten, sondern klitzekleine Kügelchen. Die würden nämlich von den Fischen gefressen und strömten durch die Barten der Wale und machten dabei ihre Bäuche künstlich so voll, dass sie keinen Hunger mehr hatten, einfach weiterschwammen und irgendwann plastiksatt starben.

»Also, kauft keine Plastiktüten«, sagte die Frau, die einen starken deutschen Akzent hatte.

»Ich ganz bestimmt nicht«, sagte ich.

Meine Mutter warf mir ihren komischen Blick zu, der zu sagen schien, dass die Plastikregeln für uns nicht galten und überhaupt nur in Vorträgen existierten.

Mein Vater trommelte mit den Fingern auf den Tisch.

Als Bilder der verschiedenen Arten von Delfinen und Walen hochgehalten wurden, sagte ich jedes Mal: »Ich hoffe, so einen sehen wir«, aber sonst sprach keiner. Nicht einmal Julia, die sich normalerweise für solche Sachen begeisterte.

Die Delfine waren wunderschön. Und sie wirkten so froh.

Ich will ein Delfin sein, dachte ich.

Ich will froh sein.

Auf dem Schiff rannte ich aufgeregt hin und her und quer über das Deck und quiekte verzückt bei jedem Delfinsprung. Julia dagegen blieb die ganze Zeit auf der Stelle stehen und starrte vor sich hin.

»Von da verpasst du sie«, sagte ich. »Du siehst doch gar nichts.«

Aber sie rührte sich nicht.

»Warum bist du so komisch?« Ich versuchte gar nicht, meinen Frust zu verstecken. »Komm mit, wir gucken uns die Delfine an.«

»Ist schon gut.« Sie klang gereizt.

»Ganz offensichtlich ist es ja nicht gut.« Ich hatte meine Stimme erhoben, fast brüllte ich Julia an, und da drehte sich meine Mutter um und warf uns einen eisigen Blick zu, denn dies war die Öffentlichkeit, und in der Öffentlichkeit wurde nicht die Stimme erhoben, keine *schmutzige Wäsche gewaschen.*

Und Julia lief rot an und ging in die Luft.

»Mir geht es *gut*!«, rief sie. »Kannst du die beschissene Fragerei mal lassen?«

Es kam mir vor, als wäre jede einzelne Person auf dem Schiff plötzlich verstummt.

Und meine Mutter stand am Bug wie gelähmt, weil Julia *in der Öffentlichkeit* einen Kraftausdruck benutzt hatte.

Da sprang ein Delfin von links nach rechts.

Das Stimmengewirr kehrte zurück.

Julia stellte sich an den Bug.

Ich ignorierte sie.

Nach dem Ausflug kehrten wir in einer schwülen Bar ein, wo es englisches Fernsehen gab, und meine Mutter redete nicht mit uns.

»Ist am Strand was passiert?«, fragte ich sie.

Alle drei schüttelten den Kopf.

Mein Vater sagte: »Wie gut, mal wieder englische Nachrichten zu sehen.« Und dann setzte er sich seltsam aufrecht und angespannt hin und fragte uns nach unserer Meinung zu Dingen, die ihn normalerweise nicht interessierten.

Auf dem Heimweg entdeckten wir, dass hinter dem kleinen Dorf La Higuera ein riesiges Bauprojekt im Gange war. Es schien sich über mehrere Kilometer zu erstrecken. Die Bauzäune waren englisch beschriftet: NEUER FERIENKOMPLEX – LUXUSUNTERKÜNFTE – LUXUSBÄDER – LUXUSSPA – LUXUSGOLFPLATZ – LUXUSBADEPARADIES – LUXUSTRIPS. In der sengenden Hitze schoben schwarze Männer Schubkarren über das Gelände, baggerten und errichteten Baugerüste.

»Schlimmer Abwassergestank«, sagte mein Vater.

Mir taten die schwarzen Männer leid, die in dieser Hitze so hart arbeiten mussten.

Als wir am nächsten Morgen im Dorfladen vor dem Tisch mit der Tageszeitung standen, war da ein Foto von den Fischwolken, die in Richtung Strand schwärmten. Aber darunter, hinter dem halb vergrabenen Boot, unter den Bäumen, lag ein schwarzer Mann bäuchlings im Sand – vielleicht, dachte ich, einer der Arbeiter von der Baustelle an der Hauptstraße, der sich am Strand ausruhte.

»Das ist doch unsere Stelle!«, sagte ich. »Ich bin mir ganz sicher.«

Mein Vater scheuchte uns aus dem Laden mit der Begründung, dass wir heute für die Zeitung kein Geld hätten.

»Komm schon, Julia!«, sagte er. »Was trödelst du so rum? Gib her, ich trag den Korb. Los, gehen wir! Das letzte Picknick machen wir im Garten.«

»Nicht am Strand?«, fragte ich.

»Es ist so ein schöner Garten, und wir haben kaum Zeit darin verbracht«, sagte meine Mutter.

»Ich würde gern an den Strand gehen«, sagte ich.

»Wir bleiben im Garten«, sagte meine Mutter.

Mein Vater lief ziellos herum, wischte sich mit dem Taschentuch Schweiß vom Gesicht und sah immer wieder auf seine Uhr. Wir durften zwar im Teich schwimmen, doch Julia hatte sich zum Lesen in den Schatten gesetzt.

»Bist du traurig, weil wir fahren?«, fragte ich sie.

Sie schüttelte den Kopf.

»Ich kann es nicht erwarten, nach Hause zu kommen«, sagte sie.

»Du kannst es nicht erwarten? Wir haben Monate vorher die Tage runtergezählt.«

»Ich freu mich darauf, zurück zu sein, wo alles normal und vertraut ist und man sich keine Sorgen machen muss«, sagte Julia.

»Keine *Sorgen*?«, sagte ich. »Was muss man sich denn hier für Sorgen machen?«

»Und wir haben die Kirmes, auf die wir uns freuen können«, sagte sie. »Und dann Angela Dunnetts Halloweenparty.«

»Das ist noch über zwei Monate hin.«

»Aber sie organisiert Lichterketten und einen DJ«, sagte Julia mit trauriger Stimme.

»Mir ist Angela Dunnetts Halloweenparty so was von egal«, sagte ich. »Ich will für immer hierbleiben.«

»Ich bin reif für zu Hause«, sagte Julia, und dann lächelte sie und sah mich mit halb geschlossenen Lidern an, als würde sie durch meine Augen durchgucken, auf irgendeinen Punkt dahinter.

»Julia, was ist los mit dir?«, hakte ich nach.

»Heimweh wahrscheinlich, ich will nur nach Hause«, sagte sie.

»Aber ich bin doch dein Zuhause, oder? Man kann doch kein Haus vermissen ohne jemanden drin.«

»Ich will einfach nur nicht mehr hier sein, das ist alles.«

»Du willst nicht *hier* sein? Du willst lieber *da* sein?«

Sie nickte, und es sah aus, als hätte sie Tränen in den Augen.

»Willst du es mir nicht sagen, Julia? Was ist los?«

»Wenn wir zu Hause sind, wird alles wieder sein wie immer«.

»Versprochen?«, sagte ich.

»Versprochen.«

Aber manche Dinge kann man einfach nicht versprechen.

Man kann nie versprechen, dass alles wieder wird wie immer.

Nichts wird je wieder so wie immer.

Es war unser letzter Abend, und der Abschiedsschmerz hatte mir auf den Magen geschlagen, so traurig war ich darüber, alles zum letzten Mal zu sehen und zu riechen. Wir gingen in die Tienda de la Playa auf dem Marktplatz, wo es Handtücher und Schmuck und Sonnenhüte und Sonnenbrillen zu kaufen gab.

Ich hatte erwartet, dass wir eine halbe Ewigkeit brauchen würden, um uns zu entscheiden, wie wir unsere letzten fünf Euro ausgeben wollten, aber als wir eintraten und ich auf einen Ständer mit Lederarmbändern zeigte, sagte Julia sofort: »Ja, gut.«

»Vielleicht gibt es ja noch was Besseres«, sagte ich.

»Die sind gut«, sagte sie.

Wir traten wieder auf den Platz, wo die warme Abendluft, die nach Heckenkirsche und Meer duftete, meine Schultern kitzelte. Das Pflaster unter meinen Espadrilles war bucklig, und auf unserem Weg zurück entlang der Promenade zirpten die Grillen sommerverrückt im langen, trockenen Gras. Die Silberreiher flogen zu Hunderten auf den großen alten Baum zu, der ihr Lieblingsschlafplatz war, und erhellten so das Dunkel unter dem Mond.

Ich wollte mich bei Julia unterhaken, aber kaum hatte ich das getan, fühlte mein Arm sich an, als wäre er nicht mehr meiner oder als wäre er tot. Also zog ich ihn wieder raus.

»Und, was war für dich der schönste Moment?«, fragte ich.

»Ach, weiß ich gar nicht. Die Delfine?«

»Du hast die Delfine nicht mal angeguckt.«

»Was soll das Verhör?«, fragte Julia, und etwas in mir verkrampfte sich, weil ich nicht an sie herankam.

»Und der schlimmste?«, fragte ich.

Sie wandte den Blick ab.

»Was soll denn die Frage?«, sagte Julia. »Im Urlaub gibt es keine schlimmsten Momente.«

»Das jetzt ist mein schlimmster Moment«, sagte ich.

Julia schwieg.

»Das ist der schlimmste Moment meines Lebens«, sagte ich. »Weil du nicht mit mir redest.«

»Ich glaub, ich bin einfach müde«, antwortete Julia.

Was hätte ich noch sagen sollen?

Ich erinnere mich an eine Schwere im Magen, als ich in der Nacht im pelzigen Dunkel unseres Zimmers lag. Ich erinnere mich daran, wie sich Julia in ihrem Bett auf die eine Seite drehte und dann auf die andere, und ich erinnere mich an die Luft, wie sie hier in Sommernächten eben ist, dicht, fast kompakt, zum Ersticken.

Auch ich drehte mich im Bett. Links. Rechts.

Wir lagen beide wach.

Wir beide wussten, dass wir beide wach lagen.

Aber wir sprachen nicht.

Ich versuchte, still dazuliegen.

Totenstill.

Ja, für sie würde ich auch sterben.

Doch ich wagte es nicht, sie anzusprechen.

Ich wagte es nicht, zu fragen: »Was ist los?«

Stunden schienen zu verstreichen.

Dann, irgendwann, wurde ihr Atem gleichmäßiger.

Da hatte auch ich das Gefühl, endlich wieder atmen zu können.

Aber schlafen konnte ich nicht.

Es war kurz vor Sonnenaufgang, aber noch dunkel, als ich aufstand. Ohne ein Wort zu sagen, ohne meine Eltern um Erlaubnis zu bitten, lief ich zum Strand hinunter, zu unserer schönen Stelle. Ich setzte mich auf den Sand, hinter mir die Pinien, durch die man zu den drei weißen Häusern auf der anderen Seite der Promenade blicken konnte.

Ich wollte sehen, ob sich etwas verändert hatte.

Nichts.

Da waren nur die Schatten der Bäume und der Lärm der Wellen, die krachend an den Strand schlugen, vor und zurück.

Ich saß ganz vorne am Wasserrand, hob Muscheln auf und steckte sie ein und ließ mir die Gischt ins Gesicht sprühen.

Ich spürte kleine Angstsplitter in mir herumschwirren, wie Bakterien unter dem Mikroskop.

Es war Zeit für mich, Abschied zu nehmen.

Mir wurde erneut schlecht bei dem Gedanken.

Es zurückzulassen.

Etwas zurückzulassen, das viel größer war als Spanien.

Und das ich nie zurückbekommen würde.

Das wusste ich damals nicht, aber etwas wusste ich.

Ich spürte einen seltsam heftigen Schmerz im Magen.

Als ob etwas in mir zerbrach.

»Wo zum Teufel warst du?«, fragte mein Vater.

»Wir sind fast gestorben vor Sorge«, sagte meine Mutter.

»Sind wir noch *Justa*?«, flüsterte ich Julia auf der Fahrt zum Flughafen ins Ohr.

Sie lächelte mich an.

»Findest du, wir sind zu alt für *Justa*?«, fragte ich.

»Wir können gern *Justa* sein, wenn du willst«, sagte Julia.

Ich hasste diese Antwort, die überhaupt keine war.

Ich wusste ja, was *ich* wollte.

Ich fragte sie, was *sie* wollte.

Ich blickte nach unten und sah, dass sie etwas auf ihre Hand zeichnete.

Sie malte Wellen im Meer, sehr gleichmäßig, Reihen von verbundenen C's, wie wir sie an jenem Tag am Strand gesehen hatten.

Sie hatte eine so ruhige Hand, so eine schöne Schrift, sogar im fahrenden Auto.

Cccccccccccccccccc

Da war unser Haus, backsteinorange, dreigaragig, statisch, hässlich und vollkommen unverändert von dem, was mit uns passiert war.

Meiner Mutter schien es neuen Auftrieb zu geben, die Wäsche in weiße und bunte Haufen zu sortieren. Mein Vater verzog sich in den Laden. Julia traf sich mit Angela Dunnett und Amy Atkins, um ihre sonnenbraune Haut und das neue Lederarmband zu präsentieren. Sie hatte beiden Radiergummis mit der spanischen Flagge mitgebracht.

Ich hatte für Ian, Ali und Moira nichts gekauft. Ian interessierte sich sowieso nur für Computer, und Ali, die ich vom Reitstall kannte, hätte sich was mit Pferden gewünscht, obwohl sie bereits alles mit Pferden besaß, was es auf der Welt gab. Moira kam aus einer Familie, in der nur Selbstgemachtes zählte, und ich hatte ganz sicher nicht vor, ihr irgendwas aus Muscheln zu basteln. Kurzum, keiner von ihnen hätte sich über einen Radiergummi mit der spanischen Flagge gefreut. Außerdem waren Ian und Moira sowieso noch im Urlaub und Ali zu Besuch bei ihrer Tante, die ein Pferd hatte.

Ich fühlte mich einsam.

Also widmete ich mich wieder meinen Recherchen über Burundi.

Als Julia zurückkam, fragte meine Mutter: »Haben sie sich über die Gummis gefreut?«

»In Amerika sind Gummis Kondome«, sagte ich. »Ich empfehle, das ganze Wort zu verwenden: Radiergummi. Falls Amerikaner in der Nähe sind.«

»Hier im Haus sind keine«, sagte Julia.

Ich fing an zu lachen.

Aber Julia lachte nicht mit.

Meine Mutter stellte die Urlaubsbilder zu einem eigenen Album zusammen, und auf den Fotos vom Strand sahen Julias Brüste enorm aus. Mein eigener Körper im Liegen war dagegen lang und platt wie ein Bügelbrett.

Mir waren die Fotos peinlich.

Ich konnte nicht fassen, dass meine Mutter diese halb nackten Bilder von uns lässig in der Nachbarschaft herumzeigte, und zwar allen – von Jim und Barbara Cook über John und Janice Brown, David und Hilary Hawkins, den Dunnetts bis hin zu Diego Alvárez.

Diego Alvárez.

Was dachte die Frau sich dabei?

»Da steht wohl mal ein Besuch bei Debenhams an«, sagte meine Mutter am nächsten Tag.

»Warum?«

»Ihr verwandelt euch langsam in junge Damen.«

»Worauf willst du hinaus?«, fragte ich.

Wir fuhren also zu Debenhams.

Eine Frau mit gigantischer Oberweite machte sich mit dem Maßband an uns zu schaffen.

»*Du* brauchst keinen BH«, sagte sie zu mir. »Da ist ja noch gar nichts!«

Vielleicht könnten Sie mir ja was abtreten, dachte ich, in Scheiben.

Sie brachte eine Auswahl an BHs für Julia mit, weiß mit bunten Schleifchen in der Mitte.

Ich setzte mich auf einen kleinen Plastikstuhl.

»Möchtest du irgendwas anderes haben, Augusta?«, fragte meine Mutter.

»Nein, danke«, sagte ich.

Ich wandte mich wieder meinen Burundi-Recherchen zu.

Der Tanganjikasee entstand, als die tektonischen Platten auseinanderdrifteten und einen riesigen Riss in der Erdkruste hinterließen. Aus dem wurde ein Süßwassergraben.

»Im Tanganjikasee sind zweihundertfünfzig Cichliden-Arten endemisch«, sagte ich zu Julia.

»Kannst du nicht einfach sagen, da leben Fische?«

»Nerv ich dich?«, fragte ich und lächelte, versuchte zu lächeln – nur dass meine Mundwinkel sich nach unten bewegten.

»Quatsch«, sagte sie.

Ich versuchte, die Kontrolle über meinen Mund wiederzugewinnen, und dachte: Reiß dich mal zusammen, was ist denn los mit dir?

»Sorry«, sagte sie. »Ich wollte nicht zickig sein. Ich find deine Wörter toll. Weißt du doch.«

Sie streichelte mir die Schulter, und weil ich nicht wusste, wie ich reagieren sollte, blieb ich einfach sitzen. Aber dabei dachte ich: Warum fühlt sich alles so komisch an? Als würden wir uns gar nicht kennen.

Ich stand auf.

»Ich geh mal zu Jim Cook rüber«, sagte ich, vielleicht hatte der ja mal wieder einen Traum in petto. Und selbst wenn nicht, hier hielt ich es keine Minute länger aus.

Obwohl mein Vater uns verboten hatte, die Cooks zu besuchen, schlichen wir beide noch regelmäßig zu Nummer 2, durch eine

Lücke in der Gartenhecke hinterm Haus, sodass uns keine anderen Nachbarn sehen und es unserem Vater stecken konnten.

Meine Mutter hatte mich mehr als einmal gefragt, ob ich Jim jemals tagsüber betrunken erlebt hätte. Das hatte ich zwar, aber ich sagte immer Nein, ich wollte ihn nicht in Schwierigkeiten bringen.

Ich kroch also durch die Hecke und erzählte Jim Cook von meinen Erkenntnissen in Sachen Buntbarsche. Sofort schlug er vor: »Warum bauen wir nicht ein Aquarium, eine Miniaturversion vom Tanganjikasee?«

Natürlich rechnete ich nicht damit, dass er es umsetzen würde, aber da hatte ich mich getäuscht.

Nachdem er einen Spezialfilter und bläuliche Lampen sowie einen antik aussehenden römischen Topf gekauft und die Temperatur auf 78 Grad Fahrenheit beziehungsweise 25,5 Grad Celsius eingestellt hatte, hieß es abwarten, bis der Stickstoffkreislauf in Gang kam.

Dann folgte der beste Teil: die Auswahl der Fische.

Mithilfe des Fischmanns, auch Aquarist genannt, entschieden wir uns für *Callochromis melanostigma* – mit langen goldenen Rückenflossen, die an Haarkämme erinnerten – ein paar Glanzmaulbrüter (guter Name!), mit stets leichter Schamesröte im Gesicht und ein paar golden, saphir- und aquamarinblau schillernde *Cyprichromis leptosoma katete*, meine absoluten Lieblinge.

PARFAIT

Ich lief den Strand auf und ab auf der Suche nach Zeichen – echten, konkreten Zeichen. Dem Boot zum Beispiel. Sowie anderen Arten von Zeichen. Von oben. Ich hoffte, Gott würde zu mir sprechen, doch er sprach nicht. Jedenfalls nicht laut.

Aber vielleicht sprach Gott ja durch die Fische zu mir, die auf den Wellen sprangen. Vielleicht war das Gottes Art, mir zu sagen, dass Zion auf den Wellen an Land gekommen war. Oder dass er gerade nicht auf den Wellen an Land gekommen war. Das ist das Problem, wenn man Zeichen von Gott deuten will.

»Was willst du mir sagen?«, fragte ich laut.

»Was hast du gesagt?«, fragte eine Stimme auf Spanisch. »Kann ich dir helfen?«

Es war ein Junge etwa in meinem Alter.

Er rauchte Gras.

»Nein«, sagte ich.

Er setzte zu einem High-five an.

Aber unsere Hände rauschten knapp aneinander vorbei.

Er lachte.

»Mit wem hast du da geredet?« Er lachte immer noch, beinah hysterisch.

»Nadie«, sagte ich. »Mit niemandem.«

Er lachte noch mehr.

Ich lachte nicht.

Er ging weiter.

Ich könnte hinausschwimmen.

Und weiterschwimmen.

Und weiter.

Aber ich erlaubte mir nicht, ins Wasser zu gehen.

Als Strafe.

»Hast du etwas verloren?«, fragte mich ein Mädchen am Strand. »Ich habe mal meinen Verlobungsring im Meer verloren.«

»Das tut mir sehr leid«, sagte ich.

»Ich hab ihn wiedergefunden«, sagte sie und streckte mir ihre braun gebrannte Hand entgegen. »Es war ein kleines Wunder. Vielleicht findest du ja auch wieder, was du verloren hast.«

War das ein Zeichen?

»Was hast du verloren?«, fragte eine alte Dame, die gerade ihre Bademütze aufsetzte, früh am Morgen, bevor es voll wurde.

Ich starrte sie an.

Sie war übersät mit Sommersprossen, und die Haut an ihren Armen und Beinen hing in Falten.

Kein Wort kam aus meinem Mund.

Es gab sowieso keine Wörter, die beschreiben konnten, was ich verloren hatte.

Sie schüttelte den Kopf und stürzte sich ins Wasser.

AUGUSTA

Eines Tages ging mit Jim Cooks Aquarium irgendwas schief, und alle Fische trieben tot an der Oberfläche. Graham stöhnte und schlug mit dem Kopf gegen das Becken, bamm, bamm, bamm.

Jim Cook, der den Tanganjikasee im Wohnzimmer nicht zuletzt für Graham nachgebaut hatte, war fix und fertig, als er die toten Tiere sah, und wollte ab sofort mit Fischen nichts mehr zu tun haben. Noch am selben Tag schaltete er in der *Hedley Green Gazette* eine Verkaufsanzeige für das Becken, ohne Barbara etwas davon zu sagen.

Barbara zog ins Gästezimmer um.

Von meiner Lauschposition hinter der Durchreiche hörte ich, wie sie zu meiner Mutter sagte: »Es passt einfach nichts an die Stelle, wo das Aquarium stand.«

Im Wohnzimmer klaffte nun eine große Lücke, wie eine Art Mahnmal dafür, wie schön es dort einst gewesen war. Genau genommen, so Barbara Cook, war sie wie die klaffende Leere in ihrer Ehe.

Stundenlang wälzten meine Mutter und Barbara Cook den Ikea-Katalog auf der Suche nach etwas, was sich gut dort einfügen würde, wo das Tanganjika-Aquarium gestanden hatte. Am Ende fanden sie einen Barschrank mit Klapptür aus Teakholz. Leider konnte Jim Cook nie die Finger davon lassen.

Jetzt, wo das Aquarium weg war, musste Barbara mit Graham viel öfter draußen Sachen unternehmen, und das war, wie sie sagte, äußerst kräftezehrend für sie. Vielleicht übertrieb sie aber auch, um Jim ein schlechtes Gewissen zu machen. Wann immer Graham in seinem Spezialbuggy draußen war, legte ich es darauf an, dass sich unsere Wege kreuzten, denn irgendwie fühlte ich mich mitverantwortlich.

Wenn ich heute mein Verhalten analysiere, mit einigem Abstand zum kindlichen Ich, frage ich mich, ob ich mich wohl vor allem mit Graham Cook anfreundete, um mich abzugrenzen von allen anderen. Wollte ich nur mal wieder aus der Reihe fallen? Keine Frage, ich bildete mir ein, aufgrund meiner besonderen linguistischen Gabe Grahams Lautäußerungen verstehen zu können. Oder vielleicht hatte ich ja wirklich etwas Nettes an mir.

Wer weiß?

Jedenfalls traf ich kurz nach dem Verkauf des Aquariums Graham auf dem Bürgersteig, und ich könnte schwören, er sagte zu mir, versteckt unter all den Stöhnlauten: »Fisch, Fisch, Fisch.«

Meine Entscheidung war gefallen.

PARFAIT

Die Wellen rollten heran, eine nach der anderen.
Aber sie brachten nichts mit.
Außer Plastikflaschen mit abgeriebenen Etiketten.
Bruchstücke von Styropor.
Seegras.
Sepiaschalen wie kleine weiße Surfbretter.
Einen Flip-Flop.
Ich starrte auf den Flip-Flop.
Zion trug keine Flip-Flops.

AUGUSTA

Bald war es wieder so weit – wie immer in den Herbstferien würde die eintägige Kirmes nach Hedley Green kommen und den gesamten Verkehr auf der High Street lahmlegen.

Der arme Graham Cook konnte nie hingehen, wegen der Reizüberflutung.

Und mein Vater wollte nicht, wegen der Kirmesleute. Die alle *Ganoven* waren.

Schon Wochen zuvor hatte ich mich mit fast manischem Eifer darangemacht, meine Ringwurf-Fertigkeiten zu perfektionieren. Mit dem Ziel, für Graham Cook ein paar neue Fische zu gewinnen (eine gute Tat), klaute ich 20 Pfund aus dem Portemonnaie meiner Mutter (keine gute Tat). Für 1 Pfund bekam man 3 Würfe. Und 3 x 20 = 60 Würfe.

Als wirklich guter Mensch hätte ich natürlich die zwanzig Pfund nicht gestohlen, sondern stattdessen die fünfzehn Pfund eingesetzt, die meine Eltern mir sowieso für den Kirmesbesuch spendiert hatten. Die aber behielt ich für mein eigenes Vergnügen, denn das wunderschöne alte Karussell mit den bemalten Pferden – Palominos und Apfelschimmel mit Mähnen aus Echthaar und roten Ledersteigbügeln – hatte einfach Vorrang. Das Karussell steuerten wir immer als Erstes an, schon von klein auf. Man sah sogar erwachsene Frauen auf ihr Lieblingspferd zustürmen. Es gab auch ein Riesenrad, und ich hatte immer ein Kribbeln im Bauch, wenn wir hoch oben über Stanley Hope Uniforms schwebten und die Kuppe des Old John Brown's Hill und die Gärten des Willow Crescent sehen konnten.

Als Nächstes ging es zum Ringwerfen-Stand, wo sich herausstellte: Sollte Ringwerfen je olympische Disziplin werden, würde ich Gold holen, gar keine Frage.

Mit sieben Goldfischen in Plastiktüten, die mir in die Handgelenke schnitten, traf ich Graham Cook am Teich im Kreisel vom Willow Crescent. Ich wollte so tun, als würden wir zusammen die Fische in den Teich kippen, aber in Wahrheit waren Grahams Hände so verrenkt, dass sie so was gar nicht konnten.

Julia hatte in der Zwischenzeit den Auftrag, meine Mutter abzulenken und ihr glaubhaft zu versichern, ich wäre mit Ali zum Autoscooter gegangen.

Als der Goldfisch mit der längsten und seidigsten Schwanzflosse an die Oberfläche schwamm, machte Graham Gurrlaute wie eine Taube.

Kurz darauf tauchten keuchend meine Mutter und Julia am Kreisverkehr auf, und meine Mutter sagte mit ihrer Wutstimme: »Ich hab mir noch nie solche Sorgen gemacht.«

Die Hedley-Green-Kirmes gibt es heute nicht mehr. Stattdessen kommt jetzt ein großer Jahrmarkt die ganze Woche lang in den Tattershall Common, einen Park im Nachbarort.

Das Feuerwerk zur Bonfire Night haben sie irgendwann auch dahin verlegt.

Komisch, wenn ich daran denke, wie sehr ich mich immer auf das Feuerwerk gefreut hatte.

Bevor mir mein Leben um die Ohren flog.

PARFAIT

Ich lief umher.

Mehr tat ich nicht.

Abends warfen die Bäcker ihr altes Brot weg. Auf dem Markt konnte man sich den nicht verkauften Fisch aus den Karren nehmen, Stücke von Oktopustentakeln und halb verdorbene Kalamarisringe.

Ich lief praktisch bis nach Algeciras. Und den ganzen Weg zurück. Der Himmel war vom tiefsten Blau, und der Strand strahlte golden.

Unnötig extravagant.

Schönheit.

Sie ließ mich durchhalten.

Pa, sagte ich, Pa.

Hilf mir.

Ich war zurück bei den narbigen Felsen und den Bäumen.

Nicht aufgeben.

Nur nicht aufgeben.

Mein Vater sagte das, oder vielleicht sagte ich es mir selbst, oder Gott sagte es, oder irgendwer, vielleicht die Pinien oder das Meer, oder wir alle im Chor.

Ich setzte mich ans Ufer.

Ich sah den kleinen Wellen zu.

Heute sprangen keine Fische aus dem Wasser.

AUGUSTA

Julia und ich saßen oft am Teich und hielten Weidenzweige rein, um die Fische anzulocken und zu füttern.

Aber eines Tages kamen keine Fische angeschwommen.

So auch am nächsten Tag und am übernächsten.

Wir zogen uns Gummistiefel an und wühlten im Teich, aber von den Fischen keine Spur.

»Meinst du, sie liegen irgendwo am Boden und sind tot?«, fragte ich. »Wie die von Jim Cook? Oder hat ein Reiher sie sich geschnappt?«

Julia guckte ganz merkwürdig.

Viel trauriger, als man wegen Goldfischen gucken würde.

»Warum sterben bei uns alle Fische?«, fragte sie und spähte in den Teich.

Und sah jetzt weniger traurig als verängstigt aus.

»Alles in Ordnung, Julia?«, fragte ich.

»Ja, ja. Mir gehts gut«, sagte sie tonlos. »Mum meint, es sind die Hormone.«

»Kann es sein, dass du auch all meine Hormone bekommen hast?«, fragte ich – es sollte ein Witz über meine nicht wachsenden Brüste sein.

Aber Julia schien gar nicht zuzuhören.

Später zeigte Mr Sánchez uns Videos mit Flamenco-Tänzerinnen in leuchtend orangen Kleidern mit feurig-goldenen Rüschen, und ich musste an unsere Goldfische denken. Vielleicht waren sie ja auf diese Art zum Leben erweckt worden, wie im Märchen.

Raúl und seine Frau Teodora veranstalten manchmal Flamenco-Abende in ihrem Restaurant, doch da die immer erst um Mitternacht begannen und meine Eltern gern um halb elf – oder am Wochenende um elf – ins Bett gingen, besuchten wir 2004 in unserem Urlaub keinen.

Damals ahnte ich nicht, wie mir Raúl und Teo mal ans Herz wachsen und welche zentrale Rolle sie in meinem Leben spielen würden, oder dass ich eines Tages hier auf der Wiese hinter ihrem weißen Steinhaus wohnen würde, mit der Dachterrasse, von der man bis nach Afrika sehen kann. Ich ahnte nicht, dass wir drei im Licht der auf- und untergehenden Sonne und manchmal auch nachts unter den Sternen im vollen Galopp am Strand entlangreiten würden.

Ich ahnte damals nicht, wie es zu Weihnachten hier sein würde, mit all den Feierlichkeiten und lebenden Krippen, oder zu Zeiten der *fiesta,* wenn der Levante die Klänge des Flamenco durch die Straßen weht und die Frauen in bunten Rüschenkleidern in der Prozession zu Ehren der Jungfrau vorbeiziehen. Ich ahnte nicht, dass ich mal Flamenco lernen und mir ein mandarinfarbenes Kleid kaufen würde, mit weißen Stickereien und üppigen Rüschen, die *volantes* heißen.

Volante, vom lateinischen Verb *volare*, fliegen.

Dasselbe Wort wie für die Fliegenden Fische.

Und wenn man Flamenco tanzt, kann es passieren, dass man geradewegs aus seinem Körper fliegt.

Am 31. Oktober 2004 veranstaltete Angela Dunnett unter einem gestreiften Faltpavillon ihre fieberhaft erwartete Halloweenparty.

Das Wort Pavillon kommt von *papilio,* dem lateinischen Wort für Schmetterling, das irgendwann auch für Soldatenzelte verwendet wurde, weil die umgeschlagenen Seiten des Zelts an einen Schmetterling erinnern. *Papilio* ist ein fast so gutes Wort für Schmetterling wie *mariposa.*

Wie viel lieber hätte ich mir Schmetterlinge angeguckt als all die Menschen auf Angela Dunnetts Halloweenparty.

Julia hatte sich geweigert, als Geist, Hexe, Skelett oder Leiche verkleidet auf die Party zu gehen. Also gingen wir beide am Ende als Fruchtfledermäuse, was ich zum Anlass nahm, mit einer viertel Orange im Mund herumzulaufen, um nicht mit Leuten sprechen zu müssen. Doch nach einer Weile wurde es lästig, und der Witz hatte sich abgenutzt, also nahm ich die Orange wieder raus und steckte sie in die Hosentasche. Der Saft tropfte mir am Bein herunter, was sich anfühlte wie in die Hose machen. Irgendwann zogen alle ihre Gruselkostüme aus.

Unter den Kostümen hatten die Leute ihre coolsten Klamotten angezogen, einige der Mädchen hatten auch Schminkbeutel mitgebracht und versammelten sich nun im Bad der Dunnetts, um Lippenstift aufzutragen.

Angela Dunnetts Cousin Ricky sagte zu mir: »Du bist Julias kleine Schwester? Du bist echt groß.«

Erst gab es Karaoke. Angela Dunnett hüpfte ausgelassen in schwarzen Leggings und den Scholl-Holzsandalen ihrer Mutter herum, wackelte mit dem Busen und grölte: »You're the one that I want!«

Anschließend tanzten wir alle in einer großen Gruppe im Garten unter der Lichtgirlande. Aus dem Augenwinkel sah ich Diego und Julia, die gezielt von der Gruppe wegtanzten, immer weiter, bis sie ganz hinter Mr Dunnetts Schuppen verschwunden waren.

Ich tanzte abwechselnd nach rechts und nach links, um zu sehen, was hinter dem Schuppen vor sich ging, aber zwei Apfelbäume auf der einen und ein hoher Rankzaun auf der anderen Seite versperrten mir die Sicht.

Unter den bunten Lichtern tanzte ich weiter und versuchte, möglichst normal zu tun, dabei fühlte ich mich komplett anormal. Tanzen, tanzen, tanzen.

Als mir langweilig wurde, steckte ich mir das Orangenstück wieder in den Mund, aber niemand bekam es mit, also nahm ich es wieder raus.

Dann streichelte ich ein bisschen den Windhund.

Der Abend zog sich endlos hin.

Ich war es nicht gewohnt, solche Sachen ohne Julia zu machen.

Immer wieder ging ich ins Bad der Dunnetts, blickte auf die Uhr und dachte, irgendwann muss diese Party doch zu Ende sein. Bestimmt, ganz bestimmt ist sie um Mitternacht vorbei.

Dann – großes Glück – zog Mr Dunnett den Stecker aus der Steckdose, machte die Lichterkette aus und rief ins Karaoke-Mikrofon: »Das wars, Leute!«

Julia und ich gingen schweigend nach Hause.

Unter dem Vordach fiel mir auf, dass ihr Lippenstift und ihre Wimperntusche verschmiert waren.

»Hast du geweint?«, fragte ich.

»Ach, Gusta«, sagte Julia.

Ich nahm die viertel Orange aus der Tasche und schob sie mir in den Mund.

Sie sagte: »Es ist endlich passiert.«

»Hattet ihr einen schönen Abend?«, fragte meine Mutter, die im Hausmantel die Treppe runterkam.

»Super wars«, sagte Julia.

»Was habt ihr gemacht?«

Julia wurde rot.

Ich grummelte eine Antwort, die Orange noch im Mund.

»Nimm das raus, Augusta«, sagte meine Mutter.

Doch ich machte weiter und sagte: »Wir haben einfach getanzt und dann noch ein paar Nachbarn abgemurkst.« Was man aber wegen der Orange nicht verstehen konnte.

»Ab ins Bett mit euch«, sagte meine Mutter.

Dann lagen wir im Bett, immer noch schweigend.

»Also?«, sagte ich irgendwann. »Erzähl.«

»Gibt nichts zu erzählen«, sagte Julia.

»Nix zu erzählen? Wir sind seit vier Jahren hinter Diego her.«

»Aber ich fühl mich ein bisschen schlecht«, sagte Julia. »Wir haben doch immer gesagt, dass er sich offiziell zwischen uns entscheiden muss.«

»Mach dir doch keine Gedanken, Julia«, sagte ich. »Ich will schon gar nichts mehr von ihm. Außerdem hab ich überhaupt keinen Busen.«

Dann kam alles raus.

Diego hatte ihr wohl den rechten Arm um die Schulter gelegt und sie dann rumgedreht, bis sie sich gegenüberstanden und er sie mit beiden Armen festhielt. Dann legte er ihr die Hände um die Wangen, hielt ihr Kinn wie ein Ei im Eierbecher, beugte das Gesicht vor und steckte ihr die Zunge in den Mund. Und obwohl sie so was noch nie gemacht hatte, wusste sie genau, was zu tun war.

»Ich hab alles andere vergessen«, sagte sie. »Ich wollte nur noch weiterküssen.«

»Konntest du atmen?«, fragte ich sie.

»Man muss sogar mehr atmen«, sagte sie. »Mein Atem wurde immer lauter und hat alles andere übertönt. Alle Gedanken, alle Sorgen.«

»Was für Gedanken? Was für Sorgen?«, fragte ich. »Warum erzählst du mir nicht davon? Du erzählst mir gar nichts mehr seit Spanien.«

»Lass mich weiter hiervon erzählen«, sagte sie. »Ist viel interessanter.«

Sie erzählte: Als sie seine Hände auf dem Gesicht und seine Zunge im Mund spürte, fing auf einmal ihr ganzer Körper so heftig an zu zittern, dass sie dachte, sie würde umkippen.

»Echt?«, sagte ich. »Und, bist du? Umgekippt?«

»Ja.«

»Was? Du bist echt in Ohnmacht gefallen?«

»Na ja, absichtlich unabsichtlich«, sagte sie. »Jedenfalls lagen wir dann beide auf dem Gras, und sein Teil in der Hose war ganz steif.«

»Echt?«, sagte ich. »Das war ein bisschen eklig, oder?«

»Nein«, sagte sie.

Sie fand es allen Ernstes schön.

Hat sie gesagt.

Nämlich die Tatsache, dass sie das bewirkt hatte. Ta-daa, hex, hex! Wie ein Zauberer.

Sie hatten aufeinandergelegen – Julia unten und Diego oben.

»Warst du da nicht eingequetscht?«, fragte ich. »War er nicht superschwer?«

»Nein.«

»Komisch«, sagte ich. »Komm, leg dich mal auf mich. Ich fühl mich garantiert eingequetscht. Und du bist nicht annähernd so schwer wie Diego.«

»Was?«

»Los, nur als Experiment«, sagte ich. »Denk dran: Ich hatte einen richtigen Scheißabend. Lass uns ein bisschen Spaß haben.«

»Dein Ernst?«, stöhnte Julia.

»Lass uns sein wie früher«, bettelte ich. »Albern.«

»Albern?«

»Ach komm, nimm dich nicht so ernst und wichtig, nur weil du plötzlich küssen kannst. Nur weil du einen Pimmel verhext hast.«

Julia lachte.

Sie sprang aus dem Bett, legte sich bäuchlings auf mich, hob Arme und Beine wie eine Robbe beim Sonnenbaden und machte sich so schwer, wie sie konnte.

Wir bekamen beide einen Lachanfall, als Julia auf mir herumzappelte und die komischen Verrenkungen machte, die Diego auf ihr vollführt hatte.

»Hat er das wirklich gemacht?«

Sie legte mir die Hände um die Wangen und strich mir über die Haare.

Wir kriegten uns gar nicht mehr ein vor Lachen.

Da kam mein Vater zur Tür rein.

»Schluss jetzt damit!«, brüllte er. »Ab in euer eigenes Bett, sofort!«

Aber wir konnten nicht mehr aufhören zu lachen.

»Ab ins eigene Bett, sofort!«, wiederholte er.

»Ich *bin* in meinem eigenen Bett«, sagte ich.

»Wag es nicht, junge Dame«, rief er und dampfte wütend ab.

Am Morgen kam meine Mutter, um uns wissen zu lassen, wie frech und respektlos wir zu unserem Vater gewesen waren.

»Und ihr sagt mir jetzt, was um alles in der Welt ihr da getrieben habt«, sagte sie.

Natürlich war es nicht leicht, eine Erklärung zu finden, ohne Julias Schuppengeschichte auszuplaudern – und die vor meiner Mutter auszuplaudern, war nun wirklich das Letzte, was ich wollte. Zwar musste auch sie vor langer Zeit mal mit meinem Vater ins Gras gesunken sein – nur konnte ich mir das beim besten Willen nicht vorstellen.

»Wir haben nur Spaß gemacht«, sagte ich.

»Wart ihr etwa betrunken?«, fragte sie. »Oder habt ihr da drin einen Jungen versteckt?«

Ich musste mich wohl etwas mehr ins Zeug legen.

»Wir waren doch Fruchtfledermäuse«, sagte ich schließlich. Stolz auf meinen genialen Einfall, schob ich mir das ausgelutschte, trockene Orangenstück in den Mund und begann, immer noch auf dem Bett, mit den Armen zu rudern, machte einen Buckel und wippte leicht.

»Aha.« Meine Mutter runzelte die Stirn. »So machen Fruchtfledermäuse?«

»Ja«, sagte ich. »Immer. Also in freier Wildbahn.«

»Verstehe«, sagte meine Mutter. »Ich werd es eurem Vater erklären.«

Sie ging raus.

»Du darfst Genie zu mir sagen«, sagte ich zu Julia. »Ich hab nichts verraten.«

»Ich fühl mich irgendwie komisch heute Morgen«, sagte Julia. »Beim Küssen mit Diego dachte ich, dadurch wird alles gut. Aber das stimmt gar nicht.«

Julia verbrachte immer mehr Zeit mit Diego.

Und nicht mehr mit mir.

Ich fühlte mich – wie fühlte ich mich? – verlassen.

»Bist du ein bisschen eifersüchtig?«, fragte meine Mutter.

»Auf was?«, fragte ich betont gleichgültig.

»Jetzt tu nicht so«, sagte meine Mutter.

»Wie denn?«

Die Wahrheit lautete, ja, ich war eifersüchtig.

Aber ich wollte Julia, nicht Diego.

Das hätte ich nie gedacht.

Aber zu sehen, wie er immer um sie herumschwirrte, machte ihn unattraktiv für mich.

»Er ist so gut aussehend«, sagte meine Mutter.

Und so lächerlich, dachte ich.

Ich machte weiter mit meinen Recherchen. Inzwischen hatte ich mehrere Mappen für Burundi, eine für Andalusien, Schwerpunkt Pferde, und eine für jeden meiner spanischen Lieblingsschriftsteller, -dichter, -dramatiker und -maler.

»Wer ist das auf dem Foto?«, fragte meine Mutter, die ein bisschen weiter weg am Herd stand.

»Federico García Lorca«, sagte ich.

»Jemand, für den du dich interessierst?«, fragte sie im Näherkommen. »Ein Junge?«

»Kann man sagen.«

»Und er klingt spanisch«, sagte meine Mutter.

»Ja«, sagte ich.

»Erzähl mir von ihm.«

»Er wurde am 19. August 1936 erschossen«, sagte ich. »Er war Dichter und homosexuell.«

»Ach, Augusta«, sagte sie. »Ich weiß nicht, was mit dir los ist. Vielleicht musst du mehr aus dem Haus.«

Also ging ich rüber zu Ians Haus.

Ian ließ sich gerade die Haare lang wachsen und hatte dunklen Flaum auf der Oberlippe, den er sich weigerte abzurasieren. Mir wurde immer ein bisschen schlecht von dem Anblick.

»Stehst du auf mich?«, fragte er einmal aus heiterem Himmel, als wir auf seinem Bett saßen.

Ich schüttelte den Kopf.

»Hab ich mir schon gedacht«, sagte er.

Ich lächelte.

»Ich steh auch nicht auf dich«, sagte er.

»Perfekt«, antwortete ich, und wir spielten weiter Computer.

»Wird dir nicht langweilig von all dem Knutschen?«, fragte ich Julia. »Den ganzen Tag nur knutschen? Tut dir da nicht die Zunge weh?«

Sie wandte den Blick ab.

»Es ist schön«, sagte sie.

»Und worüber redet ihr so?«

»Alles Mögliche.«

»Hast du mich noch lieb?«, fragte ich.

»Natürlich hab ich dich noch lieb«, sagte Julia.

Diego kaufte Julia eine Halskette mit einem goldenen Herzanhänger.

»Love is in the air«, sang mein Vater, was überhaupt nicht seine Art war.

In meiner Luft lag keine Liebe.

In Julias und Diegos Luft dagegen schon: Die Zeit der Briefe und Geschenke hatte begonnen.

Julia hatte sich einen neuen Füller und kleine cremeweiße Kärtchen mit passenden Umschlägen gekauft. Auf denen verfasste sie Liebesbriefe an Diego, und manchmal schrieb sie auch furchtbare Reime von Grußkarten ab, wie es sie am Bahnhofskiosk von Hedley Green zu kaufen gab. Direkt neben unserer geheimen Lichtung mit den Kletterbäumen und den Hasenglöckchen im Frühling.

Julia hatte gar keine Lust mehr, mit mir dahin zu gehen.

Immer hatte sie es eilig, Diego auf der High Street zu treffen.

»Ian hat mir Zigaretten geschenkt«, sagte ich. »Wollen wir sie auf der Lichtung rauchen?«

Sie verzog das Gesicht.

»Hast du keine Lust, es mal auszuprobieren?«

»Diego mag es nicht«, sagte sie. »Besonders nicht bei Mädchen.«

»Nicht bei *Mädchen*?«, wiederholte ich empört. »Was hat das denn mit Mädchen zu tun?«

»Ach, egal«, sagte sie. »Es muss wohl schmecken, wie einen Aschenbecher zu küssen.«

»Hat er etwa schon mal einen Aschenbecher geküsst?«

»Sei nicht albern, Gusta.«

»Wann hat er denn ein Mädchen geküsst, das raucht?«

»Weiß ich nicht.«

»Gibt dir das nicht zu denken?«

»Und man bekommt Lungenkrebs davon«, sagte Julia.

»Nicht von einer Zigarette«, sagte ich.

»Du rauchst eine, und dann bist du süchtig«, sagte Julia.

»Du bist süchtig nach Diego«, sagte ich. »Wetten, du schaffst in der Fastenzeit keine vierzig Tage ohne Zungenkuss?«

»Ich habs nicht so mit der Fastenzeit«, sagte Julia.

»Oder vierzig Tage ohne Diego!« Ich versuchte, so zu klingen, als ob ich es lustig meinte, als ob ich nicht verletzt wäre.

»Ich muss jetzt los«, sagte sie.

Das verletzte mich wirklich.

Dass sie keine drei Sekunden bleiben konnte, um mit mir zu reden.

»Du musst immer gerade los«, sagte ich, und es klang ziemlich gemein. »Immer haust du ab.«

»Ich unternehme einfach gern was«, sagte sie leise. »Ist doch kein Verbrechen.«

»Das war früher anders«, sagte ich mit harter Stimme. Wenn sie nicht nett zu mir sein wollte, durfte ich keine Schwäche zeigen.

»Die Dinge ändern sich«, sagte sie.

»*Du* hast dich geändert«, sagte ich. »Du warst früher nicht so kalt.«

»Ich habe jetzt eben einen Freund«, sagte sie. Ihr vernünftiger, möchtegern-erwachsener Tonfall ärgerte mich.

»Du warst schon anders, bevor du einen Freund hattest. Seit Spanien bist du anders.«

Jetzt wurde Julia rot, ein Schatten huschte über ihr Gesicht, und ihre Lippen bebten kaum merklich. Sie zupfte an ihrem Ärmel herum.

»Vielleicht bin ich einfach erwachsen geworden«, sagte sie, aber auf dem *erwachsen* brach ihre Stimme.

»Das ist es nicht, Julia«, sagte ich. »Es ist was anderes.«

Ich versuchte zu lächeln, wollte mich nicht mit ihr streiten.

»Ich komm noch zu spät«, sagte sie. »Diego hasst es, wenn ich zu spät komme.«

Sie wandte sich zum Gehen, aber noch in der Bewegung sah ich ihr Gesicht zucken, wie immer kurz vorm Weinen.

Als sie später nach Hause kam, brachte sie mir einen Bund Narzissen mit – die grünlichen Knospen waren noch nicht aufgegangen.

»Ich fühl mich so schlecht«, sagte sie. »Ich will nicht, dass du dich im Stich gelassen fühlst. Diego und ich haben dich immer gern dabei. Wirklich, jederzeit.«

»Danke«, sagte ich.

»Tut mir echt leid wegen vorhin«, sagte sie. »Ich weiß nicht, was da in mich gefahren war.«

Irgendetwas geschah mit mir.

In meinem Herzen.

Ein stechender Schmerz in der Brust.

»Du weinst ja«, sagte Julia. »Du weinst doch nie. Bitte wein nicht.«

Als sie mich in die Arme nahm und ich ihren Duft aus Timotei und Diegos Aftershave einatmete, sprudelten die Tränen nur so aus mir heraus, wie damals bei Barbara Cook, als sie mich und Graham zusammen schaukeln sah.

»Ich hab dich lieb, Gusta«, sagte sie immer wieder.

Dann kam meine Mutter ins Zimmer.

»Was ist denn hier wieder los?«, fragte sie.

»Alles in Ordnung«, sagte Julia.

»Gehts um Diego?«, fragte sie. In ihrem Gesicht und um den Granatanhänger an ihrem Hals breiteten sich hektische Flecken aus.

Im Rückblick denke ich, sie musste doch gesehen haben, dass ich es war, die geweint hat, und nicht Julia.

Bestimmt hat sie das.

Julia schrieb mir eine Karte in Schönschrift.

Ich habe sie immer noch.

Darauf steht: »Ich kann mir mein Leben ohne dich nicht vorstellen.«

Ich habe sie mit nach La Higuera genommen, aber ich sehe sie mir nie an.

Mein Leben ohne dich.

Vorne auf der Karte ist ein Küken abgebildet.

Die Narzissenknospen gingen auf, leuchtend, sonnenscheingelb.

Sie ließen hoffen.

Der Frühling war da.

PARFAIT

Es war Karfreitag.

Zusammen mit Hunderten anderer Menschen saß ich auf einer Mauer am großen Platz in Tarifa.

Ich hatte mir einen Job als Wärter in einem Parkhaus besorgt – von sechs Uhr abends bis sechs Uhr morgens. Der Lohn war miserabel, aber es war wenigstens ein Lohn, und jetzt hatte ich nachts einen Ort, wo ich hinkonnte.

In dem Schalter neben der Schranke saß ich Nacht für Nacht in meinem kaputten Sessel. Im Radio lief schlechte spanische Popmusik, die Straßenlaterne leuchtete mir ins Gesicht und alle zehn Minuten ging mein Wecker.

Jedes Mal beim Aufwachen schreckte ich zusammen, und jedes Mal, wenn ich einschlief, auch nur für zehn Minuten, war ich zurück im Meer. Zion war auch da. Aber wir waren getrennt und das Wasser trüb. Zion drehte sich, trudelte abwärts, immer weiter in die Tiefe, ich konnte sein Gesicht nicht sehen. Ich wollte ihn auf mich aufmerksam machen, ihm von weit her etwas zurufen. Aber jedes Mal, wenn ich den Mund öffnete, füllte er sich mit Meer.

Das Klingeln des Weckers.

Das erschrockene Zucken, wie ein Sturz von der Klippe. Langsam kam ich zu mir, stellte den Wecker erneut.

Ich spürte die Erschöpfung in allen Adern und allen Knochen, während ich der Karfreitagsprozession zusah: große, *pasos* genannte Altarbühnen, die hin und her wankten auf den Schultern der darunter versteckten *costaleros.*

Auf dem ersten *paso* waren drei hölzerne Kreuze zu sehen.

Ich dachte daran, was mein Vater uns von dem Verbrecher am Kreuz erzählt hatte. Dem an Ort und Stelle alles, was er getan hatte, vergeben wurde.

Was ich getan hatte.

Ich hielt den Gedanken nicht aus.

Ich dachte an meine Mutter und fühlte die Blechnarzisse in meiner Hand, als der zweite *paso* mit einem einzelnen riesigen Kreuz darauf vorbeizog. Dahinter der Chor – Jungen und Mädchen, deren Jeans und Turnschuhe unter ihren weißen Gewändern hervorlugten, bärtige Männer und Frauen mit rotem Lippenstift. Sie alle sangen *vergeben, vergeben, vergeben.*

Eine Frau ganz in Schwarz mit einem spanischen Kamm im Haar betrat den Platz, ging in die Knie und stimmte eine laute Klage an, es klang nach einem Bibeltext. Und kaum war sie fertig, stand sie auf, stellte sich an den Rand, machte sich eine Zigarette an und plauderte mit ihren Freundinnen.

Dann hielt der Chor wieder Einzug auf dem Platz.

Vergeben, vergeben, vergeben.

Perdonados.

Die Worte verklangen, zogen den Hügel hinunter, nur ihr schwaches Echo blieb in der Luft. Ferner, ferner, ferner. Wie ein davonfliegender Vogel. Kleiner und kleiner bis ins Nichts. Aber in mir sang der Vogel weiter.

Sang laut in mir.

Vergeben, vergeben, vergeben.

»Es liegt bei dir, mein Junge, aber ich würds annehmen!«, sagte mein Vater und strahlte wieder einmal übers ganze Gesicht. »Sonst wär ja all der Schmerz umsonst gewesen!«

AUGUSTA

Zu Ostern schenkte Diego Julia einen Ei-Inkubator, wegen ihrer Vorliebe für Tierbabys aller Art. Sie stellte den Inkubator auf den Beistelltisch, und schon am ersten Abend, als wir gerade aßen, fing das größte Ei an zu wackeln, und aus seinem Innern drang ein feines Piepsen, das uns alle ganz nervös machte.

Mein Vater starrte unentwegt auf die Maschine und murmelte: »Ich halte mich aus der Sache raus.«

Wir aßen schweigend weiter unseren Wackelpudding mit Himbeergeschmack, aber beim Runterschlucken wurde ich das Gefühl nicht los, Eigelb und Dotterhaut zu essen.

Die anderen Eier bewegten sich nicht.

Als Diego vorbeikam, lobten wir ihn alle für die Eieridee.

Am nächsten Tag begann das Wackeln und Piepsen im größten Ei von Neuem, und eine winzige Schnabelspitze durchbrach die Schale. Es ruckelte, der kleine Schnabel pickte, klopfte, hackte, und wir alle hielten den Atem an.

Dann das Wunder!

Das erschöpfte und pitschnasse Küken schob sich nach draußen und kippte einfach um, in ein Nest aus Eierschale.

Ich rang nach Luft, während mein Vater große Schlucke Wasser trank.

Das Küken bewegte sich nicht.

Diego klingelte, Julia machte ihm auf, und als die beiden reinkamen, war das Küken zum Leben erwacht, hatte sich aufgeplustert und stolzierte herum und war knallgelb und flauschig und das Süßeste, was wir je gesehen hatten.

So ging es Abend für Abend weiter, bis endlich auch das letzte Küken aus dem letzten Ei schlüpfte. Wie die anderen kippte es erst um und stand dann wieder auf, lief im Kreis, immer weiter, mit Linksdrall und verdrehtem Flügel, und dann stieß es schließlich gegen die Wand des Inkubators und starb. Wir warteten und hofften und beteten, aber es wurde nicht mehr lebendig.

Nach Ostern hatten wir mittags Prüfungsvorbereitung.

Ich weiß noch, wie ich in der Lateinstunde aus dem Fenster guckte und Julia draußen den Weg entlangspazieren sah.

Bei der Sonnenuhr blieb sie stehen und und starrte darauf. Der Schatten auf den Stundenlinien zeigte ihr die Zeit an.

Die ersten Sonnenuhren waren die altägyptischen Schattenuhren aus dem Jahr 1500 vor Christus. Der Mensch hat wohl schon immer wissen wollen, wie spät es ist.

Wie viel Zeit noch bleibt.

Julia las die Inschrift auf der Bronzetafel.

»Der Schmetterling zählt nicht Monate, sondern Momente, und hat doch Zeit genug.«

»Adjektive«, sagte der Lehrer, »stehen im Lateinischen nach dem Nomen. Wie im Französischen. Und im Spanischen. Aber bei uns nicht.«

Ich meldete mich.

»Aber es gibt Ausnahmen«, sagte ich und blickte hinaus zu Julia, die weiter die Sonnenuhr las.

»Zum Beispiel?«, sagte der Lehrer.

»Zum Beispiel *Zeit genug*«, sagte ich.

»Ja, ja, ja«, sagte der Lehrer. »Zeit genug.«

Als ich wieder aus dem Fenster guckte, starrte Julia immer noch die Sonnenuhr an.

In ihrem Gesicht rührte sich nichts.

PARFAIT

Jetzt, wo ich ein bisschen Geld in der Tasche hatte, setzte ich mich oft in ein Café am Paseo de la Alameda – ein offener, länglicher, von Palmen gesäumter Platz in der Nähe des Hafens. Ich saß in der Sonne, trank schwarzen Tee und beobachtete dabei die Leute – ihre Körper, ihre Gesichter, ihre Art zu gehen oder Händchen zu halten –, besonders die Paare beobachtete ich. Ich fragte mich, wie es wohl wäre, so als Paar.

»Ich seh dich oft hier«, sagte eine Stimme, und der Besitzer der Stimme kam näher.

Es war ein kleiner, stämmiger Mann – er war mir hier schon öfter aufgefallen.

Seine Haut war ledrig, und er hatte eine Narbe auf der linken Wange, volles Haar und kurze, dicke Finger.

Er zog sich einen Stuhl heran.

»Du siehst immer besorgt aus«, sagte er, und der Rauch seines schwarzen Tabaks strömte mir in die Nase.

Ich fischte die Zitrone aus meinem Tee, nagte an der grünlichen Schale und versuchte zu lächeln.

Ich mochte sein Gesicht.

Er hatte Dinge gesehen.

Er hatte was hinter sich.

Ein bisschen Schmerz.

Freude auch, wahrscheinlich.

»In die Zitrone beißen – kennst du das Lied?«, fragte er.

Ich schüttelte den Kopf.

»Cante Jondo«, sagte der Mann. Er sah sich verstohlen um, als wür-

de er mir gleich ein großes Geheimnis anvertrauen, und flüsterte: »Kennst du es? Die Leute nennen es Flamenco, aber es müsste eigentlich *Cante Jondo* heißen. Tiefes Lied.«

»Flamenco!«, rief ich und sah Víctor vor mir, wie er durch die Küche tanzte. »Ja! Ein spanischer Tanz – davon hab ich gehört.«

»Nun, es beginnt nicht mit dem Tanz.« Der Mann schüttelte den Kopf. »Es beginnt mit dem Lied.«

»Von Flamenco-Liedern habe ich noch nie gehört«, sagte ich. »Ich dachte, es wäre ein Tanz.«

»Dann hast du bis jetzt nicht gelebt«, sagte er und lehnte sich zurück, wie um abzuwägen, ob er fortfahren solle. Er zog lang und geräuschvoll an seiner Zigarette, hielt den Rauch in der Lunge und saß fast reglos da, bevor er wieder ausatmete.

»Spanischer Tanz!«, sagte er, aber mehr zu sich selbst, einmal, zweimal, dreimal, und schüttelte dabei den Kopf. Und dann saßen wir eine Weile schweigend auf unseren Flechtstühlen, er mit seiner Zigarette und ich mit meiner grünen Zitrone im Mund.

»Eigentlich beginnt es gar nicht mit dem Lied«, sagte der Mann lachend.

»Aber du hast doch gerade gesagt, es beginnt mit dem Lied!«, protestierte ich, und ich lächelte ihn an – es tat so gut zu reden. Es tat so gut – etwas an dieser Begegnung tat mir so gut.

Der Mann lachte immer noch. Er zwinkerte, beugte sich vor, bis sein Gesicht ganz nah an meinem war, dann nahm er meine Hand und drückte sie. Seine andere gedrungene Hand legte er obendrauf, sodass meine dazwischen lag wie in einem Sandwich.

Berührung.

Einen Menschen berühren.

»Also beginnt es jetzt mit dem Lied, oder beginnt es nicht mit dem Lied?«, fragte ich.

»Nun, wenn ich dir etwas über den *Cante Jondo* beibringen soll«, sagte der Mann, »wirst du dich mit einem kleinen Rätsel, einem kleinen Paradox abfinden müssen, mit einer kleinen *razón incorpórea.*«

Körperlose Vernunft, übersetzte ich im Kopf, und vielleicht runzelte ich die Stirn dabei, denn der Sinn erschloss sich mir nicht.

»Was soll das sein?«

»Wer weiß?«, sagte der Mann. »Es ist unübersetzbar. Und überhaupt können es nur *gitanos* haben … Nur wir Roma besitzen *flamencura. Duende.*«

Ich hatte keines dieser Wörter je gehört und grübelte noch darüber nach, wie ich wohl zu dieser körperlosen Vernunft kommen sollte.

»Bist du ein Gitano?«

Der Mann warf den Kopf zurück und fing wieder an zu lachen.

»Claro!«, rief er. *»Claro!* Sieh mich doch an!«

Der Mann nahm eine Papierserviette, zog einen Stift aus seiner Hosentasche und schrieb spanische Wörter darauf, in Form einer Gedichtstrophe.

»Das ist eine der *soleares*«, sagte er und gab mir die Serviette.

Ich nahm sie an.

»Ein Geschenk«, sagte er. *»Un regalito.«*

»Danke«, sagte ich und faltete sie.

»Im *Cante Jondo* gibt es verschiedene Arten von Gesang. Die *seguiriya* und die *soleá* helfen uns, wenn es uns so vorkommt, als ob es keinen Trost gibt. Also fangen wir doch am besten hier an, mit einer *soleá*? Für die *alegrías* – die fröhlichen – haben wir später noch Zeit genug. Das scheint mir die beste Reihenfolge für dich, einverstanden?«

Er lächelte mir direkt in die Augen und erhob sich vom Stuhl.

»Du wirst die Verse lesen, ja?«, fragte er. »Sie sollten mehrfach gelesen werden.«

»Das werde ich«, sagte ich. »Danke. Wann sehen wir uns wieder?«

»Ich werde für eine Weile nach Sevilla zurückkehren«, sagte er. »Es ist etwas kompliziert. Aber ich komme wieder.«

AUGUSTA

Diego hatte sich angewöhnt, mir jedes Mal, wenn er Julia ein Geschenk machte, auch eins mitzubringen. Was ganz klar ihre Idee gewesen war.

Das beste dieser Doppelgeschenke waren zwei riesengroße Lenkdrachen. Die hatte er extra aus Spanien bestellt, wo bei La Higuera immer Wettkämpfe stattfanden. Julia bekam den rosa Schmetterling und ich eine irgendwie grimmig dreinschauende türkise Libelle. Wer es draufhatte, konnte die Drachen Sprünge und Sturzflüge machen und umeinanderkreisen lassen.

Wir hatten es nicht drauf, wie sich schnell zeigte. Oben auf dem Old John Brown's legten unsere Drachen eine Bruchlandung nach der anderen hin, manchmal krachten sie auch auf uns drauf, und wir alle kugelten uns vor Lachen.

Es tat gut, Julia lachen zu hören, aber sie lachte nicht mehr so oft, und es war klar, dass sie immer an etwas dachte, auch wenn sie gerade an nichts dachte.

»Nein, nein, nein!«, schrie sie im Schlaf. »Doch, da ist er …!«

»Wer?«, fragte ich.

»Da ist er«, flüsterte sie zurück.

»Diego?«

»Nein, nein, nein!«, sagte sie mit einer seltsam rasselnden Stimme. »Seine Hand.«

»Du redest im Schlaf«, sagte ich. »Was ist denn los?«

»Man träumt doch immer irgendwas«, sagte sie.

Das ist wahr.

Auch ich brachte Stunden träumend in meinem eigenen Kopf zu.

Außen passierte ja nicht viel – mein Körper schien zum Stillstand gekommen zu sein, und auch meine Periode ließ sich nur blicken, wenn ihr danach war.

Ich war die Raupe, die sich im Kokon zu einer noch längeren, noch dürreren Raupe verpuppte. Julia dagegen wurde zum wunderschönen Schmetterling und flog in den Himmel davon.

Julias Busen wurde runder, und mir kam es vor, als ob sie alle drei Monate eine BH-Größe zulegte. Aus meinen platten Brustwarzen wurden zwei Bleistiftspitzen, die sich peinlicherweise auch noch durch mein dünnes Schul-T-Shirt *durchdrückten.* Einen BH brauchte ich immer noch nicht.

Doch im November, da war ich fünfzehn und drei Monate und hatte die Hoffnung fast aufgegeben, kam es unter den spitzen Brustwarzen zu einem leichten Anschwellen. Als ob mir jemand Hefe in den Busen gespritzt hätte. Ich stand vor dem Badezimmerspiegel und hätte platzen können vor Glück.

Verwandlung!

Metamorphose!

Endlich!

Julia durchwühlte ihre Schublade und gab mir einen ihrer alten BHs – er passte!

Die Zukunft hatte begonnen.

Unter meiner Matratze holte ich den alten Lederband hervor, stellte mich ans Fenster und starrte hinaus. Dabei sagte ich wieder und wieder das Gedicht über den fahrenden Händler auf.

Erst kam ich mir ein bisschen albern vor.

Aber das hielt nicht lange an, und dann fing ich an zu träumen. Von dem Leben, das ich mal führen würde. Von dem bunten Wohnwagen mit dem Apfelschimmel vornedran, in dem ich aus Hedley Green fliehen und um die Welt reisen würde. Von den klappernden Töpfen an der Decke, von den winzigen Blumenkästen mit Geranien drin und von meinem Holzbett. Drapiert mit indischen Saris, wie unsere Nachbarn, die Hassans, sie trugen.

In den Sonntagsbeilagen hatte ich Geschichten von echten Menschen gelesen, die sich aus Schule, Autowaschen oder Rasenmähen nichts machten – und stattdessen über Gebirgskämme radelten oder auf Kamelen durch die Sahara zogen. Oder sie segelten um die Erde und verbrachten die Nächte in fernen Häfen unter sternklaren Himmeln.

PARFAIT

Im Hafen legte ein riesiges Kreuzfahrtschiff an, mit endlosen Reihen von Tausend-Euro-Kabinen und zwei Tragflügelbooten, mit denen die Touristen zu den Märkten in Tanger geschafft wurden. Ach, Tanger!

Auf dem Pflaster hinterm Hafen, vor einer Zeile mit kleinen, modernen Lädchen, standen Tafeln mit Werbung für Tauchkurse und Tagesausflüge zur Delfin- und Walbeobachtung. Ich setzte mich hin und übersetzte, was der Gitano auf die Serviette geschrieben hatte.

Ich wünschte, er wäre nicht zurück nach Sevilla gegangen.

Es war so schön, jemanden zum Reden zu haben.

Me muero yo – ich sterbe.

De pena voy a morirme – vor Kummer werde ich sterben.

Como me muero mordiendo la corteza del verde limón – wie ich sterbe beim Biss in die Schale einer grünen Zitrone.

Der Geschmack der Trauer.

Das war es.

Trauer wie grüne Zitronen.

Das wollte ich malen.

Sobald ich genug Geld zusammenhätte, würde ich Farben kaufen.

Ich prägte mir die Zeilen ein und fragte mich dabei, warum das Adjektiv grün nicht nach dem Substantiv Zitrone stand, wie es sich im Spanischen gehörte.

AUGUSTA

Das Schuljahr rauschte nur so vorbei.

Die großen Prüfungen standen vor der Tür.

Zwölf Themen.

Zweiter Weltkrieg, die Gleichnisse Jesu, algebraische Gleichungen, Schmetterlinge in Mischtechnik, Leiter und Isolatoren, restriktive und explikative Relativsätze, Zellorganellen, chemische Formeln, *Wer die Nachtigall stört* und Verbkonjugation in drei Sprachen – Aktiv, Passiv, Indikativ, Konjunktiv.

Im Juni seufzte und schwitzte Julia in den Prüfungssälen, während ich lässig weiter Bestnoten einheimste und mich schon auf die Oberstufe freute.

Abends versuchte meine Mutter, Julia mit der Planung der Grillparty zu unserem sechzehnten Geburtstag aufzuheitern. Die sollte bei uns im Garten stattfinden, und zwar mit allen Freunden aus dem Willow Crescent, Julias Tanzschulfreunden, meinen vom Reitstall und dem Büchereiclub sowie ein paar von unseren Mitschülern. Die mochten übrigens alle, bis auf die etwas speziellen – Ian und Moira –, Julia lieber als mich.

»Für wen sind Partys eigentlich – so ganz allgemein?«, fragte ich meine Mutter.

»Wie meinst du das?«, fragte sie zurück.

»Ist die Party für uns oder für die, die kommen?«

»Na, für beide natürlich.«

»Glaubst du denn, meine Büchereifreunde wollen Julias Tanzfreunde kennenlernen?«, fragte ich. »Ich glaub nämlich nicht, dass die sich verstehen.«

»Aber so ist das auf Partys«, sagte meine Mutter.

»Die vom Reitstall sind so *richtige* Pferdemädchen, schon ziemlich schräg«, sagte ich. »Mit Pferdestickern und Pferdeohrringen und Pferdewaschbeuteln. Und die aus der Bücherei interessieren sich für Gedichte und sonst nichts.«

»Es gibt doch bestimmt Gedichte über Pferde«, sagte meine Mutter.

Ich starrte sie nur an. Was sollte man da noch sagen? Glaubte sie im Ernst, Sechzehnjährige würden auf Partys Pferdegedichte lesen? Anstatt heimlich Schnaps zu trinken und hinter Bäumen rumzuknutschen? Also mindestens.

»Mich stresst schon die Vorstellung«, sagte ich.

Sie sah mich verständnislos an.

»Freust du dich nicht, all deine Freunde einzuladen?«, fragte sie.

Ich schüttelte den Kopf.

»Ich freue mich vor allem«, sagte ich, »Robin Fox nicht einzuladen.«

Angeregt von Pally Alvárez, hatten wir beschlossen, uns zum Geburtstag weiße Tauben zu wünschen, aber mein Vater war von der Idee nicht begeistert.

»Nachher müssen wir jeden Abend den Crescent abklappern, um die Vögel wieder einzufangen«, sagte er.

»Ich hab eine Überraschung für euch zwei. Auf der Party«, verkündete meine Mutter.

Was mein Grauen in eine neue, schwindelerregende Dimension katapultierte.

»Die Überraschung wird schrecklich sein, das weiß ich jetzt schon«, sagte ich zu Julia.

»Ach, Gusta, hör auf«, sagte sie. »Komm, wir probieren die neuen Wachsstreifen. Ich mach dir die Beine und du mir.«

»Du hast doch gar keine Haare.«

»Doch, die sind nur blond.«

»Deine Kinder werden Affen wie ich«, sagte ich. »Guck dir Diego an – der wird langsam zum Werwolf.«

»Hör auf!«, rief Julia kichernd.

»Er kriegt immer mehr Brusthaare«, sagte ich und verzog die Nase. »Die kriechen schon unterm Kragen hervor. Magst du das etwa?«

»Ich mag ihn, also – ja.« Sie klang irgendwie eingeschnappt.

»Ernsthaft?«, hakte ich nach. »Na los, sag ehrlich.«

Julia druckste herum.

»Würdest du ihn auch mögen, wenn er ganz dick werden würde? So richtig fettleibig? Hundertfünfzig Kilo?« Ich genoss das Verhörspiel und lief beim Reden im Zimmer auf und ab.

»Gusta, lass es doch«, sagte sie und schien nicht zu wissen, ob sie nun lachen oder ernst bleiben sollte. Aber ich wollte sie nicht so leicht davonkommen lassen.

»Würdest du ihn noch mögen, wenn ihm alle Haare ausfallen und er plötzlich eine Glatze hat?«

Sie kicherte ein bisschen.

»Du lachst ja!«, sagte ich. »Hör nicht auf!«

»Lass uns mit den Beinen weitermachen«, sagte sie.

»Lass uns lieber weiterlachen«, sagte ich. »Was glaubst du, was Mums Überraschung ist?«

»Ich weiß nicht«, sagte Julia.

»Dad mit einer Stripnummer?«, sagte ich. »In Mankini und mit einer Rose zwischen den Zähnen?«

»Hör auf«, sagte sie, doch das Kichern war noch da, erst nur ein Glucksen, und dann sprudelte es heraus – jetzt lachte sie richtig, konnte gar nicht mehr aufhören.

»Du lachst!«, rief ich. »Wie in alten Zeiten.«

Ich schlang die Arme um sie und drückte sie fest.

»He, hör auf!«, sagte sie.

Ich wusste, bei Julia bedeutete *Hör auf*: Ich mag das.

Ich wusste auch, dass mit Diego eine Menge *Hör auf, ich mag das* vor sich ging, seit wir sie einmal in flagranti auf dem Sofa erwischt hatten. Die beiden dachten, sie hätten die Bude für sich, während ich mit meinen Eltern einen Infoabend an der Schule besuchte, es ging um die Fächerkombination für die Oberstufe. Aber wir waren früher als erwartet zurück, weil wir keine weiteren Fragen hatten.

Ich hatte mich längst entschieden.

Englisch, Französisch, Spanisch und Latein.

Und für mich war das *perfect, parfait, perfecto* und *perfectus*. Zu ein bisschen Fummeln nebenbei hätte ich zwar nicht Nein gesagt, aber bislang gab es keine Angebote. Ich führte es auf meinen kaum nennenswerten Busen zurück.

Als der Moment des Kuchenanschneidens auf der Geburtstagsparty nahte, schleppte Diego im Auftrag meiner Mutter einen Weidenkorb an. Ein Schwarm weißer Tauben flatterte heraus und flog über unsere Kirschbäume, und alle sangen »Happy Birthday« und überhäuften uns mit Küssen und Geschenken.

Dann hielt mein Vater eine ziemlich unterirdische Rede. Die Witze dafür hatte er aus dem Buch *Tischreden für jeden Anlass*.

Aber alle hörten zu und lachten und klatschten immer genau im richtigen Moment.

Nahm man sich damit nicht viel zu wichtig, grübelte ich, sich einen Haufen Leute ins Haus einzuladen, damit sie sich von deinen Eltern anhören können, wie toll du bist?

Und noch Geschenke mitbringen.

Aber irgendwie war es ganz schön, gemocht zu werden.

So von allen.

PARFAIT

In meinem Parkhausschalter ging die Zeit zwar nur sehr langsam voran, aber da die Tage sich kaum voneinander unterschieden, flossen in meiner Trauer die Wochen und Monate zusammen. Und auf einmal war ich schon über ein Jahr dort.

Um einen Rhythmus zu finden, besuchte ich täglich das Café, doch der Gitano war nie da.

AUGUSTA

Julia hatte von Diego zum Geburtstag eine eigene Taube bekommen, mit einem z-förmigen Kamm auf dem Kopf. Mein Vater machte ein beunruhigtes Gesicht, aber es war längst abgesprochen, dass sie zusammen mit Pallys Taube im Taubenschlag von Nummer 13 wohnen würde.

Jetzt hatte ich also als Einzige keine Taube. Und auch sonst niemanden zum Turteln.

Julia brachte Stunden damit zu, die Taube zu dressieren, damit sie auf ihrer Hand landete.

Sie behauptete gern, dass sie allein auf Zuruf käme.

Was aber Quatsch war.

Julias und Diegos Liebe wuchs weiter, und seine Brusthaare wuchsen weiter, und die Taube lernte, in einem winzigen Röhrchen am Bein Zettelbotschaften zwischen Diegos und unserem Haus zu transportieren.

»Hat das Tier Flöhe?«, fragte mein Vater.

»Mach dir keine Sorgen«, sagte meine Mutter.

»Was die Nachbarn wohl denken?«, sagte mein Vater.

»Lass sie doch denken, was sie wollen«, sagte ich. »In Persien im fünften Jahrhundert war das völlig normal. Und im zwölften Jahrhundert waren alle wichtigen Städte in Syrien und Ägypten durch Brieftauben verbunden. Übrigens gab es sogar zwischen Auckland und der Great-Barrier-Insel mal jahrelang eine richtige Taubenpost. Und die Polizeitauben in Indien sind erst seit 2002 nicht mehr im Dienst. Und Paul Reuter, von dem habt ihr vielleicht schon gehört …«

»Wo hast du nur dieses ganze Zeug her?«, fragte mein Vater.

Vielleicht wollte auch deshalb keiner mit mir fummeln – aus meinem Mund kamen einfach zu viele schräge Fakten.

PARFAIT

Eines Tages war der Gitano zurück.

Er rauchte eine Zigarette und hielt einen Tontopf mit einem kleinen Zitronenbaum in der Hand, der sein Gesicht zum Teil verdeckte. Als er mich bemerkte, spähte er seitlich dahinter hervor, wie man es mit einem Baby macht, und mir wurde plötzlich warm ums Herz – so etwas hatte ich schon lange nicht mehr gefühlt.

»Du hast mir nie deinen Namen gesagt«, sagte ich.

»Antonio.«

»Parfait.«

Wir schüttelten die Hände, und ich hatte das Gefühl, als wäre ich angekommen. Oder wirklich gegangen. Und müsste vielleicht nicht für immer so traurig sein.

»Ich habe oft an dich gedacht«, sagte er.

»Ich auch an dich.«

»Hast du die Strophe gelesen?«

Ich nickte.

»Und hier ist dein Zitronenbaum!«, sagte Antonio.

»Für mich? Woher wusstest du, dass ich hier sein würde?«

»Sie haben mir erzählt, dass du jeden Tag kommst.«

Er gab mir den Baum.

»Erst probierst du die Zitronenschale«, sagte er. »Dann pflanzt du einen der Kerne ein und lässt die Zitronen wachsen.«

Er grinste und winkte mich näher heran.

»Und dann machst du Limonade! Alles klar?«

Er sah sehr zufrieden aus, zufrieden mit allem – mit sich selbst, mit mir, dem Zitronenbaum.

Ich stellte den kleinen Baum auf den Tisch und konnte nicht aufhören zu grinsen.

»Und, hast du dir inzwischen mal einen *Cante Jondo* angehört?«, fragte Antonio.

»Die Konzerte für Touristen?«, fragte ich.

»Nein, nein, nein«, sagte er. »*Cante Jondo* sollte nie organisiert werden. Man kann so etwas nicht buchen. Er muss ganz spontan sein. Einfach irgendwo losbrechen. Wo immer Menschen und Emotionen sind, wo was in der Luft liegt, wo *gitanos* sind und jede Menge Wein, jede Menge Leben. *La juerga!*«

Ich nickte und versuchte, mir das Gefühl vorzustellen.

Duende. Flamencura. Razón incorpórea. Juerga.

Die unübersetzbaren Wörter wurden immer mehr.

»Wo alle wohnen, die von Sevilla runtergezogen sind«, sagte er, »in den Straßen hinter dem Hafen, da passiert es manchmal. Ich nehm dich mit. Aber erst kümmerst du dich um deine Zitronen.«

Als ich an dem Tag meine Arbeit im Parkhaus begann, spürte ich eine Veränderung in mir.

Ich stellte den Zitronenbaum auf den kleinen Hocker vor dem Schalter und gab ihm Wasser. Dann setzte ich mich draußen auf meinen Stuhl und dachte an das, was Antonio beschrieben hatte: die Gitarrenklänge, den *compás* – das rhythmische Klatschen – und die Bewegungen der Tänzer; und wie dann – wenn alle drei in der Dunkelheit zusammentrafen und eins wurden – der *duende* kam.

Junge Zitronen wuchsen am Zitronenbaum, und sie waren gelb wie die Sonne.

AUGUSTA

Julia wurde immer noch schöner.

Aber ihre Augen leuchteten immer noch nicht.

Wenn man genau hinsah.

Was die meisten anscheinend nicht taten.

Ihre Schönheit blendete sie.

Das kann passieren.

Wie bei Marilyn Monroe.

Oder Prinzessin Diana.

Meine Mutter hatte ein Album über Prinzessin Diana angelegt, und mein Vater musste nach ihrem Tod eine weiße Rose der Sorte Tranquility pflanzen. Eine Zeit lang stand auch ein kleines gerahmtes Bild in unserem Blumenbeet – Diana allein vor dem Taj Mahal.

»Findest du nicht, dass Julia irgendwie traurig wirkt?«, fragte ich Diego.

»Traurig?«, erwiderte er.

Er machte Fotos von ihr, mit ihren blonden Rapunzelhaaren und der Taube auf der Hand.

Alle Welt war in sie verliebt.

Alle Welt war nicht in mich verliebt.

Wenigstens ging es mit meinem Aussehen endlich bergauf. Ordentliche Brüste, keine Pickel, weniger staksige Beine, ein bisschen – wirklich nur ein bisschen – Po und eine Haut, die ihre Sonnenbräune behielt (mein bestes Attribut). Es war also nicht alles schlimm.

Als Julia entdeckte, dass es bei Specsavers coole, schwarzrandige Brillen für zwanzig Pfund im Angebot gab, entsorgte ich mein Drahtgestell und tanzte über die High Street *wie neugeboren*.

In einem Studentenfriseursalon namens »FairHair« ließ ich mir von Julias Freundin Amy Atkins, die inzwischen nicht mehr ganz so dusselig war, einen stumpfen Pony schneiden und die Haare um die Hälfte kürzer machen. Meine Mutter brach fast zusammen.

Ich habe noch ein Foto von mir von damals, mit einem Halloween-Kürbis in der Hand, diesem schnurgeraden Pony und der dicken schwarzen Brille, hinter der meine Augen leuchten. Ich mache ein entschlossenes Gesicht.

Und ich *war* entschlossen.

Die Zeit war reif.

Ich war jetzt sechzehn und drei Monate – und hatte nie eine andere Zunge als meine eigene im Mund gehabt.

Was erbärmlich war.

Ein Trauerspiel.

Ich musste endlich geküsst werden.

In Diegos Auto machten wir uns auf den Weg zum Feuerwerk im Tattershall Common. Diego, inzwischen neunzehn, hatte Besuch von seinem Freund Javier aus Cádiz. Der erzählte mir von seinem Job im Verkaufsbüro für den neuen Ferienkomplex bei La Higuera, wo Interessierte die Apartments, die noch gar nicht gebaut waren, schon jetzt vorbestellen und nach eigenen Wünschen gestalten konnten.

Javier saß neben mir auf dem Rücksitz.

»Ich weiß genau, wo du meinst«, sagte ich auf Spanisch.

»Exactamente«, wiederholte ich.

Mehr fiel mir nicht ein.

Aber mir fiel auf, wie gut sein Aftershave roch.

Exactamente.

Er duftete so nach.

Eben.

Mann.

Und er war direkt.

Neben.

Mir.

PARFAIT

»Lass die Arbeit heut Abend ausfallen«, sagte Antonio. »Komm mit mir.«

»Das geht nicht«, sagte ich.

»Such dir einen Job für tagsüber.«

»Wo denn?«

»Versuchs doch mal auf dieser Riesenbaustelle vor La Higuera, die suchen immer Leute.«

»Ich hab keine Papiere.«

»Dort brauchst du keine Papiere.«

Ich lächelte.

»Was macht eigentlich dein Schmerz?«, fragte er.

Ich sah ihn verdutzt an.

»Woher weißt du von meinem Schmerz?«

»Ich vermute mal, er hat mit dem Tod zu tun – oder dem Ende einer Liebe?«

»Woher weißt du das?«

»Was anderes gibt es doch nicht, oder? Liebe und Tod. Kann ich dir irgendwie helfen?«

»Schreib einfach neue Strophen auf Servietten«, sagte ich. »Ich präge mir alle Zeilen ein. Es hilft.«

»Lies das hier«, sagte er.

Ich nahm die Serviette, faltete sie und steckte sie in die Hosentasche, für später.

Ich hatte inzwischen eine ansehnliche Sammlung.

Su grito fue terrible – sein Schrei war entsetzlich.

Los viejos – die alten Leute, die Alten.

Dicen que se erizaban los cabellos – sagen, dass sich ihnen die Haare sträubten.

Y se abría el azoque de los espejos – und das Quecksilber löste sich aus den Spiegeln.

Ich schrieb die Worte in die Staubschicht auf dem Fenster des Parkhausschalters.

Ich lernte sie auswendig.

Ja, Zions Schreie waren entsetzlich.

Und meine Träume konnten sie nicht eindämmen.

Doch jetzt lief ich am Strand entlang, und der mächtige Levante fegte über die Hügel zu meiner Rechten, ließ die Palmen sich biegen und das Meer zu meiner Linken brausen und branden und brodeln und schäumen.

Wie auch in jener schrecklichen Nacht.

Und vielleicht könnte ich den Wind, der jetzt den Sand in dichten Schleiern über den Strand trieb und Äste von den Bäumen riss, bitten, Zions Schreie mitzunehmen.

Und vielleicht könnte ich den Gott des Windes bitten, dass er ihn zu sich nahm.

Und auf ihn aufpasste.

Vielleicht war dies eine Art Neuanfang, und ich könnte hier draußen lernen auszuhalten, was drinnen in meiner stickigen Kabine unaushaltbar gewesen war.

Er würde nicht mehr zurückkommen.

Ob nun Fische über die Wellen sprangen oder nicht.

Ob die Frau ihren Verlobungsring gefunden hatte oder nicht.

Ob Zion in meinen Träumen zu mir sprach oder nicht.

Was würde er sich von mir wünschen?

Dieser Junge mit dem Kopf voller Hoffnung, voller Träume und Pläne, Pläne für ein Haus am Strand, einen guten Job und genug Geld für Flugtickets für Wilfred und Pierre und Gloria und Douce. Und dann würden wir sie im Auto vom Flughafen Sevilla abholen, zusammen auf dem Sand feiern und spanischen Wein trinken und glücklich sein.

Zion hätte nicht gewollt, dass ich zurückgehe.

Er hätte gewollt, dass ich bleibe, hier lebe und arbeite und liebe und tanze.

Olé olé olé olé.

Als ich zur Baustelle kam, zogen die Wolken am Himmel dahin wie Boote – wie die Boote, von denen ich Zion weisgemacht hatte, sie würden uns nach Spanien bringen. Luftschlösser.

Ich drückte die Schultern nach hinten, wie ich es als Junge immer getan hatte, um für Zion ein Mann zu sein, machte mich groß und fragte nach dem Vorarbeiter.

Ich bekam den Job.

Am Ausgang der Baustelle fiel mein Blick auf einen Wegweiser.

1 kilometre.

Palomar de la Breña.

Paloma bedeutet Taube, also war *palomar* vielleicht so etwas wie ein Taubenhaus.

Ein staubiger Schotterweg führte mich durch den Naturpark zu einem alten Landhaus – und tatsächlich stand dort ein riesiger Taubenschlag aus über zehn Meter hohem, leicht bröckelndem Mauerwerk, unterteilt in parallele Sackgassen mit gewölbten Eingängen und Hunderten von Nistlöchern drin, und durch die Mitte verlief ein Kanal, in dem die Tauben zum Baden und Trinken zusammenkamen.

Ich setzte mich auf eine Mauer und dachte an das kleine Pfirsichköpfchen, das sich immer bei uns im Fluss gebadet hatte – mit seinem olivfarbenen und korallenroten Gesicht, den knallgrünen Flügeln, dem leuchtend gelben Hals und lila-blauen Schwänzchen –, und dann dachte ich an meine kleine vogelzarte Mutter und daran, wie sehr mein Vater sie geliebt hatte.

Ob ich auch so eine wahre Liebe finden würde?

AUGUSTA

Was ich mir da auf dem Rücksitz von Diegos Auto erhoffte, war natürlich nicht die wahre Liebe.

Noch nicht mal falsche Liebe.

Eigentlich gar keine Art von Liebe.

Ich erhoffte mir eine Zunge, und ganz ehrlich hätte es in gewissem Rahmen so ziemlich jede Zunge getan.

Die Schranke am Bahnübergang war unten, und so warteten wir, Javier und ich auf dem Rücksitz, Diego und Julia vorn, eine halbe Ewigkeit in einer langen Schlange von Autos.

Da saß ich also, mit meinem prall gefüllten BH und dem ausgefransten Jeansrock, in meiner schwarzen Strumpfhose und den Chucks, auf die ich mit grünem Filzstift Verse gekritzelt hatte.

Da saß ich also, schmachttrunken – was zwar kein Wort ist, aber ich brauchte irgendein neues Wort für dieses seltsam atemlose, blubbernde Gefühl – eine hitzige Mischung aus Hormonen, Hoffnung und Lust.

Javier beugte sich über mich, platzierte schmatzend seinen Mund auf meinem und grub seine Zunge wie mit dem Bohrer hinein. Diego drehte das Radio lauter.

Der Zug rauschte vorbei.

Die Schranke gab den Weg frei.

Bohrer, Züge, sich öffnende Schranken, und in der Ferne ein Feuerwerk – sexuelle Metaphern noch und noch, und wir knutschten und knutschten und knutschten, und dann waren wir da, sprangen aus dem Auto und bestaunten im Regen unter großem Oh und Ah den funkelnden Himmel. Mir kam es vor, als wäre endlich eine bedeutende Schwelle übertreten, und ich hielt mir die Hand aufs Herz, damit es nicht raushüpfte.

Elysisch!

PARFAIT

Auf der Baustelle arbeitete ich mit Dutzenden Senegalesen an einem gigantischen Ferienkomplex, einer neuen Schein-Stadt, die sich über die Felder erstrecken würde, soweit das Auge reichte.

Die Senegalesen boten mir ein Bett in ihrer *casa patera* an, benannt nach den *pateras,* den kleinen Holzbooten, in denen sie gekommen waren. Die Unterkunft war – auch wenn ich es mir nicht eingestehen wollte – kaum besser als eine Ruine.

Meinen Zitronenbaum stellte ich in den winzigen Innenhof, wo wir alle abends unsere Turnschuhe auszogen, damit es im Haus nicht so stank. Es gab zehn Betten in einem mittelgroßen, stickigen Zimmer, eine Küche und ein Bad – fürs Warmwasser mussten wir Münzen in einen Zähler werfen. Die Senegalesen lächelten immer freundlich, und fünfmal am Tag knieten sie sich hin und beteten in Richtung Mekka, und jeder musste abwechselnd sauber machen und kochen.

Der Schmalste von ihnen, der sich Carlos nannte, bot mir sein Mobiltelefon an.

»Ich hab einen Spezialtarif für Afrika – den kannst du gern benutzen«, sagte er.

Aber es gab niemanden, den ich anrufen wollte.

Und was ich zu sagen hatte, tat zu weh.

In der ersten Nacht konnte ich nicht schlafen. So viele fremde menschliche Körper, die Geräusche, die sie machten, und der Geruch zu vieler Männer auf zu kleinem Raum.

Die zweite Nacht war kaum besser.

Am dritten Abend wünschte ich den Senegalesen eine gute Nacht und machte mich auf den Weg nach Tarifa, wo ich hoffte, Antonio zu treffen.

Oder vielleicht würde ich ja ein spanisches Mädchen kennenlernen, dort unten, wo es *duende* und *flamencura* und *juerga* und so viele andere unübersetzbare Wörter gab.

Vielleicht würde ich dort hinterm Hafen bei Antonios Freunden das Mädchen finden, von dem ich immer geträumt hatte. Und vielleicht, mit etwas Glück, träumte sie ja auch von mir.

AUGUSTA

Julia bekam mit, wie ich den alten Lederband unter der Matratze hervorholte.

Also musste ich auspacken über den fahrenden Händler.

»Guck von außen nach innen«, sagte ich, während sie die Illustration auf sich wirken ließ, von der knorrigen Rinde der Bäume zu den winzigen, feingliedrigen Körpern der Raupen in allen Grünschattierungen, dann, in der Mitte, fast zu schön, um hinzugucken, der majestätische Pferdewagen – mit den Schmetterlingen, deren Muster und Namen ich längst in- und auswendig kannte: der Himmelblaue Bläuling, der orange-schwarze C-Falter mit seinen gezahnten Flügeln, der schillernde Grüne Zipfelfalter und das leuchtend rote Tagpfauenauge mit den lila Augenflecken. Und hinter dem Wagen ein endlos weiter Horizont.

Beim Anblick des Bildes überkam mich eine Sehnsucht, die wehtat.

PARFAIT

Antonio war im Café.

»Wird es heut Abend passieren?«, fragte ich.

»Das weiß man nie«, sagte Antonio. »Aber wir können gegen Mitternacht hingehen.«

Ich lief ziellos durch Tarifa. In einem Laden für Künstlerbedarf starrte ich sehnsüchtig auf die Auswahl an Farben, Pinseln und Leinwänden.

Um Mitternacht dann machte ich mich etwas nervös mit Antonio auf den Weg durch die dunklen Gassen, wo Männer auf kaputten Lehnstühlen saßen und Weinflaschen herumgehen ließen.

»Die Musik ist mehr als Musik. Verstehst du?«, sagte ein Mann mit Pferdeschwanz und Hut, als er mir die Flasche reichte, ohne mich richtig anzusehen.

Ich nickte.

»*Duende* kann in einem einzigen Moment zerstört werden«, sagte ein tätowierter Mann im weißen Unterhemd, der allein auf einem Sofa saß, eine Hand auf seiner Gitarre, die neben ihm lag wie ein treuer Hund.

»*Como la vida*«, sagte ich. »Wie das Leben.«

Kaum hatte ich das gesagt, setzte sich der Hut-Mann mit dem Pferdeschwanz auf einen Hocker in der Ecke, schloss die Augen und begann zu singen, wobei seine Stimme brach, sie zerfranste richtig, als würden seine Stimmbänder bluten, oder vielleicht das Herz.

Der Mann im Unterhemd nahm seine Gitarre, die sich wahrhaftig als lebendiges Ding erwies, und hinter dem Vorhang eines Hauseingangs trat eine Frau hervor, mit einem schwarzen Tuch um die Schultern, den Rock angehoben. Sie begann zu tanzen.

»Ay!«, rief sie, ein einzelner, erstickter Schrei. »Ay!«

Aus immer mehr Häusereingängen traten Leute und riefen: »Ay!«

Die Sehnsucht eines ganzen Lebens erfasste mich.

Eine richtig körperliche Sehnsucht, von der ich gar nicht gewusst hatte, dass ich sie in mir hatte.

Sie kam einfach so heraus.

Der Mann presste die Hände fest in die Hüfte, als müssten sie etwas eindämmen, was ganz und gar unaufhaltsam war. Die Tänzer fixierten einander mit den Augen. Krachend schlugen ihre Füße auf den Steinboden.

Ich konnte nicht sagen, was ich fühlte.

Außer Schock.

Über das, was sie da freiwillig aus dem Verborgenen holten.

Was auch in mir verborgen lag.

In uns allen wohl, bis wir uns erlauben, es zu fühlen.

Und dann das Lied.

El querer quita el sentido – ich kannte diese Strophe, sie stand auf einer meiner Papierservietten – Liebe raubt dir den Verstand.

Lo digo por experiencia – ich spreche aus Erfahrung.

Der Mann mit dem Pferdeschwanz sang weiter, die Augen halb geschlossen.

Porque a mi me ha sucedido – denn mir ist es so geschehn.

AUGUSTA

Der alte Lederband steht heute im Wohnwagen auf dem Regalbrett. Er ist auf der Seite aufgeschlagen, auf die Julias Blick damals fiel. Ich hatte ihr das Gedicht vorgelesen.

»Welche Strophe gefällt dir?«, fragte ich sie.

»Die, in der er eine Frau und ein Kind bekommt«, antwortete sie lächelnd.

»Die find ich etwas spießig«, sagte ich, »und ich frag mich auch, ob *braunes Kind* nicht rassistisch ist. Wobei, ehrlich gesagt finde ich schwarze Babys eigentlich süßer als weiße, du nicht?«

»Sie sind alle süß«, sagte sie. »Sogar die hässlichen.«

Zwei Fenster hat sein Wagen auch
Und aus dem Schornstein quillt der Rauch;
Mit Weib und braunem Kind geht's fort
Frei und geschwind von Ort zu Ort!

»Ich möchte auch von Ort zu Ort reisen«, sagte ich. »Ich mag die Vorstellung, nie lang irgendwo zu bleiben, immer in Bewegung zu sein. Und gegen ein braunes Baby hätte ich wohl nichts.«

»Ich mag die Vorstellung, zu heiraten, mir ein Zuhause zu erschaffen und es schön zu machen«, sagte Julia. »Heißt das also, als Erwachsene sehen wir uns gar nicht mehr?«

»Nicht, wenn du in Hedley Green bleibst«, sagte ich. »Dann fahr ich längst mit meinem Pferdewagen durch Burundi, segle auf einer Dau nach Sansibar oder reite auf einem Kamel durch die Sahara.«

»Wirst du mich ab und zu in Hedley Green besuchen?«, fragte Julia.

»Willst du denn gar nicht außergewöhnlich sein?«, fragte ich. »Ein außergewöhnliches Leben führen?«

»Mir reicht gewöhnlich voll und ganz«, sagte Julia.

»Du würdest allen Ernstes hierbleiben?«, fragte ich. »Was magst du daran?«

»Es ist halt unser Zuhause.«

»Meins nicht«, sagte ich. »Du bist mein Zuhause.«

»Aber das wird nicht immer so bleiben. Wir werden unterschiedliche Männer heiraten und unterschiedliche Leben führen«, sagte Julia. »Da verbringt man den ganzen ersten Teil des Lebens damit, sich zusammenzuschweißen, und im zweiten muss man sich wieder trennen. Da ist irgendwie ein Fehler im System.«

PARFAIT

Ich kam Nacht für Nacht wieder.

Ich konnte nicht anders.

Es füllte mich ganz aus.

Paco stieß mich an und hielt sich die Hand ans Herz.

»Der *Cante Jondo* ist für wenn du keinen Trost findest. Verstehst du?«

Ich spürte, wie mir Tränen in die Augen stiegen.

»Ja, ich verstehe«, sagte ich, und dann überkam mich der ganze Schmerz über meinen Verlust – meine vielen Verluste –, und es war, als würden mir alle Eingeweide platzen.

»Er ist wie die Klage der Erde, die niemals Himmel sein kann«, sagte Paco.

»Ja«, sagte ich. Ich nahm seine Worte in mich auf, ohne einen Sinn darin zu suchen, denn das lernte ich gerade. Dass Verstehen nicht alles ist. Vielleicht war das diese körperlose Vernunft. *Razón incorpórea.*

Die Nacht war windig, und Paco fing an, mit den Böen mitzusingen, die vom Meer herüberwehten. Der Mann im Unterhemd griff zur Gitarre, und eine Frau, die ich noch nie gesehen hatte, trat aus einer Tür, und ein Mann stand auf, um mit ihr zu tanzen.

Wie die beiden einander so im Tanz verfolgten, kamen sie mir lebendiger vor als alles andere Leben auf dem Planeten. Diese Tänzer konnten Mauern durchbrechen, dachte ich, über Wasser laufen und durch Feuer. Im Tanz waren sie wie durch ein unsichtbares Band verbunden, das sie zurückhielt, wenn sie sich losreißen wollten.

Dann brach etwas auf, *duende,* da war er, und alles erhob sich, als würde die ganze Erde sich aufbäumen, als würden die Toten auferstehen, die Toten und die noch nicht Geborenen.

Paco sang:

»Wer Zweifel hat an meiner Liebe zu dir
Nehme dies Messer und öffne mein Herz.«

Plötzlich war ich in Bewegung, mein Körper ergriff das Wort, das war neu für mich, dass man mit dem Körper Dinge sagen konnte – *Wer Zweifel hat an meiner Liebe zu dir* – zu dir, Zion, wo immer du bist auf dem Meer, ich bin hier am Meer, und ich tanze, wie wir es abgemacht hatten – *nehme dies Messer und öffne mein Herz.*

Aus allen Häusereingängen, allen Richtungen schienen jetzt Menschen herbeizuströmen, und man musste nur loslassen und sich ins Ganze fügen, wie ein Glassteinchen im Kaleidoskop, bewegt von einer äußeren Kraft.

Und ich ließ los.

AUGUSTA

Julia und Diego gingen oft auf Partys, wo sie zusammen tanzten oder knutschend in der Ecke standen. Oder sie fuhren mit dem Auto zum Fuße des Old John Brown's, um Sex zu haben. Beziehungsweise »Liebe zu machen«, wie Julia es nannte.

»Ich glaub nicht, dass man Liebe *machen* kann, wie im Bastelclub«, sagte ich.

Julia verdrehte die Augen. »O Mann, Augusta!«

Das Ganze sei ihr immer noch ein Rätsel, erzählte sie mir. Obwohl sie es jetzt schon ziemlich oft gemacht hatte. Mal wurde sie glücklich davon und mal traurig, dabei hätte sie doch eigentlich, fand sie jedenfalls, gar keinen Grund zum Traurigsein.

»Ist das wahr?«, fragte ich.

»Na ja, jeder hat wohl irgendwas, was ihn traurig macht.«

»Bitte sag mir, was dich traurig macht, Julia«, drängte ich. »Ist es, dass du zu schnell erwachsen geworden bist, seit du mit Diego zusammen bist? War deine Kindheit zu plötzlich vorbei?«

»Weiß ich nicht.«

»Etwas ist doch in Spanien passiert.«

»Wir haben einfach nur am Strand gefrühstückt«, sagte sie, »und Dad war irgendwie komisch drauf.«

»Der ist doch immer komisch drauf«, sagte ich.

»Nicht im Laden«, widersprach sie. »Da ist er am glücklichsten. Jeder hat wohl andere Träume für sein Leben.«

»O bitte!«, sagte ich. »Erzähl mir nicht, dass er in unserem Alter von einem Laden für Schuluniformen geträumt hat. Wenn das stimmt, ist es einfach nur traurig.«

»Oder er ist der glücklichste Mensch der Welt – weil sein Traum wahr geworden ist. Vielleicht sind ja kleine Träume besser als große.«

»Ich tagträume manchmal davon, dass ich mit Javier Sex habe, am Strand von La Higuera, in den Dünen, oder unten an unserer Stelle«, sagte ich. »Ist das normal?«

»Wahrscheinlich schon«, sagte sie. »Aber die Sache ist die, Augusta, dass …«

»Ich weiß schon, dass Javier mich nicht mag«, sagte ich. »Das brauchst du mir nicht zu sagen. An den Träumen ändert das nichts. Ich mag ihn auch nicht.«

Sie machte ein trauriges Gesicht.

Die Sache ist *was*?

Warum hab ich sie nicht ausreden lassen?

»Magst du Sex?«, fragte ich.

»Sex ist irgendwie komisch«, sagte Julia.

»Fühlt es sich an, als würdet ihr zu einer Person verschmelzen?«, fragte ich. »Wie sie uns im Jugendtreff erzählt haben?«

»Darüber hab ich noch nicht nachgedacht«, sagte sie.

»Und wenn er wieder rauskommt, tut das weh?«

»Eigentlich nicht.«

»Macht es so ein Plopp-Geräusch?«, sagte ich. »Also so?«

Ich steckte mir den Finger in den Mund.

»Augusta!«, sagte Julia.

»Hat mich nur interessiert«, sagte ich.

»Über Sex kann man eigentlich nicht reden.«

»Weil ich es noch nicht gemacht habe?«, fragte ich.

»Es gibt halt Sachen, die muss man erleben, um zu wissen, wie sie sich anfühlen.«

»Aber wir machen doch ständig Erfahrungen, die nur unsere eigenen sind. Keiner kann sich vorstellen, wie es ist, jemand anders zu sein. Ist das nicht der Grund, warum der Mensch einsam ist? Weil, ganz egal, wie viele Wörter es in einer Sprache gibt, sie niemals das Eigentliche, das echte Gefühl, das echte Man-selbst-Sein ausdrücken können?«

»Da hast du wohl recht«, sagte Julia, und ich bemerkte eine Veränderung in ihrem Gesicht, die Haut auf ihren Wangen wirkte seltsam uneben, und alle Härchen hatten sich aufgestellt.

»Alles in Ordnung?«, fragte ich. »Was für Erfahrungen hast du gemacht, mit denen du dich einsam fühlst?«

»Ich nehm jetzt die Pille«, sagte sie. »Aber ich lass Diego trotzdem noch ein Kondom benutzen. Vorsichtshalber. Und manchmal fühle ich mich schlecht wegen all den kleinen Halbbabys, die am Boden des Kondoms herumschwappen. Kleine tote Kaulquappen, die für nichts gut waren. Sie sind nicht ans Ziel gekommen, und das wars.«

PARFAIT

»Wenn wir hinfallen«, sagte mein Vater immer, »heißt es aufstehen und weiterlaufen. Wir müssen durchhalten, unseren Weg weitergehen, nur so kommen wir ans Ziel.«

Daran dachte ich, als mir die Senegalesen die Neuigkeit mitteilten.

An einem Tag wurden wir bezahlt.

Am nächsten Tag waren wir arbeitslos.

Der Bauboom war vorbei.

Die *crisis* war da.

Überall in Spanien lagen halb fertig gebaute *urbanizaciones* wie gigantische Skelette mit ausgestreckten Gliedern in der Landschaft herum.

In La Higuera verließen die Leute über Nacht die Baustelle und ließen alles zurück, Betonmischer, stapelweise Bodenplatten und Badewannen, sogar einen Bus für die geplanten Luxus-Exkursionen, der noch nicht fertig ausgestattet war.

Ein Ringzaun wurde um die grauen Gerippe der Häuser gezogen, aus denen rostende Stäbe ragten, dunkel klaffende Löcher, wo Türen und Fenster hätten sein sollen – und die Senegalesen, die ihren Lohn verloren hatten, packten Einkaufswagen voll mit Rohren und Kühlschränken, Terrassenstühlen und Eisengittern, um sie weiterzuverkaufen.

»Inshallah«, sagte Carlos. »So Gott will.«

Ich ging auf der Baustelle umher und grübelte, was ich tun sollte. Gedankenverloren drückte ich den Türgriff des verwaisten Busses. Die Tür ging auf.

Sie ging auf!

Der Schlüsselring baumelte am Zündschloss.
Ich machte mich an die Arbeit.
Ich baute Trennwände, eine kleine Küche, einen Schlafraum mit Blick aus dem großen Rückfenster.
Ein Zuhause, dachte ich.
Zion, sagte ich laut, ich hab mir ein Zuhause gebaut.
Aufstehen und weiterlaufen, dachte ich.

AUGUSTA

Früher liebte ich den Herbst, seinen milden, warmen Beginn mit den trägen Wespen, die sich an den letzten paar Früchten berauschen. Bei unserem Picknick am ersten Oktober las ich Julia das Gedicht »Die Lotosesser« vor. Wir saßen am Bach im Tattershall Common und hatten zu viel Cider getrunken. Bald würde ich zum Studieren nach Durham ziehen, und wir klammerten uns aneinander fest, solange wir noch konnten.

»Die Lotosesser«, so erklärte ich Julia, hatte der Dichter Lord Alfred Tennyson nach einer Reise in die spanischen Berge verfasst, die er mit seinem Freund Arthur Hallam 1829 unternommen hatte.

»Unser Spanien, Julia, da fahren wir wieder hin, zusammen. Lass uns nächstes Mal in die Berge gehen. In die Pyrenäen zum Beispiel. Oder die Sierra Nevada.«

Ich las vor:

»Im Schlaf schien er zu ruhen und dennoch wach
Und wie Musik erscholl ihm seines Herzens Schlag.«

Wir tranken noch mehr Cider.

Und lasen noch mehr Lyrik.

»Lasst uns in Ruh. Die Zeit uns bald vertreibt.«

Noch mehr Cider.

Blätter begannen zu fallen.

Julia watete durch den Bach und trank den Cider aus der Flasche, während sie ihr Glas durchs Wasser zog, wo wir früher so oft mit Netzen Stichlinge und Elritzen gefangen hatten.

Ich sah ihr von der Bank aus zu.

Die Strahlen der untergehenden Sonne glitzerten im aufspritzenden Wasser, ließen die Blattränder glimmen und verschwammen mit Julias Haaren zu einem goldenen Heiligenschein.

»Ich lieb dich zu doll, Julia«, sagte ich. »Ich kann mir das Leben ohne dich nicht vorstellen.«

»Es wird so komisch sein, wenn du nicht mehr da bist.« Sie setzte sich neben mich.

»Ohne dich bin ich verloren«, sagte ich und nahm ihre Hand.

»Bist du nicht.«

Mit der anderen Hand hob sie eine Zwillingskastanie auf, noch in ihrer stacheligen Hülle, und gab sie mir. Ich steckte sie in meine Hosentasche.

»Bist du aufgeregt?«, fragte sie.

»Ich hab Angst. Und ich freu mich. Beides.«

Cider.

Und noch mehr Cider.

»Versprochen, dass du dich meldest?«, sagte Julia.

»Versprochen.«

»Wir haben uns viele Versprechen gemacht, Diego und ich«, sagte Julia.

Ich betrachtete ihre Füße im Wasser, so weiß, mit den perfekten roten Nägeln.

»Mir machen Versprechen Angst«, sagte ich. »Was, wenn man sie nicht halten kann?«

»Man hält sie einfach.« Julia zog die Knie an und legte ihr Kinn darauf. Wasser tropfte von ihren hübschen Füßen.

»Und was, wenn das Versprechen falsch war?«, sagte ich. »Ein falsches Versprechen sollte man lieber nicht halten.«

»Wie zum Beispiel?«

Sie drehte sich zu mir um, mit diesem Blick, als könnte sie nicht glauben, dass ich es ernst meinte.

»Ian sagt, seine Mutter bleibt bei seinem Vater, nur weil sie ihm in der Hochzeit ein Versprechen gegeben hat. Obwohl er sie verprügelt«, sagte ich.

»Will Ian deshalb Druide werden?«, fragte Julia.

Ich zuckte die Schultern.

»Du verlobst dich doch nicht, oder, Julia? Wir sind noch so jung.«

»Noch nicht.« Sie lächelte. »Wir warten noch etwas ab.«

»Für mich ist das alles noch so weit weg«, sagte ich.

»Du hast keinen Freund«, sagte Julia. »Wenn es erst mal einen Menschen dazu gibt, ist es was anderes.«

»Was, wenn dir mit ihm langweilig wird?«, fragte ich.

»Das passiert nicht, wenn man es verspricht«, sagte Julia.

»Aber was, wenn man das Versprechen gibt und sich dann doch langweilt?«

»Dann tut man, als ob es nicht so wäre«, sagte Julia.

»Also lügt man.«

»Man lässt es halt gar nicht erst zu.«

»Aber was, wenn er einfach langweilig wird?«

»Das tut er ja nicht, wenn man ihn liebt.«

»Und wenn doch?«

»Dann denkt man nicht darüber nach.«

»Also unterdrückt man die Wahrheit.«

»Oh, Gusta«, Julia stöhnte auf und zwickte mich in den Arm, »du bist wie eine supernervige Wespe. Lass uns noch einen Cider trinken.«

Wir gingen zurück zu unserer Decke, machten zwei neue Flaschen auf und kippten den Cider runter.

»Ich lieb dich für immer, Gusta«, sagte Julia.

Sie lallte schon ziemlich. Damit war sie allerdings, wie ich schnell merkte, nicht allein.

»Ich liebe dich auch für immer«, nuschelte ich.

»Ach, wer macht denn da Versprechungen!«, rief Julia. »Siehst du, sobald man an einen bestimmten Menschen denkt, ist es einfach.«

»Aber ich meins ernst«, sagte ich.

»Ich doch auch«, sagte Julia. »Natürlich lieb ich dich für immer.«

»Sollen wir Ringe tragen?«, fragte ich.

»Bei Schmuck ist mir jede Ausrede recht!«, sagte sie, und die »Ausrede« klang eher wie *Ausreee.*

»Und wir werden nie Geheimnisse voreinander haben, ja?«, ergänzte ich.

Nie Geheimnisse *vonnanner.*

Und Julia tanzte wirbelnd durch den Wind, und die Herbstblätter flatterten um sie herum, und ihr Geheimnis wirbelte mit. Und egal, wie schnell sie sich drehte, sie konnte es nicht abschütteln.

PARFAIT

Auf einem Stück Buschland vor Tarifa parkte ich den Bus.

Im Laden für Künstlerbedarf kaufte ich Farben und Pinsel, eine Staffelei, einen großen Skizzenblock und Leinwände in verschiedenen Größen.

Draußen vor dem Bus baute ich alles auf, fixierte die Staffelei mit einem Stein im Sand und holte die kleine Leinwand hervor. Ich malte einen Mann auf einem Stein am Meer. Aus dem glitzernden Wasser ragte, von feinem Nebel überzogen, ein löchriger Felsen, und der Mann blickte zum Horizont und kaute auf der Schale einer grünen Zitrone.

Auf die nächste Leinwand malte ich einen Spiegel und in den Spiegel den Platz, auf dem wir immer tanzten, mitsamt den alten Sofas und Paco mit seinem Hut, im Hintergrund der Hafen. Der Spiegel zerfloss an den Rändern wie Quecksilber.

Auf die größte Leinwand schließlich malte ich ein Mädchen, vielleicht meine Schwester Gloria, mit einem Kleid, dessen Rock aus lauter regenbogenbunten Satinbändern bestand. Sie tanzte und drehte sich im Kreis, schneller, immer schneller, und die Bänder flatterten und die Farben flogen heraus und verteilten sich auf den weißen Wänden um sie herum, wurden zu Klecksen in bizarren Formen, wie die Umrisse imaginärer Länder. Ich malte weiter, und sie wirbelte weiter herum, und auch aus ihren dunklen Zöpfen löste sich das Braun, und dann schoss die Farbe aus der Haut ihrer Arme und den goldenen Ohrringen.

AUGUSTA

»Ich erzähl dir ein Geheimnis«, rief ich Julia hinterher, die immer noch auf dem Gras herumwirbelte. »Ich hätte lieber einen bunten Pferdewagen als einen Ehemann.«

»Sollte ich mal reich werden«, rief sie zurück, »kauf ich dir so einen, wie der fahrende Händler einen hat, und dann reist du geschwind von Ort zu Ort.«

»Und den fahrenden Händler gibts dazu?«

»Ich dachte, du willst keinen Ehemann.«

»Lass uns noch einen Cider trinken.«

Der Rest des Abends ist verschwommen. Ich weiß noch, wie wir uns im Zimmer alte Fotoalben anguckten, die langsam ihre Klebkraft verloren, sodass die Bilder beim Umblättern rausfielen. Wir lagen bäuchlings auf dem Teppich, traten uns gegenseitig in die Beine, Haut an vertrauter Haut, mit Cider-Kopfweh und der dumpfen Angst vor der Trennung – bei mir vermischt mit schönster Vorfreude. Denn ich würde endlich dem Willow Crescent – und meinen Eltern – den Rücken kehren.

Meine Mutter kam rein und machte Fotos. Wir, die Zwillingskastanie, Beine ineinander verhakt und ich ganz hibbelig vor Aufregung.

In den Wochen vor meinem Umzug nach Durham weinte meine Mutter viel.

»Ich kann nicht fassen, dass jetzt alles vorbei ist«, sagte sie immer wieder.

»Was ist denn vorbei?«, fragte ich.

»Wir«, sagte sie. »Das hier.«

Sie zeigte auf die Wände und den Boden und das Trockengestell über dem Boiler, auf dem ordentlich aufgereiht unsere Slips hingen, glatt gezogen, wie sie es gernhatte.

»Wirst du meine Unterhosen vermissen?«, fragte ich lächelnd.

»In Durham kaufst du dir neue, und ich werde sie nicht mehr erkennen.« Sie hastete zur Hintertür und ging in den Garten.

»Weint sie wieder?«, fragte ich Julia.

»Es wird so komisch sein ohne dich«, sagte sie.

»Weißt du noch, als wir die Unterhosen mit den Wochentagen drauf hatten?«, erinnerte ich Julia. »Und wie Mum Schweißausbrüche bekam, wenn ich freitags Dienstag anhatte?«

»Du wolltest immer freitags Dienstag anziehen«, sagte Julia. »Ich habs nie verstanden.«

In den Tagen vor meinem Umzug sah ich meine Mutter immer öfter vor dem Spiegel stehen.

»Was guckst du dir an?«, fragte ich.

»Die Zukunft«, sagte sie. »Ich werde meiner Mutter immer ähnlicher. Ich kriege Falten an den gleichen Stellen wie sie.«

Dann fiel der Badezimmerspiegel zu Boden. Meine Mutter zeigte uns die Scherben.

»Sieben Jahre Pech«, sagte sie. »Bis 2015.«

»Unsinn«, erwiderte ich.

»Alles geht kaputt«, sagte sie.

»Wir machen ein Mosaik draus«, sagte Julia.

Julia wusste, wie man unsere Mutter tröstete.

Sie hatte im Spiegel die Zukunft sehen wollen, und der Spiegel war zerbrochen.

Ich bin wirklich nicht abergläubisch – ich spaziere seelenruhig unter einer Leiter hindurch, klopfe nicht auf Holz und streu mir kein Salz über die Schulter –, aber die Zukunft, diese sieben Jahre, die uns zum Jahr 2015 bringen würden, raste frontal auf uns zu.

Wie ein Schnellzug.

Ja, die Zukunft war ein Zug.

Und nicht zu stoppen.

Der Herbst nahm seinen Lauf, bräunte die Blätter und löste sie von den Bäumen, und es wurde Zeit, dass auch ich mich löste.

»Sie würden nie damit klarkommen, wenn wir beide gleichzeitig weggehen«, sagte Julia, die bald eine Ausbildung zur Früherziehungspädagogin, wie es offiziell hieß, beziehungsweise Kindergärtnerin, wie es bei unserer Mutter hieß, beginnen würde.

Sie würde auf eine Berufsschule in der Nähe gehen und weiter zu Hause wohnen, in unserem nun halb leeren Kinderzimmer, wo mein frisch gemachtes Bett monatelang frisch gemacht bleiben würde.

Ich hatte zwar wie immer ein schlechtes Gewissen, trotzdem hätten mich keine zehn Pferde im Willow Crescent halten können. Ich scharrte schon mit den Hufen.

Zur Vorbereitung arbeitete ich mich durch die Lektüreliste für meinen Studiengang, las den *Cid* und *Don Quijote*, Unamuno und Calderón, Johannes vom Kreuz, Teresa von Ávila, Isabel Allende, Gabriel García Márquez, Federico García Lorca.

Die Grillen, die Frösche, das Lauern der Nacht.

Wie im Garten hinter dem Haus in La Higuera, wo ich einst auf dem marokkanischen Bett döste und träumte.

Dem marokkanischen Bett.

Ich las Julia die Zeile vor und wollte wissen, ob sie auch an den spanischen Garten denken musste. Sie sagte Nein.

Von Lorca war ich wie hypnotisiert – wenn ich ihn las, ob im Original oder in Übersetzung, war ich zurück in Südspanien, inmitten von Blut und Rosen und Messern, versank in seiner Symbolik – Leben wie fließendes Wasser, der Tod, ein Flusslauf, der versiegt.

PARFAIT

Antonio besuchte mich in meinem Bus auf dem Stück Buschland, und er hatte Paco und Luis mitgebracht, Paco mit seinem Hut und einem Buch in der Hand, Luis wie immer im Unterhemd mit seinen über und über tätowierten Armen – Rosen und Messer und Blutstropfen, oder waren das Tränen?

»Lorca hat uns verstanden«, sagte Paco und schlug das Buch auf. »Liebe, Sehnsucht und Tod. Er hat durchgeblickt. Und dafür haben sie ihn ermordet. Antonio sagt, in deinem Land wird viel gemordet – stimmt das?«

»O ja«, sagte ich. »Viel zu viel. Aber genug davon. Willst du mir nicht ein Gedicht vorlesen?«

»Die Gitarre weint
wie das Wasser weint,
wie der Wind weint
über dem Schneefeld.
Sie weint um
ferne Dinge.
Um den Abend ohne Morgen,
um den ersten toten Vogel
auf dem Zweig.«

Ich begann zu malen.

Ich malte das Pfirsichköpfchen in seinem Regenbogenkleid, tot am Fluss. Luis nahm seine Gitarre, Antonio rauchte weiter.

Manchmal sang Paco bei diesen Besuchen, aber meistens las er nur vor und malte mit seiner Stimme Lorcas Verse in meinem Kopf.

So anschaulich, voll satter Farben.

Noch nie waren mir Wörter so lebendig vorgekommen.

Ich malte die Dämmerung und das Schilf, zitternd am Ufer des Flusses, einen Schwarm gefangener Vögel, die ihre langen, schmalen Schwänze im düsteren Schatten bewegten, und die Felder mit Olivenbäumen, die sich zwischen den Hügeln öffneten und schlossen wie Fächer.

AUGUSTA

»In einem Gedicht von Lorca geht es um einen aufgespießten Schmetterling, der über das Fliegen sinniert. Mir wird irgendwie schwindlig, wenn ich daran denke«, sagte ich zu Julia.

»Diese aufgespießten Schmetterlinge in Glaskästen find ich schrecklich.«

»Sind wir nicht alle so?«, fragte ich. »Präparierte Schmetterlinge, die denken, sie können fliegen?«

»Ich weiß nicht, was du meinst«, sagte Julia, »und ich weiß auch nicht, ob zu viel Denken gut für die Menschen ist. Manche werden irgendwann irre davon. Hör auf, so viel nachzudenken, Gusta. Sei einfach glücklich.«

»In diesem Stück von Lorca gibt es eine Figur, die der Tod sein soll. Pass auf, ich übersetze: *Lasst mich herein! Eiskalt dringe ich durch Wände und Fenster. Öffnet Dächer und Herzen, damit ich mich wärmen kann!*«

»Ich finde das schrecklich«, sagte Julia. »Ich mag Lorcas Ton überhaupt nicht.«

»Dann hör dir mal das hier an«, sagte ich zu Julia. »Das hier ist nicht schrecklich. Musst du da nicht auch an die Straße nach La Higuera denken? Die Felder mit den Olivenbäumen, die sich wie Fächer öffnen und schließen?«

»Augusta«, sagte sie. »Kannst du aufhören, mir diese Ausschnitte vorzulesen? Ich kann damit echt nichts anfangen.«

PARFAIT

Paco hatte mich überredet, meine Bilder an die Galerie in der Altstadt zu verkaufen.

»Vielleicht können sie die Emotionen in den Bildern nicht so nachempfinden wie du«, sagte ich, ich war nervös. »Wir haben alle einen anderen Blick.«

Die Bilder gehörten zu unserem gemeinsamen, geheimen Leben. Sie auszustellen war etwas ganz anderes, und der Gedanke, irgendjemand würde Geld dafür bezahlen, erschien mir abwegig.

»Was wär das Schlimmste, was passieren könnte?«, fragte Paco. »Die Galerie will sie nicht. Na und? Das Leben geht weiter.«

»Aber ich käme mir blöd vor«, sagte ich.

»Wir haben dir doch gesagt, wie schön sie sind«, sagte Paco. »Warum vertraust du uns nicht?«

Also machte ich mich auf zur Galerie, genauer gesagt, ich ließ mich von den anderen mitschleifen, unter dem mittelalterlichen Torbogen hindurch und durch die kopfsteingepflasterten Gassen der Altstadt. Dann stand ich vor der Galerie, schwitzte vor Aufregung und traute mich erst nach mehreren Anläufen, die Tür aufzumachen.

Ich drückte die Schultern nach hinten, machte mich groß und schüttelte den Kopf, sodass die Zöpfe gegen meine Wangen prasselten wie bei Sami Terre.

Ich lächelte, stellte mich vor, stolperte über die spanischen Wörter.

Der Besitzer der Galerie, ein dünner Mann mit einem hochgeknöpften weißen Hemd und einer Art schwarzem Schnürsenkel als Krawatte, schüttelte mir die Hand.

Er bat darum, die Bilder sehen zu dürfen.

Antonio, Paco und Luis warteten draußen mit den Leinwänden.

Ich nickte ihnen zu, und sie stürzten herein.

Der Galeriebesitzer musterte sie ein bisschen argwöhnisch.

Antonio redete zu viel.

Ich schwitzte.

Luis in seinem Unterhemd sah etwas brutal aus.

Paco sagte immer wieder: »Die Bilder sind von Lorcas Gedichten und vom *Cante Jondo* inspiriert. Hat er das schon gesagt?«

»Ich nehme sie alle«, sagte der Galeriebesitzer, ohne nach meinen Papieren zu fragen, ohne mich irgendetwas zu fragen.

Er rief mich zu sich.

»Das da«, sagte er und zeigte auf den Mann, der auf der Zitronenschale kaute und aufs Meer hinausblickte. »Was bedeutet das?«

»Was glauben Sie, was es bedeutet?«, erwiderte ich.

»Verlust«, sagte der Mann. »Der Schmerz über den Verlust.«

Ich nickte.

»Ihr eigener?«, fragte der Mann.

»Der von uns allen«, sagte ich.

»Und das hier, das Mädchen mit den flatternden Bändern?«

»Dass alles, was wir tief im Innern fühlen«, sagte ich, »nach außen bricht.«

Der Mann nickte.

Ich warf noch einen Blick auf das Gesicht des Mädchens, ihre würdevollen Züge, den langen Hals, und sie sang Hosianna, ich konnte sie hören.

»Ich glaube, die Tänzerin mit dem Bänderrock möchte ich doch lieber behalten«, sagte ich. »Sie ist meine Schwester. Und …«

Ich hielt inne.

»Ach, nichts«, sagte ich.

Der Mann gab mir das Bild zurück.

Auf dem Rückweg zum Bus sagte Antonio: »Parfait, es wird Zeit, dass du Víctor anrufst. Der Arme muss glauben, du bist tot. Erzähl ihm von deinen Bildern und dass sie in der Galerie verkauft werden sollen. Und dann musst du ihm erzählen, was mit Zion passiert ist, und fragen, wie es allen geht.«

»Bist du's wirklich?«, fragte Víctor.

Seine Stimme bebte.

Ein Wind wehte mir durchs Herz.

»Du lebst«, sagte er kaum hörbar. »Du lebst.«

»Víctor«, sagte ich mit pochendem Herzen. »Zion hat es nicht geschafft. Ich wusste nicht, wie ich es dir sagen sollte.«

Als Víctor nicht antwortete, hielt ich den Atem an, und meine Finger verkrampften sich.

»Es war meine Schuld«, sagte ich. »Dein Freund hatte uns gewarnt, es war zu windig für die Überquerung.«

»Er hat es mir nie erzählt«, sagte Víctor. »Er hat mich nie zurückgerufen.«

Antonio blies Rauchringe und versuchte sie mit einem kleinen Stock zu erwischen, bevor sie sich wieder auflösten. Paco und Luis sahen schweigend zu Boden. Ich fühlte die erste Träne meine Wange runterrollen.

»Wilfred!«, rief Víctor. »Komm her! Parfait lebt!«

Dann geschah etwas sehr Unerwartetes.

Wilfred machte den Mund auf.

Und sagte laut: »Mein Bruder!«

Ich hörte es durch die Leitung und brüllte auf: »Wilfred!«

So lange hatte ich seine Stimme nicht mehr gehört, dass ich ihre Beschaffenheit vergessen hatte.

Dann kam die zweite Träne, die dritte, die vierte, und ich wischte mir mit dem Handrücken über die Wange.

»Hol ihn ans Telefon«, bat ich.

Und Wilfred sprach in den Hörer: »Mein Bruder!«

Die besten Worte.

Mein Bruder.

Und die schlimmsten.

Mein Bruder.

Dann nichts weiter.

Nur sein Atem.

Víctor übernahm wieder.

»Ach so, Víctor«, sagte ich, plötzlich verlegen, »ich habe in Tarifa ein paar Bilder an eine Galerie verkauft.«

Jetzt war es an Víctor, vor Freude zu brüllen.

»Parfait«, sagte er, als er fertig gebrüllt hatte. »Die Zeichen stehen auf Frieden. Diesmal kommt er wirklich. Die Waffenruhe hält an. Die Regierungstruppen und die Rebellen arbeiten zusammen. Unser Traum wird wahr.«

AUGUSTA

Dann war es Zeit für mich, von zu Hause auszuziehen. Bei Claire's Accessories in der Fußgängerzone kauften Julia und ich uns Halskettchen mit identischen billigen Silberringen und den Initialen A und J in doppelter Ausführung, und hängten sie uns um. Ein warmes Gefühl stieg in mir auf, aber beim Gedanken, bald ohne sie zu sein, wurde mir gleich wieder kalt.

Mit der ganzen Familie fuhren wir auf der A1 nach Norden. Meine Mutter verteilte Sandwiches, die nach Tupperdose schmeckten, und mein Vater sagte: »Legt euch die Deckel drunter, sonst haben wir nachher alles voller Krümel.«

In Durham mussten wir an verschiedenen Stellen anstehen, um Wohnheimschlüssel, Studentenausweis und Talar für mich abzuholen, meine Eltern dabei wie auf glühenden Kohlen, weil alles fremd für sie war und sie zurück auf die A1 und in den Willow Crescent wollten.

Die ganze Zeit hielt Julia mich am Arm und sagte immer wieder: »Es fühlt sich so weit weg an.«

Dann fuhren die drei ab und ließen mich, mein A & J-Kettchen um den Hals, auf dem Asphalt vor dem Hild and Bede College zurück. Mit einer Hand winkte ich ihnen nach und fühlte mit der anderen die Zwillingskastanie in meiner Hosentasche. Julia hatte den Blick abgewandt. Die Rückfahrt verlief schweigend, wie sie mir später erzählte. Und ich fragte mich, ob meine Eltern mich vielleicht doch vermissen würden. Ob sie vielleicht traurig darüber waren, ohne mich zu sein.

Als das Auto außer Sichtweite war, ging ich an meinen neuen

Schreibtisch, knipste die silberne Lampe an und aus, und blätterte im Wörterbuch – A-B-C-D.

»Na komm, Augusta«, sagte ich laut und erkannte meine eigene Stimme nicht wieder, hier in dem kleinen Zimmer am Ende eines langen Flurs im obersten Stock.

Ich stand vom Schreibtisch auf und sah durchs Fenster auf einen kleinen Rasen mit nichts und niemandem drauf.

Ein Zimmer mit *einem Bett*.

Ob ich mich je daran gewöhnen würde?

Ich öffnete die Tür.

Dann machte ich sie wieder zu.

Ich ging zurück zu meinem Wörterbuch.

Dimer – zweiteilig, zweigliedrig.

Dingo, dinieren, Dinnerjacket – an den Anblick würde ich mich in Durham bald gewöhnen. *Diöstrus* – eine Phase sexueller Inaktivität, ergo mein ganzes Leben. Weiter zu *Diogenes* – antiker griechischer Philosoph, lehrte die Notwendigkeit natürlichen, ungehemmten Verhaltens ungeachtet sozialer Normen. Und schließlich der *Diogenit* – irgendein Steinmeteorit.

Wofür würde ich mich entscheiden? Wer wollte ich sein hier in Durham? Würde ich mich mit Diogenes in radikale Selbstentfaltung stürzen oder weiter als Steinmeteorit mein Dasein fristen?

Im Nachbarzimmer machte jemand Musik an, von der ich nur den Bass hören konnte. Ich fragte mich, wie mein Nachbar oder meine Nachbarin wohl aussah und was er oder sie hinter der dünnen Wand gerade anstellte.

Ich machte den Kleiderschrank auf und vertauschte in den Fächern die T-Shirts und Pullis, weil man mehr T-Shirts braucht als Pullis, weshalb sie der Logik nach im mittleren Fach liegen sollten, wo man leichter rankommt.

Dann setzte ich mich wieder hin, nahm einen meiner Chucks und schrieb *Angst ist Scheiße* in grünem Filzstift auf den Rand. Weil ich Lust dazu hatte. Weil mir meine Mutter hier keine Kraftausdrücke verbieten konnte.

Dann war ich mir nicht mehr sicher, ob ich wirklich mit *Scheiße* am Schuh rumlaufen wollte. Also machte ich aus der Scheiße ein grünes Rechteck.

Und es sah. Tja. Scheiße aus. Dann wurde mir richtig kalt.

Und mir fiel ein, dass jeder gesagt hatte, wie eisig es in Durham werden würde. Ich tauschte die T-Shirts und Pullis wieder zurück, denn eigentlich will man an einem Ort wie Durham, was praktisch in Schottland liegt, die Pullis doch im mittleren Fach haben, immer griffbereit.

Mein Blick fiel auf den weiten grauen Pulli, den wir in Wales in einem Laden namens Shelly's Sheep gekauft hatten. Meine Mutter hatte mir erst so einen grässlichen andrehen wollen, mit reihenweise weißen Schafen drauf und einem einzelnen schwarzen dazwischen.

Nein, ich hatte mich für den aus dem Andengebirge entschieden. Ich zog ihn aus meinem neuen Durham-Schrank heraus, der nach Chlorreiniger roch. *Pachamama* stand auf dem Schild. Die Fruchtbarkeitsgöttin, die in den Anden Erdbeben verursacht.

Ich würde gern ein Erdbeben verursachen, dachte ich, nur eins, ein Mal, und zwar in einem tollen Mann. Vielleicht gab es ja hinter all diesen braunen Türen ein paar davon, die alle nur darauf warteten, dass ich ihr Fundament erschütterte.

Ich zog mir den viel zu großen grauen Pulli mit den hinten eingestrickten Aztekensymbolen über.

Ich sah auf die Uhr.

Noch eine Stunde bis zum Empfang.

Ich las den rosa Zettel noch einmal.

18.30 Uhr. Begrüßung durch das Lehrpersonal.

Mit dem grünen Filzstift zog ich einen Kringel um *18.30 Uhr* und malte Blumen um das Wort *Lehrpersonal.* Mir war immer noch kalt.

Ich musste pinkeln, wollte aber nicht rausgehen, nachher würde ich auf dem Flur noch jemandem begegnen.

Um 18.00 Uhr zog ich meinen Andenpulli wieder aus und schlüpfte in das schwarze Kleid, das ich gebraucht im Oxfam in

Hedley Green erstanden hatte, wo ich zum Entsetzen meiner Mutter sehr gerne einkaufte.

Ich sah wieder auf die Uhr.

Fünf nach.

Ich trug knallroten Lippenstift auf.

In Hedley Green hätte ich den nie getragen, da hätte jeder gesagt: *»Ui, du hast ja knallroten Lippenstift drauf«*, als wäre ich fünf, und es wäre peinlich gewesen. Aber hier würde man mich wohl einfach als Person mit knallrotem Lippenstift sehen.

Zehn nach.

Ich trug eine zweite Schicht Wimperntusche auf.

Viertel nach.

Die Zeit kann sehr langsam vergehen.

Irgendwann war es fünfundzwanzig nach – und ich schnappte mir Mantel und Schlüssel und stolperte auf den Flur hinaus und in Richtung Treppenhaus.

Auf der Treppe näherte sich von hinten ein Mädchen, sagte: »Ich bin Laura«, brach in Gelächter aus, fasste mich am Arm und lief von da an neben mir her.

Sie trug ein Samtkleid in Tannengrün und hatte ihr kupferrotes Haar zu einem hohen Pferdeschwanz gebunden und mit einer Reihe silberner Spangen fixiert. Ihr Parfüm duftete leicht nach WC-Stein.

Ich war erleichtert, dass ich den etwas düsteren Saal zusammen mit Laura betreten konnte. Obwohl schon viele Leute da waren, war es extrem leise. Wir Erstsemester liefen herum und führten steife Gespräche mit den Lehrkräften, nippten dabei an dem Wein, der zur Feier des Tages ausgeschenkt wurde, und hinterließen mit Käsestangen kleine Krümelfährten auf dem Boden.

Nach etwa einer Stunde verließen alle Dozenten den Raum, und ein sehr großer Junge kam herein. Er hatte ein rotes T-Shirt an, auf dem WILLKOMMEN stand, und verschränkte die Arme vor der Brust. Dabei drückte er mit der Linken unter den rechten Bizeps, sodass er sich vorwölbte. Um ihn herum versammelten sich weitere Studierende in den gleichen roten WILLKOMMEN-T-Shirts, und er rief: »Und jetzt alle ab in die Bar!«

Die mit rotem T-Shirt setzten sich zusammen, unterhielten sich lautstark und redeten den Barkeeper (ebenso laut) mit Dave beziehungsweise *Alter* an. Wir ohne rotes T-Shirt hockten in unserer unbehaglichen Runde in unseren unbehaglichen Klamotten zusammen und stellten einander reihum die immer gleiche Frage: »Und was waren deine Prüfungsfächer?« Zwischendurch schaute immer mal wieder jemand mit rotem T-Shirt vorbei, fragte: »Und, alles okay?«, und ging dann wieder zu seinen Freunden, um sich weiter mit Billigbier und Wodka-Shots volllaufen zu lassen.

Dann betrat ein Junge in Barbour-Jacke und gepunktetem Halstuch den Raum. Er hatte blonde Wuschelhaare, die ihm seitlich ins Gesicht fielen.

»Olly Macintosh«, stellte er sich vor. »Ich hab die Begrüßung verpasst. Wie wars?«

Er sprach mit dem Hauch eines Lispelns und schien sehr genau zu wissen, dass es süß klang.

Alle murmelten: »Ganz okay.«

»Toll, euch alle kennenzulernen«, sagte er. »Wem kann ich was zu trinken mitbringen?«

Er ging zur Bar und kam kurz darauf mit unseren Bestellungen zurück.

Dann sagte er: »Wenn ihr eine Figur aus *Pu der Bär* wärt, wer wärt ihr dann?«

Damit hatte ich allerdings nicht gerechnet.

Alle guckten ein bisschen überrascht und schlürften weiter schweigend an ihren Drinks. Ich saß neben ihm, so nah, dass mir der Wachsgeruch seiner Jacke in die Nase stieg, und ich betete insgeheim, dass er seine Befragung rechts beginnen würde, damit ich, links von ihm, als Letzte antworten könnte.

Denn ich hatte einen Blackout, und die einzige Figur aus *Pu der Bär,* die mir einfiel, war Pu der Bär selbst – mit nichts an außer einem roten T-Shirt. Ich dachte an den Tag, als ich mit Barbara Cook schwimmen war und meine Unterhose verloren hatte. Dann dachte ich an all den imaginären Sex, den ich mit Javier aus Cádiz gehabt hatte, und daran, dass ich wohl die Einzige hier war, die noch nie im echten Leben auf diese Art ihre Unterhose verloren hatte. Und dass ich von nun an die totale Pachamama sein würde.

Ein Mädchen mit schnabelartiger Nase rechts von Olly Macintosh sagte: »Ich bin Eule. Ich will später promovieren.«

Eine echt seltsame Aussage, wo sie noch nicht mal die erste Vorlesung hinter sich hatte.

Ein sportlicher Junge mit superlockigem Haar, der, wie sich herausstellte, Tom Jones hieß (mit dem Sänger aber nichts zu tun hatte), antwortete »Tieger«, wonach er wohl meinte, etwas lebhafter auftreten zu müssen. Er sprang auf, schüttelte allen die Hände und bot an, uns Drinks zu holen.

Laura schwenkte ihren Pferdeschwanz und wieherte vor Lachen, als sie sagte: »Ich wäre auch Tieger.«

Die Frage kam näher, und mir wurde klar, dass ich immer noch keine Antwort hatte. Und ich wollte mich sowieso in keine Schublade stecken lassen, wo ich mich gerade erst aus der Hässlich-schlau-und-schräg-Schublade in Hedley Green befreit und zum ersten Mal roten Lippenstift aufgetragen hatte. Auf einmal fiel mir zwar eine ganze Reihe von Figuren ein – Ferkel, Känga, Klein-Ruh und Kaninchen –, aber keine davon trug roten Lippenstift und löste Erdbeben in jungen Männern aus.

»Was ist mit dir?«, fragte Olly Macintosh.

»Keine«, antwortete ich.

Alle starrten mich an, und ein ernster, blasser Junge, der die Beine wie ein Mädchen kreuzte (was eigentlich beide Geschlechter als Beleidigung auffassen könnten), sagte: »In den Büchern soll jeder menschliche Charakter vertreten sein.«

»Das ist doch absurd«, sagte ich. »Es gibt 6,7 Milliarden Menschen auf der Welt.«

»Aber nicht 6,7 Milliarden Charaktertypen«, verbesserte mich der blasse Junge, der nie lächelte und den geradesten Scheitel besaß, den ich je gesehen hatte.

»Dann wäre ich ein Heffalump«, sagte ich.

»Und warum?«, fragte Olly Macintosh.

»Weil ich unscharfe Ränder mag«, sagte ich. »Ich will nicht typisiert werden. Und vielleicht weiß ich noch gar nicht, wer ich bin. Ich hab noch keine genaue Vorstellung von mir.«

Tom und Laura lachten gleichzeitig los.

Der blasse Junge seufzte.

Mir war bewusst, dass ich schräg war, aber mir wurde dieses Schräge immer sympathischer. Besonders jetzt, mit meiner coolen schwarzen Brille, dem stumpfen Pony und roten Lippenstift und einem bekritzelten linken Chuck mit mysteriösem grünem Rechteck drauf.

Olly Macintosh zog die Barbour-Jacke aus, und mit einer dicken Wachswolke war die Befragung beendet. Dann nahm er sein Punktehalstuch ab, reichte es mir und sagte mit feierlichem Ernst: »Beste Antwort.«

Irgendwie war ich angekommen. Ich würde schon zurechtkommen in Durham. Ich fühlte mich sogar hübsch – jetzt, wo ich nicht mehr die Hässliche war. Das gepunktete Tuch lag schlaff in meiner Hand, und ich war unschlüssig, was ich damit machen sollte. In einem Anflug von Selbstvertrauen band ich es mir erst ums Handgelenk, aber dann dachte ich, es könnte albern aussehen, oder so, als wäre ich in Olly Macintosh verliebt, und das war ich noch nicht. Also nahm ich es wieder ab und hielt es in der linken Hand ein Stück von mir weg und führte mit der rechten mein Weinglas an den Mund.

Zurück in meinem Zimmer, war ich nur froh, wieder mit meinem Wörterbuch vereint zu sein – *dionysisch*, das stand für die sinnlichen, rauschhaften und ekstatischen Aspekte der menschlichen Natur, eben genau die Aspekte, die bei mir noch ausbaufähig waren.

Von D blätterte ich weiter zu E, während ich mich von dem Schock erholte – dem Schock, von so vielen neuen Leuten umgeben zu sein. Die Wörter hatten aufgehört zu schwanken, nur ich schwankte vielleicht noch ein bisschen von all dem Alkohol.

Es war sehr still in meinem Einzelzimmer.

Aber ich war innerlich ruhig.

Dabei erwartungsvoll.

Expansiv irgendwie.

Experimentell.

Explosiv.

Dann muss ich eingeschlafen sein.

Ein paar Wochen später hatte ich Sex mit Olly Macintosh. Wir waren übers Wochenende zelten gefahren.

Er hatte so ein Zelt mit durchsichtigem Rechteck im Dach, und während es passierte, guckte ich in den Sternenhimmel. Er machte Liebe mit mir, und ich machte Liebe mit ihm, und die Stimme in meinem Kopf, die immer erzählte, kommentierte, kritisierte, grübelte, Wörter suchte, Fragen stellte, die Stimme, die niemals verstummte, verstummte.

Es war, als wäre ich zum allerersten Mal wirklich da, wirklich im Jetzt – und kaum war es vorbei, wollte ich es immer wieder tun.

Ich war übrigens tatsächlich Pachamama. Und es war gar nicht zu fassen. Ich, das Kind, das nie berührt werden wollte, konnte auf einmal nicht genug davon bekommen. Es war, wie ständig Durst zu haben. Und es war wohl das Beste, nicht darüber nachzudenken. Ich kam mir dabei seltsam vor.

Bald nach dem ersten Sex fingen Olly und ich an, zusammen das Wörterbuch zu lesen. Von da an dauerte es nicht mehr lange, bis wir unsere Unterwäsche beim anderen in der Schublade lagerten, weil es so praktischer war. Meine Mutter hatte recht behalten: Manche Wäscheteile hätte sie nicht wiedererkannt und wohl auch nicht gutgeheißen.

Den ganzen Herbst hindurch spazierten wir Hand in Hand durch die kopfsteingepflasterten Gassen, sahen das Laub in den River Wear rieseln, den Turm der Kathedrale über den goldbraunen Bäumen emporragen, immer warm eingehüllt in Schals und Mäntel und Lust.

Olly nannte mich Libelle – weil meine Gedanken ständig in alle Richtungen flitzten, wie er sagte.

Und jedes Mal, wenn er es sagte, bekam ich ein warmes Gefühl.

Klar dachte ich an Julia in Hedley Green.

Aber nicht genug.

Ich würde ja Weihnachten nach Hause fahren, und alles wäre wie immer.

Ich schrieb ihr Nachrichten.

Aber nicht genug.

Ich rief sie an.

Aber nicht oft genug.

Olly Macintosh und ich kauften Wunderkerzen und schrieben uns Botschaften in die Luft. Ich war nun süchtiger denn je nach den Gedichten von Lorca. An Halloween saßen Olly und ich mit Kerzen und Champagner in der Badewanne, wo ich ihm mit gespenstischer Stimme aus »Poeta en Nueva York« vorlas.

Dann begriff ich, dass ich ermordet worden war.
Sie durchkämmten Cafés und Friedhöfe und Kirchen.
Sie fanden mich nicht mehr.
Sie fanden mich nicht?
Nein, sie fanden mich nicht.

Der November ließ unseren Atem gefrieren, und wir hauchten uns Wörter zu, Olly Macintosh und ich, wir konnten nicht genug bekommen vom Reden, vom Reden und vom Streicheln und voneinander, wir waren ein Fass ohne Boden.

In der Bonfire Night sah ich das Feuerwerk über den Türmen der Kathedrale funkeln und dachte fast kein einziges Mal an den Tattershall Common. Weihnachten hielt Einzug in den Schaufenstern. Wir kauerten uns draußen unter Wolldecken zusammen, tranken heiße Schokolade, wachten nebeneinander auf, die Beine ineinander verhakt, und blickten durchs Fenster auf den frostweißen Morgen. Wir lernten sogar gemeinsam, zu zweit an einem Schreibtisch.

Ich hatte mich neu verzwillingt – und es kam mir vor, als würde ich in zwei Hälften gerissen, als wir uns im Dezember vor unserem Wohnheim verabschiedeten, wo mein Vater mit laufendem Motor wartete.

»Was gibts Neues in Hedley Green?«, fragte ich vom Beifahrersitz, als wir zwei allein über die A1 nach Süden fuhren.

»Ein elender Papageienschwarm«, sagte mein Vater. »Die stellen alles auf den Kopf. Ausländische Vögel. Verdrängen die heimischen Arten. Wie die Grauhörnchen damals.«

»Sonst irgendwas Neues?«

»Alles wie gehabt«, sagte mein Vater.

»Blöder Spruch«, sagte ich.

Mein Vater lief ein bisschen rot an. Ich betrachtete seine weißen Hände, die am Steuerrad Uhrzeiten markierten, während er starr nach vorne blickte.

»Tut mir leid«, sagte ich.

Er antwortete nicht.

»Ich kann nicht gleichzeitig fahren und reden«, sagte er. »Ich muss mich konzentrieren.«

»Okay«, sagte ich.

Und wir fuhren schweigend weiter.

Wir machten an einer Raststätte halt, wo goldene Weihnachtsgirlanden in großen Schlaufen den Korridor schmückten, und mein Vater packte die beiden Tupperdosen aus, die wir schon immer gehabt hatten. Mein ganzes Leben lang. Die mit den weißen Deckeln. Und unserem Nachnamen drauf.

HOPE.

Stand auf beiden Deckeln.

HOPE HOPE.

»Käse oder Schinken?«, fragte mein Vater.

Ich weiß nicht, warum, aber ich wollte am liebsten aufspringen und ihn ganz fest drücken.

Ich tat es nicht.

Ich konnte nicht, ich hätte gar nicht gewusst, wie.

Hatte es nie getan.

Habe es nie getan.

Zu Hause lief Weihnachtsmusik im Radio, und meine Mutter kam uns in ihrer Schürze entgegen, sie wirkte unsicher. Sie machte einen kleinen Schritt vor, ich machte auch einen kleinen Schritt vor. Sie drückte mir ganz kurz ihre Lippen auf die Wange, die sich weich und samtig anfühlten, und rannte dann in die Küche, von wo sie mit einem Blech glasierter Cupcakes zurückkehrte, die zusammen die Worte WILLKOMMEN ZU HAUSE ergaben.

»Hat Dad dir schon von den Vögeln erzählt?«, fragte meine Mutter. »Halsbandsittiche heißen die. Knallgrün. Machen furchtbaren Krach.«

»Ja«, sagte ich. »Wo ist Julia?«

»Bei ihr sind die Kurse erst nächste Woche zu Ende«, sagte sie.

Ich schrieb Ali eine Nachricht.

Keine Antwort.

Dann schrieb ich Ian.

Auch keine Antwort.

Dann Moira.

»Ich bin in Devon«, kam zurück.

»Was machst du da?«

»Räucherstäbchen verkaufen.«

»Cool.«

Julia kam nach Hause.

»Justa!«, rief ich.

Sie umarmte mich, und ich umarmte sie.

»Du riechst anders«, sagte sie.

Wir lachten alle etwas übertrieben.

Als ich mich am Abend auszog, starrte sie mich an.

»Was ist?«, fragte ich.

»Du hast einen Tanga an«, sagte sie. »Du hast nie Tangas getragen. Ist es komisch, was im Po zu haben?«

»Sag du es mir!«, sagte ich.

Und lachte.

Und sie sagte: »Gusta, das ist ekelhaft.«

Und ich bekam Panik.

War ich an der Uni ekelhaft geworden?

Würde sie mich noch mögen?

Als ich am nächsten Morgen aufwachte, war das Haus leer, und es war so leise, dass mir die Stille in den Ohren summte.

Ich ging nacheinander in alle Zimmer und sah hinein.

Alle Zimmer kamen mir kleiner und ich mir irgendwie größer vor.

Es war ein Puppenhaus mit der winzigen orangen Holzanrichte, dem runden Tisch in Mahagonioptik, dem Klavier, dem offenen Steinkamin mit eingebautem Gasofen, komplett mit glühenden Holzscheit-Attrappen. Olivbraune Auslegware auf der Treppe, die oben auf einen beengten Absatz führte. Dort waren die Wände vollgehängt mit Fotos von uns in chronologischer Folge, sodass man der Zeit quasi bei der Arbeit zusehen konnte – erst Pausbacken, dann immer stärker hervortretende Wangenknochen, erst zu große Zähne für zu kleine Münder, dann Gesichter, zu denen die Zähne auch passten, erst Pickel auf der fettigen Stirn, bis schließlich auch diese verschwanden, und immer so weiter bis heute.

Ich ging ins Schlafzimmer meiner Eltern.

Ich betrachtete das Doppelbett mit der glänzenden grünen Stepptagesdecke und den passenden Kissen, den kunststoffbeschichteten weißen Nachttischen mit nichts drauf als dem laut tickenden Wecker meines Vaters.

Tick, tack, tick.

Das Waschbecken in der Ecke mit dem sauber gefalteten Handtuch auf dem Halter, blassgrün, bestickt mit einer Muschelschale aus Satin.

Ich nahm das Handtuch vom Halter und roch daran.

Er roch nach Bold-Waschpulver, Lavendelduft.

Wie wir alle immer, meine Mutter, mein Vater, Julia und ich.

Unser Duft.

In Durham hatte ich das gleiche Zeug gekauft.

Ob ich es mein Leben lang kaufen würde?

Oder würde ich mit der Tradition brechen?

Das Handtuch war unbenutzt.

Ich fragte mich, ob es je benutzt wurde.

Oder nur zur Ansicht war.

Für niemanden.

Die Bügelfalten waren zu erkennen.

Es war so gebügelt worden, dass die Satinmuschel genau in der Mitte lag.

Ich kann nicht mehr hier sein, sagte ich in die Luft hinein.

Ich ging in die Bücherei und direkt zum Vogelkunderegal, wo ich noch nie gewesen war, und schlug die Halsbandsittiche nach – groß, langschwänzig, limettengrün, mit rosa und schwarz umringten Köpfchen – *wilde Papageien in Hedley Green*, mein lieber Schwan!

»Ratet mal, wo die Halsbandsittiche hergekommen sind!«, sagte ich abends beim Essen, als mein Vater blass und grau und mit zitternden Händen dasaß, weil die Klingel über der Ladentür den ganzen Tag lang nicht ein einziges Mal geklingelt hatte.

»Das erste Paar ist vermutlich 1951 bei den Dreharbeiten zu *African Queen* aus einem Londoner Studio entflogen«, sagte ich im Versuch, die stille Küche mit fröhlichen Anekdoten zu füllen. »Der wurde übrigens zum Teil in Burundi gedreht. Um den Tanganjikasee herum.«

Keiner sagte etwas.

»Kennt irgendwer den Film?«, fragte ich.

Alle schüttelten den Kopf.

»Willkommen zu Hause«, sagte meine Mutter und hob ihr Wasserglas.

Wir alle starrten auf die Hände meines Vaters.

»Oder vielleicht«, sagte ich und klopfte einen kleinen Trommelwirbel auf dem Tisch, »erinnert ihr euch an den Orkan 1987?«

»Ein Jahr bevor ich den Laden aufgemacht habe«, sagte mein Vater, und seine Stimme bebte dabei. »Da hab ich noch im Kaufhaus gearbeitet.«

»Also, die ersten beiden Vögel könnten beim Orkan 1987 aus einer Voliere ausgebüxt sein«, sagte ich. »Es kann aber auch sein, dass Jimmy Hendrix in den Sechzigern welche freigelassen hat, in der Carnaby Street.«

»Da waren wir noch jung«, sagte meine Mutter mit einem Blick auf meinen Vater. »Das waren schöne Zeiten, die Sechziger.«

»In den Sechzigern war England noch England«, sagte mein Vater. »Da hat man hier nie eine fremde Sprache gehört.«

»In Angela Dunnetts Klasse versteht wohl die Hälfte der Kinder kein Englisch«, sagte meine Mutter.

»Peter Dunnett meint, am liebsten würde er sie alle selbst abknallen«, sagte mein Vater.

»Die Vögel jetzt oder die Kinder?«, fragte ich.

»Der Streuselkuchen bröckelt leider«, sagte meine Mutter.

Mein Vater auch, dachte ich.

»Möchte jemand mit mir Vögel gucken gehen?«, fragte ich in extra fröhlichem Tonfall, irgendwer musste ja für Stimmung sorgen, und außerdem hatte ich mich mittlerweile ziemlich in die vogelkundliche Sammlung der Bücherei vertieft, und davon abgesehen ertrug ich den Gedanken nicht, auch noch die ganzen Osterferien hier zu verbringen. »Ich dachte an ein Wochenende in Norfolk – vielleicht im April.«

»Oh, da an der Ostküste ist es ganz schön kalt«, sagte meine Mutter. »Außerdem fahren wir im Frühling gar nicht weg, stimmts, Stan?«

»Nur für ein Wochenende«, sagte ich.

»Dein Vater hat noch nie ein Wochenende gehabt«, sagte meine Mutter. »Seit Eröffnung des Ladens.«

»Julia?«

»Ich rede mit Diego.«

»Wir können nur im August wegfahren«, sagte meine Mutter. »Wegen dem Laden.«

»Vielleicht können wir dieses Jahr im August gar nicht wegfahren«, sagte mein Vater, und seine Stimme versagte auf dem Wort *wegfahren,* schlug in ein seltsames Schluchzen um.

Ein Schatten huschte über das Gesicht meiner Mutter

»Es ist wohl Zeit, dass ich es euch sage«, sagte mein Vater mit einer schrecklich bebenden, brüchigen Stimme. Schweiß bildete sich auf seiner Oberlippe und den Wangen, und er knöpfte die Ärmel seines weißen Hemds auf und krempelte sie hoch. Die blassen Arme mit kleinen Büscheln drahtiger grauer Haare drauf kamen zum Vorschein. Wolfsähnlich.

Lupus, Isegrim, Wolf, dachte ich, um mich abzulenken von dem, was im Gesicht meines Vaters passierte. *Homo homini lupus*, der Mensch ist dem Menschen ein Wolf. Wenn man die Wörter *Homo* und *lupus* miteinander verschmilzt, wird *Humus* draus. Wie wir alle zu Humus werden, wenn wir tot sind.

Sein Gesicht glänzte vor Schweiß, und da war wieder der haarfeine Riss von dem Tag, als das Haus der Greens abgerissen wurde. Er war Vorbote des Schlaganfalls, eine Sollbruchstelle wie bei der Kastanie, die immer weiter anschwillt, bis die Hülle platzt.

Doch mein Vater schwoll nicht weiter an. Vorerst.

Er begann sich aufzulösen.

Erst in Tränen.

Wir hatten ihn nie weinen sehen.

Julia und ich blickten auf unsere Teller.

Uns war der Kuchen von der Gabel gebröckelt.

Dann blickten wir auf.

Und starrten ihn an.

Sahen ihn bröckeln.

Meine Mutter öffnete den Mund, aber es kamen keine Wörter raus.

»Schatz«, sagte sie schließlich.

Die Schultern meines Vaters zuckten, ein krampfhaftes Schluchzen schüttelte seinen ganzen Körper.

»Schatz«, sagte meine Mutter. »Willst du woanders hin?«

Ich machte den Mund auf.

Dann wieder zu.

Die Schluchzer wurden lauter, und zwischen ihnen presste er abgerissene Wörter hervor: *»I… ich …«,* sagte er.

Immer wieder sagte er *ich*, weiter kam er nicht.

Bis zum nächsten Ausbruch.

»… wer-de … den …«

Wir warteten ab.

Er kämpfte sich ab.

»… La-den …«

Wir wussten, was nun kam.

»… zu-ma-chen … müs-sen.«

Wir alle starrten auf die Krümel auf unseren Tellern und wussten absolut nichts zu sagen.

»Du findest bestimmt einen neuen Job«, sagte ich dann.

Aber das war nicht das Richtige.

Mein Vater schrie: »Du verstehst das nicht!«, und es klang, als ob das Innere seines Rachens in Fetzen hing.

»DU«, brüllte er, und es war ein beinah tierischer Laut, wie ein Brüllen oder ein Heulen, wölfisch geradezu: »DU«, und noch mal: »DU.«

Ich hatte den Laut vorher noch nie gehört, aber seitdem öfter.

Meine Mutter wollte seine Hand nehmen.

Seine kleine blasse Hand.

Er schüttelte sie ab.

»Sie will doch nur …«, fing Julia an, doch ihre Stimme begann zu zittern.

»Du verstehst es auch nicht!«, brüllte mein Vater Julia an.

Julia nahm ihre Serviette und knüllte sie in der Hand zusammen, immer fester, wie einen dieser komischen Schaumstoffbälle, die meine Großmutter gegen die Arthrose bekam.

»Schatz ...«, fing meine Mutter an.

»UND DU VERSTEHST ES AUCH NICHT!«, brüllte mein Vater, und er stand auf, nahm seinen Stuhl und schmetterte ihn in die Glasschiebetür, die zersprang.

Dann stellte er den Stuhl ab und stieg durch das große, von gezackten Scherben gerahmte Loch in der Scheibe nach draußen, raus auf die Terrasse, auf den Rasen, wo er am Zaun entlang den gesamten Umfang des Gartens ablief, immer wieder im Kreis, wie ein Löwe im Zoo.

»Das Internet hat den Laden zerstört«, sagte meine Mutter. »Wir waren früher nie so vom Internet abhängig. Wir waren eine der führenden Herstellernationen.«

»Mum, wir konnten auch schlecht vom Internet abhängig sein, als es noch kein Internet gab«, sagte ich. »Früher.«

Das war der Anfang dessen, was wir, wie ich beschloss, fortan die Nubilation nennen würden, von lateinisch *nubilus,* bewölkt, von dem das sehr seltene Verb *nubilieren* stammt – umwölken, verdunkeln.

Der Willow Crescent Nummer 1 war von einer dunklen Wolke umhüllt, und auch die funkelnden Weihnachtslichter konnten die Düsternis nicht durchdringen.

Über Nummer 1 braute sich ein Sturm zusammen.

Ich fuhr nach Durham zurück.

Meine Mutter fand eine Stelle in der Tierhandlung in der Einkaufsstraße von Tattershall. Mein Vater kam in dem Homebase-Baumarkt neben dem größten Asda des Universums unter.

Zum Geburtstag meines Vaters fuhr ich nach Hause.

Gegen sechs kamen meine Eltern gemeinsam zur Tür rein. Meine Mutter roch noch leicht nach Kaninchenfutter, mein Vater hatte seinen dunklen Wollanzug an und eine Aktentasche in der Hand, darin sauber gefaltet seine Homebase-Uniform. Wir aßen zusammen zu Abend, und um halb acht fühlte es sich an wie Mitternacht.

Zurück in Durham dagegen fühlte sich Mitternacht an wie halb acht abends, als herrschte dort eine ganz andere Zeitordnung.

Olly und ich streunten mit Füchsen durch die Straßen.

Wir machten Schneeballschlachten bei Vollmond.

Wir lachten und lachten.

Olly lachte so laut, dass es Barry störte, den Jungen im Nachbarzimmer, der im Bett gern Sudokus löste. Barry schob einen Beschwerdezettel unter der Tür durch, und wir mussten noch mehr lachen.

Wir lachten, bis uns die Tränen kamen.

Wir schliefen fast nie vor zwei, drei, vier Uhr ein.

Der Februar brachte Schneeflocken und Pizza bei Kerzenschein.

Und dann war Frühling.

PARFAIT

Es war wieder Karfreitag, der vierte seit meiner Ankunft, und ich fuhr mit dem Bus auf der Küstenstraße nach Baelo Claudia. Ich wollte die Frühlingsblumen malen, die überall wild zwischen den römischen Ruinen und den vielen Infotafeln hervorsprossen. Manche schienen direkt aus dem Stein der alten Garumbecken zu wachsen *(Garum – fermentierte Soße aus Fischeingeweiden, im alten Rom zum Würzen verwendet).* Ich fand es faszinierend, dass diese Becken dem Schild zufolge schon fast zweitausend Jahre hier am Strand gestanden hatten, nämlich *seit der Zeit des Kaisers Claudius, acht Jahre nach der Kreuzigung.* Auf Zeichnungen waren Amphoren tragende Römer zu sehen und im Hintergrund drei Kreuze auf einem Hügel.

Rot, weiß, blau, rosa, lila, goldgelb – der ganze Weg runter zum Strand war mit Wildblumen gesprenkelt.

Während ich den Frühling malte, dachte ich daran, was mein Vater gesagt hatte: Kreuzigung und Auferstehung, das war der Rhythmus der Jahreszeiten und der unseres Lebens, überall in der Natur, überall auf der Welt.

Ich hatte nie so ganz verstanden, was er damit meinte.

Konnte der Logik nicht folgen.

Aber heute, hier, beim Malen der Frühlingsblumen, begriff ich.

Ich fühlte den Rhythmus in mir, hatte ihn verstanden, aber auf diese neue Art, ganz ohne den Verstand. Paco hatte mir das beigebracht, ohne es mir beizubringen.

Ich rief Víctor an.

»Hier bricht der Frühling aus«, sagte ich. »Etwas Gutes wird passieren, ich hab es im Gefühl.«

»Es ist schon passiert!«, rief Víctor.

»Die Mädchen?«, fragte ich und hielt den Atem an. Das musste es sein, hier zwischen den Blumen, es musste einfach sein.

Ich erinnerte mich an das Blut auf ihren Kleidern und die Veränderung in ihrem Ausdruck, an die Tränen, die von tief innen kamen. Ich erinnerte mich daran, wie ich zu ihnen gesagt hatte, dass die Schande nicht ihre war – sondern die der Männer, vielleicht die aller Männer. Dass ich mich dafür schämte, ein Mann zu sein. Dass sie sich nicht schämen sollten. Dass ich ihre Scham tragen wollte, weil ich als Mann beschmutzt war von dem, was ihnen widerfahren war.

»Oh, es tut mir so leid«, sagte Víctor. »Nein, nicht die Mädchen, leider. Wir beten weiter, Parfait. Jeden Tag. Aber wir haben keine Neuigkeiten.«

Ich brauchte einen Moment, um mich zu sammeln.

»Also hat es mit Wilfred zu tun?«

»Schon wärmer«, sagte Víctor. »Heiß, um genau zu sein! Wilfred hat seinen ersten Satz gesagt!«

Ich hüpfte vor Freude auf der Stelle.

»Es ist noch gar nicht Ostersonntag, und wir hatten schon unsere Auferstehung!«, sagte Víctor.

»Was hat er denn gesagt?«

»Er hat gesagt: Ich will eine Rosenfarm eröffnen.«

»Hol ihn ans Telefon!«, rief ich.

»Hallo«, sagte Wilfred.

Einfach hallo.

»Na, hallo, hallo, hallo«, sagte ich.

Noch nie hatte »Hallo« so schön geklungen.

So bedeutsam.

»Ich höre, du willst eine Rosenfarm aufmachen«, sagte ich.

»Ja.«

»Das ist eine so wunderschöne Idee, Wilfred.«

»Danke«, sagte er.

Ich wartete.

Ich hoffte, er würde noch mehr sagen.

Aber das tat er nicht.

Ich fuhr ins Landesinnere nach Sevilla, wo ich das Ende der Osterprozessionen verfolgte. Die Straßen dort schienen von Hoffnung erhellt, und auf der Plaza de España sang ein Mädchen mit so tiefer Sehnsucht in der Stimme, dass die Menge in Schweigen verfiel. Man hörte nur das rhythmische Klatschen und von Zeit zu Zeit, in unerwarteten Momenten: *Olé, olé.*

Olé, Zion, *olé.*

Olé, Wilfred, *olé.*

Der Mond ging über dem Platz auf.

AUGUSTA

Es war Ostern, und Julia arrangierte gerade die hellrosa Rosen, die sie von Diego bekommen hatte, in einer Glaskanne.

»Rosendornen sind eigentlich gar keine Dornen. Sie müssten Stacheln heißen. Es sind nämlich Ausstülpungen der Epidermis«, sagte ich.

Julia nickte.

»Die Römer trugen Rosen um den Hals«, sagte ich. »Alles, was *unter der Rose* gesagt wurde – *sub rosa* –, musste ein Geheimnis bleiben.«

Julia nickte.

»In Colorado wurde eine fünfunddreißig Millionen Jahre alte fossile Rose gefunden.«

Julia nickte.

»Wusstest du, dass über achtzig Prozent der Fläche Sambias von Rosen bedeckt ist?«

»Hör mal auf«, sagte Julia. »Jetzt ist genug. Keine Recherchen mehr, bitte. Lass mich Rosen grundlos lieben.«

»Würdest du das alles lieber *nicht wissen*? Ernsthaft?«

»Wir sind eben unterschiedlich«, sagte Julia.

Ich weiß noch, wie es kühl im Zimmer wurde, alles auf einmal im Schatten lag, wie wenn eine Wolke sich vor die Sonne schiebt.

Vielleicht waren wir dabei, einander zu verlieren. Entfernung soll Nähe schaffen, aber bei uns hatte das wohl nicht funktioniert.

Julia schnitt weiter die Blumenstiele ab, die fast lautlos auf den Teppichboden fielen, wo ich saß. Ich nahm ein Gummiband als Schleuder und flitschte Julia einen abgeschnittenen Stiel ins Gesicht.

Julia sagte: »Lass das bitte, okay?«

Ich hob jeden einzelnen abgeschnittenen Stiel auf und warf ihn in den Abfalleimer.

Ich wollte ihr erzählen, dass Lorca ein Stück über eine Jungfer namens Rosita geschrieben hatte. Dass deren Onkel Botaniker war und eine besondere Rose gezüchtet hatte, die *Rosa mutabilis*: Am Morgen blühte sie rot, am Mittag schon heller, am Nachmittag weiß, und am Abend verlor sie all ihre Blätter. Ich wollte ihr erzählen, dass Rosen Knospen trieben, aber auch verwelkten.

Ich wollte mit ihr über den Tod sprechen, darüber, dass er mir Angst machte, dass ich nicht allein sterben wollte, ohne sie. Und dass wir es vielleicht zusammen tun könnten, wie Rosen am selben Busch.

Julias Rosen hielten nicht lang.

Das Wasser in der Vase wurde grün und begann zu stinken, und die Blütenblätter rieselten auf den Teppich.

Am Dienstag nach Ostern brachen Julia und ich zu unserem Vogelkunde-Wochenende nach Brancaster Staithe auf, wo wir uns mit unserem Weihnachtsgeld in einer billigen Pension eingemietet hatten.

Die Straßenränder waren gesäumt von Narzissen.

»Weißt du noch, wie du mir die Narzissenknospen geschenkt hast?«, fragte ich. »Um mich darüber hinwegzutrösten, dass du einen Freund hast?«

Sie nickte und lächelte mich an.

»Ich jedenfalls mag Narzissen lieber als Rosen«, erklärte ich. »Ich mag, dass sie aussehen wie Trompeten. Trompeten sind dazu da, Botschaften zwischen Welten zu überbringen. Das Außerordentliche zu verkünden. Und ich mag, dass sie durch den Schnee wachsen. Sie sind so stark. Als könnte ihnen nichts etwas anhaben.«

»Na, dann musst du wohl mal im Frühling heiraten«, sagte Julia. Woran ich wirklich nie dachte, wenn ich an Narzissen dachte.

»Ich *muss* überhaupt nicht heiraten«, sagte ich. »Das Einzige, was ich tun *muss*, ist sterben.«

»Augusta, sag so was nicht.«

»Denkst du nie daran?«, fragte ich.

»Ich will mich aufs Leben konzentrieren«, sagte sie.

»Leben und Sterben sind praktisch dasselbe«, sagte ich.

Arm in Arm und endlich wieder *Justa,* zogen wir los durch die Marsch, und wir suchten uns eine Sanddüne mit Blick auf die kleine Lagune, wo sich die Wasservögel tummelten. Ich holte den Wein aus meinem Rucksack hervor und sagte: »Aufs Schwesternsein!«

Wir stießen an, tranken den Wein in gierigen Schlucken und beobachteten die Enten, die in einem großen Schwarm über die Marsch zogen. Sie landeten in Zweier- und Dreiergrüppchen und schlitterten über das Wasser, während die Gänse in ihrer V-Formation dem fahlen grauen Himmel entgegenflogen.

Die Vögel lenkten uns ab vom Thema Sterben. Das haben lebende Dinge so an sich. Das hat die Gegenwart so an sich. Bis auch die stirbt, und das tut sie ja andauernd.

PARFAIT

Es war Zeit, Sevilla zu verlassen und heimzufahren.

Heim!

Das Wort waberte wie Rauchschwaden durch meine Gedanken.

Vielleicht hätte Tarifa mein Zuhause sein können, aber jetzt steuerte ich fast unbewusst auf La Higuera zu. Der Weg führte zwischen den Olivenfeldern hindurch, mit Feigenbäumen auf beiden Seiten der Straße. Dann fuhr ich über den Platz und die Promenade entlang und parkte den Bus auf dem höher gelegenen Buschland.

Genau da.

Genau wo.

Ich stieg aus und lief durch das Pinienwäldchen hinunter zum Ende des Strands, wo die flachen Felsbrocken sich im Dämmerlicht in fremde Gestalten verwandeln. Ich setzte mich hin und sah den Wellen zu, wie sie den Strand verdunkelten, wie sie verebbten, versiegten und verschwanden.

Seenebel zog auf.

Ich blickte aufs Meer hinaus.

Dort draußen, dort unten irgendwo, war Zions Körper.

Es war ein schrecklicher Gedanke, und so redete ich laut, um ihn zu übertönen.

»Ich bau mir ein neues Leben auf, Kleiner«, sagte ich. »Aber ich vermisse dich. Ich vermisse dich so sehr.«

Das Telefon vibrierte in meiner Hosentasche.

Als ob.

Ach, egal.

Es war Víctor.

Er war mit Wilfred losgezogen, um sich die neue Farm anzusehen.

»Wir standen am Hang …«, sagte er.

Ich konnte den Hang riechen, konnte ihn hören, spürte ihn auf meiner Haut, und ich fragte mich: Ob man mehr als ein Zuhause haben kann?

Als Víctor und Wilfred dort am Hang standen, landeten Tausende Afrikanische Rotaugenenten gleichzeitig in einem gigantischen Schwarm auf dem Tanganjikasee. Wilfred glaubte, es hätte was zu bedeuten.

»Und ich hab ihn gefragt, warum er mit dem Sprechen aufgehört hatte«, sagte Víctor. »Seine Antwort war, es gäbe zu viel Tod, und über den Tod hätte er nichts zu sagen.«

»In unserer Familie hat es zu viel davon gegeben«, sagte ich.

»Ich weiß, wie sehr du sie geliebt hast«, sagte Víctor.

Konnte er das wissen?

Er hatte meinen Vater, den liebenswertesten Menschen der Erde, niemals kennengelernt.

Vielleicht gibt es die Liebe, wie die Farben, in vielen feinen Abstufungen, je nach der Person, die man zu lieben versucht. Oder je nachdem, wie gut man darin ist zu lieben. Oder beides.

»Von eurer Mutter hatte Wilfred gelernt, dass Blumen Bedeutungen tragen«, sagte Víctor. »Und dass Rosen Liebe bedeuten. Er möchte die Rosen von Burundi aus in die ganze Welt schicken. Damit Burundi als ein Ort der Liebe bekannt wird und nicht des Hasses.«

AUGUSTA

»Findest du es komisch, dass du jetzt wahrscheinlich für immer mit Diego zusammenbleibst?«, fragte ich Julia, als wir die Enten in der Lagune beobachteten. »Dass du nie jemand anders lieben wirst?«

»Wieso sollte ich?«, sagte sie. »Wir sind ja füreinander bestimmt.«

»Willst du nie mal allein sein?«

Sie schüttelte den Kopf.

»Oder es mit jemand anders versuchen?«

»Für mich gab es immer nur Diego. Seit dem Tag, als er eingezogen ist.«

»Da warst du neun«, sagte ich. »Ist das nicht ein bisschen verrückt?«

Sie schüttelte den Kopf.

»Neun Jahre, und du findest es ganz bestimmt nicht ein winziges bisschen langweilig?«

Wir hatten einen guten Blick auf die sumpfige Bucht, wo sich zahlreiche Stockenten und Blesshühner versammelt hatten. Ein wenig abseits von ihnen stand ein hübsches, beinah exotisch aussehendes Vogelpärchen.

Wir standen auf und stiefelten los.

»Was ist mit dir und Olly?«

»Was soll mit uns sein?«

»Ist es was Ernstes?«

»Es fühlt sich eher unernst an«, sagte ich, »genau, wie ich es mag.«

Wir betraten die kleine Beobachtungshütte, und ich blickte durch das Aussichtsfernrohr.

»Julia, guck dir mal die Ente an.«

Das prächtige Männchen hatte einen blau-weiß-kastanienrot gestreiften Kopf und segelartig aufgestellte orange Flügelfedern auf beiden Seiten. Das Weibchen war graubraun mit weißen Tupfen und einem zarten grünblauen Schimmer auf dem Gefieder, schlichter zwar, aber irgendwie stylish.

»Mandarinenten«, las Julia vom Poster ab. »Aus China eingeführt und aus Gefangenschaft geflüchtet. Gelegentliche Sichtungen.«

»Nicht noch mehr Immigranten«, seufzte ich. »Sag es bloß nicht Mum und Dad.«

»Können wir vielleicht mal nicht über Mum und Dad reden?«, sagte Julia. »Ich brauch eine Pause von ihrer Traurigkeit.«

»Sie sind bitter geworden«, sagte ich.

»Jeder wäre bitter geworden«, sagte Julia. »Denk nur, wie viel Zeit sie in diesen Laden gesteckt haben. Ich hab keine Worte, so traurig ist das.«

Auch ich tat mich schwer, Worte dafür zu finden. Manchmal geht es einfach nicht, auch nicht mit dem größten Wörterbuch.

Nein, am besten würden wir überhaupt nicht an Stanley Hope Uniforms denken, wo gerade renoviert wurde und demnächst ein Costa Coffee einziehen würde.

Meine ganze Kindheit lang war mir der Laden peinlich gewesen, aber heute finde ich, dass er doch ganz schön war. Irgendwie vermisse ich ihn sogar. Besonders die Holzschubladen mit Glasfront, wo mein Vater die Strümpfe einsortierte. Irgendwie vermisse ich all diese Läden, die es heute nicht mehr gibt.

»Ob Olly dein fahrender Händler ist?«, sagte Julia. *»Niemand weiß, woher er kommt?«*

»Er kommt aus Cirencester. Das weiß jeder!«, antwortete ich lachend.

»Ob er eines Tages mit dir durch die Sahara reitet oder in Sansibar auf einer Dau segelt oder in einem Zirkuswagen rumkurvt?«

»Wahrscheinlich nicht. Wahrscheinlich bleibt er in Cirencester und gibt irgendwann den Hof an seine Kinder weiter.«

»Würden Mum und Dad Olly mögen?«, fragte Julia.

»Ist das wichtig?«, fragte ich zurück.

»Ich finde es wichtig«, sagte Julia.

Julia und ich saßen zusammen auf der kleinen Holzbank und sahen durch das große Glasfenster den Enten zu, wie sie kopfüber abtauchten, um an Algen zu kommen – und ich dachte, komisch, aber wahrscheinlich hatten die wirklich nichts im Kopf als Algen.

»Was meinst du, warum wollen Leute Kinder haben?«, fragte Julia.

»Nicht die leiseste Ahnung«, sagte ich.

»Warum, glaubst du, wollten sie uns haben?«, hakte sie nach.

»Darüber habe ich noch nie nachgedacht.«

»Sind wir ihnen nicht was schuldig?«

»Weiß nicht«, sagte ich.

Ich wollte ihnen nichts schuldig sein, so gemein das auch klingen mochte.

»Sind Familien nicht dafür da, um zusammenzuhalten?«, fragte Julia. »Aber heutzutage verstreuen sie sich in alle Winde, und man sieht sich nie. Was für einen Sinn hat es da noch?«

»So habe ich darüber noch nie nachgedacht«, sagte ich.

»Wie kannst du bei all dem Denken noch nicht darüber nachgedacht haben?«, fragte Julia.

Aber ich konnte ihr keine Antwort geben.

»Was möchtet ihr als Souvenir kaufen?«, fragte uns die Besitzerin der Pension beim Bezahlen und präsentierte uns eine Auswahl handgemachter Spielsachen und Marmeladen.

Ich kaufte für Olly – natürlich ironisch gemeint – eine grässliche Stoffeule als Wärmflaschenbezug. Auch wenn es uns an Hitze eigentlich nicht mangelte.

Unser ganzes zweites Jahr lang waren wir heiß aufeinander.

Dann war Sommer, und wir gingen auf Festivals und tanzten im Schlamm und schliefen in unserem kleinen Zelt in einem Chaos aus Glück und Gummistiefeln und Wodka.

Über die Vergangenheit dachte ich nicht nach.

Auch nicht über die Zukunft.

Ich versuchte zu leben wie eine Ente.

Todessymbolik in der spanischen Literatur des frühen zwanzigsten Jahrhunderts.

Der Titel meiner Bachelorarbeit.

»Warum um alles in der Welt hast du dir das ausgesucht?«, fragte meine Mutter. »Es klingt furchtbar.«

Also erzählte ich ihr nicht davon, wie die Bettlerin und der Mond sich zusammentaten und die drei Figuren in der Bluthochzeit ihrem sicheren Ende zuführten. *Gestorben in der Schönheit der Nacht.*

Ich erzählte ihr nicht, dass das unser aller sicheres Ende war.

Die meisten von uns sterben in den frühen Morgenstunden.

Weil ich allein arbeitete, dachte ich zu viel nach.

Übers Leben und Sterben.

Darüber, was es bedeutete, zu existieren.

Schwer zu erklären, aber vielleicht kennen Sie es ja.

Ich tauchte so tief ein, dass ich mich verlor, ich fiel aus mir heraus, stürzte ab.

Ich kämpfte mich in mich zurück und sagte zu Olly:

»Halt mich fest. Ich hab Angst, dass ich nicht existiere.«

»Zu viel Bibliothek, Libellchen«, sagte Olly. »Zu viel Tod. Komm hierher.«

Ich wollte es, ich wollte *hierher*kommen, wo immer dieses Hier war, wollte die Besinnung verlieren, die Stimme und die Fragen zum Schweigen bringen.

Sex brachte Erleichterung, eine Trübung des Bewusstseins, fast spirituelle Befreiung, *la petite mort* heißt es doch – der kleine Tod.

Dieser kurze Moment der Melancholie oder der Transzendenz.

Und dann wieder: Wirklichkeit.

Die über dich hereinplatzt.

»Ach, Libellchen!«, sagte Olly. »So schön und so flatterhaft.«

Im Juni 2011 versammelten wir uns dann alle in unseren schwarzen Talaren mit unseren Familien auf einem Stück Rasen namens Palace Green neben der Kathedrale von Durham. Ganz wie anständige junge Leute, die nicht nachmittags Sex miteinander hatten.

Ollys Eltern konnten nicht kommen, oder wollten nicht. Er war ihr fünftes Kind, und langsam ging ihnen wohl die Puste aus.

Es gab weiße Festzelte, Wimpelgirlanden und Eiscreme, goldene Stühle und hübsch gedeckte Tische. Man hörte Gemurmel und Lachen und das Klirren von Gläsern, und der Duft von Schwein am Spieß wehte über den Rasen.

Da stand Olly mit seinem blonden Haarschopf, dem schiefen Lächeln und dem unwiderstehlichen Lispeln. Gerade schenkte er Laura und Tom ein Glas Pimm's ein.

Meine Mutter musterte ihn wie einen seltenen Vogel.

»Wirst du Olly Macintosh heiraten?«, hatte sie mich am Abend zuvor gefragt.

»Ich finde es gewagt, irgendwem die ewige Liebe zu versprechen«, sagte ich. »Und ich weiß nicht, ob ich sie einem Mann versprechen kann, der in seiner Freizeit Vögel abschießt.«

Meine Mutter sagte: »Ich weiß gar nicht, woher du diesen Vogelfimmel hast. Viele Männer haben Freude am Töten. Denk an die ganzen Angler an dem großen Teich in Tattershall.«

Viele Männer haben Freude am Töten?

»Hat Dad Freude am Töten?«, fragte ich.

Meine Mutter wurde rot, und Stressflecken breiteten sich über ihren Hals bis ins Dekolleté aus.

»Machst du mal ein Foto von uns, Julia?«, fragte sie.

Olly und Diego beobachteten uns – meine Mutter, meinen Vater und mich.

»Schießt du auch?«, fragte Olly Diego.

Diego schüttelte den Kopf.

Wir wussten nicht, wohin mit unseren Armen.

Auf dem Foto, das meine Mutter später für den Silberrahmen auswählte und auf der Fensterbank platzierte, steht der Arm meines Vaters kantig nach rechts ab, wie ein Geodreieck.

»Cheese!«, rief Julia.

»Cheese!«, sagten wir alle.

Wir lachten.

Dann hörten wir auf zu lachen und nahmen am Tisch Platz.

Julia versuchte, mir Glück zuzulächeln.

Mein Vater sah all die anderen Väter und Mütter an, die geschickt Pimm's aus Krügen ausschenkten und Reden schwangen – und dann sah er in den Himmel.

Ich blickte hoch.

Am Himmel war nichts zu sehen.

Nicht einmal Wölkchen.

Was sehr ungewöhnlich war für Durham, für England sowieso.

Aber mein Vater blickte weiter in den Himmel.

»Was ist Ihr Lieblingsbuch, Mrs Hope?«, fragte Olly Macintosh, denn in seinen Kreisen bekam man schon in der Schule beigebracht, wie man ein Gespräch beginnt.

»Mein Lieblingsbuch?«, fragte meine Mutter. Sie hielt ihre weiße Handtasche wie eine Schoßkatze auf den Knien.

»Ja«, sagte Olly.

Ich betrachtete meine Mutter: die billigen weißen Perlohrringe, die von ihren breiten Ohrläppchen abstanden wie kleine Pingpongbälle; ihre Haare, die sich in der Hitze noch korkenziehermäßiger kräuselten als sonst.

»Ein Häschenpicknick«, sagte meine Mutter zu Olly. »Das ist mein Lieblingsbuch.«

»Aha«, sagte er.

Meine Mutter streichelte ihre Handtasche.

Ich konnte nicht aufblicken.

Ich wollte Laura und Tom nicht ins Gesicht sehen.

»Von wem?«, fragte Olly.

»Es ist ein altes Ladybird-Buch«, sagte meine Mutter. »Die mit dem Marienkäfer drauf. Ich weiß gar nicht, ob die Autoren haben.«

»Ich glaube, jedes Buch hat einen Autor«, sagte Laura.

Aber Olly kam meiner Mutter zu Hilfe.

»Ladybird, klar«, sagte Olly in Lauras Satz hinein.

»Ich mag Marienkäfer«, sagte meine Mutter. Sie wandte den Blick ab, hielt sich weiter an ihrer Handtasche fest. »So hübsche Tiere. Ich mag die Punkte.«

Sie hielt inne.

Schweißperlen bildeten sich auf ihrer Oberlippe.

Dann fügte sie hinzu: »Punktemuster fand ich schon immer schön. Schon als Kind. In meiner Klasse haben sie mich auch immer Fliegenpilz genannt.«

Laura schürzte die Lippen.

Fliegenpilz.

Es ist nur ein Wort.

Julia lächelte meine Mutter an und kniff dabei die Augen wie im Schmerz zusammen.

Auch mir tat es weh.

Es quälte mich.

Ich weiß nicht, ob ich mich mehr für meine Mutter schämte oder dafür, dass ich mich für sie schämte.

»Ich weiß, was Sie meinen, Mrs Hope«, sagte Olly. »Ich hatte mal ein gepunktetes Halstuch. Das hatte ich ziemlich gern.«

Das war lieb von Olly.

Ich dachte an das gepunktete Tuch, das jetzt irgendwo zwischen meinen Unterhosen lag, den Unterhosen, die meine Mutter nicht wiedererkennen würde.

Bald würde ich meinen Talar zurückgeben müssen, mein Studentenzimmer räumen und wieder nach Hause ziehen. Zurück in den Willow Crescent mit der fransigen Trauerweide im Rondell und dem Teich, in dem ich einmal mit Graham Cook Goldfische ausgesetzt hatte. So schön hatten sie ausgesehen, wie orange Blütenblätter. Aber letztlich hatten sie nichts bewirkt.

In den Willow Crescent, wo der Teich inzwischen aufgefüllt worden war und wo das Lieblingsbuch der Leute nicht *Die Brüder Karamasow* war, nicht *1984*, nicht *Bleak House*, nicht *Don Quijote* oder *Hundert Jahre Einsamkeit*. Sondern *Ein Häschenpicknick*. Und ich wusste, es war falsch, sie zu verurteilen. Warum sollte man sich daran stören? Es war allein ihre Sache, welche Bücher sie mochten.

Meine Mutter lud Olly zum Nachbarschaftsessen ein, das im Juli in unserer Garage stattfand, und als er im strömenden Regen in seinem Mini Cabrio eintraf, fragte meine Mutter ihn als Erstes: »Und auf welchem Platz bist du gelandet?«

Olly sah sie verdutzt an, die blauen Augen zu Schlitzen verengt, und plötzlich kam mir unser Eingangsflur sehr klein vor. Da hing immer noch Julias Gedicht an der Wand, im Wechselrahmen.

Meine Mutter sagte: »Ich hab gehört, Augusta ist Erste geworden.«

»Nein, Mum, ich hab eine Eins bekommen. Und an der Uni heißt das *First*«, sagte ich.

Meine Mutter nickte.

»Aha, in dem Fall bin ich leider nur Zweiter geworden«, lachte Olly.

»Das ist doch toll«, sagte meine Mutter. »Gut gemacht.«

»Na ja, eine 2,7 ist eigentlich eher blamabel«, sagte Olly.

Mit seinen blonden Wuschelhaaren und seinem Charme war Olly Macintosh beim Nachbarschaftsessen eine besondere Attraktion.

»Hat sich Augusta nicht gemacht?«, bemerkte Hilary Hawkins etwas zu laut.

»Sie ist eine junge Dame geworden«, antwortete Janice Brown.

»Kaum wiederzuerkennen«, sagte eine Frau, die ich nicht zuordnen konnte.

»Richtig hübsch sieht sie aus«, sagte Helen Dunnett.

PARFAIT

Ich hatte mir eine Leiter gekauft, um auf das Busdach zu klettern. Dort oben konnte ich auf meinem Liegestuhl sitzen und übers Meer bis nach Afrika schauen, und wenn ich mich umdrehte, hatte ich freie Sicht auf die weiten Felder und die Berge dahinter.

Ich beobachtete die Silberreiher, die auf den Rücken der Kühe hockten und ihnen Zecken aus den weichen Ohren pickten. Es sah aus, als ob sie ihnen etwas zuflüsterten. Mit Anbruch der Abenddämmerung flogen sie alle auf, weiße Wolken am sich verfinsternden Himmel, und bezogen ihr Nachtquartier in den stacheligen Zweigen der großen alten Araukarie an der Promenade.

Ich zählte die Reiher und kam auf sechshundert, kleine weiße Flammen auf den Zweigen, wie ein altmodischer Weihnachtsbaum aus einem europäischen Kinderbuch.

AUGUSTA

Diegos Familie bot uns an, eine Woche mietfrei in ihrem Haus in La Higuera zu verbringen, um das Erwachsenenleben zu feiern, oder die Freiheit, oder was auch immer wir jetzt erreicht hatten – unsere Metamorphose.

Das Wort mochte ich.

Ich mochte es, mir das Gefühl vorzustellen.

Wie die Kaulquappe, die sich in neue Glieder reckt, oder die Raupe, die endlich fliegen kann. Oder die Libelle, die türkis-blau aus ihrer braunen Hülle schlüpft und ihre Elfenflügel ausfährt – wir hatten es selbst gesehen, wir waren dabei gewesen, auf der Mauer in Ollys Garten.

Ich träumte von der Person, die ich einmal werden würde, jetzt, da der Abschluss geschafft war und ich die Freiheit hatte, zu sein, wer immer ich sein wollte.

Vor Aufregung konnte ich kaum schlafen, stellte mir vor, bald zurück auf der Dachterrasse zu sein, zurück auf dem marokkanischen Bett mit den vielen bunten Kissen, mich verwandelnd, transmutierend.

»Noch fünf Tage.«

Olly lächelte.

»Noch vier Tage.«

Olly lächelte wieder.

»Noch drei Tage.«

Olly las weiter.

»Freust du dich?«, fragte ich.

»Klar freu ich mich«, sagte er.

Noch zwei Tage und noch einen Tag sagte ich nicht und tat stattdessen cool. Aber es war schon sieben Jahre her, dass ich dort gewesen war.

Unser Flugbegleiter war mit seiner Sicherheitspantomime noch nicht fertig, da war Olly mit seinem aufblasbaren Hufeisen um den Hals schon eingeschlafen.

Ich wollte mich mit ihm *vorfreuen*.

Doch er war im Tiefschlaf und blieb es zweieinhalb Stunden lang.

Einmal holte ich Luft, um »Guck mal! Palmen!« zu sagen, aber er hatte sich den Pulli übers Gesicht gezogen.

Als wir La Higuera erreichten, als wir unter Palmwedeln standen und die heiße Luft einatmeten, machte mein Herz einen Satz, und ein Kribbeln erfasste meinen ganzen Körper. Olly fragte: »Warum guckst du mich die ganze Zeit so an?«

»Und, was sagst du?«, fragte ich.

»Sehr schöner Strand.«

»Aber verstehst du?«

»Was soll ich verstehen?«

»Was ich meine?«

Mit Julia hatte das Ankommen mehr Spaß gemacht.

Wir zogen los, um die Gegend zu erkunden, und immer wieder sah ich ihn dabei von der Seite an. Er aber spazierte weiter, als wären wir an einem ganz normalen Ort am Meer.

An der Promenade stand ein Maler mit seiner Staffelei. Er hatte glatte, kastanienbraune Haut und Rastazöpfe, die oben am Kopf zusammengebunden waren, was seine Wangenknochen markanter wirken ließ – und er malte die Reiher. Ich blieb stehen und sah ihm still zu. Ich hoffte, Olly würde es mir nachtun. Aber stattdessen fragte er mich weiter lautstark über Restaurants aus. Ich antwortete, dass ich nur das Restaurante Raúl kannte und dass der Thunfisch mit Trauben, die Paella und der Chanquete-Fisch, den man ganz aß, köstlich waren. Und die *crema catalana,* die nach herbem Karamell schmeckte. Aber er quasselte trotzdem weiter.

In einem gewaltigen Schwarm zogen die Reiher in der Dämmerung über die Leinwand, doch als ich näher heranging, schien es, als ob da gar keine Reiher waren, nur eine Explosion aus weißem Licht. Ich wollte den Maler ansprechen, aber er blickte nicht auf. Ich war verunsichert und zog Olly weg.

Die Frau im Laden hatte dasselbe kurzärmelige blaue Hauskleid an, das sie schon 2004 getragen hatte, als ich vierzehn war und aus spanischen Zeitungen übersetzt hatte. Zu meiner Überraschung erinnerte sie sich an mich.

Steif und etwas ratlos stand ich im Laden herum, die spanischen Wörter wollten nicht so, wie ich wollte. Ich verzog den Mund, bewegte Lippen und Zunge in alle Richtungen, auf der Suche nach den rollenden R's und kehligen J's.

»Was machst du da?«, fragte Olly mich stirnrunzelnd.

»Ich versuche, mein Spanisch wiederzufinden«, sagte ich.

»Deine Schwester!«, sagte die Frau. »Ganz schönes Früchtchen! Hat sich heimlich Sachen in den Korb gesteckt!«

»Meine *Schwester* soll was geklaut haben?«, sagte ich. »Das kann eigentlich nicht sein.«

»Wie geht es deiner Schwester?«

»Sehr gut«, sagte ich. »Sie arbeitet mit Kindern. Sie liebt Kinder.«

»Gut schlafen werdet ihr nicht«, sagte sie. »Im Baum neben eurem Haus hocken nachts die Reiher. Die machen einen Heidenlärm.«

»Ich schlafe immer gut«, sagte ich, was nicht stimmte.

In letzter Zeit schlafe ich ein bisschen besser.

Es tut gut.

»Ihr müsst unbedingt meinen *dulce de membrillo* probieren«, sagte die Frau. »Schmeckt wunderbar zu Salat. Und zu Wurst. Und Manchego.«

Ich übersetzte, und augenblicklich hellte Ollys Miene sich auf. Er war immer neugierig auf neues Essen. Bestimmt heute noch. Zu Hause bei sich in Cirencester. Vielleicht haben sie einen Hofladen aufgemacht, das machen ja heute alle.

»Was ist das?«, fragte Olly mich.

»Eine Art Quittenmus. Sehr spanisch.«

»Wo wollt ihr euer Picknick machen?«, fragte die Frau.

»Da, wo das eingegrabene Boot liegt«, sagte ich. »Vor den Bäumen. Am Ende des Strands.«

»Da geht keiner gern hin«, sagte sie. »Das Holzboot wurde vor Jahren an einem Neujahrstag angeschwemmt, und die Passagiere wurden nie gefunden.«

Ich übersetzte.

»Danach kamen noch mehr. Tausende, überall an der Küste«, sagte die Frau, und dabei zogen sich ihre Mundwinkel steil nach unten, sodass ihr Mund eine Heftklammer formte.

»Wo kamen sie her?«, fragte ich.

»Aus Afrika. Sie sind in Marokko losgefahren, aber oft sind sie zu Fuß aus dem Senegal oder von noch weiter weg gekommen«, sagte sie. »Ein paar Jahre lang wurden immer wieder welche in diesen kleinen *Patera*-Booten ans Ufer gespült.«

»Patera«, sagte ich. »Ein neues Wort.«

»Ziemlich untauglich für den Zweck, diese *pateras*«, sagte die Frau. »Hunderte sind ertrunken. Die, die es geschafft haben, haben Jobs auf dem Bau gefunden. Aber dann kam *la crisis*, und es gab keine Arbeit mehr. Und jetzt mit den Seepatrouillen ist die Überquerung schwieriger geworden. Gut so, sage ich. Wir sollten alle da bleiben, wo wir sind.«

Wir verließen den Laden.

»Das da drüben ist wirklich Afrika«, sagte ich und deutete über das Meer.

»Sag bloß«, erwiderte Olly.

Blöder Spruch, sag bloß.

»Als wir das erste Mal hier waren, konnte ich es nicht glauben. Der Gedanke, dass da Afrika ist. Einfach da drüben. Und Burundi weit unten im Süden.«

»Hattest du noch nie eine Weltkarte gesehen, Libelle?«

Deine Libelle kannst du dir sparen, dachte ich.

Ich ließ seine Hand los.

Ich wollte mich zwingen, genau so fröhlich und begeistert zu sein, wie ich es mir für den Urlaub vorgenommen hatte.

Die Nudisten waren noch da – und es waren mehr geworden.

Ich musste daran denken, wie ich hier am Strand meinen Eltern die Gedichte vorgetragen hatte.

Nicht winkend, sondern ertrinkend.

Verkorkst wirst du von Dad und Mum.

Ich lächelte.

Und verdrückte eine Träne.

Wir setzten uns auf den Sand, etwas oberhalb von den Nudisten, die ins Meer eintauchten, *Bürzel hoch, Köpfe runter, jeder, wie er will.*

Ich spielte mit dem Gedanken, Olly von dem Morgen mit den Gedichten zu erzählen, von dem Tag, als meine Familie ohne mich zum Strand ging, von der Schiffstour in Tarifa, dem letzten Tag im Garten, von Julia, meinen Ängsten.

Aber ich tat es nicht. Was sagte das über meine Gefühle für Olly?

Es war noch nicht Zeit zum Mittagessen – schon gar nicht nach spanischer Zeitrechnung –, aber Olly wollte unbedingt das Quittenmus mit Manchego probieren.

»In Spanien isst keiner vor zwei zu Mittag«, sagte ich. »Manchmal eher gegen vier.«

»Köstlich mit dem Käse«, sagte Olly mit vollem Mund. »Mal sehen, ob es zu Chorizo passt.«

»Es ist noch nicht mal zwölf«, sagte ich.

»Gibt es Vorschriften über das Essen am Strand?«, fragte Olly und verfiel in einen kleinen Lachanfall, als hätte er einen guten Witz gemacht.

Ich war nicht sicher, ob er das Quittenmus wirklich so lecker fand oder einfach nur was sagen wollte.

Olly schlug vor, dass wir uns auszogen.

Es war ein Versuch, mit dem Reiz des Neuen das schale Gefühl zu vertreiben. Ich glaube, so funktioniert auch der Kapitalismus, und ausgefallener Sex.

Ich fragte mich, was Julia wohl sagen würde. Sie und Diego hätten sich wahrscheinlich nicht nackt an den Strand gelegt. Ich wollte es auch nicht unbedingt, aber es war zu spät. Ich hatte den Bikini schon ausgezogen.

Olly schien es höchst amüsant zu finden. Mir gefiel das nicht, dieser Zwang, ständig über alles lachen zu müssen. Was mich am Anfang so zu ihm hingezogen hatte, stieß mich nun immer weiter von ihm weg. Ich biss jedes Mal die Zähne zusammen. Musste er wirklich so laut lachen? Und so englisch? Hier am Strand?

So witzig ist Nacktsein nun auch wieder nicht.

Olly wollte Fotos machen, um den Moment festzuhalten.

Ich protestierte nicht.

Das erschien mir einfacher.

Auf den Fotos sehe ich klapperdürr aus mit meinen kleinen, hohen Brüsten. Meine Haut ist haselnussbraun und die Brustwarzen tiefdunkel von der Sonne. Meine langen Haare sind oben mit einem Batikstirnband zusammengebunden. Olly, groß und am ganzen Körper blond behaart, mit seiner leicht rosa Nase, hält sich fürs Foto seine Hawaii-Shorts vor den Schritt. Und guckt dabei, als ob das rasend komisch wäre.

Auf den Fotos sehe ich traurig aus.

Es ist schrecklich, traurig zu sein an einem Tag, an dem man so richtig glücklich sein wollte. Kennen Sie das?

»Komm her, Libellchen«, sagte Olly, und wir wälzten uns im Sand, küssten uns und kletterten aufeinander. Aber die ganze Zeit, während wir uns wälzten, horchte ich in mich hinein, um herauszufinden, ob ich mich wälzen wollte. Ich konnte den Kopf nicht ausschalten wie sonst.

Die Stimme kommentierte weiter, und hinterher fühlte ich mich leer.

Wie die Muscheln und die Schnecken am Strand.

Aus dem Haus mancher Meeresschnecken kann man regelrechte Schneckentrompeten machen, hab ich gelesen, allerdings haben die meisten nur einen Ton.

Olly schenkte mir eine Kette mit einer silbernen Meeresschnecke dran. Er legte sie mir um den Hals und sagte, dass er mich liebte.

Dann sah er mir direkt in die Augen und wartete darauf, dass ich es erwiderte.

Ich sagte: »Ich wollte *Molluske* mal in einem Gedicht benutzen, aber mir ist kein einziges Wort eingefallen, das sich darauf reimt. Und da dachte ich: Was, wenn sich niemand auf mich reimt?«

Zu Weihnachten wollten Olly Macintoshs Eltern nach Australien, und zwar mit der ganzen Familie inklusive fester Freundinnen und Freunde. Sie hatten nämlich auf der Weltkarte, die in ihrer schicken Gästetoilette hing, in ganz Ozeanien noch keine Stecknadel.

Auch ich wollte nach Australien, denn was ich nicht wollte, war Weihnachten in Hedley Green.

Meine Mutter war am Boden zerstört.

Julia schenkte mir ein antikes silbernes Schreibset mit Federkiel, einer kleinen Ablage für die Feder und einem Tintenfass und sagte: »Das soll heißen, dass du eine berühmte Schriftstellerin wirst.«

Ich schämte mich für die Primark-Jeans, die ich ihr geschenkt hatte.

Mein Vater fuhr mich zum Flughafen, war noch einsilbiger als sonst.

»Ich wünsch dir wunderschöne Weihnachten!«, sagte ich und gab ihm einen Kuss auf die kühle, schwitzige Wange.

Er antwortete nicht. Ich zog mit meinem Koffer ab. Dann kam er mir hinterhergelaufen und sagte: »Sieh bloß zu, dass du deine Mutter an Weihnachten anrufst!«

»Ist dir aufgefallen, dass Qantas ohne U geschrieben wird?«, fragte ich Ollys Mutter, die einen Jeansrock und bequeme Schuhe trug.

»So was fällt nur dir auf«, sagte sie.

»Mag deine Mutter mich?«, fragte ich Olly im Flugzeug.

»Sie mag jeden«, sagte Olly. Was die falsche Antwort war.

In Sydney angekommen, verkehrt herum und desorientiert, saß ich auf den Stufen zum Opernhaus und starrte ungläubig auf seine geschwungenen weißen Segel, als könnte all das, oder ich, unmöglich echt sein.

Aus irgendeinem Grund musste ich an das gerahmte Bild von Prinzessin Diana vor dem Taj Mahal denken, das mal auf unserem Blumenbeet stand.

Ich spielte an meiner Muschelkette.

Olly alberte herum und tat, als wollte er seinen älteren Bruder ins Wasser schubsen. Sein älterer Bruder hieß Quentin.

Qentin, dachte ich.

Im ersten Hotel gab es Kängurus auf dem Rasen.

»Weißt du noch, an dem Abend, als wir uns kennengelernt haben?«, fragte Olly und stürzte ein Glas Weißwein herunter, um sich direkt ein neues einzuschenken. »Damals hat keiner in der Runde Känga oder Klein-Ruh gesagt, oder?«

Er nahm meine Hand und drückte sie.

»Känga hat auch nichts Besonderes an sich«, sagte ich. »Außer Ruh natürlich!«

Wir beide stießen ein kleines, verlegenes Lachen aus.

»Willst du mal Mutter werden, Libelle?«, fragte Olly.

»Wär ich ein Känguru, würde ich es mir überlegen«, sagte ich. »Ich mag die Vorstellung, mir das Baby in die Tasche zu stecken.«

Händchen haltend schauten wir den Kängurus zu. Aber je länger wir so dasaßen, desto mehr fühlte seine Hand sich an wie die an dem abgetrennten Puppenarm in meiner Nachttischschublade in Hedley Green.

In zwei Winnebago-Wohnmobilen kurvten wir durch die Lande und machten immer wieder an Stränden halt. Und wenn eins der Geschwister in der Sonne einschlief, kritzelten die anderen ihm mit schwarzem Stift etwas aufs Gesicht, machten ein Foto davon und lachten sich einen Ast.

Ich merkte, dass Olly mich dabei beobachtete, wie ich ihn und sie alle zusammen beobachtete. Ich glaube, er ahnte es. Wir ahnten es beide. Wir kniffen die Augen zusammen, wollten es noch nicht sehen.

Weihnachten feierten wir am Strand, mit rot-weißen Weihnachtsmützen auf dem Kopf. Später rief ich meine Mutter an. Sie kamen gerade aus der Kirche.

»Diego hat uns einen Laptop geschenkt«, sagte meine Mutter. »Mal sehen, ob wir damit klarkommen. Hast du schon Kängurumütter mit Jungen gesehen?«

»Erst einmal«, sagte ich. »Sie ist weggehüpft.«

»Ich will dich nicht aufhalten«, sagte meine Mutter.

Den Neujahrstag 2012 verbrachten Olly und ich auf See. Wir saßen in einem komischen grünen Netz, das am Bug einer Jacht festgemacht war, und überall um uns herum sprangen Delfine aus dem Wasser, wie damals in Tarifa, so nah, dass wir sie fast berühren konnten. Dann ging es zurück nach Port Stephens.

Ich sagte: »So haben wir uns auch mal zusammen gefühlt.«

Olly Macintosh sagte: »Ach, Libelle.«

Und ich sagte: »Danke, dass du mich zu einer richtigen Person gemacht hast. Ein Stückchen normaler. Vielleicht brauchen wir einfach eine Pause. Und danach ist es wieder wie früher.«

Wir weinten beide und flogen zusammen weinend einmal um die Erde, bis wir am Flughafen Gatwick landeten, wo mein Vater und meine Mutter und Julia im Parkhaus warteten, beziehungsweise sich versteckten, weil sie sich davor fürchteten, Ollys Upperclass-Familie zu begegnen.

»So, wieder sicher zu Hause«, begrüßte mich meine Mutter und schlang die Arme um die Handtasche, die auf ihrem Schoß lag.

Das Auto fühlte sich proppenvoll an.

»Ich hab mich von Olly getrennt. Auf Probe«, sagte ich.

Mein Vater blickte weiter auf die Straße.

»Julia hat Neuigkeiten«, sagte meine Mutter.

»Nicht jetzt«, sagte Julia und legte verstohlen die rechte Hand über die linke. »Lass uns einfach …«

»Glückwunsch«, sagte ich und umarmte sie so fest, wie es eben geht, wenn man angeschnallt ist. »Ich freu mich so für euch.«

»Lass uns ein andermal drüber reden«, sagte Julia und hielt mit ihrer Diamanthand meine Hand fest.

»Alles in Ordnung«, sagte ich. »Mir geht es gut. Olly und ich machen eine Pause bis Ostern. Es ist einfach ein bisschen die Luft raus.«

Schweigend fuhren wir eine Weile weiter, während der Anschnallgurt mir in den Hals schnitt.

»Wir wollten mit der Verlobungsparty warten, bis du wieder zurück bist«, sagte meine Mutter.

»Danke«, sagte ich.

»Wird Olly kommen?«, fragte mein Vater.

»Nein.«

»Wir wollten in der Garage feiern und alles mit roten Rosen auslegen«, sagte meine Mutter.

Der Diamant an Julias Finger funkelte.

Ich nahm ihre Hand und drückte sie.

Sie war warm und wie immer handcremeweich, denn Julia wollte auf keinen Fall eine Altfrauenhaut bekommen.

»Halt die Hand mal hoch, damit ich ihn mir angucken kann«, forderte ich sie auf.

Das tat sie, und kurz schien ein Schatten über ihr Gesicht zu huschen.

»Du bist total glücklich, oder?«, sagte ich und versuchte, ihr dabei in die Augen zu sehen, doch der Winkel stimmte nicht ganz.

»Natürlich ist sie das«, sagte meine Mutter.

Ich warf Julia einen fragenden Blick zu – aber sie sah nicht hin.

»Wann wollt ihr heiraten?«, fragte ich.

»Wir dachten an nächstes Jahr im Juni«, sagte Julia. »Und vorher werde ich auch noch nicht richtig mit ihm zusammenziehen.«

»Anderthalb Jahre hab ich dich also noch«, sagte ich. Mir wurde plötzlich übel, was ich auf den Jetlag schob.

»Kannst du solange zu Hause wohnen, Gusta? Bitte?«, fragte Julia. »Dann haben wir noch was voneinander.«

Während der letzten Monate an der Uni hatte ich immer mal wieder Kurzgeschichten bei Wettbewerben eingesandt und nie einen Preis bekommen. Jetzt war es an der Zeit, all meine Notizen hervorzukramen und den großen Burundi-Roman in Angriff zu nehmen.

Mir war bewusst, dass ich eigentlich einen Job finden und Geld verdienen sollte. Aber mir fiel einfach nichts ein, was ich machen wollte. Außer Schreiben.

Eine Schriftstellerin hatte ich noch nie getroffen.

Ich wusste nicht, wie man es anpacken musste, wenn man eine werden wollte – so richtig als Beruf.

»Wie kommst du mit dem Buch voran?«, fragte meine Mutter manchmal, doch wenn ich versuchte zu antworten, neigte sie dazu, das Thema zu wechseln.

»Sie weiß nicht, was sie sonst fragen soll«, war Julias Erklärung.

»Die Geschichte spielt in Burundi«, sagte ich.

»Von Burundi hast du ja immer geredet«, sagte meine Mutter, »schon als kleines Mädchen. Wo liegt das noch mal?«

»In Afrika, zwischen Tansania, Ruanda und der Demokratischen Republik Kongo. Es passieren schreckliche Dinge dort. Schon seit vielen Jahren.«

»Komisch, dass es nie in den Nachrichten kommt«, sagte mein Vater. Er hielt es für eine Übertreibung, das sah ich ihm an.

»Weil es niemanden kümmert«, sagte ich, und meine Stimme wurde schärfer, wie so oft, wenn ich mit meinen Eltern redete. Was ich heute manchmal bedaure. Aber weiter gings. »Wir profitieren nicht von Burundi, und nichts, was sie dort tun, stellt irgendeine Bedrohung für uns dar. Es hat absolut keinen Einfluss. Burundi ist nur dann von Bedeutung, wenn man sich für Menschen interessiert, die man nie getroffen hat.«

»Wir haben doch unsere eigenen Probleme«, sagte mein Vater.

»Wir können doch nicht die ganze Last der Welt auf unsere Schultern nehmen«, sagte meine Mutter mit einem Seufzer. »Du bist eine solche Träumerin.«

»Und überhaupt ist es Zeit, dass du dir eine Arbeit suchst«, sagte mein Vater. »Vom Rumtippen auf der Tastatur kannst du ja schlecht leben.«

»Was hast du bloß mit all den Notizen vor?«, fragte meine Mutter.

Ich antwortete nicht.

»Vielleicht kann dir Julia was in der Kita vermitteln. Da sprechen viele Eltern andere Sprachen. Oder du probierst es im Reisebüro.«

Danach ging ich zum Schreiben in die Bücherei. Das antike Schreibset stellte ich mir als Glücksbringer auf den Tisch.

Auf meinem Laptop versuchte ich, unter den Tausenden von Geschichten, die ich gesammelt hatte, die eine zu finden. Dann fand ich sie. Eine Journalistin war mit ihrem Diktiergerät losgezogen, um einen jungen Mann zu interviewen, der in der Nähe der Hauptstadt Bujumbura eine Rosenfarm gegründet hatte. Doch bei ihrer Ankunft stellte sie fest, dass er nicht sprechen wollte. Er schrieb auf ein Stück Pappe: »Meine Rosen sollen für mich sprechen.«

»Haben Sie je gesprochen?«, fragte die Journalistin.

»Ich habe damit aufgehört, als mein Zwillingsbruder starb«, schrieb er – und sie hatte ein Foto von dem Stück Pappe gemacht.

»Und haben Sie seitdem je wieder gesprochen?«

»Ja, aber dann habe ich wieder aufgehört«, schrieb er.

»Und warum?«

»Es gab eine Wahl, und der einzige Kandidat war Nkurunziza.«

Meine Finger schwebten über der Tastatur, ich wollte gerade das erste Wort schreiben, als ein Schmetterling durchs Fenster geflogen kam.

Psyche ist das altgriechische Wort für Seele und für Schmetterling. Der Schmetterling flatterte über den Federkiel und landete oben auf meinem Laptop. Seine Flügel zitterten.

Ich betrachtete ihn. Ich hätte gern gewusst, ob er sich an das Leben als Raupe erinnerte. An das Sterben in der Puppe. Und die Rückkehr ins Leben.

Meine Finger tippten das erste Wort.

Da

Ich lehnte mich zurück.

waren

Was war da?

Da waren Schmetterlinge.
In einem gigantischen roten Schwarm flogen sie über den Tanganjikasee.
Dreihunderttausend Schmetterlinge, die Seelen der Toten.

Ich stand auf.

Ich versuchte, mir dreihunderttausend tote Körper vorzustellen.

Aber ich konnte es nicht.

Ich fragte mich, wie viele wohl auf den Boden der Bücherei passen würden und wie es wäre, sie alle hier zu meinen Füßen zu sehen. Ich sah zu Boden. Dann wieder auf. Mein Blick fiel auf einen Aushang: In der Bücherei wurde eine Aushilfe gesucht – Erfahrung nicht erforderlich.

Ich sprach Jean an, die schon Jahre dort arbeitete – die, die sich immer die Haare ausrupfte –, und sie gab mir den Job. Auf der Stelle.

Olly schrieb mir Briefe auf schwerem beigem Papier, auf dem oben in Gold die Adresse seines Hofs eingeprägt war, und listete Fakten über Libellen auf, die er im Internet gefunden hatte:

Die Libelle symbolisiert Transformation.

Kann sehr plötzlich die Richtung wechseln.

Kann über Ozeane fliegen.

Ich dachte nicht viel an Olly.

Ich dachte daran, wie gern ich selbst über Ozeane fliegen würde.

Vor Ostern kauften Julia und ich im Internet zwei Lenkdrachen, einen Delfin für Diego und für Olly einen Oktopus, wegen meiner Schwäche für Alliterationen.

Am Ostermontag, dem Tag, an dem die Beziehungspause offiziell vorbei war, ließen wir vier oben auf dem Old John Brown's unsere

Drachen steigen. Sie krachten am Himmel gegeneinander, verhedderten sich, sausten zischend zu Boden und bedeckten uns unter sich wie Zelte.

Für Olly und mich war es der *Tag der Entscheidung*.

Aber trotz Ostern und allgemeiner Auferstehungsstimmung wusste ich, dass ich mich längst entschieden hatte. Und ich war mir sicher, dass es ihm genauso ging.

Unsere Beziehung war tot, und niemand würde den Stein von ihrem Grab wegrollen.

Ich hatte kein Interesse an seiner Farm in Cirencester, und er hatte kein Interesse an meiner Farm in Bujumbura, wo Rosen wuchsen.

Ich hatte ihm nie »Der Händler und sein Pferdewagen« vorgelesen.

Ich hätte es nicht gekonnt.

Das sagte schon alles.

Das war also der letzte Tag, den Olly und ich je miteinander verbringen würden, nach all den glücklichen Stunden, als wir geglaubt hatten, wir wären verliebt, oder wir wirklich verliebt waren – falls es da einen Unterschied gibt. Diese Endlichkeit verlieh dem ganzen Tag eine ungewohnte Klarheit. Unsere Worte klangen lauter, und sie hallten länger nach. Der Wind blies uns kraftvoller ins Gesicht. Auf unserem Weg den Berg hinauf registrierte ich jedes Blatt an jedem Gänseblümchen, die gelbe, flauschige Mitte, das Knallgrün des Grases, das Knallblau des Himmels.

Am Hang standen Narzissen, doch ihre gelben Trompetentrichter waren schon fast vertrocknet, und sie hatten nichts Neues oder Außergewöhnliches mehr zu vermelden.

Die beiden Jungs plauderten fröhlich und ungezwungen miteinander, vielleicht, weil sie jetzt wussten, dass sie nicht ein Leben lang dazu verpflichtet sein würden.

Meine Libelle krachte zu Boden und landete auf dem Rücken.

Ollys Oktopus mit seinen vielen Beinen krachte rittlings darauf.

Wir starrten auf die Unfallstelle.

»Wie früher!«, sagte Olly.

Ich lachte zwar, aber es klang angespannt, ein bisschen so, als würden wir uns selbst beim Sex zusehen.

Wo ich ihn jetzt so angezogen vor mir sah, kam es mir seltsam vor, dass wir je Sex gehabt hatten.

Olly und ich liefen zusammen den Berg hinunter und kletterten unten über den Zauntritt, wo der Schlamm tief und zäh war. Wir stiefelten an dem kleinen Flusslauf entlang, auf dem Entenpärchen schwammen, und zum letzten Mal als Paar näherten wir uns dem Bahnübergang.

»Der Roman nimmt Gestalt an«, sagte ich.

Olly sagte zu mir: »Zeit zu fliegen, kleine Libelle.«

Das waren die großmütigsten Worte, die ich je gehört hatte. Nur, dass er schon drei Wochen später mit Cressida aus Cirencester zusammenkam, die er aus dem Poloclub kannte. Kaum ein Jahr später waren sie verlobt. In den Flitterwochen trug sie eine Jagdjacke aus grünem Tweed.

Nachdem Julia ihre Verlobung bekannt gegeben hatte, riss mein Vater die Hälfte seiner Sträucher und Blumen aus der Erde und begann, rundherum im Garten weiße Rosenbüsche zu ziehen – die Sorte, die er schon für Prinzessin Diana angepflanzt hatte. Er umsorgte sie mit einer Hingabe, die ans Neurotische grenzte, überschüttete sie mit Dünger und sah den Knospen beim Aufgehen zu. So bereitete er sich auf seinen nächsten Verlust vor.

Er ging mit Bedacht durch die Welt dieser Tage, als ahnte er, dass der Krater, der aufgebrochen war, an dem Tag, als die Klingel in seinem Laden zum letzten Mal ertönte, fortan nur noch größer werden würde.

»Der Titel steht fest«, sagte ich zu Julia. »Mein Roman wird heißen: *Der Rosenfarmer von Bujumbura.*«

Die Abende verbrachte mein Vater im Arbeitszimmer, wo er mit stumpfem Bleistift auf kariertem Papier die Kosten für die Hochzeitsfeier ausrechnete.

»Es können doch alle was zu essen mitbringen«, sagte meine Mutter, die auf der Schwelle zum Arbeitszimmer stand.

Mein Vater schrieb und radierte, schrieb und radierte, zerriss das Papier.

»Für was hältst du mich?«, fragte er.

»Oder ein Stehbuffet?«, schlug meine Mutter vor.

»Wir werden alle am Tisch sitzen.«

Mein Vater nahm ein Lineal und zeichnete eine Tabelle.

»Drück nicht so fest auf«, sagte meine Mutter.

»Ich drücke so fest auf, wie ich will.«

»Wir können auch Salate reichen.«

»Zur Hochzeit meiner Tochter! So weit kommts noch!«

Irgendwann stand fest: Zum Hochzeitsessen im Gemeindesaal im Higgots Close würde es pochierten Lachs mit Zitronenmayonnaise geben, zum Nachtisch Baisertörtchen mit Sommerbeeren.

Beim Brautstrauß entschied sich Julia für ein kugelrundes, kompaktes Rosengebinde, Knospen und offene Blüten gemischt, weiß auf weiß mit sepiafarbenen Rändern, und das Ganze in Schleierkraut gebettet, wie in ein Nest aus Spitze.

Als Julia sich am Morgen der Hochzeit ankleidete, sah ich ihr gebannt zu und trauerte ihr nach, wie es wohl nur ein Zwilling nachvollziehen kann. Sie war strahlend schön in elfenbeinfarbener Seide. Ich trug ein Brautjungfernkleid in derselben Farbe wie meine Arme.

Julia sah nur ein einziges Mal in den Spiegel, nachdem ich alle fünfundvierzig winzigen Seidenknöpfchen an ihrem schön geschwungenen Rücken zugeknöpft hatte.

»In Ordnung«, sagte sie.

Sie blickte Diego in die Augen, und sie sah ihre Kinder darin, die den Old John Brown's hochrannten, um Drachen steigen zu lassen.

Wir bewarfen die beiden mit Blumenkonfetti. Das Foto davon habe ich nach La Higuera mitgenommen: Ihr Blick ist nach oben gerichtet, Rosenblätter rieseln ihr ins Gesicht.

Es war Juni, und die Sonne schien.

Aus dem hallenden Gemeindesaal spazierten sie hinterher zu ihrer Maisonettewohnung im Higgots Close. Diego hatte am Tag zuvor heimlich einen Taubenschlag in den Korallenrindenahorn gebaut, und so wurden sie gleich bei ihrer Ankunft von wildem Taubengeflatter begrüßt.

Ich kehrte in den Willow Crescent Nummer 1 zurück, in das Zimmer, das ich mein ganzes Leben lang mit Julia geteilt hatte. Ihr Bett war gemacht. Am Fußende lagen ihre Stofftiere: die weiße Taube, das weiße Kaninchen und der abgewetzte Eisbär. Ich machte den Kleiderschrank auf und betrachtete mich im Spiegel der Tür. Mein Kleid hatte Matschspritzer am Saum und ich noch Rosenkonfetti in den Haaren. Es war sehr still.

Ich setzte mich auf mein Bett.

Dann nahm ich meinen Laptop, machte den *Rosenfarmer von Bujumbura* auf und begann zu schreiben. Ich schrieb fast die ganze Nacht und den ganzen folgenden Tag.

»Es würde dir guttun, mal rauszukommen«, sagte meine Mutter.

Dabei war ich ja draußen, lief neben Frauen her, die riesige Körbe und Wasserkanister und Bündel Feuerholz auf dem Kopf balancierten.

»Die Hochzeitsfotos sind fertig!«, rief meine Mutter.

»Ich bin gleich unten!«

Ich war draußen bei den Polizisten, die Kaugummi kauend, träge von Hitze und Macht, mit lässig von der Schulter baumelnden Kalaschnikows durch die Gegend schlenderten.

»Mittagessen!«, rief meine Mutter.

Ich war draußen in den Gärten der *Expats*, wo die Wedel der Ravenala-Palmen wie riesige Fächer den Geruch der täglich hundert neuen Leichen vertrieben. Ich war draußen in den reetgedeckten Dörfern, wo die Gräber voller waren als die Häuser. Wo keine ausländischen Journalisten hinkamen. Weil die Leute im Westen in ihren Wohnzimmern sich schon an Ruanda sattgesehen hatten. Und mehr einfach nicht verdauen konnten.

»Oma ist hier!«, rief meine Mutter, und natürlich war sie das, denn ihre Hochzeitskritik stand noch aus – und kein Gast konnte sich vor ihrem gnadenlosen Urteil in Sicherheit wiegen.

Aber ich ging nicht runter, denn ich war weit weg, bei einem jungen Mann, der unermüdlich Rosen pflanzte, Reihe um Reihe, für die Liebe, er hörte einfach nicht mehr auf. Wenn es sein musste, würde er das ganze Land mit Rosen bepflanzen. Am Seeufer planschten die Brillentauben mit ihren rot verweinten Augen.

Ich blickte auf das leere Bett. Da war die Stofftaube, die ich Julia zum zehnten Geburtstag geschenkt hatte, das weiße Fell längst abgeliebt. Sie hatte sie nicht mitgenommen.

Verständlicherweise.

Unser gemeinsames Leben war vorbei und würde nie zurückkommen, so weh es auch tat.

Es war so still.

Jeden Morgen ging Julia in aller Frühe zur Arbeit in der Regenbogen-Kita, in ihrem Regenbogenkittel, der mit kleinen Töpfen voller Gold bestickt war.

Als die Kinder sie fragten, ob am Ende des Regenbogens wirklich ein Goldschatz warte, sagte Julia, ja, natürlich. Aber dann kam die Kita-Leiterin, eine dünne Frau namens Eileen, deren krebskranker Mann im Sterben lag, und sagte, niemand würde je das Ende des Regenbogens erreichen.

Julia wollte, dass die Kinder an den Goldtopf und an die Zahnfee, an den Osterhasen und das Christkind glaubten, aber laut Eileen war die Regenbogen-Kita nicht dazu da, den Kindern Flausen in den Kopf zu setzen.

»Das Leben ist schließlich kein Picknick«, sagte sie.

PARFAIT

Als ich mit neuen Bildern für die Galerie zurück nach Tarifa kam, begrüßte mich der Besitzer wie einen alten Freund. All meine Bilder seien verkauft worden, sagte er, die Leute waren begeistert.

»Ich freue mich so für dich«, sagte Antonio, als wir hinterher bei Kaffee und Gebäck auf dem Paseo de la Alameda zusammensaßen, genau da, wo wir uns zum ersten Mal getroffen hatten.

»Du hast mich gerettet«, sagte ich. Die Sonne kitzelte auf meiner Haut, und ich fühlte mich so gut, wie ich es gar nicht mehr für möglich gehalten hätte. »Ich werde dir ewig dankbar sein. Ohne dich wäre all das nie passiert.«

»Und«, sagte Antonio, »hast du Schmetterlinge im Bauch?«

Er zwinkerte mich an.

»Was meinst du?«, fragte ich.

»Liebe? Hast du dich verliebt? Du warst eine ganze Weile weg. Wir haben gedacht, da steckt eine Frau dahinter.«

Ich schüttelte den Kopf.

»Ich habe gemalt.«

»Ach, komm«, sagte Antonio. »Das Leben ist zum Leben da.«

Ich dachte an meine Schwestern, doch der Gedanke tat zu weh. Dann dachte ich an Pierre und Wilfred und Víctor. Wenn das Leben zum Leben da war, dann doch auch für sie.

Ich schämte mich für mein leichtes Leben.

Ich ging zum Bus zurück und rief Pierre an, der jetzt ein Telefon hatte.

»Die Reise nach Spanien zahl ich dir«, sagte ich. »Das Leben ist so viel leichter hier.«

»Ich bin nicht auf ein leichtes Leben aus«, sagte er.
»Worauf dann?«
»Gerechtigkeit.«
»Aber nicht Rache, hoffe ich.«
»Wortklauberei«, sagte Pierre. »Nenn es, wie du willst.«
»Kann ich dich irgendwie überzeugen?«
»Ich werde nie aus Burundi weggehen.«
»Ich möchte dir ein bisschen Geld schicken«, sagte ich. »Bitte nimm es an. Gib es für etwas aus, was dich glücklich macht.«
Doch wer wusste, was Pierre in diesen Tagen glücklich machte?
Ich rief Víctor an.
»Willst du mit Wilfred herkommen? Ich zahl für euch beide.«
»Ich hab doch meine Schule, und Wilfred hat seine Farm, Parfait«, sagte Víctor. »Aber danke, ich werde es ihm erzählen.«
»Ich schicke euch beiden Geld«, sagte ich. »Ich will euch eine Freude machen.«
Aber es ging mir nicht besser.
Ich war aufgewühlt. Mir kam es vor, als hätte ich zu erkaufen versucht, was nicht käuflich war: inneren Frieden, Tugend, etwas in der Art.
Ich ging runter Richtung Hafen, um zu tanzen.
»Bist du der Maler?«, fragte ein junges Mädchen mit langem, dunklem Zopf, das dicht neben mir auf dem Sofa saß und mich lockte, mich betörte mit dem Duft ihres Parfüms und ihren glänzenden roten Lippen. Sie sahen so weich aus.
»Du bist der mit dem ertrunkenen Bruder, oder?«, fragte sie.
Ich schreckte zusammen.
Dann strich sie mir über die Wange und lehnte sich an mich.
Der mit dem ertrunkenen Bruder?
Ich stand auf und ging weg.
Aber ich war rastlos.
Ich konnte kaum schlafen.
Früh am Morgen machte ich das Radio an und hörte in den Nachrichten, dass vor Lampedusa in Italien ein Flüchtlingsboot mit

515 Menschen an Bord gesunken war. Die italienische Küstenwache hatte 155 von ihnen gerettet.

515 minus 155 macht 360. Fast die Anzahl der Tage im Jahr. Ein Toter für jeden Tag des Jahres.

Ich nahm meine Staffelei.

Ich stellte sie vor dem Bus auf.

Dann hielt ich inne.

Der mit dem ertrunkenen Bruder?

Es gab viele ertrunkene Brüder.

Ich wusste, dass Malen nicht genug war.

Ich musste etwas tun.

Nur Taten zählen, hatte mein Vater immer gesagt.

Narzissen-Wilfred und Víctor – deren Taten zählten.

Ich sollte nach Lampedusa fahren und irgendwie helfen, dachte ich, aber auch wenn ich mich schäme, es zuzugeben: Ich brachte es nicht fertig, nicht allein.

Also schickte ich Geld.

AUGUSTA

Wenn Julia abends nach Hause kam, spürte sie, dass Eileen in der Kita sie traurig machte. Aber sie wollte nicht traurig sein.

»Wärst du nicht traurig, wenn dein krebskranker Mann im Sterben liegt?«, fragte ich Julia.

»Irgendwo wird immer jemand im Sterben liegen«, sagte Julia. »Ich will mich trotzdem dafür entscheiden, glücklich zu sein.«

Ich grüble immer noch darüber nach, ob das so in Ordnung ist.

Julia und Diego wollten, dass ich aufhörte, ihnen von Burundi zu erzählen, und von den anderen schlimmen Dingen, die auf der Welt so passierten. Sie hatten sich einen kleinen Wintergarten an die Maisonettewohnung gebaut, und jeden Abend beim Essen sahen sie den Tauben im Garten zu, während sich die Blätter des Ahorns langsam von leuchtend grün zu buttergelb verfärbten.

»Wir schauen keine Nachrichten mehr«, sagte Diego. »Es ist einfach zu deprimierend. Wir haben unser eigenes Leben zu leben, unsere eigenen Sorgen.«

»Es gibt kein Flitterwochenbaby«, sagte Julia. »Hoffentlich ist alles in Ordnung.«

Sie hatte die Kinder aus der Kita wirklich lieb, aber sie hatte gemerkt, dass sie ihre Augen nicht so zum Leuchten bringen konnte, wie ihre Mütter es konnten. Sogar die, die überhaupt nicht nett wirkten.

Aber als sie dann kurze Zeit später schwanger wurde, leuchteten ihre Augen nicht.

»Jeder ist das Baby von irgendjemandem«, sagte sie. »Darüber hatte ich noch nie nachgedacht.«

Ich lachte.

»Das ist nicht lustig«, sagte sie.

»Alles in Ordnung?«, fragte ich.

»Nur die Schwangerschaft«, sagte sie. »Ich hoffe, dass alles gut geht.«

Ich schob das Wägelchen durch die Bücherei, stellte Bücher zurück in Regale und kam mir vor wie eine Tea-Lady. Du hast einen Einser-Abschluss von der Uni Durham und arbeitest als Büchereiaushilfe in Hedley Green, sagte ich mir, du musst mit deinem Leben endlich was anstellen.

Mit meinem Roman kam ich nicht voran.

»Glaubst du, man kann über ein Land schreiben, das man nie besucht hat?«, fragte ich Julia.

»Du weißt vielleicht mehr darüber als Menschen, die da wohnen«, sagte sie. »Aber manches kann man sich wohl nur schwer vorstellen, wenn man es nicht durchgemacht hat.«

»Den Mann mit der Rosenfarm bei Bujumbura gibt es wirklich. Ich hab im Internet einen Artikel über ihn gelesen – er hat fast seine ganze Familie verloren. Ihm bleiben nur die Rosen, und so viel kann man über Rosen nun auch nicht schreiben.«

»Und wenn du seine Familie einfach entmordest?«, schlug Julia vor. »Sie wieder lebendig schreibst? Das wäre so toll, wenn das ginge, oder? So in echt?«

»Was, die Zeit umkehren?«, fragte ich. »Wen würdest du als Erstes lebendig machen?«

Sie schloss halb die Augen und schüttelte den Kopf.

»Julia, was *ist* denn?«

»Wenn ich auf einen Baum klettere und du guckst zu, und ich falle runter und bin tot, wer ist dann schuld?«

»Du, weil du auf den Baum geklettert bist«, sagte ich. »Besonders, wenn es ein schlechter Baum zum Klettern war.«

»Oh, gut«, sagte sie. »Gut, gut – bist du sicher?«

»Ja, solange ich wenigstens *versucht* habe, dir zu helfen.«

»Sag das nicht«, sagte sie.

Und dann, nach einer kurzen Pause: »Wenn man nicht versucht hat zu helfen, kommt man dann in die Hölle?«

»Was?«

»Oma redet dauernd von der Hölle«, sagte Julia. »Für sie ist die Hölle der Sinn der ganzen Sache.«

»Welcher Sache?«, fragte ich.

»Kommt man fürs Nicht-Helfen in die Hölle?«, fragte Julia.

»Ich weiß nichts über die Hölle.«

»Vielleicht ist die Hölle das: nicht weglaufen zu können vor dem, was wir falsch gemacht haben.«

»Julia, du hast doch noch nie irgendwas falsch gemacht«, sagte ich.

»Du verlässt mich nicht, oder?«, sagte Julia.

»Irgendwann muss ich wohl«, sagte ich. »Ich muss irgendwann mal einen richtigen Job finden. Und der wird realistisch gesehen nicht in Hedley Green sein.«

»Bitte bleib, bis das Baby da ist«, sagte Julia.

»Ich nenne sie Rose Augusta«, sagte Julia.

Ich legte den Arm um sie.

»Ich fühle mich geehrt«, sagte ich. »Und mit diesem Rosa fürs Kinderzimmer bist du dir ganz sicher?«

Sie nickte und lächelte.

»Es wird also definitiv ein Mädchen, ja?« Widerstrebend zog ich die Malerwalze durch den Eimer mit der Zuckerwattenfarbe.

»Gerade du hättest doch wohl kein Problem mit Rosa für Jungs, oder?« Sie guckte ein bisschen entrüstet, ihr Gesicht auf einmal so strahlend, glücklich beinah, fand ich. Ja, glücklich.

Sie machte sich daran, ihre alten Kinderkleider zu zerschneiden, um eine Patchworkdecke für die Wiege daraus zu nähen. Während sie das tat, zeigte ich auf die einzelnen Stoffsechsecke und kommentierte: »Unser fünfter Geburtstag. Das Weihnachten mit den Dreirädern. Der Ausflug nach Cornwall, als es so superwarm war. Omas Geburtstag im Hotel.«

Insgeheim wünschte ich, sie würde unsere Dublettenkleidchen

ganz lassen. Aber ich wusste selbst nicht, warum, und es war albern, also sagte ich nichts.

Julia kaufte ein Kinderbettchen, ein Klappbett (für unruhige Nächte) und einen Babykorb mit Spitzenbesatz, auf einem Ständer. Als Deckenlampe wählte sie einen Heißluftballon mit Körbchen unten dran. Ich besorgte ein rundes Steckdosenlicht, das eine Mondsichel und goldene Sterne an die Zimmerdecke warf.

Auf der Fensterbank platzierte Julia eine kleine schwarze Stoffkatze mit seidenweichem Fell, die zusammengerollt in einem Korb lag. Sie sah nicht nur echt aus, sondern atmete sogar – man konnte sehen, wie sich ihr winziger Brustkorb hob und senkte.

Es war Freitagabend, der Abend, an dem Diego immer ins Fitnessstudio ging und unsere Großmutter zu Besuch kam. Meine Mutter machte »Spaghetti Bolo« – sagt das eigentlich noch wer?

»Wie früher!«, sagte meine Mutter und hielt den Tee durch die Durchreiche, als wir uns zum Fernsehen im Wohnzimmer versammelten.

»Dass Schlangen so schnell sein können!«, bemerkte mein Vater.

»Du guckst ja gar nicht, Augusta«, sagte meine Mutter.

»Ich gucke *und* lese.«

»Was für ein furchtbarer Titel«, sagte meine Mutter. »*Bluthochzeit?* Was ist das für ein Buch?«

»Ich hab euch schon mal davon erzählt – ein spanisches Stück.«

»Worum gehts da?«

»Um alles, irgendwie – und um mehr, je öfter ich es lese. Um das Leben, den Tod …«

»Sie bewegt sich nicht mehr«, sagte Julia. Sie strich sich über den Bauch.

»Mach dir keine Sorgen, Liebes«, sagte meine Mutter. »Sie wird ein bisschen dösen.«

»Sie bewegt sich sonst die ganze Zeit.«

»Spürst du irgendwas?«, fragte mein Vater. »Soll ich dich ins Krankenhaus fahren?«

»Ah, da ist ihr kleiner Fuß«, sagte Julia und führte meine Hand heran.

»Das ist die Ferse, oder?«, sagte ich.

Es war so seltsam, eine lebende Ferse in Julias Körper zu ertasten, die sich durch die Haut drückte wie durch Teig – *vierundzwanzig Amseln klein, im Kuchen mitgebacken*, das war auch aus meinem viktorianischen Kinderbuch, quiekende kleine Amselschnäbel. Ich musste an Julias Küken denken, besonders das letzte, das gegen die Wand des Inkubators gelaufen und gestorben war, kaum dass es die Schale verlassen hatte.

Aus allen Richtungen rasten die Schlangen im Fernsehen jetzt auf das junge Reh zu und würgten es zu Tode wie ein einziger verknoteter, schuppiger Muskelball.

»Da sieht man, warum Satan immer als Schlange dargestellt wird«, sagte meine Großmutter. Das Thema machte sie munter.

»Soll ich umschalten?«, fragte mein Vater.

»Aber ist doch wahr«, sagte meine Großmutter. »Satan hat auch die Geburt schmerzhaft gemacht. Als Strafe für den Apfel.«

»Es war doch bloß ein Apfel!«, rief ich lachend.

»Aber das Wichtigste ist, dass man es ganz schnell wieder vergisst«, sagte meine Mutter mit Nachdruck. »Die Geburt meiner Kinder war der schönste Moment in meinem Leben.«

»Bald sind alle Schmerzen vergessen, so groß ist ihre Freude über das Kind, das sie zur Welt gebracht hat«, sagte meine Großmutter und schob ihre Brille ein Stück runter, damit sie über den Rand blicken konnte.

Meine Mutter nickte dankbar.

»Und in meinem Fall«, sagte meine Mutter, »nicht nur eins, sondern gleich zwei strampelnde kleine Glückspakete. Erst Julia, still und blass, wie eine kleine Porzellanpuppe …«

»Sags nicht«, unterbrach ich sie, »dann ich – rot und wütend mit dickem schwarzem Haar wie ein Straßenköter.«

»Ihr zwei wart das beste Geschenk aller Zeiten«, sagte meine Mutter.

»Wenn ich nicht schlafen kann, rede ich mit Rose«, sagte Julia. »Ich fühl mich, als wär ich dazu geboren, ihre Mutter zu sein.«

Als Diego vom Sport kam, strotzte er vor Selbstbewusstsein in seinem strammen, männlichen Körper, als wäre er kurz davor, aus sich selbst auszubrechen.

»Ich glaube, es ist langsam Zeit fürs Bett«, sagte Julia.

»Ich fahr dich nach Hause, Mutter«, sagte mein Vater zu meiner Großmutter. Seine eigene Mutter, Rose, war gestorben, als er noch klein war. Sein Vater hatte ihm gesagt, sie wäre weggefahren und würde bald wiederkommen, und vielleicht wartete er immer noch. Vielleicht zitterten deshalb seine Finger.

Großmutter Nellie stand auf und griff mit steifen Händen nach ihrer schwarzen Lacktasche.

»Wenn Männer Kinder kriegen müssten«, sagte sie, »wäre die Menschheit längst ausgestorben!«

Meine Mutter lächelte sie an, aber sie lächelte nicht zurück.

Ich glaube, meine Mutter hat sich immer unzulänglich gefühlt, verständlicherweise.

Seltsam, wie wir alles weitergeben, vielleicht gerade das, was wir am wenigsten weitergeben wollen.

Hoffentlich merke ich mir das.

»Hast du schon von diesen TENS-Geräten gehört?«, fragte meine Großmutter Julia. »Soll sehr gut sein. Hat jedenfalls Constance gesagt.«

»Die Hippiefrau hat das auch empfohlen«, sagte Diego.

»Die schwärmt von der natürlichen Geburt«, sagte Julia. »Keine Schmerzmittel, keine PDA. Sie meint, Frauen wären *zum Gebären geschaffen*.«

»Da hat sie die Rechnung ohne Satan gemacht.«

»Sie hat recht«, sagte meine Mutter.

»Frauen können auch andere Dinge«, sagte ich.

»Ich werd bei dir sein!«, sagte Diego. »Ich steh auf der Südtribüne!«

»Südtribüne!«, sagte mein Vater und lachte anerkennend, wie es zweifellos auch die Männer im Umkleideraum getan hatten.

Das TENS-Gerät stellte sich als nutzlos heraus, wie Julia mir erzählte, etwa so, als wollte man mit einem Lappen den Atlantik aufwischen.

Diego wollte mich bei der Geburt nicht dabeihaben.

Meine Mutter wollte er auch nicht.

Es hätte nichts geändert, und ich hatte sowieso nicht zugucken wollen.

Die Wehen kamen immer schneller und heftiger, und sie rasten ins Krankenhaus.

»Schranke auf«, schrieb Diego per SMS.

»Angekommen.«

»Krasse Schmerzen.«

»Kanns nicht mit ansehen.«

»TENS bringt nichts.«

»PDA.«

Später, viel später, anderthalb Jahre danach, als wir in Spanien ankamen, sagte Diego, er hätte der Hippiefrau geglaubt. Er war überzeugt, dass Frauenkörper dafür gemacht waren. Er konnte nicht fassen, dass es so schwer sein musste.

Und dabei ist es so gewöhnlich, geboren zu werden, und so gewöhnlich zu sterben.

360 000 Geburten pro Tag, lese ich.

Und 150 000 Tode.

In etwa.

Auf der ganzen Welt.

Das sind 15 000 Geburten und 6300 Tode pro Stunde.

250 Geburten pro Minute und 105 Tode.

Ich zähle: eins.

Vier Babys sind geboren.

Zwei.

Zwei von uns haben die Welt verlassen.

Genau jetzt.

Mit einem Fingerschnips.

Wenn wir die Welt paarweise verlassen könnten.
Wie Tiere die Arche.
Immer zwei und zwei.
Hand in Hand.
Oder zusammen sterben, wie Rosen am selben Busch.
Es wäre lange nicht so Furcht einflößend.

»Ich hab sie gefragt, ob ich das TENS-Gerät hochdrehen soll«, erzählte mir Diego am Strand nach unserer Ankunft in La Higuera. »Und da hat sie etwas gesagt. Ich habe es niemandem erzählt. Es war so untypisch für sie.«

Ich horchte auf, nervös.

»Sie hat geflucht«, sagte Diego.

»Alle Frauen fluchen bei der Geburt«, sagte ich erleichtert.

»Aber Julia doch nicht«, sagte er.

»Sogar Julia!«

»*Das Scheiß-TENS-Teil!*, hat sie geschrien, und da wusste ich, dass was nicht stimmt.«

»Das kann doch gut sein«, erklärte ich ihm. »Fluchen soll helfen.«

»Aber nicht bei Julia«, sagte er. »Sie würde das nicht sagen. Hast du sie jemals fluchen gehört?«

»Zwei Mal. Einmal beschissen und einmal Scheiße.«

Wir blickten in Richtung Afrika – es war Dämmerung, und dort in der Ferne flimmerten winzige Lichter über dem grauen, glasigen Meer.

Julia wurde gepfählt von ihrem Kind, so hat sie es mir beschrieben. Massiv, hart, unbeweglich fühlte es sich an, wie ein Rugbyball aus Fleisch, der ihre Scheide verstopfte, sie aufbrach.

»Ich wollte sie nicht so leiden sehen«, sagte Diego. »Sie hatte solche Schmerzen, und das Baby kam und kam nicht. Dann lief eine von den Hebammen raus, und ich wusste, etwas stimmt nicht. Plötzlich waren überall Leute, standen im Kreis um sie herum, und mich haben sie zur Seite geschubst. Das war so schlimm. Weggeschubst zu werden.«

Das kleine Mädchen wurde mit der Saugglocke rausgezogen, und ihr winziger linker Arm ragte wohl nach oben.

»Es ist bestimmt ganz erschöpft«, sagte Julia. »Das arme kleine Ding.«

Das dachte sie, als das Baby nicht schrie.

»Oh«, sagte die Hebamme.

Stille.

»Oh.«

»Es ist doch ein Mädchen, oder?«, rief Julia. »Ich hab schon alles bonbonrosa gestrichen!«

Niemand antwortete.

»Rose Augusta«, sagte sie. »So heißt sie.«

Sie lehnte sich auf dem Kissen zurück.

Sie hörte, wie jemand sagte: »Nur ein paar Stiche.«

Überall Leute, die über sie hinwegredeten.

Nicht mit ihr redeten.

Später fragten sie, ob sie ihr Baby halten wollte, ihr totes Baby.

»Mein herzliches Beileid«, sagte die Hebamme. »Es muss sehr schmerzhaft sein.«

»Ich weiß nicht«, sagte sie.

Diego sagte Nein.

Er ging aus dem Zimmer.

Er kam wieder rein.

Julia hielt sie im Arm.

Sie hatte blasses Haar und war in ein weißes, makellos glattes Tuch gewickelt.

»Zwei perfekte kleine Fersen«, sagte Julia später zu mir. »Wie sie immer getreten haben. Du hast sie auch gespürt. Weißt du noch?«

Julia starrte Rose an.

Und Diego starrte Julia an.

Und sie bat um eine Schere.

Und sie schnitt ein feines blondes Haarbüschel vom Kopf ihres Babys.

Und gab es Diego.

Der es in ein Taschentuch wickelte.

Und es später mir gab, weil er es nicht bei sich haben konnte.

»Ist sie in mir ertrunken?«, fragte Julia.

»Wir wissen es nicht genau«, sagte die Hebamme. »Es ist sehr ungewöhnlich.«

»Ungewöhnlich?«, fragte Julia.

Sie blickte runter auf ihr kleines totes Baby.

Sie fing an zu singen.

Sie sang ihr »Funkel, funkel, kleiner Stern …«

Wunderschön und unbekannt
Wie ein strahlend Diamant
Funkel, funkel, kleiner Stern
Ach, wie bist du mir so fern.

Sie wiegte sie in ihren Armen.

Dann hörte sie auf.

Sie sagte: »Es ist absurd.«

Sie sah fremd aus und weit weg, fand Diego.

»Woher bist du gekommen?«, flüsterte sie dem Baby zu.

»Warum hast du mich verlassen?«

Dann sagte sie: »Wo soll ich sie hinlegen?«

»Sollen wir sie wegnehmen?«, fragte die Hebamme.

»Nein, legen Sie sie hier in dieses Plastikding neben mir.«

»Ins Babybett?«

»Ist das ein Babybett?«

»Ich möchte nicht hinsehen«, sagte Diego. »Macht es dir was aus, wenn ich nicht hinsehe?«

»Wie der Ei-Inkubator«, sagte Julia. »Weißt du noch?«

Er nickte.

»Möchten Sie ein Foto machen?«, fragte die Hebamme.

»Ja«, sagte Julia.

»Ich weiß nicht, ob ich das kann«, sagte Diego.

»Du musst«, sagte Julia. »Aus allen Winkeln. Jeden Zentimeter von ihr. Wickel das Tuch auf. Wir dürfen ja nichts übersehen. Damit wir uns an jeden Zipfel von ihr erinnern.«

Ihre winzige Stupsnase, die ist mir sofort aufgefallen.

Und die perfekten kleinen Ohrmuscheln.

Wie Ammoniten.

»Ich will ihr was anziehen«, sagte Julia.

»Oma hat dir ein Strickjäckchen gemacht, Rose«, sagte sie zu dem toten Baby.

Mithilfe der Hebamme zog sie ihr die Jacke über, eine fummelige Angelegenheit, besonders beim linken Arm und den winzigen Fingern.

Die Strickjacke hatte ein Satinbändchen, das Julia zu einer Schleife band.

»Die Schleife ist nichts geworden«, sagte sie hinterher.

»Die Arme sahen aus wie Puppenarme, aber die Haut war ganz schuppig«, sagte sie.

»Und als ich sie dann in Mamas Wolljäckchen gesehen hab, da ist es über mich gekommen.«

Sie stieß einen Schrei aus, der einem das Herz zerriss, so sagte es Diego später.

»Es tut mir so leid«, sagte sie zum Baby. »Es tut mir so leid. So, so, so leid.«

Immer und immer wieder.

»Alles an ihr war so perfekt«, sagte sie zu mir. »Nur, dass sie tot war.«

Ich nahm sie in den Arm.

»Ich konnte meine Tränen schmecken«, sagte sie. »Sie kamen in riesigen Wellen, und ich bin den Salzgeschmack nicht mehr losgeworden – egal, was ich gegessen hab. Ich hab mir mit der Zahnbürste die Zunge geschrubbt, bis es blutete. Aber es schmeckte immer noch nach Salz, nach Salz und Blut.«

Wir waren bereit gewesen.

An der Schwelle.

Zu etwas.

Aber wir bekamen etwas anderes.

Der Babykorb blieb leer, die Decken darin sauber gefaltet.

Am Tag nachdem Rose tot geboren wurde, erlitt mein Vater einen Schlaganfall. Sein Gesicht brach entzwei, brach an der Stelle, wo sich an dem Abend, als Mr Greens Haus einstürzte, der Haarriss gebildet hatte. Mein Vater verlor seine linke Körperseite.

Auch Julia war entzweigebrochen.

Der Riss in ihrer Scheide wurde mit Nadel und Faden genäht.

Doch für den in ihrer Seele gab es weder Nadel noch Faden.

Rose wurde in einem winzigen grünen Sarg beerdigt.

Weil Grün die Farbe des Lebens ist.

Julia pflanzte einen Rosenbusch. Sie wollte, dass aus ihrem toten Baby Rosen wachsen, dass Schmetterlinge darüberfliegen und sich auf die aschrosa Blüten setzen – über den Dornen.

»Sprich mit mir, Julia«, flehte ich. »Bitte sprich mit mir.«

»Worte sind zu nichts gut«, sagte sie.

Mein Roman lag auf Eis.

Weil auch der Rosenfarmer keine Worte fand.

Julia saß da mit ihrer Patchworkdecke in der Hand, befühlte die Oberflächen der verschiedenen Stoffe mit den Fingerspitzen, rieb sich damit über die Wange. Sie schwitzte.

Diego wollte ins Bett gehen.

Ich sagte ihm Gute Nacht.

»Geh nicht«, sagte sie, als ich auch aufstand. »Wir haben doch das Klappbett im Kinderzimmer. Ich hatte es extra da reingestellt, für wenn sie nachts unruhig wird. Um Diego nicht zu stören, wenn er früh rausmuss. Aber eigentlich wollte ich wohl einfach neben ihr schlafen. Um zu gucken, dass alles in Ordnung ist. Um sie immer ansehen zu können – weißt du, was ich meine?«

Ich wusste es nicht.

»Es tut mir leid, Julia«, sagte ich. »Ich weiß nicht, was ich sagen kann, um dir zu helfen.«

»Nichts hilft«, sagte sie. »Ich hatte mein ganzes Leben mit ihr geplant.«

Sie starrte auf den Fernseher.

»Mein ganzes Leben«, sagte sie noch einmal.

Ich bin mir nicht sicher, ob ich damals verstand, wie ein winziges Baby in deinem Körper, das du noch gar nicht kennst, den ganzen Rest deines Lebens vereinnahmen kann.

Wir sahen Nachrichten in Schleife.

»Sollen wir mal ins Bett gehen, Julia?«, fragte ich. »Es ist spät. Und Diego wartet auf dich.«

»Noch nicht«, sagte sie.

Ihre Lippen bebten. Sie zappte durch die Kanäle.

Wieder sahen wir die Topmeldungen des Tages.

Präsident Poroschenko erklärt unilateralen Waffenstillstand in der Ukraine.

Und noch einmal.

Dann erklärte er ihn erneut.

»Ich hab vergessen, was unilateral bedeutet …«, sagte Julia.

»Einseitig, von einer Seite ausgehend«, sagte ich.

»Oh«, sagte sie.

»Na komm, Julia«, sagte ich.

»Noch nicht«, sagte sie. »Bitte. Noch nicht. Dräng mich nicht.«

Wir saßen da und sagten nichts.

»Kannst du den Fernseher ausmachen, Augusta?«, bat sie. »Ich hasse diese Werbung.«

Sie zeigte eine Familie in einer Küche.

Ich schaltete den Fernseher aus.

»Ich ertrag die Stille nicht«, sagte sie.

»Soll ich ihn wieder anmachen?«, fragte ich.

»Nicht die Küche«, sagte sie.

»Sollen wir in den Garten gehen?«, schlug ich vor. »Es ist so heiß.«

Wir setzten uns im Dunkeln auf die neue Verandaschaukel, und wir schaukelten vor und zurück, Seite an Seite, unsere Beine berührten sich.

Haut an Haut, leicht verschwitzt.

»Ich hatte mir vorgestellt, wie ich den ganzen Sommer mit ihr hier draußen sitze und schaukle. Wir wären so glücklich gewesen.«

Ich nickte.

»So glücklich«, sagte sie.

Ich bekam keine Luft.

Ein Auto bog in die Auffahrt nebenan.

»Der kommt aber spät«, sagte ich.

Die Autotür knallte zu.

»Er macht Schichtdienst«, sagte Julia. »Das ist sein normales Leben. Alle leben einfach weiter.«

Wir hörten den Schlüssel im Seiteneingang.

»Deshalb hab ich die Bank gekauft«, sagte Julia. »Weil sie schaukelt. Das Dach sollte ihren Kopf vor der Sonne schützen.«

Wir schaukelten weiter im Dunkeln vor und zurück. Der Nachthimmel war von fahlen Wolken bedeckt, zwischen denen der Mond wie ein dickes Gesicht hervorlugte.

»Man sagt, dass Babys Schaukeln mögen, weil es sie an den Mutterleib erinnert«, sagte Julia.

Ich nickte.

»Sie war so wunderschön«, sagte sie. »Du hättest sie sehen müssen.«

»Ich hätte sie so gern gesehen«, sagte ich.

Und Julia begann wieder zu weinen.

»Ich habe solche Angst davor, ins Bett zu gehen«, sagte sie. »Ich hab Angst, die Augen zuzumachen.«

Diego kam wankend in den Garten.

»Ihr hättet Bescheid sagen können«, sagte er. »Ich hatte keine Ahnung, wo ihr wart.«

»Lass mich allein«, sagte Julia. »Geh zurück ins Bett.«

»Komm mit mir ins Bett«, sagte Diego.

Sie schüttelte den Kopf.

»Sie hat zu viel Angst«, sagte ich.

»Wovor?«, fragte Diego.

»Die Augen zuzumachen«, sagte Julia.

»Ich bin doch bei dir«, sagte Diego.

»Nicht, wenn ich die Augen zumache«, sagte Julia. »Dann sind wir alle allein.«

Weder Diego noch ich sagten etwas.

»Rose ist jetzt ganz allein«, sagte sie. »Ohne mich.«

Diego nahm ihre Hände, zog sie von der Schaukel hoch und versuchte, ihre Hand zu halten, doch sie ließ es nicht zu.

»Ich hab Angst vor meinem Leben, Augusta«, sagte sie. »Wie es jetzt sein wird.«

Sie gingen durch die Hintertür in die Küche.

Ich ging in Roses Zimmer.

Im Gehen streifte etwas meinen Kopf.

Ich schrak zusammen.

Der Korb des Heißluftballons.

Ich machte das Licht an.

Der leere Ballon schwankte vor und zurück in der Brise, die durch den Fensterspalt wehte.

Ich stellte mich ans Fenster.

Die rosengemusterten Vorhänge standen offen, und ich blickte hinaus auf die Straße, wo nur in einem einzigen Haus Licht brannte. Dort, in einem gelb erleuchteten Fenster im Obergeschoss, saß ein Mann vor einem Computer. Ich fragte mich, was er wohl machte.

Die kleine schwarze Katze auf der Fensterbank atmete ein und aus, ein und aus, als wäre sie lebendig.

Julias Brüste schwollen weiter an. Ungewollte Milch sickerte ihr in den BH. Immer öfter hörte sie die alten Platten meines Vaters auf einem Retro-Plattenspieler. Den hatte Diego auf eBay für sie gekauft.

Wenn ich an die Zeit zurückdenke, sehe ich das schwarze Plattencover auf dem Teppichboden vor mir – Art Garfunkels blonden Lockenkopf, Paul Simons Gesicht halb im Licht, halb im Schatten. Mir kam es damals vor, als ob wir tief im Schatten lebten – »im Tal der Todesschatten«, in den Worten meiner Großmutter.

Julia setzte die Nadel auf, es knisterte, und wieder erklang dasselbe Lied, Nummer vier, »Homeward Bound«. Und vielleicht saß sie in Gedanken am Bahnsteig, wenn die Stimme sang: *I'm sitting in the railway station, got a ticket to my destination.*

»Warum spielst du das so oft?«, fragte ich. »Sollen wir mit dem Zug irgendwo hinfahren? Wir könnten in den Norden fahren, bis hinter Durham, und über den Damm nach Holy Island wandern. Oder wir nehmen den Eurostar und fahren zurück nach Quimper – was meinst du? Magst du wegfahren? Ist es das, Julia?«

Die Platte drehte und drehte sich. Immer wieder hob Julia den Tonarm und setzte die kratzige kleine Nadel in die Anfangsrille und »Homeward Bound« begann von Neuem. Nach Hause.

Ich fragte mich, ob zu Hause für sie nicht mehr hier war, nicht mehr ich, niemand von uns.

Meine Mutter sah jeden Tag den Tauben hinterher, die durch unseren Garten flogen.

»Wollen wir Drachen steigen lassen, Julia?«, fragte ich.

»Oder im Tattershall Common picknicken?«

»Uns mit Cider betrinken?«

»Hinterm Schuppen Feuer machen?«

»Augusta«, sagte sie. »Kannst du endlich die Klappe halten, verfluchte Scheiße?«

Ich erzählte niemandem, dass sie das gesagt hatte.

Aber es blieb mir im Ohr. Wie, wenn die Nadel in der Rille festhängt.

Ich konnte nicht schlafen, weil ich es immer hörte.

Ich zitterte, wenn ich daran dachte.

Ich zweifelte daran, dass ich ihr helfen konnte.

Ich zweifelte daran, dass ich sie überhaupt kannte.

Ich fand das Band zwischen uns nicht mehr.

Es hatte sich in Luft aufgelöst.

Alles, was uns blieb, war das stille, getrennte Jetzt.

Tag für Tag schlich ich in die Maisonettewohnung im Higgots Close, schlich durch die stickige Luft im Flur und machte für Julia Käse-Schinken-Pfannkuchen, was einmal das Größte für sie gewesen war. Doch ich wurde das Gefühl nicht los, immer nur das Falsche zu tun.

Auch durch unsere Mutter ging ein Riss.

Wenn sie bei meinem Vater im Krankenhaus war, hatte sie das Gefühl, sie müsste eigentlich Julia beistehen. Und wenn sie dann bei Julia war, rief mein Vater an und redete in seiner neuen lallenden Stimme, sodass sie nicht verstand, was er sagte. Aber eigentlich sagte er immer nur: Wo bist du?

»Es ist ein Tauziehen«, sagte sie.

»Bleib bei ihm, verdammt noch mal«, sagte Julia. »Mir kann eh keiner helfen.«

»Du bist sehr schroff, mein Liebes«, sagte meine Mutter.

»Ist sie bei dir auch so schroff?«, fragte sie mich.

Ich sagte Nein.

Es hätte zu wehgetan, Ja zu sagen.

Mir war klar geworden, dass ich sie nie mehr verlassen würde, nie mehr verlassen konnte.

Aber die Wahrheit ist, ich hielt es bei ihr nicht aus.

Meine Mutter machte eine Ladung Cupcakes nach der anderen. Sie überzog sie mit Pastellglasur und belegte sie mit Zuckerblumen und weißen Häschen, die noch von Ostern übrig waren. Im Laden an der Ecke kaufte sie mehrere Arten von Politur und polierte damit die Möbel und Diegos Schuhe.

»Bitte leg keine Rosen auf die Cupcakes«, sagte Julia.

»Du brauchst meine Schuhe nicht zu putzen, Jilly«, sagte Diego. »Ich geh nirgendwohin.«

Also polierte sie stattdessen die Schuhe meines Vaters und reihte sie ordentlich neben der Hintertür auf. Dabei trug er sowieso nur noch seine braunen Cordpantoffeln, die immer auf der kleinen Fußablage des Rollstuhls standen, mit seinen Füßen drin.

Auf der grauen Station meines Vaters, wo alte Männer weinten und rülpsten und darum bettelten, nach Hause zu dürfen, aßen meine Mutter und ich Kuchen. Anschließend aßen wir in Julias Wintergarten Kuchen, wo die Tauben aufs Dach machten und ihr Guano wie Malerfarbe die schrägen Scheiben runterrann.

Ich arbeitete weiter in der Bücherei.

Ich saß oft in der Ratgeberecke und las Bücher über Totgeburten und über Aphasie nach Schlaganfall.

Ich sehnte mich danach, wegzukommen.

Ich war voll von Schuldgefühlen.

Hätte ich doch nicht pausenlos vom Sterben geredet.

Hätte ich ihr nicht aus der *Bluthochzeit* vorgelesen.

Hätte ich meine Abschlussarbeit nicht über Todessymbolik in der spanischen Literatur des frühen zwanzigsten Jahrhunderts geschrieben.

Hätte ich mir nie Burundi als Lieblingsland ausgesucht.

Hätte ich Olly Macintosh geheiratet und wäre nach Cirencester gezogen.

Weit, weit weg.

Und hätte grüne Tweedjacken getragen und mich um die Pferde gekümmert.

Und selbst ein Baby bekommen.

Und hätte von dort, am Telefon, mit ruhiger, gefasster Stimme gesagt: »Ich kann die Pferde / meinen Mann / den Hof / das Baby nicht allein lassen. Drückt Julia von mir.«

Mein Vater kam in seinem Rollstuhl nach Hause, und ich schob ihn die neue Metallrampe hoch und auf die Veranda.

Meine Mutter bekam Sonderurlaub von der Tierhandlung.

Diego bekam Sonderurlaub von der Kommune.

Wir aßen weiter die Cupcakes meiner Mutter.

Wir nahmen alle drei Kilo zu.

Julia bekam Therapie und Medikamente verschrieben.

Noch mehr Therapie.

Noch mehr Medikamente.

Einmal, als wir nicht schlafen konnten, stiegen wir auf den Old John Brown's und sahen uns den Sonnenaufgang an. Auf dem Rückweg ging am Übergang gerade die Schranke runter. Wir blieben schweigend davor stehen.

Nervös überlegte ich, was ich sagen sollte, suchte nach passenden Worten, nicht zu traurig und nicht zu fröhlich. Das Baby erwähnen – oder lieber nicht? Es das *Baby* nennen oder doch *Rose*? Durfte ich ihr sagen, wie traurig ich war, dass sie mich nicht zur Beerdigung eingeladen hatte? Sie hatten ja niemanden eingeladen.

Ich wollte mich bei ihr unterhaken.

Aber ich tat es nicht.

Ihre Hände steckten in den Jackentaschen.

Aus meiner brodelnden Anspannung formten sich mögliche Sätze.

Vor meinem inneren Auge sah ich uns durch die Jahre hinweg, sah uns nebeneinander an der Schranke warten, immer größer werden, in wechselnden Schuluniformen. Ich sah uns im Zeitraffer wie in diesen Dokus, wo man den Bäumen beim Wachsen zugucken kann.

Aufblühen und gedeihen, damit rechnet man.

Mit so was haben wir nicht gerechnet.

Niemand hier rechnet mit so etwas.

Der Zug rauschte vorbei und weiter gen London. Julia und ich standen da.

»Hast du auch manchmal das Gefühl, die Zeit ist wie ein Zug?«, fragte ich Julia.

Sie lachte.

Das Geräusch war ein Schock.

Ich hatte ihr Lachen eine Weile nicht gehört.

»Weißt du noch, wie wir uns betrunken haben, kurz bevor ich nach Durham gegangen bin?«, fragte ich.

Julia kniff die Augen leicht zusammen, wie jemand, der etwas in großer Ferne sucht.

»Klar weißt du das noch. Ich hab dir ›Die Lotosesser‹ von Tennyson vorgelesen. *Die Zeit uns bald vertreibt …*«

»Ach, Augusta«, sagte sie. »Änderst du dich nie?«

Das gleichmäßige Rattern des Zugs verklang immer mehr.

»Wenn du also das Gefühl hast, die Zeit ist wie ein Zug«, fing ich neu an. Ich war nervös und stolperte über meine Worte. »Dann ist das gut, Julia. Wir bewegen uns immer vorwärts. Es kommt uns im Moment nicht so vor, aber es ist so. Ich denke zum Beispiel kaum noch an Olly Macintosh. Und du wirst weitere Babys bekommen. Du wirst die beste Mutter der Welt werden.«

Die Luft verschluckte die letzten Zuggeräusche, die Schranke ging hoch, und wir setzten unseren Weg zurück in den Willow Crescent fort.

Ich hätte Olly Macintosh nicht erwähnen sollen.

Wie kam ich auf die Idee, den schnöseligen Olly Macintosh mit seinen lächerlichen Wuschelhaaren mit ihrem toten Baby zu vergleichen?

Wir liefen schweigend nebeneinanderher, bis Julia auf dem Bürgersteig zwischen dem Partyladen und dem Juwelier plötzlich stehen blieb.

Sie holte tief Luft, zögerte, holte noch mal tief Luft.

Dann legte sie mir die Hand auf den Oberarm.

»Ich will mich nicht vorwärts bewegen, Augusta«, sagte sie. »Darum geht's. Kapierst du das nicht? Ich will nicht *kaum noch an Rose denken*. Es geht nicht darum, weitere Babys zu bekommen. Es geht darum, dass *ich sie umgebracht* habe.«

Ich sah sie an.

Atmete.

Sammelte mich.

Und sagte: »Was meinst du damit, du hast sie umgebracht?«

»Sie war lebendig, ist in meinem Körper rumgeschwommen. Aber so läuft es. Auge um Auge. Zahn um Zahn. Wie Oma sagt.«

»Was war dann das erste Auge? Der erste Zahn?«

»Da war ein Junge. Und ich hab ihn nicht gerettet. *Ich hab ihn nicht gerettet.*«

»Wovon redest du?«

»Als wir in Spanien waren. Der Morgen, als wir am Strand gepicknickt haben. Den Sonnenaufgang angeguckt haben. Und du nicht mitgekommen bist. Das ist es, was ich dir nie erzählt habe. Die Sache, die da passiert ist. Hier ist der Zeitungsausschnitt. Das Foto. Ich hab es ausgeschnitten. Nimm du's.«

Sie zog es aus der Tasche.

»Das war die Zeitung, die wir nicht kaufen durften. Ich hab sie geklaut«, sagte Julia und gab mir den Ausschnitt.

»Ich wusste doch, dass da was nicht stimmte, und ich hab dich immer wieder gefragt. Aber du hast nichts gesagt. Warum hast du nichts gesagt?«

»Ich musste es Dad versprechen.«

Da war unsere Stelle, die löchrigen Felsen, die Pinien, der weiße Strand, das im Sand vergrabene *Patera*-Boot, da waren die Kugelfischwolken – und da lag ein schwarzer Mann bäuchlings im Sand.

»Der war bestimmt einer von den Männern von der Baustelle«, sagte ich. »Der am Strand schlief. Den musstest du nicht retten.«

»Den nicht«, sagte sie, und sie sah ganz weiß aus im fahlen Licht der Straßenlaterne. »Nein, da war jemand draußen auf dem Meer, ich bin mir ganz sicher. Da war nur seine Hand. Wie in deinem Gedicht.«

Dann kam Diego dazu.

Julia hörte auf zu erzählen, und Diego legte ihr den Arm um die Schultern. Beim Weitergehen rutschte er immer weiter runter und fiel schließlich ganz von ihr ab.

Jemand auf dem Meer?

Eine Hand wie in meinem Gedicht?

Ich konnte nicht nachfragen.

Falls Diego nicht Bescheid wusste.

Ehemänner sollten doch alles wissen, und es war zu riskant, gerade jetzt, wo sowieso alles so komisch war.

Ich würde schon einen Weg finden, es anzusprechen, beim nächsten Mal.

Dieses nächste Mal gab es nicht.

»Kopf hoch«, sagte Diego am nächsten Morgen zu ihr, als sie auf dem Bett saß.

Die Sonne geht auf.

Der neue Tag kommt immer.

Ob man will oder nicht.

Manchmal weiß man schon, dass man es nicht will, und manchmal weiß man es nicht.

Doch es macht keinen Unterschied.

»Warum hab ich *Kopf hoch* zu ihr gesagt?«, fragte mich Diego.

Julia hatte, in ihrem letzten gemeinsamen Moment, den Kopf hängen lassen. Er zeigte nach unten. Ihr Blick zeigte auch nach unten. Er war auf den Boden gerichtet, nicht auf Diego.

Wie damals bei mir.

Später sagte er, er hätte stattdessen »Schau mich an« sagen sollen. Vielleicht hätte er in ihren Augen etwas gesehen, hätte etwas geahnt, sie zu Amy begleitet, es verhindert.

Oder *ich* hätte ihn warnen sollen, auch das sagte er später – wieso hatte ich die Zeichen nicht bemerkt?

Ich erzählte ihm nichts von dem Zeitungsausschnitt, falls das ein Zeichen war und ich es nicht erkannt hatte.

»Sollten Zwillinge so was nicht spüren?«, fragte er.

Julia blickte weiter zu Boden und nestelte am Gürtel ihres Bademantels, erinnerte sich Diego. Dann sagte sie: »Ich gehe nachher zu Amy rüber und bringe ihr den Kinderwagen. Ich will ihn nicht mehr im Flur haben. Das könnte ein erster Schritt sein, was meinst du? Ein *Schritt nach vorn.*«

Diego gefiel an diesem Morgen der Gedanke an einen Schritt nach vorn. Wegen der zahllosen Schritte zurück, die sie gegangen waren.

»Es ist meine Strafe«, sagte Julia.

»Das ist doch unlogisch, Julia«, sagte Diego.

»Mein Baby ist tot, und du erzählst mir was von Logik!«, rief Julia.

»Ich werd langsam verrückt«, sagte Diego.

»*Du* wirst verrückt?«, sagt Julia.

»Vielleicht werden wir ja beide verrückt.«

»Egal, ich bring Amy jetzt den Kinderwagen. Ihr Termin ist in zwei Wochen.«

»Ist das schwer für dich?«, fragte Diego.

»Was glaubst du?«

»Tut mir leid.«

»Mir tuts auch leid«, sagte Julia. »Dass ich zurzeit so unausstehlich bin.«

Diego sagte nicht, dass er ihr verzieh.

Sie sollte ein schlechtes Gewissen haben.

Sie sollte wissen, wie unausstehlich sie zurzeit war.

Er war spät dran für die Arbeit, und er hasste seinen Job.

Weil er alles hasste.

Also sagte er nur: »Bis später, Schatz. Kopf hoch.«

»Kopf hoch«, sagte Diego fassungslos. »Wer sagt überhaupt *Kopf hoch*?«

»Du hättest noch viel schlimmere Dinge sagen können, Diego«, sagte ich. »Denk an all die Dinge, die du dir an dem Morgen verkniffen hast.«

»Sie hat immer gesagt, ich soll nicht versuchen, alles zu kitten. Sie wollte keine Lösungen von mir.«

»Du musst nicht versuchen, es zu kitten, Diego«, sagte auch ihre Therapeutin, die schwarzäugige Virginia. »Zeig ihr, dass du zuhörst, indem du spiegelst, was sie sagt. Versuchen wir es mal. Julia. Sag etwas zu Diego.«

»Ich muss immer an ein Geheimnis denken, das ich in mir trage«, sagte Julia.

»Und jetzt gib es wieder.«

»Du musst immer an ein Geheimnis denken, das du in dir trägst«, sagte Diego ausdruckslos.

Er war erschöpft.

Er konnte Virginia und ihr »aktives Zuhören« nicht ausstehen.

»Warum erzählst du nicht einfach Virginia von deinem Geheimnis?«, sagte Diego. »Vielleicht tut es dir gut, es rauszulassen, es irgendwie zu rationalisieren …«

Virginia schüttelte heftig den Kopf.

»Nein, nein, nein, Diego«, unterbrach sie ihn. »So geht aktives Zuhören nicht.«

»Nein!«

Das kreischte ich ins Telefon, als ich es hörte.

Ich ließ Diego nicht ausreden.

Ich stand in unserem Kinderzimmer.

Die Tüte mit der silbernen Schmuckschatulle lag auf dem Bett.

Das Telefon glitt mir aus der Hand.

Und die Schranktür stand offen.

Ich sah mir selbst im Spiegel zu.

Sah, wie mein Gesicht erstarrte, leer wurde, bleich wurde, sich verzerrte.

Wie meine Arme runterhingen.

Ich hob einen hoch.

Führte ihn zum Gesicht.

Wie eine Marionette.

»Nein, nein, nein«, sagte ich.

Zu dem fahlen Gesicht.

Ich spürte eine seltsame Schwellung unten an der Wirbelsäule, am Steißbein.

Ich drehte mich um.

Es war noch hell, später Nachmittag, alles lag in einem goldenen Licht.

Kaum zu glauben, dass die Sonne tatsächlich noch da war.

Ich ging ans Fenster.

Meine Mutter hatte eine Vase mit spät blühenden Chrysanthemen auf die Fensterbank gestellt.

Sie stammten aus unserem Garten.

Ich zog eine Blume heraus und betrachtete den diagonalen Schnitt im Stiel.

Sie sah lebendig aus, dabei war sie längst tot.

Julia.

Julia.

Der Garten war noch da.

Ein Wassertropfen landete auf meiner Socke.

Durchs Fenster sah ich, wie meine Mutter die Hintertür aufmachte.

Ihre Hand kam heraus.

Sie wusste von nichts.

Ihre Hand langte nach den Gummistiefeln.

Was für ein Glück für sie.

Die Gummistiefel reinzuholen.

Ihr letzter friedlicher Moment, dachte ich.

Der letzte Moment friedlicher Normalität.

Blätter wehten über den Rasen, kleine Windstöße wirbelten sie immer wieder auf.

Weil mein Vater seinen Rechen nicht benutzen konnte.

Und der Schmerz darüber war uns

Bis jetzt

So groß erschienen.

Der Schmerz über Rose

So groß

Bis jetzt.

In einem einzigen Augenblick hatte alles seine Größe und Form verändert.

Noch nie war so viel totes Laub durch unseren Garten geweht.

Weil mein Vater es so gern ordentlich hatte.

Eigentlich beide.

Sie hatten es gern ordentlich.

Es gab kein ordentlich mehr.

Julia.

Julia.

Doch ich weinte nicht.

Die Tränen kamen nicht.

Da war nur der furchtbare Schmerz unten an der Wirbelsäule.

»Ich hab immer noch den Salzgeschmack im Mund«, sagte Julia zu Diego, bevor er ging.

»Gib mir einen Kuss«, sagte Diego.

»Ich will nicht«, sagte Julia. »Geh zur Arbeit.«

Und Julia machte ihren Schritt nach vorn.

Genau in den Zug.

Der Zug kam mit Ankündigung.

Er fuhr planmäßig.

Er kam von London, fuhr durch Hedley Green.

Als er das tat, stand ich gerade am Tresen des Juweliergeschäfts und holte das Medaillon ab, mit der blonden Haarlocke von Rose, einer weißen Rosenblüte und ihrem eingravierten Geburtsdatum: 10. Juli 2014.

Die Frau reichte mir die Silberschatulle, lächelte mich fröhlich an und sagte: »Ich hoffe, es gefällt Ihrer Schwester.«

Aber ich wusste es nicht, ich wusste nichts, ich kaufte ihr ein Medaillon, das ich ihr in einer silbernen Schatulle geben wollte, später an dem Tag, oder vielleicht am nächsten.

»Das tut es bestimmt«, sagte ich.

Ich ging nach Hause.

In den Willow Crescent.

Ein dreiminütiger Fußweg.

Ging hoch in mein Zimmer.

Legte die Schatulle aufs Bett.

Zog die Schuhe aus.

»Lasst uns in Ruh! Die Zeit uns bald vertreibt;
Ein Weilchen noch, und unsre Lipp' ist stumm.
Lasst uns in Ruh! Was ist es, das da bleibt?«

Sie war verschlungen worden.

Vom Schlund des Zugs.

Der leere Kinderwagen zwischen seinen Kiefern zermalmt worden.

Es war der fünfte November, und wir waren vierundzwanzig Jahre alt.

Und Julia würde vierundzwanzig bleiben, von jetzt an.

Aber Julia.

Wollten wir nicht?

Wollten wir nicht?

So vieles.

Ich hatte mein ganzes Leben mit ihr geplant.

Hatte sie das nicht gesagt?

Und ich hatte nichts begriffen.

Ich würde fünfundzwanzig werden.

Sechsundzwanzig.

Sechsundfünfzig vielleicht.

Wer weiß?

Oder sechsundsiebzig.

Sie würde für immer vierundzwanzig sein.

Und ich war kein Zwilling mehr.

War bereits älter als sie.

Ich hatte nichts geahnt.

Ich war ihr Zwilling und hätte es ahnen müssen.

Alles hätte zum Stillstand kommen müssen.

Als sie still stand.

Aber nichts stand still.

Bis auf den Verkehr, der sich am Übergang staute.

Menschen hupten und stiegen aus den Autos und beschimpften die Polizisten.

Sie müssten es zum Feuerwerk schaffen, sagten sie.

Machen Sie die verdammte Schranke auf.

Diego saß da ohne ihren Kuss, mit ihrer Stimme im Kopf, die immer wieder sagte: Ich will nicht, ich will nicht, ich will nicht.

Seine ungeküssten Lippen fühlten sich an wie Eis.

Als wären auch sie längst tot.

Er fröstelte.

Meinen Eltern erzählte Diego, am Morgen sei es ihr besser gegangen, sie wollte den Kinderwagen zu Amy bringen – nur, dass sie dort nie ankam.

»Sie träumt ja immer mit offenen Augen«, sagte meine Mutter.

Wir saßen zusammen und starrten aus dem Fenster, hielten Teetassen in zitternden Händen, versuchten, mit unseren bebenden Lippen Wörter und Sätze zu formen, auch wenn es im ganzen Wörterbuch keine Wörter gab, die für diesen Tag taugten.

Meine Eltern sahen mich an, und ich sah sie an.

Es klingt vielleicht komisch, aber ich glaube, wir schämten uns.

Dafür, dass etwas mit uns nicht in Ordnung war.

So überhaupt nicht in Ordnung war.

Wir sollten doch normal sein.

Wir waren doch nicht diese Art Familie.

Dramen waren bei uns nicht vorgesehen.

Oder Gefühle.

Gefühle wie diese, die einen wie Granaten von innen zerfetzen.

Wir rissen uns gefälligst zusammen.

Ich versuchte, mich normal zu verhalten.

Meine Mutter machte noch mehr Tee.

Er schmeckte nach Kupfer.

»Hat sie dich zum Abschied geküsst?«, fragte meine Mutter.

»Ja«, log Diego.

»Es sind die Antidepressiva«, sagte meine Mutter. »Die vernebeln einem das Gehirn.«

Diego antwortete nicht, und ich dachte noch, jetzt geht es wieder um Antidepressiva. Da reden wir öfter drüber. Sie ist depressiv, das ist normal, das geht vorbei.

Dann kam alles wieder.

Mein Handy auf dem Boden.

Der eingeschnittene Blumenstiel mit dem letzten Tropfen Leben drin.

Auf dem Bett die Tüte mit dem Medaillon in der Silberschatulle.

Die Hand meiner Mutter, die sich durch die Hintertür schiebt und nach den Gummistiefeln greift.

Die Ersten, die kamen und an der Tür von Willow Crescent Nummer 1 klingelten, waren Jim und Barbara Cook.

»Wir sind gekommen, um zu sagen, dass es keine Worte gibt.«

Das sagten sie, und es war keine Anspielung darauf, dass von meinem Vater in den letzten zwölf Jahren kein Wort gekommen war.

Die anderen Leute, die auch Bescheid wussten, alle im Willow Crescent wussten ja innerhalb von Minuten Bescheid, zogen sich ihre Mäntel und Handschuhe an und stiegen in ihre Autos. Sie wollten sich das Feuerwerk im Tattershall Common ansehen, wobei sie sich Zeit für einen Umweg nahmen, um den Übergang zu meiden, an dem es zu dem *Vorfall* gekommen war.

Sie würden einfach weitermachen.

Sie würden sich weiter Handschuhe anziehen.

»Zieh dir Handschuhe an!«, riefen sie sich in den Eingangsfluren zu.

Mit ihren Handschuhen schützten sie sich vor dem, was im Leben so passieren kann, auch in ihrem eigenen. Wie wenn man hört, dass jemand Krebs hat, und man vor allem Mitleid haben will, und dann hat man doch mehr Angst um sich selbst.

Das Leben konnte doch, so fanden sie, in der Bonfire Night nicht aufhören, nicht für einen Todesfall. Todesfälle hatten die anderen – kommt, wir fahren zum Feuerwerk und zeigen, dass wir leben. Pam, pam, pam!

Barbara stellte sich mit ausgestreckten Armen vor meine Mutter. Die biss die Zähne zusammen, man konnte sehen, wie ihr Kiefer sich verkrampfte – und starrte Barbara an.

»Lass dich doch mal umarmen«, sagte Barbara.

»Ich kann das nicht gut«, sagte meine Mutter.

Dann sagte sie »Julia« und blickte um sich.

Barbara wusste nichts zu sagen.

»Sie ist ständig hier«, sagte meine Mutter. »Stimmts? Hier bei uns? Obwohl sie verheiratet ist …«

»Sie …« Barbara zögerte – Präsens, Präteritum, wie sollte man da so schnell umschalten?

»Sie ist so eine wunderbare Tochter«, sagte meine Mutter.

»Das ist sie«, sagte Barbara und zuckte zusammen, wegen der Zeitform, der falschen Zeitform, der richtigen. »Ja, das ist sie.«

Ich beobachtete Barbara, die die Hand meiner Mutter nahm.

Ich bemerkte die vorstehenden Adern darauf und einen kleinen Altersfleck in Form einer Kidneybohne.

Jim ging auf den Rollstuhl zu.

Mein Vater klammerte sich an ihm fest.

»Ich hatte ihr gesagt, dass sie noch viele Babys haben wird«, sagte meine Mutter.

Das hatte ich ihr auch gesagt.

Ich weiß nicht, ob es das Richtige war.

Sie wollte keinen Ersatz für ihr totes Baby.

Mein Vater weinte.

Sie wollte lieber tot und bei Rose sein.

Sie hatte nach Hause gewollt, *homeward*, wie in dem Lied, von dem Moment an, als sie sie verlor.

Wo bist du?, dachte ich, und in meiner Angst rannte ich nach oben in unser Zimmer, schlüpfte in Julias kaltes Bett und kroch tief, tief unter die Bettdecke, die zu eng war, weil unsere Mutter die Tagesdecke immer unter die Matratze klemmte.

PARFAIT

Seltsamerweise war dieser kleine Fleck hinten am Strand ein Zuhause geworden. Trotz allem, oder vielleicht gerade deshalb. Manchmal ist es gerade der Schmerz, der uns zu einem Ort hinzieht.

Jedes Zuhause hat wohl Schmerz erfahren. Er gibt ihm seine Beschaffenheit.

Als ich auf die Promenadenstraße einbog, hörte ich schon die Wellen und roch den Duft der Pinien, und ich spürte ein Kribbeln im Bauch.

Ich parkte den Bus und kletterte aufs Dach, um nachzusehen, ob Afrika noch da war. Dann blickte ich in die andere Richtung – zu den Kühen auf den Weiden. Es war noch nicht ganz dunkel, aber der Mond stand schon am Himmel. Er schien auf den großen Baum, wo die Silberreiher gerade ihr Nachtlager aufsuchten.

Da kam mir die Idee.

Ein Flüchtlingsbaum?

Taten zählen, allein Taten.

Das wäre eine Tat.

Vielleicht nicht so gut, wie wirklich hinzufahren, aber immerhin.

Vielleicht zu Weihnachten?

AUGUSTA

Als ich an den Leichnam trat, den sie, so gut es eben ging, wieder zusammengesetzt hatten, konnte ich nicht hinsehen.

Ich sah nicht hin.

Dann sah ich doch hin.

Zwischen den Fingern.

Sie lag unter einem Laken.

Wie ihr Baby.

Alles von ihr, bis auf die Hand.

Alle Pferde des Königs und all seine Mannen

Brachten Humpty nicht wieder zusammen.

Als Kinder hatten wir es so schnell aufgesagt, dass die Wörter sich überschlugen.

Ich lugte unter der Hand und zwischen den Fingern hindurch, und ich starrte auf ihre Hand, den einzigen unbeschädigten Teil von ihr, hatte man uns gesagt.

»Natürlich hat sie sich nicht umgebracht, so war sie nicht«, sagte meine Mutter immer wieder. Sie war zur Vergangenheitsform übergegangen, wie es sich gehört, es geht ja auch nicht anders. »Lächerlich, so was überhaupt zu denken. Sie hatte allen Grund zu leben.«

Ihr Diamantring.

Ihre Hand werde ich nie vergessen.

Diego auch nicht.

»Sie hat Diego zum Abschied geküsst«, sagte meine Mutter am Telefon. »Alles war ganz normal. Es war ein tragisches Unglück.«

Ich konnte die Sommersprosse auf ihrem linken Ringfinger nicht sehen.

Und ich wollte den toten Finger nicht drehen, um die tote Sommersprosse zu finden.

Falls er sich nicht bewegen ließ.

Ich wollte sie nicht berühren.

Jetzt, wo sie kalt war.

Ich wollte nicht wissen, wie tote Menschen sich anfühlen.

Ich wollte die Hände nicht vom Gesicht nehmen.

Ich wollte nichts von alldem hier.

Ich wandte mich um und ging.

Und die Tränen kamen immer noch nicht.

Ich war zu Blei geworden.

Zu Osmium, dem dichtesten aller Elemente.

Meine Beine bewegten sich nicht.

Mein Herz war so schwer, dass es mir in den Bauch sackte.

Man hatte noch nach der Halskette mit dem Doppelring und dem A & J gesucht, aber dann teilte man mir mit, sie wäre wohl leider beschädigt worden. Ob sie wertvoll war?

»Vorher nicht«, sagte ich.

An ihren beschädigten Hals wollte ich nicht denken.

Olly Macintosh konnte mit bloßen Händen einem Vogel das Genick brechen.

Wir versammelten uns um das Loch, in das Julias heller Birkenholzsarg jetzt eingelassen wurde, den Kranz hatten wir vorher runtergenommen. Er bestand aus unzähligen eng gesteckten weißen Rosenblüten, wie ihr Brautstrauß. Ich versuchte, mich zu beruhigen, indem ich mir Fakten ins Gedächtnis rief. Über Tauben. Was sich auf glauben reimt. Woran sollte man glauben?

Fakten, noch mehr Fakten, gegen die Angst.

Angst, die ganze Zeit.

Ich hatte nicht gewusst, dass sich Trauer so sehr wie Angst anfühlt.

Jemand hat das mal gesagt.

Ich dachte, Trauer wäre einfach Traurigkeit.

Wo bist du, Julia?

Ich brauche dich jetzt hier.

Du musst mir helfen, das durchzustehen.

Nur ist das

Natürlich

Absurd.

Ich schloss die Augen.

Ich muss Julia davon erzählen.

Ein Schmerz in der Brust, zu heftig erst, um atmen zu können.

Von diesem schrecklichen Tag.

Sie würde die richtigen Worte sagen.

Sie würde meine Hand halten.

Eine kleine Glasscherbe hatte sich in meinem Herzen festgesetzt.

Ich spürte sie bei jedem Atemzug.

Wahrscheinlich ein normales Gefühl.

Auf der Beerdigung begrüßten wir unsere Freunde und lächelten, wie Roboter – was kümmerte es uns, wer kam?

»Es war uns ein Bedürfnis«, sagten sie, einer nach dem anderen.

Wirklich?, dachte ich.

Und dachte an nichts.

Außer, dass es mir kein Bedürfnis war.

Außer, dass ich diese Scherbe im Herzen hatte, die bei jedem Atemzug wehtat.

Ich schaute hoch zu den Tauben und sah weiter oben am Himmel ein winziges Flugzeug, das eine weiße Linie zog, und dachte, da musste es doch eine Linie von mir zu ihr geben. Wenn ich sie nur sehen könnte.

Tauben haben phänomenales Sehvermögen, dachte ich. Sie sehen viel mehr als wir. Ob es wohl einen Weg gibt, Julia zu sehen oder sie zu spüren, fragte ich mich. Wo immer sie jetzt ist.

»Sie schaut auf dich herunter«, sagte Hilary Hawkins.

Tut sie das?

Der Pfarrer hatte gesagt, er wüsste nicht, ob sie es tut oder nicht.

Niemand weiß das.

Das ist die eine Sache, die niemand weiß, obwohl wir glauben, alles zu wissen.

Wir ließen ihre Lieblingstaube aufsteigen, die mit dem z-förmigen Federkamm.

Wir blickten hoch.

Dann runter.

Ein Zittern erfasste mein Bein.

Es wanderte hoch, fuhr mir ringsum durch den Körper, doch an einer Stelle kam es nicht durch, dort am Steißbein, wo sich die Angst in einem dicken Knoten festgesetzt hatte.

Alle starrten zu Boden. Sie ertrugen es nicht, aufzusehen. Vor allem ertrugen sie es nicht, mich anzusehen. Meine Mutter, meinen Vater und Diego.

Mein Vater schämte sich für das, was aus ihm geworden war.

Ich auch.

Ich wollte kein Objekt des Mitleids sein, über das man hinter zugezogenen Gardinen sprach.

Ich wollte nicht von diesen Leuten beobachtet werden.

Wollte nicht, dass sie meine Angst sahen.

Meine schlotternden Beine.

Zu Beerdigungen lädt man keine Leute ein, sie kommen einfach.

So passiert es in diesem intimsten aller Momente, wenn deine Schwester in ein Loch im Boden runtergelassen wird, dass da Leute sind, die du dir nicht ausgesucht hast, nicht eingeladen hast und nicht wolltest.

Und die dich beobachten.

Leute wie Robin Fox mit irgendeiner Tussi, die du nie gesehen hast, in einem schwarzen Kleid, und beiden geht es am Arsch vorbei.

Hinterher reden sie über dich.

Wenn du am liebsten unsichtbar wärst.

Meine Mutter schob meinen Vater im Rollstuhl.

»Lass mich mal«, sagte ich.

»Er ist mein Mann«, sagte sie.

Also trat ich zur Seite. Ich fühlte mich unerwünscht und musste daran denken, was meine Mutter zu Barbara Cook gesagt hatte: »Sie ist so eine wunderbare Tochter.«

Ich reiche nicht heran, dachte ich, unzulänglich, wie meine Mutter.

Meine Großmutter nahm an der Veranstaltung nicht teil – sie fühlte sich nicht ganz auf dem Damm, etwas müsse sie wohl erwischt haben, sagte sie.

Und es hatte sie erwischt.

Uns alle hatte etwas erwischt.

Das Gesicht meiner Mutter war irgendwie implodiert. Sie hatte es über und über mit weißem Puder bedeckt und trug einen Hut mit schwarzem Schleier. Ich hatte die schreckliche Ahnung, ihr Gesicht würde sich dahinter auflösen. Sie umklammerte schweigend die Rollstuhlgriffe.

Sie krallte und krallte, hielt sich fest und hielt durch. Und dann konnte sie sich nicht mehr beherrschen und stöhnte auf, in die Stille hinein, ein langes, dumpfes Stöhnen, das für mich klang, als ob es nie mehr aufhören würde.

Ein langes, dumpfes Stöhnen wie das einer kalbenden Kuh.

Karten rieselten durch den Briefschlitz und landeten mit einem ganz leisen Geräusch auf der borstigen Fußmatte, auf der WILKOMMEN stand.

»In Gedanken bei euch« stand darauf.

Und manchmal waren sie es auch.

Und manchmal waren sie es nicht.

Im Bahnhofskiosk hörte ich, wie sich ein Mann nach Beileidskarten erkundigte.

»Die sind aus«, sagte ein kaugummikauendes Mädchen hinterm Tresen.

Bald würden neue reinkommen, versicherte sie ihm, die Nachfrage sei groß gewesen in letzter Zeit.

Neue Beileidskarten würden reinkommen, bereit für den nächsten Namen, man würde sie gleich neben den Geburtskarten finden.

Lola Alvárez gab mir ein altes Buch mit Weisheiten von Franz von Assisi, die Seiten gebräunt und schon ziemlich zerfleddert.

Ich blätterte darin. Alle Dunkelheit der Welt kann das Licht einer einzigen Kerze nicht auslöschen, las ich.

Falsch: Zwei Kerzen waren schon ausgelöscht.

Und die dritte war Graham Cook.

Ich ließ einen kleinen Bus aus roten Rosen anfertigen, den Jim und Barbara mit ihrem eigenen Kranz auf den Sarg legten. Ich war seine einzige Freundin gewesen. Seine *Freundin*. Auch wenn sie das nicht mehr sagten. Worte sind unberechenbar. Man weiß nie, wie sie aufgenommen werden. Mich macht das auch beim Schreiben nervös. In Gedanken ging ich jedes Wort durch, das ich je zu Julia gesagt hatte. Die Wörter sammelten sich in einer Wolke über meinem Kopf, regneten unablässig auf mich herab und tränkten mich in Reue.

Das hätte ich lieber nicht sagen sollen.

Jenes hätte ich sagen sollen.

Dieses eine Wort, diese Formulierung, dieser Satz hätte sie aufhalten können.

Wieso habe ich nicht gemerkt, wie schlecht es ihr ging?

Wieso habe ich es nicht begriffen, als sie mir vor dem Geschäft den Zeitungsausschnitt gab? Als sie mir von der Hand im Meer erzählte?

Es war mein schlimmstes, ultimatives Versäumnis, und es verfolgte mich wie ein Gespenst.

Zwei Beerdigungen mit Tauben in der Kirche im Higgots Close in relativ schneller Folge. Dafür sind Kirchen wohl da, Sterben ist Tagesgeschäft.

Zu Grahams Beerdigung kamen weniger Leute, doch die meisten von denen, die kamen, hatten ihm zu Lebzeiten nicht eine Sekunde Beachtung geschenkt.

Meine Großmutter war für den Anlass wieder auf den Beinen.

»Es ist nicht dasselbe bei Graham«, sagte sie.

»Es hieß ja immer, er würde jung sterben«, sagte meine Mutter und nickte.

»Es ist dasselbe«, schrieb mein Vater mit Kuli auf den Ringblock.

Meine Mutter weinte, und ich weinte auch.

Denn Stanley Hope, in all seiner Hoffnungslosigkeit, gab mir in diesen Tagen Hoffnung. Meine Mutter backte Scones, die wir zu den Cooks mit rübernahmen. Barbara machte Ingwerkuchen, und meine Mutter revanchierte sich mit Kaffee-Walnuss-Torte.

Den ganzen Winter über bestand unsere Trauerarbeit im Austausch von Kuchen, weil man manchmal nur mit kleinen Dingen auf große Dinge antworten kann.

Weil es nichts Großes gibt, das groß genug wäre.

Diego und ich redeten auf Spaziergängen über Julia, erzählten einander neue Geschichten über sie, die der andere noch nicht kannte. Irgendwann gingen sie uns aus, und neue kamen nicht mehr.

Sie lag mit den Würmern unter der Erde, ihre Haut vertrocknete zu Pergament, bald würde sie Staub sein.

Ich hörte die Sprachnachrichten ab, die ich nie gelöscht hatte.

Und schreckte zusammen beim Klang ihrer ganz und gar unverstaubten Stimme.

Und fragte mich, wo ihr Leben hin war – ihr ganzes warmes Lebendigsein.

Ich träumte, sie wäre ein Schmetterling.

Ich fing sie in einem Netz.

Sie hatte Flügel und ihr echtes Gesicht.

Und irgendwie, durch ein Versehen, flog sie mir davon.

Ich rannte mit dem Netz durch die Gegend.

»Du wirst sie nie einfangen«, sagte meine Mutter.

Dann war Winter.

Der winterlichste Winter.

Es gab keine Schmetterlinge.

Ich las Gedichte, wie besessen.

Sie durchkämmten Cafés und Friedhöfe und Kirchen.
Sie fanden mich nicht mehr.
Sie fanden mich nicht?
Nein, sie fanden mich nicht.

Diego fuhr mit seiner Familie nach La Higuera, weil sie die Krippenspiele erleben wollten – Pferde am Strand, Kamele auf dem Platz und ein echtes Baby in der Krippe, erzählten sie.

PARFAIT

Vom Dach meines Busses aus sah ich den Adventsfeierlichkeiten in La Higuera zu, zusammen mit Antonio, Paco und Luis, die aus Tarifa zu Besuch waren. Es fühlte sich gut an – wir vier hier, zusammen. Auf meinem Stückchen Erde. Ich hatte meinen Platz. Ich hatte Freunde.

Maria und Josef verließen Nazareth und begannen ihre Reise über den Strand, Menschenmengen im Schlepptau.

Den ganzen Dezember hindurch setzten sich die Feierlichkeiten fort, echte Schafhirten kamen mit ihren Herden die Hügel herunter, aus umliegenden Dörfern fanden sich edel gewandete Reisende auf dem Marktplatz ein – für die Volkszählung, ein großes Spektakel mit Essen und Trinken. Am Weihnachtsabend schließlich traf auch Maria auf dem Esel auf dem Platz ein, und von überall entlang der Küste kamen die Menschen zusammen und jubelten in weihnachtlicher Stimmung.

Ich hatte den Priester von meinem Plan überzeugt, vor der Kirche einen Flüchtlingsbaum aufzustellen. Jetzt standen wir vier neben der riesigen Tanne, die über dem Weihnachtsstall emporragte.

»Was, wenn keiner sich meldet?«, fragte ich Antonio besorgt.

»Was, wenn keiner für die Sterne zahlen will?«

»Was, wenn die ganze Sache platzt?«

Um kurz vor Mitternacht war es so weit. Furchtbar nervös trat ich ans Mikrofon und wartete ab, dass das Stimmengewirr sich legte – ohne zu wissen, was ich tun sollte, wenn das nicht geschah.

Doch dann wurde es still.

Ich lud die Menschen auf dem Platz dazu ein, sich einen goldenen

Stern zu kaufen und ihn nach einer geliebten Person zu benennen, die sie verloren hatten. Ich erklärte, dass es einen Stern gab für jeden einzelnen Flüchtling, der in diesem Jahr im Meer ertrunken war, und dass alle Spenden denen zugutekommen sollten, die es zwar geschafft hatten, aber ihre Lieben und ihr Zuhause, im Grunde also alles, verloren hatten.

»Ich wäre Ihnen so dankbar, wenn Sie uns unterstützen würden«, sagte ich ins Mikrofon.

Paco war der Erste in der Schlange, um seiner Mutter zu gedenken.

Dann Antonio, zum Gedenken an seine.

Luis kaufte zwei Sterne, aber er verlor kein Wort darüber.

Dann folgte ein wahrer Ansturm: alte Frauen mit Gehstöcken, alte Männer mit Hüten, dazwischen rennende Kinder.

Der Spendentopf lief über.

Ich drückte den Schalter.

Die Lichter im Baum flackerten auf.

Ein Baby weinte in der Krippe.

Ein neues Jahr brach an, und die drei Weisen nahten auf Kamelen.

AUGUSTA

Barbara backte Mince Pie für uns und anderes Weihnachtsgebäck, und meine Eltern und ich flüchteten über die Feiertage nach Wales. In einem feuchten Ferienhaus mit lichtdurchlässigen rosa Vorhängen setzten wir Puzzles zusammen, ohne miteinander zu sprechen.

Gleich nach unserer Rückkehr in den Willow Crescent begann der Kuchenaustausch zwischen Nummer 1 und Nummer 2 von Neuem.

Der Frühling kam, und wir mähten vor Diegos und Julias Wohnung den Rasen. Aus den Zweigen des Korallenrindenahorns sprossen rötlich-grüne Blätter, darunter wuchsen im Kreis die Narzissen mit ihren Trompeten, die das Außergewöhnliche verkünden und Neuanfänge ausrufen. Wir pflückten sie und stellten sie in kleinen Vasen auf die Fensterbänke.

Diego zog zurück zu seinen Eltern und kündigte seinen Job. Bei der Kommune wollten sie ihm die Stelle freihalten. Er sagte, sie sollten sich keine Umstände machen.

Wir packten Julias Kleider in Koffer und rollten sie rüber zu Nummer 1. Es muss ausgesehen haben, als wären wir auf dem Weg in den Urlaub.

»Wir müssen sie zum Secondhandladen bringen«, sagte ich.

»Das fände ich schlimm«, sagte meine Mutter. »Die Nachbarn in ihren Sachen zu sehen.«

»Janice Brown kann sie in einen dieser Plastiksäcke tun und nach Afrika schicken«, sagte ich.

»Ich möchte sie bei euch in den Schrank legen«, sagte meine Mutter. Ihre Stimme bebte leicht, und ein einzelnes Härchen auf ihrer Oberlippe zitterte.

»Ich will sie wirklich nicht in meinem Schrank haben.«

»Dann bleiben sie in den Koffern«, sagte meine Mutter. »Die Koffer brauchen wir nicht mehr.«

Ich sah sie an.

Ich würde immer Koffer brauchen.

Ich möcht' wie der fahrende Händler sein, mit Pferd und Wagen bunt und fein.

Ich hörte meinen eigenen Atem.

Die Koffer stellten wir auf den Treppenabsatz, und Diego baute den Taubenschlag, den er für Julia gemacht hatte, im Garten meiner Eltern auf.

Ich lief zum Bahnhof und kroch unter dem Stacheldraht hindurch. Unsere Lichtung erschien mir wie geschrumpft, die Dimensionen hatten sich verändert, und die Hasenglöckchen standen gebeugt, blickten starr zu Boden.

Da war der flache Ast, auf dem wir gemeinsam gesessen hatten.

Ich schloss die Augen und ging weg.

Ich wollte nie wieder zurückkommen.

Ich wollte weiterleben.

Irgendwie.

Irgendwo.

Als ich nach Hause kam, tranken Jim und Barbara Cook mit meinen Eltern Tee, und mein Vater saß in seinem Rollstuhl und starrte durch die Terrassentür, die er einst mit seinem Stuhl zertrümmert hatte, auf die Tauben.

»Wir brauchen ein paar neue Träume, wir alle«, sagte ich zu ihnen. »Hattet ihr irgendwelche Träume, als ihr jung wart?«

Meine Mutter sah sich verlegen um, als hoffte sie, über dem Sofa den einen oder anderen Traum zu finden.

»Oder vielleicht war das hier dein Traum«, sagte ich. »Das Haus.«

»Das Haus und die Familie«, sagte meine Mutter.

Darauf gab es nichts zu sagen.

»Als kleiner Junge wollte ich meine eigene Dampflok«, sagte Jim Cook in die Stille hinein, eine zähe Art von Stille, die das Sprechen viel schwieriger machte als gewöhnlich, man musste seine Worte fast hindurchstoßen. »Oder ein Holzboot. Ich glaub, die Idee hatte ich aus *Der Wind in den Weiden*. Was ist mit dir, Augusta?«

»Dazu sage ich euch ein Gedicht auf«, sagte ich.

Meine Mutter sah beunruhigt aus.

»Es ist eher ein Kinderreim, Mum. Keine Sorge.«

»Nicht eins deiner furchtbaren Gedichte?«, fragte sie.

»Es heißt ›Der Händler und sein Pferdewagen‹.«

Nachdem ich das Gedicht vorgetragen hatte, guckten alle betreten.

Nur Jim Cook nicht.

Sein Gesicht war ein bisschen gerötet.

Das Gedicht war meine Art gewesen, das Thema anzuschneiden.

Dass ich gehen würde.

Dass ich nicht bleiben konnte.

Dass ich wie der fahrende Händler sein und im bunten Pferdewagen davonfahren wollte.

Dass ich hier nicht mehr leben wollte.

Hier nicht mehr leben konnte.

PARFAIT

Von hoch oben in den Bergen vor Tarifa malte ich die Störche, die hier den ganzen Frühling lang zu Millionen eintrafen, aus Afrika über die Straße von Gibraltar zogen, bis die Sonne immer heißer brannte, die Tage länger wurden und die Leute anfingen, ihre hölzernen, reetgedeckten *Chiringuito*-Strandbars auf dem Sand zu errichten.

Dann war der Sommer da.

AUGUSTA

Die Narzissen verwelkten, die Hasenglöckchen verwelkten, und auch ich verwelkte im Stillen, als der Sommer kam. Meine Eltern tranken Tee und starrten hinaus in den Garten, ich saß dabei und starrte mit. Jeden Abend und jedes Wochenende. Sie wollten das Haus nicht mehr verlassen.

Manchmal kam Diego dazu.

Aber das half nicht.

»Du bist nicht für deine Eltern verantwortlich«, sagte Barbara Cook, als sie mich einmal in der Bücherei besuchte. »Du musst dein Leben leben, Augusta, und du wolltest doch schon immer weg.«

»Wie soll ich das jetzt tun?«

»Wir müssen deine Eltern aus dem Haus bekommen«, sagte sie. »Mir geht es besser, seit ich wieder Dinge unternehme. Und ich hab eine Idee. Am 5. Juli findet im Tattershall Common das Dampfmaschinentreffen statt.«

»Das ist auf den Tag genau acht Monate nach ihrem Tod«, sagte ich.

»Da werde ich sie alle hinschleppen, notfalls mit Gewalt«, sagte sie.

Und so geschah es.

Als wir aus dem Auto stiegen, strömte uns der Geruch von Röstkastanien und Zuckerwatte in die Nase. Es gab ein altmodisches Karussell, das ich kaum ansehen konnte, mit der gleichen Drehorgelmusik und den vertrauten Palomino-Ponys mit Ledersteigbügeln. Es gab dampfbetriebene Jachten und bunte Schiffsschaukeln. *Guck doch, Julia.* Wir liefen quer über das Jahrmarktgelände bis zum hinteren Ende, wo ein Schild hing mit der Aufschrift *Wohnwagen-*

Oldtimer zum Verkauf. Dort standen sie in langen Reihen, hießen Small Southern, Royal Windsor, Proctor, Vosper und Brayshaw. Aber ich hatte nur Augen für einen.

100 Jahre alter Pferdewohnwagen aus dem Besitz einer Schaustellerfamilie.

Er war alt und aus Holz, die Farbe abgeblättert, die Räder abgenutzt. Jim Cook und ich kletterten hinein. An einem der Holzbretter hing ein kleines Kärtchen mit den Maßangaben – Außenlänge 3,90 m, Breite 2 m, Höhe 3,25 m (ohne Mollycroft). *Mollycroft* – das war das Oberlichtdach. Ein neues Wort! Ich quiekte fast vor Freude. Neue Wörter kamen inzwischen nicht mehr so oft vor. Jim sah sich die abgenutzte Holzverkleidung an.

»Julia wollte mir so einen Wagen kaufen, wenn sie mal reich werden sollte«, sagte ich, als wir über die Stufen nach draußen gingen, wo die anderen auf uns warteten.

Niemand reagierte.

Es war der Klang ihres Namens.

All die Jahre ein so gewöhnlicher Klang.

Aber jetzt musste man sich ein Herz fassen, um ihn zu sagen.

Für den Bruchteil einer Sekunde sah ich sie vor mir, wie sie einst war, und das Laub in den Bäumen hörte auf zu rascheln, die Jahrmarktmusik stoppte, die Vögel verstummten.

Ihre Taube saß auf ihrer Hand.

Und dann setzte alles wieder ein.

Auch Jim Cook setzte wieder ein. Er stampfte kurz mit dem Fuß auf, und dann wippte sein Fuß einfach weiter, wie von selbst. Irgendwas hatte eine große Energie in ihm freigesetzt.

»Ich brauche das Geld«, erklärte der Mann, dem der Wagen gehörte. »Traurig, aber so ist es nun einmal. Wenn der erst mal restauriert ist, ist er wieder wunderschön.«

»Erzählen Sie uns von seiner Geschichte«, sagte Jim. Er wippte immer noch mit dem Fuß, und es hätte mich nicht gewundert, wenn er plötzlich einen kleinen Tanz aufs Parkett gelegt hätte wie ein Klischeezigeuner aus viktorianischen Tagen.

»1914 gebaut von F. J. Thomas von Chertsy. Der hat auch Ringwurfspiele und Karussells konstruiert. Der Wagen hat fahrendem Volk gehört, in England, Belgien, Frankreich und wahrscheinlich Spanien«, sagte der blasse Mann etwas betrübt und zupfte an seiner geflochtenen Bartspitze.

»Spanien?«, sagte ich. »Wo denn da?«

Er schüttelte den Kopf.

Flamenco tanzende Gitanos?

Es war möglich.

Ich sah den Wagen vor mir, irgendwo an einem schattigen Plätzchen in Sevilla oder Córdoba oder Granada. Weinkrüge und offene Feuer unterm Sternenhimmel. Als Lorca noch lebte.

»Und haben die Leute richtig darin gewohnt?«, fragte ich.

»Wandervolk«, sagte der Mann. »Mitsamt Kindern. Sechs Stück.«

»Ich nehme ihn«, sagte Jim Cook.

Alle schnappten nach Luft.

»Du und ich, Stan«, sagte Jim zu meinem Vater im Rollstuhl, »wir kümmern uns um die Restaurierung. Das wird uns auf andere Gedanken bringen.«

Und so wurde der Pferdewagen auf einem Anhänger in die asphaltierte Auffahrt vor Nummer 2 transportiert. Die Restaurationsarbeiten begannen im August, nach dem Urlaub der Cooks.

Es gab mir Hoffnung.

Mein Vater wurde mit dem Anstrich beauftragt, den er mit seiner funktionstüchtigen rechten Hand vom Rollstuhl aus erledigen konnte. Dazu sah er sich die komplizierten Muster auf den alten Fotos genau an, die der Vorbesitzer ihnen mitgegeben hatte, und die Aquarelle aus dem alten Lederband mit dem Gedicht von W. B. Rands, mithilfe der Lupe, die immer auf seinem Schreibtisch gelegen hatte.

PARFAIT

Vom Busdach aus rief ich Víctor an und fragte nach dem Ausgang der Wahlen.

»Die Opposition hat die Wahl boykottiert. Sie halten sie für illegal«, sagte Víctor. »Nkurunziza bleibt an der Macht.«

Mir fiel auf, wie müde Víctor klang.

So untypisch für ihn.

»Wie ist die Stimmung?«, fragte ich.

»Chaos«, sagte Víctor.

Chaos sagte er nie.

Selbst wenn es eins war.

»Gewalt?«, fragte ich.

»Die Soldaten und die Polizei haben am Wochenende in Bujumbura zusammen gut neunzig Menschen getötet. Einer davon war ein kleiner Junge namens James, der nur rausgegangen war, um Zucker zu besorgen. Ich weiß nicht, wieso, aber der Junge geht mir nicht mehr aus dem Kopf.«

»Warum kehrst du nicht zurück nach Hause, nach Spanien?«, fragte ich. »Nimm Wilfred mit.«

»Ich denke darüber nach«, sagte Víctor.

Auch das hatte er nie zuvor gesagt.

Nach dem Telefonat malte ich blutfarbene Rosenblüten, die aus dem Himmel über Burundi auf den See fielen, ihn über und über bedeckten und scharlachrot färbten.

AUGUSTA

Für unseren nächsten Ausflug besorgte ich für meine Eltern, Diego, Lola und Fermín Karten für den Tower of London. Wir wollten uns die Installation mit den Keramik-Mohnblumen ansehen, die sich aus einem Fenster der Burg auf den Rasen ergossen. Jede der 888 246 roten Blüten stand für einen im Ersten Weltkrieg gefallenen Soldaten des Commonwealth.

Blutgetränkter Boden, ein Meer aus Rot,
Das sich der Engel Blicke bot …

Das Gedicht stammte aus dem Testament eines unbekannten Soldaten.

Vor dem Bahnhof saß ein Obdachloser, und als ich vor ihm stehen blieb, hielt auch mein Vater in seinem Rollstuhl an.

»Möchten Sie vielleicht ein Sandwich?«, fragte ich.

»Irgendwas«, sagte der Mann. Sein Gesicht war von verkrusteten Wunden übersät.

Mein Vater sagte nicht, dass wir uns raushalten sollten. Er sagte nicht, dass es uns nichts anginge und dass es sowieso zu viele wären, zur Hälfte auf Drogen und zur anderen Hälfte Gauner – nein, er sagte nichts dergleichen.

Julia, er sagte nichts dergleichen.

Du wirst es nicht glauben, aber er ist mit mir in den Supermarkt gekommen und hat mit mir ein Thunfisch-Gurken-Sandwich ausgesucht und noch eine Flasche Lucozade und einen Marsriegel draufgelegt.

Mein Vater und Jim restaurierten weiter. Nachbarn kamen vorbei, betraten den viktorianischen Pferdewagen und plauderten miteinander. Barbara Cook holte ihre weißen Plastikgartenmöbel von hinten in den Vorgarten, damit die Leute sich zu ihr setzen konnten.

»Als wir hergezogen sind«, sagte Lola Alvárez, »habe ich nie verstanden, warum ihr alle hinter euren Häusern im Garten sitzt und die Nachbarn ausschließt. In Spanien sitzen wir vorne. Die alten Frauen stellen ihre Sessel auf den Bürgersteig.«

»Wie sähe das aus!«, sagte meine Mutter.

»Ach, Jilly«, sagte Lola Alvárez. Tränen stiegen ihr in die Augen, wie immer, wenn sie mit meiner Mutter sprach.

Die ersten Blätter wehten durch den Willow Crescent, und Barbara machte den Nachbarn heiße Schokolade und holte Kunstpelzauflagen für die Gartenstühle. Wir näherten uns mit großen Schritten dem 5. November, dem ersten Jahrestag.

Ich muss Julia davon erzählen.

Wovon?

Vom Jahrestag ihres eigenen Todes?

Vielleicht von dem prächtigen Wohnwagen, der vor unseren Augen Wirklichkeit wurde. Und der nie gekauft worden wäre, wenn sie und Graham nicht gestorben wären.

Ich saß mit Lola Alvárez und Barbara Cook am weißen Gartentisch, und wir sahen meinem Vater und Jim dabei zu, wie sie einträchtig, schweigend, vor sich hin werkelten.

»Jim und ich schlafen wieder in einem Bett«, sagte Barbara und wurde ein bisschen rot. »Er geht jetzt zu den Anonymen Alkoholikern. Und die Sache mit der Restauration ist eine große Hilfe.«

»Restauration«, sagte ich. »Ein sehr großes Wort.«

»Es wird noch Monate dauern«, sagte Barbara. »Jim will einen Unterstand bauen, damit sie auch bei Regen arbeiten können. Das wird sie durch den Winter bringen, meinst du nicht?«

PARFAIT

Im November besuchte Papst Franziskus Afrika. Kenia und Uganda und die Zentralafrikanische Republik standen auf dem Programm. Es war das erste Mal, dass ein Papst in ein aktives Kampfgebiet reiste.

Wilfred nahm ein Messer und zerschnitt die Pappkartons aus seinem Lager in große Stücke, legte sie in einer langen Reihe auf den Hang und schrieb mit schwarzem Marker darauf: PAPA, HILF MEINEM LAND BURUNDI.

Ich musste weinen, als Víctor es mir erzählte.

Víctor sagte zu Wilfred, er wisse nicht einmal, ob der Papst über Burundi fliegen würde. Wilfred zuckte nur die Schultern und zeigte in den Himmel.

»Er hofft wohl, das Flugzeug wird umgeleitet, damit er die Botschaft doch noch liest«, sagte Víctor.

Vielleicht würde der Papst sich ja an dieses vergessene Land erinnern – ein dunkles Land voller schwerer Herzen, mit einem federleichten Namen.

Es regnete auf die Pappstücke, die Tinte löste sich auf, und die Worte flossen den Hügel hinunter und in den See zu den Krokodilen.

Der Papst kam nicht.

AUGUSTA

In Hedley Green regnete es den ganzen Dezember hindurch.

In den Geschäften erklangen fröhliche Weihnachtslieder.

Über ein Jahr war vergangen.

Mum und Dad hatten den Wohnwagen, und sie hatten die Wohnwagengruppe. Die fand sich nun regelmäßig auf den Gartenstühlen unter dem Partyzelt zusammen, das Jim Cook von den Dunnetts geborgt hatte. Er hatte auch einen Terrassenofen gekauft, damit niemandem kalt wurde.

Ich wusste, dass ich es nicht noch ein Weihnachten hier aushalten würde.

Ich ging rüber zu Nummer 13.

Ich sagte Diego, dass ich wegwollte.

Er fragte, ob er mitkommen könne.

Er dachte, ich wolle nach La Higuera.

Das dachte ich auch, aber in meinem Kopf war es nur eine vage Idee gewesen, kein Plan.

Lola Alvárez bot uns das Haus an. Sie und Fermín wollten Weihnachten in England verbringen.

»Bleibt, so lange ihr wollt«, sagte sie. »Von mir aus könnt ihr sechs Monate bleiben. Genießt die Sonne! Ihr könnt es gebrauchen.«

Als ich meinen Koffer packen wollte, war er voll mit Julias Sachen. Ich legte sie auf ihr Bett.

»Lass sie da liegen«, sagte meine Mutter. »Dann ist es, als würde sie zurückkommen.«

Sie setzte sich daneben, strich mit der flachen Hand über die Stoffe, und dann breitete sie Julias Hochzeitskleid auf dem Kissen aus.

Während ich packte, machte sie alle fünfundvierzig Seidenknöpfe zu und wieder auf.

Am 5. Dezember fuhren uns meine Eltern und Lola Alvárez gemeinsam zum Flughafen Gatwick. Im Radio sang ein Junge mit eindringlicher Stimme »Stille Nacht«, aber mir kam die Nacht weder still noch heilig vor. *»Schlaf in himmlischer Ruh«,* sang er jetzt. Seine Stimme füllte den Wagen. *»Schlaf in himmlischer Ruh.«*

Fliegen war für mich halb Glück, halb Horror.

»Wir sind im Nirgendwo«, sagte ich zu Diego.

Er runzelte die Stirn.

»Ich hab übrigens ein neues Wort für Himmel«, sagte ich. »Ich bin wieder bei *I* angekommen.«

»Du liest das Wörterbuch *noch mal*?«

»Es gibt mir Trost.«

Ich zerrte das klobige Wörterbuch aus meiner Reisetasche.

»Guck!«, sagte ich. »*Irej*. Das Wort ist mir noch nie aufgefallen. *In der slawischen Mythologie glaubte man, dass Störche die ungeborenen Seelen vom Irej auf die Erde bringen. Irej ist der Ort, an den die Vögel zum Überwintern fliegen, von dem die Kinder stammen und an den die Seelen der Toten zurückkehren.«*

»So ein Blödsinn«, sagte Diego.

Er zog sich seinen Pulli über den Kopf und schlief ein. Wie Olly Macintosh. Machen alle Männer das?, fragte ich mich. Aber um mich herum sah ich mehrere pulloverfreie Männerköpfe.

Träge blätterte ich weiter und landete bei L und beim Wort *Liebe*. Das hatte die seichteste und armseligste Definition, die man sich ausdenken konnte. Ich klappte das Wörterbuch zu.

In der Gratiszeitung las ich über eine Sonde, die den Saturn umkreiste und dabei Fotos von der Erde machte.

Als Diego wieder aufwachte, wussten wir nicht, worüber wir reden sollten.

Wir landeten.

Wir nahmen ein Taxi.

Wir redeten noch immer kaum.

Entlang der Olivenfelder näherten wir uns mit dem Taxi La Higuera. Links vom Strand flatterten bunte Drachen wie Girlanden am Himmel. Ich hielt den Atem an, als wir das Dorf erreichten und links auf die Promenade abbogen, und fühlte einen Stich beim Anblick der vertrauten Orte: hier das Restaurante Raúl, da der Laden, wo Julia die Zeitung geklaut hatte.

Das Taxi hielt an.

Wir stiegen aus.

Ich blickte hinunter auf die Dünen.

Da unten am Strand war der Maler, den ich schon damals gesehen hatte, als ich mit Olly hier war: Er malte. Ich bezahlte den Taxifahrer und ging auf den Mann zu. Ich betrachtete aufmerksam sein Gesicht, seine glatte, dunkle Haut, den dicken Zopf aus vielen kleinen Zöpfen, seine muskulösen Arme, die Adern auf seiner rechten Hand und wie sie den Pinsel führte. Ich konnte nicht erkennen, was er malte – er hatte gerade erst angefangen.

Für einen Moment konnte ich vergessen.

Ich stand nur da und sah ihn an. Ich war fasziniert von ihm, wie man es von einem Gemälde oder einer Skulptur sein konnte oder einer Figur in einem Buch, von der man noch Jahre nach dem Lesen träumte.

Diego rief: »Was guckst du dir an?«

Und ich sagte: »Nichts.«

Auf dem Platz war eine Bar offen, und aus dem Fernseher hallte blechern der Applaus eines Stierkampfpublikums über das Kopfsteinpflaster.

»Lass uns was essen gehen«, sagte Diego. »Komm!«

Die Uhr am Kirchturm schlug achtmal.

Da war der Maler wieder. Er und zwei andere Männer – der eine mit Hut und Pferdeschwanz, der andere mit Unterhemd und Tätowierungen – zogen einen riesigen Weihnachtsbaum aus einem Bus.

»Das ist der Maler vom Strand«, sagte ich zu Diego. »Ich glaube, der wohnt in dem Bus.«

Wir gingen auf die Männer zu, die gerade mit Seilen und Leitern den Baum vor der Kirche aufstellten.

Diego deutete mit dem Kinn auf den Baum. »Das ist neu«, sagte er.

Ich hielt mich zurück.

»Die Zeremonie findet Heiligabend statt«, sagte der Maler auf Spanisch. »Ich hoffe, ihr kommt auch.«

Er bekam Grübchen in seinen dunklen Wangen, wenn er lächelte.

»Es ist eine Spendenaktion für die Flüchtlinge – ein Baum, um an die Toten zu erinnern«, sagte er.

O nein, nicht die Toten.

Wir waren gekommen, um sie zu vergessen.

»Wir hatten hier nie einen Baum«, sagte Diego, als wir die Bar betraten. »Ich frage mich, wer der Typ ist.«

Und ich erst, dachte ich.

Hör auf, dachte ich.

Wir setzten uns an den Tresen und bestellten Tapas: Tortilla, scharfe *patatas bravas,* Garnelen in Knoblauchöl.

Da war Raúl, dem das Restaurant am Strand gehörte, mit seinen buschigen Brauen und den verschmitzten, dunklen Augen. Er kaute auf einem Zahnstocher, umringt von alten Männern in grauen Hosen und Mützen. Alle hatten die Ellbogen auf die gekachelte Theke gestützt und schauten mit halbem Auge auf den Fernseher, wo der Stier gerade im Sand zusammenbrach.

»Na, euch zwei kenne ich doch, oder?«, sagte Raúl, klatschte Diego auf den Rücken und gab mir einen Kuss auf beide Wangen, nachdem wir uns neu vorgestellt hatten.

Nach dem Essen führte er uns hinaus über den Platz und in eine Seitenstraße, vorbei an streunenden Katzen, die auf Mülltonnen Fischreste fraßen und aus Pappkartons und alten Schuhen hervorgehuscht kamen. Als ich in die Hocke ging, verkrochen sich die meisten wieder im Müll, nur ein winziges schwarzes Kätzchen schob seine Schnauze aus einer Blechdose hervor. Es schnupperte an meinen Fingern und rieb sein herzförmiges Gesicht an meiner Hand.

Mir war nach Weinen zumute.

Aber ich wusste nicht, wie.

Es war noch immer keine Träne gekommen.

Keine einzige.

Seit dem Tag, als sie starb.

»Na komm!«, rief Diego.

Aber ich wollte nicht von der kleinen Katze weg.

Ich wollte, dass sie weiter an meiner Hand schnupperte.

Doch dann stand ich auf, und wir drei gingen weiter zu Raúls Haus, wo wir über die Außentreppe die Dachterrasse betraten. Von da hatte man einen Blick auf das Restaurant und den Strand. Neben dem Restaurant hatte ein *Ausländer* einen Betonwürfel mit Glaswänden hingesetzt und eine Galerie eröffnet.

»Es passt nicht in den Ort«, sagte Raúl. »Wozu brauchen wir eine Kunstgalerie in La Higuera?«

Auf der Wäscheleine schob er ein kariertes Tischtuch zur Seite, um uns sein neues Teleskop zu zeigen, und ich blickte hindurch in den enormen, funkelnden Himmel. Ich dachte an die Sonde, die den Saturn umkreiste und uns daran erinnerte, dass die Erde nur ein winziges Pünktchen war wie der ganze Rest und wir alle darauf zusammengepfercht. Alles – *alles* – ist rätselhaft, dachte ich.

»Na komm, Augusta«, sagte Diego. »Ich bin kaputt.«

Ob er zu Julia auch immer *Na komm* gesagt hatte?

Wir gingen runter in die Küche, um Raúls Frau Teo zu begrüßen, die gerade Garnelen briet. Sie schlang die Arme um mich. Ihre Haare waren weiß geworden, und sie sah sehr schön aus.

»Willst du mal mit uns ausreiten?«, fragte Raúl. »Jetzt, wo dein Vater dir nichts mehr verbieten kann?«

Er lachte.

Ich sah meinen Vater, wie er mit seinen rosa Knien dastand – *stand,* als seine Beine noch konnten – und *»Sombrero! Sombrero!«* stammelte, mit seinen furchtbaren englischen R's und O's.

»Sehr gern«, sagte ich. »Ich mach mir nichts aus Reithelmen.«

Zurück im Haus, in meinem Schlafzimmer, wickelte ich mich in eine Decke, aber mir war immer noch kalt. Ich erinnerte mich daran, wie ich hier nackt in der Sommerhitze gelegen und Julia mit einem kleinen Batterieventilator Luft zugefächert hatte. Ich hörte das leise Brummen und unser Lachen, so sorglos, so ungewarnt.

Am Morgen kehrten Diego und ich in die Bar am Platz zurück, um zu frühstücken – Tomate und Knoblauch auf geröstetem Brot.

»Weißt du noch, wie Julia in dieser Tanzshow eine Sternschnuppe war?«, fragte ich. »Wie sie so schnell über die Bühne wirbelte, dass wir dachten, sie hebt ab?«

»Ich will nicht mehr über sie reden«, sagte Diego. »Wir reden über nichts anderes.«

»So halten wir sie lebendig«, sagte ich.

»Wir können sie nicht lebendig halten«, sagte Diego. »Wir müssen sie sterben lassen.«

Der Knoblauch verwandelte sich auf meiner Zunge in Metall.

»Sollen wir morgen nach Cádiz fahren und ein Teleskop für *unsere* Dachterrasse kaufen?«, fragte ich. »Wir könnten es uns gegenseitig zu Weihnachten schenken.«

»Ich hab es satt, immer deprimiert zu sein«, sagte Diego. »Das muss das Ende sein. Ein neuer Anfang. Es geht nicht anders.«

Vergiss sie doch nicht so schnell, dachte ich, du hast sie ihr halbes Leben lang geliebt.

»Man kann nicht einfach aufhören, traurig zu sein«, sagte ich. »Man gerät unter so einen Riesendruck. Ich glaube, Julia hat zu verzweifelt versucht, glücklich zu sein.«

»Wir müssen irgendwann darüber hinwegkommen«, sagte Diego, kippte den kleinen Glasbecher mit Kaffee runter und knallte ihn auf den Tisch. »Einen Schlussstrich ziehen. Vielleicht siehst du es anders, aber ich will glücklich sein. Man lebt nur ein Mal.«

»Glaubst du auch, man liebt nur ein Mal?«, fragte ich.

Doch er antwortete nicht.

»Ich erwarte gar nicht, darüber hinwegzukommen«, sagte ich. »Es ist in mir drin, und ich erwarte, dass was Neues daraus wächst. Wie in einem Beet. Man kippt Mist auf die Erde, und neue Pflanzen wachsen.«

»Da unterscheiden wir uns«, sagte Diego und winkte den Kellner herbei. »Ich will den Mist hinter mir lassen. Mir ein neues Beet suchen. Für mich ist es Zeit, nach vorne zu schauen.«

»Das klingt ziemlich kaltherzig, Diego«, sagte ich. »Ich kapier gar nicht, was du meinst. Ein neues Beet? Es ist doch erst ein Jahr her. Was willst du sagen? Dass du dir jetzt eine Neue suchst?«

»So hab ich das nicht gemeint«, sagte er. »Aber ich kann auch nicht ewig in der Vergangenheit leben.«

Er bestellte noch einen Kaffee.

Ich starrte ihn an.

»Ich fänd es etwas komisch, wenn du Mädels mit nach Hause bringst«, sagte ich.

Er antwortete nicht.

Aber mir war nicht ganz wohl bei der Sache.

Er kippte den Kaffee runter, und wir machten uns auf den Heimweg.

Vor dem Strandladen hockten ein paar weiße Tauben. Natürlich dachten wir beide – augenblicklich – an Julia, doch wir sagten nichts.

»Sie kommen vom Palomar de la Breña«, sagte Diego. »Warst du da schon mal?«

»War ich wo?«

»Es ist ein riesiger Taubenschlag, quasi mit eigenen Straßen. Früher wurden da Zigtausende Vögel pro Jahr für die Fleischproduktion gezüchtet, glaube ich.«

»Menschen essen keine Tauben.«

»Früher schon«, sagte Diego. »Sie waren lebender Vorrat für die Seefahrer, die für uns neue Länder erobert haben. Als wir noch ein Weltreich waren.«

»Warum mussten Europäer eigentlich immer alles erobern?«, fragte ich. »Konnten wir nicht einfach auf Besuch vorbeischauen? Anstatt die Länder gleich zu klauen?«

»Warum musst du immer aus allem eine große Sache machen?«, fragte Diego. »Kannst du's nicht einfach hinnehmen?«

»Wollen wir nach Cádiz fahren und ein Teleskop kaufen?«, schlug ich vor, denn ich wollte mich nicht streiten. »Ich will mehr über den Mond und die Gezeiten und die Namen der Sterne lernen.«

Als ich den kleinen Laden betrat, um eine Flasche Wasser zu kaufen, stand da dieselbe Frau, wieder in ihrem hellblauen Hauskleid, die kurzen Ärmel gespannt über den dicken Oberarmen. Sie fragte nach Julia.

»Sie ist vor einem Jahr gestorben«, sagte ich. »Wir mussten mal weg von allem.«

Ich hielt kurz inne und sagte dann zu meiner Überraschung: »Meine Mutter hatte sie lieber als mich.«

Da, es war raus.

Mit den spanischen Wörtern war es irgendwie leichter zu sagen – ich weiß auch nicht, warum.

»Oder hatte vielleicht *deine Schwester* deine Mutter lieber?«, entgegnete sie. Sie hatte auf einmal einen bitteren Zug um den Mund.

Ich sah sie an.

»Ich habe auch Töchter«, sagte sie, ohne zu lächeln.

Ihre dicken Arme hatten mir Zutrauen gegeben, doch ihre Worte verletzten mich.

»Es recíproco«, sagte sie. *»El amor.«*

Ist die Liebe reziprok?, überlegte ich.

Eine Art Reflex?

Da liebt dich jemand, und du liebst ihn halt zurück.

Hatte ich Olly Macintosh all die Jahre nur deshalb geliebt, weil er mich liebte? Und hätte sich wer anders dafür entschieden, mich zu lieben, wäre es eben der geworden? War ich so willensschwach? Falls ja, stellte ich eine Gefahr für mich dar.

Und haben Eltern nicht die Pflicht, zuerst zu lieben und gleichwertig zu lieben und besser zu lieben als ihre Kinder? Oder hätte ich ihnen etwa dabei helfen sollen, mich zu lieben – indem ich genau das war, was sie sich wünschten?

Was immer das war.

Dabei wusste ich natürlich genau, was das war.

Sie wollten, dass ich Julia war.

Julia war genau das, was sie sich gewünscht hatten.

An Heiligabend kauften wir in Cádiz das Teleskop, wobei Diego mir die Auswahl überließ, er schien kein Interesse zu haben. Als wir später am Abend für die Feierlichkeiten zum Platz kamen, standen dort Körbe mit Planeten und Sternen aus Goldpapier bereit sowie Becher mit schwarzen Filzstiften und Sammelbüchsen für die Flüchtlinge und ihre Familien.

Diego und ich gingen nach vorne, um unsere Spende abzugeben.

Ich ließ Diego einen goldenen Planeten aussuchen und schrieb *Julia* auf die Rückseite. Dann ließ ich ihn einen Stern ziehen und schrieb *Rose* hintendrauf. Dann schrieb ich einen für Graham Cook.

Männer kletterten auf die Trittleitern, und kleine Kinder krochen unter die Zweige mit den Namen ihrer Großeltern in verschmierten schwarzen Buchstaben.

So werden wir wohl alle enden.

Eine Buchstabenfolge.

Ein Wort, das nach und nach obsolet wird.

Der Maler sprach ins Mikrofon.

»Den Behörden zufolge starben dieses Jahr rund dreitausendsiebenhundertsiebzig Migranten und Flüchtlinge beim Versuch, das Mittelmeer zu überqueren. Für sie war Europa ein Ort der Hoffnung«, sagte er.

»Wir können ja schlecht alle aufnehmen«, hörte ich Raúl zu Teo sagen. »Wir werden überrannt. Es ist nicht machbar.«

»Hast du mal die Nachrichten gesehen?«, flüsterte ich Raúl zu. »Würdest *du* in Aleppo bleiben? Oder in Mosul? Jemand muss sie aufnehmen.«

»Bevor wir uns heute Abend hier versammelt haben«, fuhr der

Maler fort, »hingen 3770 Sterne im Baum für die ertrunkenen Flüchtlinge. Jetzt habt ihr die Namen eurer Verstorbenen dazugehängt, und wir können die Lichter einschalten.«

Ich sah ihm gebannt ins Gesicht.

Ich musste mich zwingen, wegzusehen.

Der Baum ging an, und eine feierliche Stille legte sich über den Platz.

Aber immer noch wollten keine Tränen kommen.

In mir war ein Damm.

Das Weinen des Babys in der lebenden Krippe durchbrach die Stille, und der große elektrische Stern über dem Stall wurde eingeschaltet.

Ein Mann von der Gemeindeverwaltung mit Goldkette um den Hals nahm den Maler beim Arm und posierte kurz für den Fotografen. Schaut mich an mit dem Flüchtling, schien er zu sagen. Dann nahm er mit seiner Entourage, dem Maler und dem Priester an einem weiß gedeckten Tisch Platz, um zu Abend zu essen.

Ich musste immerzu den Maler ansehen.

Dann gingen Diego und ich zum Strand hinunter und blickten hoch in die Sterne, die ungewöhnlich hell strahlten und Lichtwolken vor dem blauschwarzen Himmel bildeten.

»Die Römer benannten die Planeten nach ihren wichtigsten Göttern«, plapperte ich drauflos. »Weil Venus der hellste war, benannten sie ihn nach der Göttin der Liebe. Sie hat zwei riesige Kontinente.«

»Woher weißt du all diese Sachen?«, fragte Diego.

»Heute haben wir alles auf dem Handy«, sagte ich. »Früher hab ich so was einfach im Gehirn gespeichert. Julia hat es ziemlich genervt. Nervt es dich?«

Er schüttelte den Kopf.

»Heute tragen wir alle unser Gehirn in der Hosentasche, schon komisch, oder?«, sagte ich. »Meinst du, unser Gehirn wird sich nach und nach so anpassen, dass immer weniger Informationen reingehen? Und irgendwann sind wir wieder Neandertaler, nur mit iPhones?«

Diego lächelte mich an.

»Dann verkümmert unser Gehirn wie der Blinddarm«, sagte ich. »Aber dafür werden die Telefone immer schlauer und regieren irgendwann die Welt! Und dann tragen sie Menschen in der Hosentasche. Aber bis dahin sind wir sowieso alle nur noch Apps.«

Da war etwas Ungewohntes in Diegos Lächeln.

Ich konnte es nicht einordnen.

»Du bist echt ein Unikat, Augusta«, sagte er.

Wir verbrachten den ersten Weihnachtstag am Strand.

Es war warm und sonnig.

Wir liefen bis hinunter zu unserer alten Stelle, aber das Boot im Sand war nicht mehr zu sehen. Auf einem kleinen Alublech grillten wir Sardinen, die voller Gräten waren.

»Frohe Weihnachten«, wünschten wir einander unfroh.

Das neue Jahr kam.

Der Flüchtlingsbaum verschwand.

Der Maler auch.

Ich hielt immer Ausschau nach seinem Bus, doch er kam nicht mehr zurück.

Der große alte Baum lag kahlästig wie ein Saurierskelett bei den Mülltonnen an der Hauptstraße, und hin und wieder wehten goldene Pappsterne durch die Straßen. Ich hoffte immer, dass Julia und Rose eines Tages vorbeiflattern würden. Aber das taten sie nicht.

Raúl, Teo und ich machten am frühen Morgen oder bei Sonnenuntergang, manchmal auch im Dunkeln, unsere Ausritte am Strand. Der silbrig schimmernde Mond, die Reiher vor dem dunklen Himmel, die Hufschläge auf dem nassen Sand, die Gischtspritzer im Gesicht: All das umgab mich mit einem eigenartigen Kribbeln wie mit einem Mantel.

In diesem Mantel hatte ich ganz kurz das Gefühl, dass *alles gut* war, dass es da eine Wirklichkeit jenseits der Wirklichkeit gab, irgendetwas anderes, etwas Tröstendes, Wiedergutmachendes, Wiederganzmachendes.

Hinterher, wenn wir die Pferde absattelten, war ich erfüllt von einem friedlichen, lebendigen, beinah numinosen Gefühl, das Linderung brachte. Doch es hielt nie an.

»Seit wann ist der Maler eigentlich hier?«, fragte ich Raúl, als wir nach dem Reiten an der Bar Kaffee tranken. »Du weißt schon, der mit dem Flüchtlingsbaum?«

Ich gab mir alle Mühe, so beiläufig wie möglich zu klingen.

»Er ist wohl mit dem Boot gekommen«, sagte Raúl. »Zuerst hat er auf dem Bau gearbeitet, an dem großen Ferienkomplex, der nie fertig wurde. Und dann hat jemand in Tarifa sein Talent entdeckt.«

»Wo kommt er her?«, fragte ich, wieder ganz beiläufig.

»Das weiß niemand«, sagte Raúl. »Von irgendwo da drüben.«

»Und was ist mit dem Bus?«

»Da wohnt er drin und reist so herum. Seit der Baum abgebaut wurde, hab ich ihn nicht mehr gesehen.«

Ich möcht' wie der fahrende Händler sein,
Mit Pferd und Wagen bunt und fein!
Niemand weiß, woher er kommt,
Wohin's ihn treibt am Horizont.

An Ostern gab es immer noch keine Spur von dem Maler.

Seit Kurzem arbeitete ich zur Verstärkung für die Sommersaison in Raúls Restaurant mit. Dadurch fühlte ich mich ein bisschen mehr wie ein normaler Mensch mit einem normalen Leben. Irgendwie mochte ich das Gefühl, und das machte mir Angst. Hatte ich mir nicht immer was darauf eingebildet, mich all dem zu verweigern? Doch die Tage verstrichen, einer nach dem anderen, freie Tage wie Zahltage, und aus April wurde Mai.

Wenn ich meine Eltern anrief, wirkten sie seltsam beflügelt von der Aussicht, die ganzen Ausländer rauszuwerfen, endlich *Britain* für die Briten zurückzuerobern.

Am Tag der Brexit-Abstimmung im Juni sah ich den Maler wieder. Ich lief gerade am Kreisverkehr entlang, als sein Bus einbog. Während er vorbeifuhr, blickte ich entschlossen aufs Meer.

Als ich später zum Platz ging, war er auch da. Er unterhielt sich mit Leuten an den Marktständen. Von einem Ecktisch in der Bar aus beobachtete ich ihn: sein strahlendes Lächeln, die Art, wie er die Hände beim Reden bewegte.

Später sah ich ihn am Strand wieder, wo er mit ein paar Kindern Fußballtricks übte.

Am nächsten Tag rief meine Mutter an.

»Wir habens geschafft!«, sagte sie.

Diegos Lippen formten lautlos die Worte: »Sei freundlich!«

Also sagte ich: »Schön! Glückwunsch!«

»Es ist doch auch dein Land«, sagte sie.

Da war ich mir nicht so sicher.

»Jetzt werden die Uhren zurückgedreht«, sagte meine Mutter.

»Toll«, sagte ich und dachte, die können wir vielleicht zurückdrehen, aber die Zeit nicht. Und wenn wir es noch so sehr wollen.

»Ich möchte gern mit Dad sprechen«, sagte ich.

»Der versucht gerade, die Garagen zu fegen, für die Brexit-Party«, sagte sie. »Das fällt ihm alles nicht mehr so leicht, auch nicht mit dem kürzeren Besen.«

Mir zog sich das Herz zusammen bei dem Gedanken, wie er sich in seinem Rollstuhl in der Garage abmühte. Um alles *picobello* zu bekommen, wie er oft sagte.

»Na, dann viel Spaß bei der Party«, sagte ich zu meiner Mutter.

Dann ging ich den Müll wegbringen, über die Promenadenstraße, hinten bei den Tonnen, wo ich die kleine Katze zum ersten Mal gesehen hatte. Doch sie war nicht da. Da waren nur ein paar Jungs, die sofort wegrannten und dabei mit Feuerwerksböllern um sich warfen.

Dann kam stinkend die Müllabfuhr angefahren, und alle Katzen tauchten ab in ein altes Rohr.

Ein Stück weiter die Promenade hinunter befand sich die Galerie. Die Glastür war offen, und ich hörte von drinnen Geräusche. Ich trat ein.

Im nächsten Augenblick kam der Maler herein.

Er trug eine tief sitzende Jeans.

Man konnte den Bund seiner Boxershorts und hervorstehende Hüftknochen sehen.

Guck nicht so hin, hätte Julia gesagt.

Ich guckte aber hin.

Wenn ich ehrlich bin.

Er lehnte Bilder an die Wand, ging raus, brachte neue Bilder rein, ging wieder raus und kam wieder rein, mehrere Male. Ich gab mir alle Mühe, ihn nicht anzugaffen.

»Entschuldigung!«, sagte ich. Ich weiß nicht, warum.

Was peinlich war.

Meine Stimme hallte in den leeren vier Wänden.

Was hatte ich hier verloren?

Wofür *entschuldigte* ich mich?

Und wie kam ich hier wieder raus?

Ich konnte mich auf nichts konzentrieren. Er verwirrte mich. Mir glühten die Wangen – wegen nichts.

»Möchtest du diesem Bild einen Titel geben?«, fragte er.

Mir gefiel der Klang seiner Stimme aus der Nähe.

Mir gefiel, wie seine Augen funkelten.

Ich hatte die dumpfe Ahnung, dass meine Stimme nicht rauskommen würde, wenn ich den Mund aufmachte.

Ich blickte auf das Bild – eine riesige Müllkippe mit staksenden, kleinkindgroßen Störchen.

Er nickte zu dem Bild.

»Wie wäre es mit Gehinnom? Als Titel?«, schlug ich mit heißen Wangen vor.

»Das Wort kenne ich«, sagte er.

»Es ist die Müllhalde vor Jerusalem«, sagte ich.

»Und es bezeichnet die Hölle, stimmts?«, fragte er.

Er schrieb *Gehinnom* in perfekter Schreibschrift auf eine weiße Karte.

Ich hielt den Atem an, wie um einen Schluckauf zu unterdrücken.

»In meinem Land laufen jeden Tag Menschen barfuß durch den Abfall«, sagte er und heftete die weiße Karte mit *Gehinnom* an die Wand. »Sie suchen nach Metallschrott und Plastik zum Weiterverkaufen. Oder zum Bauen. Bei Regen mischt sich der Abfall mit dem Abwasser.«

Ich nickte.

Und hielt weiter die Luft an.

»Würdest du da nicht weggehen, wenn du die Chance hättest?«, fragte er.

Ich atmete aus – es kam als Keuchen heraus.

»Anscheinend«, sagte ich, »nehmen die Leute jetzt auch Plastik als Feuerholz, und es bringt sie um. Die Dämpfe gelangen ins Essen.«

Ich blickte auf seinen dunklen Handrücken, auf die tintenschwarzen Linien von Gehinnom. Dann ging ich ein Stück weg, wandte den Blick von ihm ab, sah durch das quadratische Fenster aufs Meer und spürte plötzlich eine Enge in der Brust, wie wenn Tränen aufsteigen.

»Wie wärs mit noch einem Titel?«, fragte er.

Ich kam zurück.

»Du siehst traurig aus«, sagte er, und er hatte so liebe Augen. »Hast du geweint?«

»Nein, ich kann nicht weinen«, antwortete ich, doch je länger ich in seine Augen blickte, umso mehr dachte ich, vielleicht kann ich es ja doch.

Er begann zu schreiben – die Buchstaben *T*, *R* und weiter, *Tränen*.

Da war der warme Mantel wieder, der mich umhüllte wie die Abenddämmerung am Strand – der Mond, die Gischt, die Reiher. Es war das gleiche Gefühl wie früher, wenn ich Julia schreiben sah: das leise Kratzen der Feder auf dem Papier, der geschmeidige Fluss der Tinte, die von der Karte durstig aufgesogen wird. Es gab mir Trost.

Tränen meiner.

Er lächelte, und seine lieben Augen strahlten aus seinem dunklen Gesicht.

Freundin.

Er sah mich an, und ich fragte mich, ob wir Freunde sein konnten.

Tränen meiner Freundin: Meine Tränen.

Das schrieb er.

Etwas kribbelte in mir.

»Wieder sind fünfhundert Menschen vor der griechischen Küste ertrunken«, sagte der Maler. »Es ist so tragisch. Sie haben zweitausend Dollar gezahlt – alles, was sie besaßen –, um zu ertrinken.«

»Wusstest du, dass sie Tauben einsetzen, um Schiffbrüchige aufzuspüren?«, fragte ich ihn. »Die haben nämlich bessere Augen als Menschen.«

»Manche Menschen haben bessere Augen als andere«, sagte der Maler und lächelte wieder.

»Tauben sind auch sehr mutig«, sagte ich.

»Menschen auch«, sagte er. »Ich habe einige außergewöhnliche Menschen kennengelernt. Du bestimmt auch.«

Ich nickte, obwohl ich mir da nicht so sicher war.

Im Willow Crescent.

In Durham an der Uni.

Julia hatte ich gesagt, dass ich außergewöhnlich sein wollte, aber ich wusste, das war ich nicht.

Jedenfalls noch nicht.

Mir fiel keine Antwort ein.

Also ging ich, ohne Auf Wiedersehen zu sagen.

Ich dachte: Wieso zum Teufel hab ich von den Tauben angefangen?

Fünfhundert Tote – und ich erzähl was von mutigen Tauben.

Ich schämte mich.

Verdammte Tauben.

Ich konnte nie wieder ein Wort mit ihm wechseln.

Ich hatte mich unsterblich blamiert.

Jeden Tag, wenn ich an der Galerie vorbeilief, drehte ich den Kopf weg, um ihm nicht in die Augen sehen zu müssen.

Und jedes Mal, wenn ich mit dem Gedanken spielte, reinzugehen, schlugen meine Beine eine andere Richtung ein.

An Julias Geburtstag saß ich auf der Dachterrasse, und über mir segelten Vögel auf dem Wind. Entweder waren sie spät dran auf ihrer Reise nach Norden oder machten sich extra früh auf den Weg in die Wärme.

Jeden Morgen, wenn Diego zu seiner Arbeit in Conil aufbrach, bewegten Raúl und ich die Pferde am Strand und schwammen eine Runde im Meer, bevor die Menschenmassen kamen. Seit Teos Reitunfall arbeitete ich fast ununterbrochen im Restaurant. Sie war inzwischen aus dem Krankenhaus entlassen und zu Hause, mit ihrem gebrochenen Bein und der Halskrause. Ihr Gehirn, sagte Raúl, toi, toi, toi, sah im Scan unversehrt aus.

Mit dem Maler hatte ich nicht mehr gesprochen.

Nicht über Tauben.

Noch über sonst irgendwas.

Die Ausstellung war vorbei – alle Bilder waren verkauft worden, erzählten die Leute in der Bar am Platz.

Ich sah seinen Bus auf dem Kreisel am Ende der Promenadenstraße rechts abbiegen, und weg war er.

O nein, nicht heute.

Was, wenn er wieder sechs Monate wegblieb?

Wie absurd, dass ich nicht mehr mit ihm gesprochen hatte.

Klar bist du traurig, dachte ich, es ist Julias Geburtstag.

Aber es war nicht nur das.

Meine Mutter rief an.

Als ich abnahm, konnten wir beide erst nicht sprechen.

»Der schlimmste Tag«, sagte meine Mutter.

»Gibt es denn bessere Tage?«, sagte ich. »Oder einfach nur noch mehr Tage ohne sie?«

Schweigen.

Ich hatte das Bedürfnis, irgendwas Hoffnungsvolles zu sagen, aber mir fiel einfach nichts ein.

»Möchtest du wissen, was im Crescent so los ist?«, fragte meine Mutter.

Ohne den Geschichten meiner Mutter zuzuhören, saß ich da und blickte den Zugvögeln nach, sie sahen nur noch aus wie Eisenspäne um einen Magneten, und sie schrumpften weiter, zu Sprenkeln, zu Punkten, zu nichts.

»Und, was gibt's bei dir Neues?«, fragte meine Mutter.

»Nichts, eigentlich«, sagte ich. »Ich arbeite im Restaurant, ich schwimme, ich reite …«

»Ich hoffe, du trägst einen Helm«, sagte meine Mutter.

»Ja«, log ich.

»Die Frau aus dem Zeitungsartikel ist jetzt vom Hals abwärts gelähmt«, sagte meine Mutter.

»Mach dir keine Sorgen«, sagte ich.

»Und deine Flamenco-Stunden?«

»Sommerpause«, sagte ich.

»Meinst du, du wirst je heiraten, Augusta?«, fragte meine Mutter. »Morgen wirst du sechsundzwanzig.«

Ich sagte, ich wisse es nicht und müsse erst mal jemanden finden zum Heiraten, was wäre eine Hochzeit ohne Bräutigamrede, ha, ha.

»Die Ehe ist etwas so Schönes«, sagte meine Mutter. »Man hält zusammen, geht durch dick und dünn. Weil man es versprochen hat. Ohne Versprechen wäre es viel schwerer, glaube ich.«

»Es *ist* auch schön«, sagte ich. »Du und Dad, ihr seid so gut darin. Ihr zwei seid richtige Eheprofis. Ihr habt mir gezeigt, wie es geht. Wie man wirklich seine Versprechen hält.«

»Man bleibt einfach dabei«, sagte meine Mutter.

Eine lange Pause folgte.

Dann sagte sie: »Danke, Augusta.«

»Gern geschehen«, sagte ich.

»Ich glaube, das ist das Netteste, was du je zu mir gesagt hast«, sagte sie.

Das fühlte sich schön an, und am liebsten wollte ich auflegen und es genießen. Denn es würde nicht lange anhalten.

»Und, wie wirst du morgen deinen Geburtstag feiern?«, fragte meine Mutter.

»Vögel beobachten«, sagte ich. »Reiten.«

»Ich weiß überhaupt nicht, warum du dort leben willst«, sagte sie. »Wenn du gar keine Freunde hast, mit denen du deinen Geburtstag feierst. Wärst du hier, würde der halbe Crescent mitfeiern.«

»Mum«, sagte ich, »ich will dir schon lange was sagen. Es ist so: Ich hasse den Willow Crescent.«

Schweigen.

Vielleicht hätte ich nicht *hasse* sagen sollen.

Mag nicht hätte gereicht.

»Was aber nicht heißt, dass ich *dich* hasse«, sagte ich. »Ich liebe *dich.*«

Ich hätte das *liebe* betonen sollen, nicht das *dich.* Halb hoffte ich, sie würde es auch zu mir sagen. Aber im echten Leben wäre das wahrscheinlich peinlich gewesen. Im Kopf geht es immer leicht, da können alle über ihren Schatten springen.

»Ich finde es besser, ehrlich zu sein«, fuhr ich fort. »Dann kann man seine Erwartungen anpassen.«

»Und wann kommst du zurück?«, fragte meine Mutter. »Nach Hedley Green?«

»Mum«, sagte ich. »Ich komme nicht zurück nach Hedley Green. Ich bleibe hier.«

Dann wusste sie nichts mehr zu sagen, und ich fühlte mich schrecklich schuldig, weil Julia gesagt hatte, Sinn und Zweck von Familien sei es, zusammenzustehen.

Am nächsten Morgen, als ich vom Reiten zurückkam, rief meine Mutter wieder an.

Diego hatte, bevor er zur Arbeit ging, Luftballons an die Haustür geknotet, und auf dem Tisch stand eine Schachtel mit frisch gebackenen *ensaïmades*, mit einer Schleife drum.

»Alles Gute zum Geburtstag«, sagte meine Mutter ausdruckslos am Telefon.

»Danke«, sagte ich ausdruckslos zurück.

»Ihre Tauben fliegen immer noch jeden Abend übers Haus«, sagte meine Mutter.

»Ich könnte nicht hinsehen«, sagte ich.

»Mir gibt es Trost.«

»Das ist schön.«

»Ich geb dir deinen Vater«, sagte meine Mutter.

Er machte ein paar komische Laute in den Hörer, und ich dachte an Graham Cook und daran, wie mein Vater seine Laute immer gehasst hatte. Laute, die ihm zeigten, dass auch guten Menschen schlimme Dinge passierten. Und jetzt machte er diese Laute, weil schlimme Dinge passiert waren. Ganz gleich, wie oft man *Kein Grund zur Sorge* sagte, gab es eben doch, letzten Endes, Grund zur Sorge, und er konnte nichts dagegen tun.

Meine Mutter kam zurück ans Telefon.

»Bestimmt hast du schon von Diego gehört, dass Pally ein Kind bekommt«, sagte sie. »Lola war gestern Abend hier und hat es mir erzählt. Um mir gute Nachrichten an einem schlechten Tag zu überbringen, hat sie gesagt. Sie kann es nicht erwarten, Oma zu werden. Und sie hat gesagt, ich kann Ehren-Oma sein.«

»Das ist lieb«, sagte ich.

»Denkst du auch mal darüber nach, vielleicht ein Baby zu bekommen?«, fragte meine Mutter.

»Ja, vielleicht, Mum, vielleicht denk ich mal darüber nach«, sagte ich, obwohl ich wirklich nie darüber nachdachte.

»Es war die schönste Zeit meines Lebens«, sagte sie.

»Ja, ich weiß.«

»Es kommt mir so lange her vor.«

»Ja.«

»Ich hab immer so gern Sachen für euch genäht – kleine Kleidchen im Partnerlook.«

»Ich weiß.«

»Ich hab alle aufbewahrt – für den Fall …«

»Ich weiß«, sagte ich. »Wobei Julia ja einige zerschnitten hat, für die Patchworkdecke. Was ich übrigens …«

»Ich hoffe, du bescherst uns eines Tages Enkelkinder. Ich hab schon überlegt, ob du vielleicht … Also, wir haben darüber gesprochen, dein Vater und ich …«

»Ich habe keinen Freund, Mum, wie ich gestern schon sagte.«

Im Hintergrund gab mein Vater Laute von sich.

»Na, jedenfalls wünschen wir dir einen wunderschönen Tag«, sagte sie.

In diesem Moment füllte sich der Himmel mit Wolken, eine bauschte sich auf die andere, der Wind frischte auf, und es fing an zu regnen, obwohl es sonst nie regnete im August in La Higuera. Ich ließ mich vom Wind durchpusten, und warme Regentropfen klatschten mir ins Gesicht, erst zaghaft, dann immer heftiger.

Und dort im Wind sah ich uns, Julia und mich, wir saßen draußen auf der Terrasse, gerade landete die Taube auf der Magnolie. Wir standen bei der Trauerweide am Teich, fütterten Goldfische. Wir machten Feuer hinterm Schuppen, ließen Drachen steigen auf dem Old John Brown's und fischten im Bach nach Elritzen. Saßen beinebaumelnd auf dem dicken Ast auf der Hasenglöckchen-Lichtung, kugelten uns vor Lachen über Dads Unterhosen und traktierten unsere Beine mit nutzlosen Wachsstreifen. Und da war sie, auf dem Weg zum Altar, mit fünfundvierzig Knöpfen am Rücken und so bildschön, und dann schwanger mit Rose – und dann so traurig.

Wie hatte ich so blind sein können?

Wie hatte ich es übersehen können?

Wieso habe ich sie nicht aufgehalten?

Unwiederbringliche Vergangenheit.

Eine quälende Nostalgie erfasste mich.

Álgos – der Schmerz – *nóstos* – die Heimkehr.

Heimweh.

Meine Heimat war eine Person.

Die nicht mehr war.

»Es hat angefangen zu regnen«, sagte ich zu meiner Mutter.

»Hier strahlt die Sonne«, sagte sie.

»Es regnet nie im August«, sagte ich.

»Ich will dich nicht aufhalten«, sagte sie.

Aus den Pfützen im Garten drang der Geruch warmer Erde, Tauben landeten im Matsch.

Ich holte meine Lorca-Bände hervor und nahm sie mit auf die Dachterrasse, wo die Feuchtigkeit sich auf die Seiten legte.

Beim Lesen der vertrauten Gedichte trank ich eine Flasche Wein.

Allein auf der Dachterrasse ohne Julia.

Ich ging runter, holte mein Wörterbuch und ließ es aufklappen.

Es öffnete sich beim Buchstaben H.

Hobbykeller.

Och nee, nicht Hobbykeller.

Weiterlesen.

Ein neues Wort finden.

»Hodegetria«, sagte das Wörterbuch.

Neue Wörter machen mich so, so froh.

Egal, wie es mir gerade geht.

»Darstellung der Jungfrau Maria mit dem Kind auf dem linken Arm (auch als Halbfigur).«

So stand es im Wörterbuch.

Ich machte noch eine Flasche Wein auf.

Vielleicht gab es in der Kirche von La Higuera auch so eine Hodegetria, dachte ich, für die Jungfrau Maria hatten sie hier ja viel übrig.

Ich könnte nachsehen.

Irgendetwas musste ich machen.

Ich hatte extra freibekommen für meinen Geburtstag.

Heute waren keine Vögel am Himmel.

Ich lief oben am Strand entlang, der Kopf benebelt, die Beine bleischwer vom Wein. Ich lief vorbei am Laden und bog in die schmale Straße ein, wo die Katzen zwischen den Mülltonnen saßen und Lake aus Thunfischdosen schleckten.

Da war die kleine schwarze Katze wieder. Ich hockte mich hin, und sie reckte den Hals und legte ihr herzförmiges Köpfchen in meine Hand. Aber dann kam Raúl, und sie rannte davon.

»Die Tomaten sind aus«, sagte er. »Es ist rappelvoll im Restaurant, wegen dem Regen.«

Ich nickte.

»Alles in Ordnung?«, fragte er.

»Es ist ein schwerer Tag«, antwortete ich.

»Zünde in der Kirche eine Kerze an«, sagte er. »Dann geht es dir gleich besser.«

»Da wollte ich zufällig gerade hin.«

»Vergiss nicht, die *feria* beginnt heute«, sagte er.

Er hob den Daumen.

»Teos Halskrause ist ab, und die Scans waren unauffällig. Bleibt nur noch das Bein. Mit dem Bein kommen wir schon klar!«

»Ich freu mich so.« Ich meinte es von ganzem Herzen.

Meine nassen Füße rutschten von den Flip-Flops in die Pfützen.

Menschen kauerten sich in den Bars zusammen, beäugten misstrauisch den grauen Augusthimmel und riefen die Wettervorhersage auf ihren Handys ab. In der Markthalle nahmen sie Buddha-Statuen in die Hand und probierten indische Röcke an.

Ich betrat die Kirche.

Dort hing ein dunkles Gemälde der Jungfrau Maria mit dem Jesuskind, vielleicht eine Hodegetria, ich war mir nicht sicher, und davor eine Reihe brennender Kerzen wie auf einem Geburtstagskuchen.

Ich setzte mich auf eine Kirchenbank vor den Kerzen und begann wie von selbst, das Vaterunser zu flüstern, das wir in der Schule jeden Morgen aufgesagt hatten.

Vergib uns unsere Schuld, wie auch wir vergeben unsern Schuldigern.

Ich war nass und durchgefroren, als Diego hereinkam.

»Du zitterst ja«, sagte er.

Da bemerkte ich es auch.

Er hatte mir rote Rosen zum Geburtstag mitgebracht, und Champagner.

Julia mochte Rosen.

Mir waren Narzissen lieber.

Als wir nach draußen traten, hatte die *feria* begonnen. Die bunten Lichter flackerten auf unseren Gesichtern, Männer spielten Gitarre, Frauen tanzten Flamenco, Kinder fuhren Autoscooter und hüpften auf Trampolinen, formten Sterne mit ihren Körpern.

Diego steckte mir eine Rose ins Haar, wir leerten den Champagner und tranken *fino* aus Pappbechern, liefen betrunken nach Hause zurück, Arm in Arm, erzählten uns Geschichten über Julia, die wir längst kannten, und irgendwann lagen wir auf dem marokkanischen Bett mit den nassen Kissen, und das war keine gute Idee, es so weit kommen zu lassen, dass wir uns wärmten in den Armen des anderen, einander ins Innerste schauten auf der Suche nach ihr, dass wir wühlten und wühlten, fiebrig wie Hunde auf ihrer Duftspur.

Wir fanden keinen Trost im anderen, doch wir ließen es zu, wehrten uns nicht. *Vergib uns unsere Schuld*, Julia.

Wir hörten nur unser dunkles Stöhnen, unser Schmerz getarnt als Lust, für einen Moment – *la petite mort,* die flüchtige Bewusstlosigkeit –, und es überlagerte sich mit der Stimme meiner Mutter auf der Beerdigung und sickerte in die Schlammpfützen unter den Feigenbäumen, drang in die Erde ein, in die Tiefe.

Unsere Körper lösten sich voneinander, und wir lagen so da, ohne einander zu berühren.

Ein quälender Schmerz zuckte durch meine Adern, und ich fühlte die feuchte Hinterlassenschaft zwischen den Beinen, die mir den Oberschenkel hinunterlief. Ich musste an den Guano auf dem Glasdach denken.

Diego sagte nichts.

Es gab nichts, was ich von ihm hören wollte.

Nichts, was ich ihm sagen wollte.

Mehr als alles andere wollte ich: nichts.

Ich wollte, dass der Himmel schwarz wurde.

Damit ich mich nicht mehr sehen konnte.

Ich wollte, dass die Luft sich verdickte.

Damit ich die Grillen nicht mehr hören konnte.

Die Grillen, die Frösche, das Lauern der Nacht.

Frösche hockten zwischen den Steinen im Schwimmteich.

Der Hund von nebenan zerrte unter wildem Gebell an seiner Leine. Weiter hinten begann einer, den Mond anzuheulen. Die Hofhunde der Umgebung stimmten ein, es war ein Jaulen und Winseln von überall her. Ihr Geheul breitete sich über die trockene Erde aus, immer weiter und weiter zurück, über die verstreuten Höfe im Landesinneren, bis zum Fuß der Berge.

Eines Abends, als der Sommer zu Ende ging und der Strand sich nach und nach leerte, saßen Diego und ich bei offenen Fenstertüren hinten im Haus, abseits der Staubwolken und Insektenschwärme, die mit dem Wind von den Bergen herunterwehten.

»Ich hab nachgedacht«, sagte Diego.

Sein Blick war merkwürdig.

Und er hielt inne.

Und in seinem Gesicht geschah etwas.

Er setzte an, etwas zu sagen, stockte dann.

Und wurde rot im Gesicht.

Seine Lippen gehorchten ihm nicht.

»Wir könnten doch heiraten, Augusta, also du und ich.«

Ich starrte ihn an.

Er hielt mir seine Hand hin, die klein war wie die meines Vaters.

Und ich sagte: »Nein, Diego, nein, nie.«

Nie – *zu keiner Zeit, überhaupt nicht, auf keinen Fall, unter keinen Umständen* – steht im Wörterbuch.

Diegos Wangen liefen noch röter an.

»Aber wir leben hier schon acht Monate zusammen«, sagte er, »und wir haben auch, also …«

Er stockte und tastete wieder nach meiner Hand. »Nach der *feria*.«

Ich nahm seine Hand nicht.

Ich wandte mich ab.

»Es war so eine unglaubliche Nacht«, sagte Diego. »Ich muss die ganze Zeit daran denken. Aber ich wusste nicht, was ich sagen sollte, also hab ich geschwiegen. Ich hab mich gefragt, ob es dir vielleicht auch so ging.«

Atmen, atmen, atmen.

Es war keine *unglaubliche* Nacht.

Oder vielleicht war sie das doch.

Auf jeden Fall in dem Sinne, dass ich nicht glauben konnte, oder wollte, was ich da getan hatte.

»Diego«, sagte ich. »Es fällt mir wirklich schwer, das zu sagen – aber die Wahrheit ist, mir geht es nicht so.«

»Ich bin verliebt in dich, Augusta, also warum versuchen wir nicht einfach …«

»Hast du mir zugehört, Diego? Liebe ist reziprok. Beide Seiten müssen es fühlen. Und es tut mir so leid, aber ich fühls nicht.«

»Aber was war dann in der Nacht?«, fragte er gequält, und sein dunkles Gesicht war jetzt tiefrot.

»Das war ein Fehler«, sagte ich. »Da war die *feria*, und wir waren betrunken. Und ich war traurig und durchgefroren und einsam. Und es war Julias Geburtstag. Und dann meiner. Und es war einfach alles zu schlimm. Bitte lösche es aus deinem Gedächtnis – es war ein einziger großer Fehler.«

»Aber ich hab dich doch zu nichts gedrängt«, sagte Diego.

»Das ist es nicht. Du hast nichts falsch gemacht. Oder wenn, dann wir beide.«

Er tastete wieder nach meiner Hand.

»Ich glaube nicht, dass es falsch war«, sagte er. »Wir müssen uns nicht dagegen wehren. Es ist egal, was die Leute sagen.«

Wieder nahm ich seine Hand nicht an.

»Hattest du gedacht, ich könnte dein neues Blumenbeet sein?«, fragte ich.

»Was?«

»Du wolltest doch den Mist hinter dir lassen und dir ein neues Beet suchen.«

»Verdreh doch nicht alles«, sagte Diego. »Es sollte ein nettes Gespräch werden.«

»Tut mir leid«, sagte ich. »Ich wollte nichts verdrehen.«

»Wir könnten ein Baby bekommen«, sagte er. »Deine Mutter …«

»Nein, Diego«, sagte ich. »Du hast *sie* geliebt, nicht mich.«

»Warum soll ich denn nicht euch beide lieben können?«

»Es ist nicht richtig.«

»Dann können wir nicht zusammen hier im Haus bleiben«, sagte Diego.

»Du weißt, wie sehr ich an dem Haus hänge«, sagte ich leise.

»Ach, darum geht es, ja?«, sagte Diego. »Die ganze Zeit ging es nur darum.«

Ich stand auf und verschwand in mein Zimmer, legte mich auf das Bett mit der korallenroten Tagesdecke und blickte auf die Steinwände, das Treibholz auf der Fensterbank, mein langes rotes Kleid an der Zimmertür und dachte, ja, nur darum geht es.

Ich würde es nicht ertragen, nicht hier zu leben.

Wenn nicht in diesem Haus, wo sonst?

Was konnte ich tun?

Mir fiel nichts ein.

Was, wenn ich nicht einmal zu Besuch kommen könnte?

Nie mehr die Jungfrösche im Teich schwimmen sehen, die vertrauten Windungen in der Rinde des Feigenbaums, die wabernden Fäden im Wandteppich, die das Meer darstellten.

Ich schaltete das Licht nicht an.

Draußen wehte ein Wind, trotzdem war es heiß im Zimmer, und die Luft lag schwer auf meiner Haut. Zwischen Moskitonetz und Fensterladen war eine Fliege gefangen, sie summte die ganze Nacht, während ich abwechselnd schlief und wachte. Am Morgen traf ich Diego im dunklen, steinernen Flur.

Er machte den Mund auf.

Ich auch.

Keiner von uns bewegte sich, weder vor noch zurück.

»Wollen wir spazieren gehen?«, fragte er. »Ein bisschen reden?«

»Ich finde, wir sollten versuchen, es zu einem guten Ende zu bringen«, sagte ich. »Uns allen zuliebe.«

»Sprich doch nicht von Ende«, sagte er. »Davon hatte ich genug.«

Durch die Hintertür trat ich hinaus ins Licht und musste blinzeln.

»Lass uns zum Ende des Strands laufen«, sagte er.

»Ich dachte, du magst keine Enden«, sagte ich.

»Jetzt ist nicht unbedingt der Moment für Witze.«

»War eh schlecht.«

Wir spazierten in Richtung Dünen.

Da war der Maler mit seiner Staffelei.

Reihenweise Rosen in geraden Linien.

Er war zurück – nach so kurzer Zeit.

»Warum malst du Rosen?«, fragte ich ihn.

Ich fragte ihn.

Ich sprach mit ihm.

»Könnt ihr da ein andermal drüber reden?«, fragte Diego.

Wir gingen runter zum Wasser.

Ich zog meine Espadrilles aus und lief am Wasserrand entlang. Diego lief auf trockenem Sand, ein paar Meter abseits.

Wortlos, mit hängenden Köpfen, liefen wir weiter – und Julia lief zwischen uns mit.

»Woran denkst du?«, fragte ich.

»Ich denke immer noch, sie würde sich für uns freuen«, sagte er.

Wir gingen weiter.

»Woran denkst *du*?«, fragte Diego.

Ich dachte, dass die Vogelschwärme verkehrt am Himmel flogen, die Kiesel verkehrt am Strand lagen, dass der Maler reihenweise rote Rosen gemalt hatte und dass ich am liebsten zurückgehen wollte und ihn fragen, was sie bedeuteten.

Ich sagte nichts.

Ich zuckte die Schultern.

»Ich bin hin- und hergerissen«, sagte Diego.

»Zwischen was?«

»Ob ich dir etwas erzählen soll oder nicht.«

»Jetzt musst du's erzählen«, sagte ich.

»Aber ich weiß nicht, ob es richtig ist.«

»Nichts, was wir getan haben, ist richtig.«

Die Wellen rollten im gleichen Rhythmus weiter, Gischt klatschte auf den Sand, glitzerte auf meinen Beinen. Diego blieb auf dem trockenen Sand.

»Sie hatte mich gebeten, es dir nicht zu erzählen«, sagte er.

Wir waren ziemlich betrunken vom Cider, damals an dem Nachmittag im Park, aber wenn ich jetzt so darüber nachdenke – vielleicht hatte nur ich versprochen, keine Geheimnisse zu haben.

Er setzte sich hin.

Ich setzte mich hin, zu seiner Rechten.

Ich nahm einen Stein und warf ihn ins Meer, dann noch einen, und noch einen.

Der Wind hatte sich gelegt, und ein dünner Wolkenschleier verhüllte die Sonne. Cirrostratus, erinnerte ich mich.

»Es gibt etwas, das sie dir nie erzählt hat«, sagte Diego.

»Etwas, das genau hier passiert ist?«

Er nickte.

»Sie hat es mir erzählt«, sagte ich. »Am Tag vor ihrem Tod.«

»Am Tag vor ihrem Tod?«, rief Diego. »Und du bist nicht auf die Idee gekommen, es mir zu erzählen?«

»Ich dachte, es würde dir wehtun zu hören, dass sie ein Geheimnis vor dir hatte. Ich hatte doch keine Ahnung, dass du Bescheid wusstest.«

»Und du hast dich nicht gefragt, warum sie es dir ausgerechnet an diesem Tag erzählt hat, nach all den Jahren?«, fragte er und sprang auf, sichtlich aufgewühlt. »War es nicht offensichtlich, Augusta? Warum zum Teufel hast du nichts gesagt? Dann hätte ich vielleicht geahnt, was sie vorhatte.«

»Das ist gemein«, sagte ich. »Wir wünschten doch beide, wir hätten die Vorzeichen erkannt, aber wir müssen uns auch selbst verzeihen.«

»Du wusstest doch, wie labil sie war.«

Ich saß da und starrte aufs Meer.

Er stand da und starrte aufs Meer.

Wusste ich, wie labil sie war?

War es offensichtlich?

War es das wirklich?

»Sie hat mir die Geschichte nicht zu Ende erzählt, Diego. Wir standen vor dem Partyladen, am Tag davor, weißt du noch? Du kamst dazu, und sie hat nicht weitergesprochen.«

»Ach, jetzt gibst du mir die Schuld?«, fragte er und blickte auf mich herunter.

»Du hast doch mir gerade die Schuld gegeben«, sagte ich. »Ich habe nur gesagt, wir beide müssen uns selbst vergeben.«

Ich blickte zu ihm auf, und es war seltsam, sein Gesicht aus dieser ungewohnten Perspektive zu sehen – von hier unten wirkte sein Adamsapfel riesig, und er bewegte sich auf und ab.

»Dann war sie tot«, sagte ich, »und ich konnte sie nicht mehr fragen. Erzählst du mir die ganze Geschichte? Ich möchte sie hören.«

Die drei kamen hierher, um zu picknicken, erzählte Diego. An dem Morgen, als die Wolken Kugelfische waren.

»Dein Vater war irgendwie nervös, wie durch den Wind. Er hatte nicht geschlafen und meinte die ganze Zeit, es wäre keine gute Idee, so früh unterwegs zu sein, wenn noch keine Menschenseele am Strand war. Nur ein Reiter, der aber bald wieder verschwunden war«

»Raúl wahrscheinlich«, sagte ich.

»Julia sah einen schwarzen Mann am Strand liegen – und dein Vater hat ihr gesagt, sie soll sich fernhalten.«

Beim Erzählen lief Diego auf und ab, fast als wollte er die Geschichte nachspielen, hier, am Ort des Geschehens.

»Also ging sie weg. Aber dann drehte sie sich noch einmal um in

Richtung Meer. Sie dachte, sie hätte dort jemanden entdeckt, und wollte sicher sein.«

Diego blickte aufs Meer, bevor er sich mir zuwandte.

»Aber dein Vater wurde laut, brüllte sie richtig an. Ist total ausgeflippt«, sagte er. »Du weißt ja, wie er sein kann.«

»Konnte, früher«, sagte ich.

Julia flehte ihn an, nur ein Mal nachsehen zu dürfen.

Und meine Mutter sagte, da wäre ein Schwimmer gewesen, der ihnen gewinkt hatte. Zum Spaß. Bestimmt.

Zu dem Zeitpunkt war mein Vater vollends hysterisch geworden – er hatte panische Angst vor Gaunern am Strand. Oder etwas in der Richtung. Und Julia rührte sich nicht. Was ihr überhaupt nicht ähnlich sah. Noch nie hatte sie sich ihm widersetzt.

Also schlug er sie.

Ins Gesicht.

»Du tust, was ich dir sage«, brüllte er und zerrte sie weg. »Wir halten uns da raus.«

Die rote Wange.

Meine Mutter mit der After-Sun-Creme.

Und alle schämten sich.

»Sie hatte es immer mit Händen, ist dir das nicht aufgefallen?«, sagte Diego. »Sie hatte Albträume von dieser Hand. Draußen im Meer.«

»Nicht winkend, sondern ertrinkend«, sagte ich zu Diego. »Das Gedicht.«

»Das verfluchte Gedicht«, sagte er und schüttelte stumm den Kopf.

Ich sah einer Welle zu, die den Strand überspülte.

»Als Rose geboren wurde, stand ihre Hand nach oben ab«, sagte Diego. »Das hat sie verrückt gemacht. Sie sagte, das Baby wäre in ihr ertrunken …«

Das Wasser kam näher, zog sich wieder zurück.

Julia, dachte ich, warum hast du es mir nicht erzählt?

Wäre ich an dem Morgen mit ihnen zum Strand gegangen, wäre alles anders gekommen. Leben wären gerettet worden. Wäre ich nicht so faul gewesen. So egoistisch. So versessen darauf, allein zu sein.

Ich hätte merken müssen, wie schlecht es ihr nach Roses Tod wirklich ging.

Hätte müssen.

Hätte können.

Hätte.

Die grausamste Verbform von allen.

Hätte – hätte nicht. Längst zu spät.

»Glauben deine Eltern ernsthaft, dass sie den Zug nicht gesehen hat?«, fragte Diego, und seine Augen blickten kalt. »Wie kann man einen Zug nicht sehen? Lächerlich.«

Er lachte.

Er lachte wirklich – mit derselben Atemluft, mit der er das Wort *Zug* aussprach.

»Lass es sie doch glauben, wenn es ihnen hilft«, sagte ich.

»Augusta, warum versöhnen wir uns nicht?«, sagte Diego und trat näher. »Ihr zuliebe. Lass uns ein Zuhause erschaffen, Augusta, wir zwei, hier im Ort. Du liebst das Haus doch so sehr. Du kannst dein Buch hier schreiben. Wir könnten Kinder hier großziehen. Sie würden am Strand aufwachsen.«

»Du sagst, ich hätte es verhindern können, lachst meine Eltern aus, und im nächsten Atemzug erzählst du, du willst Kinder mit mir haben.«

Diegos Miene war auf einmal ausdruckslos und kalt.

»Ich will dich nicht mehr in meinem Haus haben, Augusta«, sagte er. Er wandte sich zum Gehen, aber dann drehte er sich noch einmal um und sagte: »Und erzähl mir nicht, du lachst deine Eltern nicht aus!«

Ich ging in mein Zimmer und packte meine Sachen.

»Das Teleskop kannst du behalten!«, rief ich durch Diegos Zimmertür.

»Ich wollte das blöde Teleskop sowieso nie!«, rief er zurück.

»Und mehr brauche ich über dich nicht zu wissen!«, schrie ich.

»Kannst du nur Menschen mögen, die Teleskope mögen? Das sieht dir so ähnlich!«, schrie er zurück.

Als ich durchs Tor ging, zitterten mir die Finger.

Wie bei meinem Vater.

Ich wollte ihn anrufen und ihm sagen, dass er nicht nur den Jungen umgebracht hatte. Sondern auch Julia. Indem er ihr nicht erlaubt hatte, ihn zu retten. Mit dieser Schuld hatte er ihr das Leben ruiniert. Aber hassen konnte ich ihn trotzdem nicht, wenn ich an seinen Rollstuhl dachte und an seine Cordpantoffeln und an die zitternden Finger und das Gesicht mit dem Riss in der Mitte.

Ich zog meinen Koffer über die Straße und auf den Dünensteg, aber am Fuß des Stegs ließ ich ihn stehen, weil die Räder im Sand nicht rollen.

Da sah ich den Maler.

»Kannst du meinen Koffer ein bisschen im Auge behalten?«, fragte ich ihn, ohne ihn direkt anzusehen. Irgendwie war es immer so, dass ich ihn nicht angucken konnte, nicht direkt, nicht in die Augen, obwohl ich es doch so sehr wollte. Ich wollte so gern wieder mit ihm reden.

»Ich muss nur kurz zum Ende des Strands gehen«, sagte ich und sah ihn immer noch nicht an. »Über etwas nachdenken.«

Ich blickte auf.

Er nickte.

Ich ging zu unserer Stelle.

Mit meinem Absatz malte ich ein großes *X* in den Sand.

X markiert die Stelle. Kein x-beliebiger Ort.

Ich setzte mich neben das *X*.

Versuchte, mir einen Weg durch meine Gedanken zu bahnen.

Warf Steine.

Ich weiß nicht, wie lange.

Mir klapperten die Zähne, obwohl es warm und schwül war.

Seenebel zog auf.

Der Maler kam auf mich zu.

Ich sah ihn nicht an.

Er stellte sich neben mich.

Ich sah ihn immer noch nicht an.

Versuchte, das Zähneklappern zu stoppen.

»Ich gehe jetzt«, sagte er. »Ich kann mich nicht konzentrieren. Deinen Koffer kannst du ja später abholen. Ich nehme ihn mit in meinen Bus.«

Er zeigte darauf, und ich nickte.

»Bleibst du noch?«, fragte er.

Ich nickte noch einmal.

»Was bedeutet denn das *X*?«, fragte er.

»Nichts«, sagte ich. »Oder vielleicht alles. Wie in Mathe.«

Ich drehte mich zu ihm um.

Er starrte auf das *X* und auf die Felsen und die Pinien und hinaus auf das dunstige Meer, das jetzt fast unbewegt war.

»Brauchst du einen Schlafplatz?«, fragte er.

»Woher weißt du das?«

»Ich habs mir gedacht. Hinten in meinem Bus ist eine Schlafecke mit Bett. Ganz separat.«

»Vielen Dank«, sagte ich.

Er blickte wieder auf das *X*, dann knotete er seinen Pullover auf, den er sich um die Hüfte gebunden hatte, und legte ihn mir um die Schulter. Aber es half nicht gegen mein Zähneklappern.

Er setzte sich neben mich, eine Fußlänge entfernt zwar, doch ich konnte ihn spüren.

Wir beide blickten nach vorn – ein bisschen, als wären wir im Pferdewagen unterwegs. *Frei und geschwind von Ort zu Ort.* Nur, dass wir keine Straße vor uns hatten, sondern das Meer. Und auf dem Kutschbock säße man enger zusammen.

Und das wäre.

Ja, wie wäre das?

Nicht auszuhalten.

»Also«, sagte er. »Warum das *X*? Und warum hier? Erzähls mir …«

»Ich möchte nicht«, sagte ich. »Erzähl du mir was.«

Immer noch blickte ich nach vorn, nahm die Zügel unseres imaginären Pferdes auf und lenkte es auf unserer imaginären Straße.

»Okay«, sagte er. »Was für eine Geschichte soll ich dir erzählen?«

»Sie muss mit *X* zu tun haben«, sagte ich, weil es das Erste war, was mir einfiel.

Er lachte.

Immer noch blickten wir nach vorn.

»Leute haben auf Plakaten ein *X* auf das Gesicht unseres Präsidenten gemalt«, sagte der Maler. »Und der hat sie dafür umbringen lassen. Für zwei einfache Linien. Wie verrückt ist das?«

Das weiß ich, dachte ich, das hab ich gelesen, das hab ich recherchiert.

Ich rührte mich nicht.

Oder anders ausgedrückt, ich konnte mich nicht rühren.

»Ziemlich gut, oder?«, sagte er. »Thema genau getroffen! Und fast ohne Vorwarnung.«

Ich versuchte zu lächeln und gleichzeitig zu atmen und Wörter zu formen. Vier Wörter wollte ich formen, vier einfache Wörter – ganz normale Wörter unter normalen Umständen.

»Wo kommst du her?«, fragte ich schließlich.

Ich horchte angespannt, spürte, wie ich unwillkürlich die Schultern hochzog und die Stirn runzelte.

Ich drehte den Kopf zu ihm.

Er drehte den Kopf zu mir.

Er lächelte, und sein Lächeln machte Grübchen in seinen Wangen.

»Burundi«, sagte er.

Ganz bestimmt drehte die Erde sich weiter.

Aber nicht für mich: Ich hing fest.

In der Schwebe.

Ohne zu atmen.

Ein neues Gefühl überkam mich. War es ein Gefühl? Oder eine Verdichtung der Atmosphäre, wie vor einem Sturm? Was immer es war, es war schwer und warm – und es tröpfelte aus den Buchstaben Burundis heraus, regnete aus dem großen *B* und dem *u* und dem *r* und dem *u* und dem *n* und dem *d* und dem *i* auf mich herab, strömte aus diesem Wort, das ich als Siebenjährige in der Bücherei auserkoren hatte. Aber nie zuvor hatte ich es so gehört, nie zuvor in seiner rauen Stimme, nie zuvor richtig ausgesprochen.

Ich war von Kopf bis Fuß in Burundi getränkt.

Burundi, Burundi, Burundi.

Sag etwas.

Ich hörte die Stimme meiner Mutter: *Ich weiß gar nicht, was du mit all den Notizen vorhast.*

Aber ich wusste es auf einmal ganz genau.

»Präsident Nkurunziza, der so viel Hoffnung versprach, hat sie euch wieder genommen«, sagte ich und sah ihn dabei direkt an. »Wie viel kann euer armes Land noch ertragen?«

Jetzt sah auch er mich direkt an.

Auge in Auge.

»Woher weißt du das?«, fragte er. »Niemand weiß, was in Burundi passiert. Es kommt nie in den Nachrichten in Europa.«

»Am 24. August 2015«, sprudelte es aus mir heraus, alles sprudelte heraus, die Worte überschlugen sich, als hätten sie sich schon in meiner Kehle aufgestaut, »hat die Kommission entschieden, dass der Präsident sich so oft zur Wahl stellen kann, wie er will. Damit steht wohl die vierte Amtszeit bevor. Und das bedeutet noch mehr Blutvergießen in eurem Land. Und immer noch kein glückliches Ende.«

»Sag mir, woher du das weißt, Augusta.«

Augusta.

Wie schön mein Name klang.

»Du weißt meinen Namen?«

»Ich habe ihn am Strand gehört, morgens, wenn du ausgeritten bist, mit den beiden anderen«, sagte er. »Aber erzähl, woher du so viel über Burundi weißt.«

Er drehte sich auf dem Sand um, und ich tat es ihm nach, und so saßen wir einander gegenüber, im Schneidersitz, und er sah mich mit offenem Blick an.

»Ich habe mir Burundi ausgesucht, als ich sieben war.«

»Wie meinst du das, *ausgesucht*?«

»Als Lieblingsland. Ich mochte den Klang. Ich wusste nicht, was sich hinter den Buchstaben versteckte. Ich wusste nichts vom Tanganjikasee, von den Massakern und von dreihunderttausend Toten. Das habe ich erst später herausgefunden.«

»Ich habe mir Spanien ausgesucht. Ich wusste auch nichts, wie du.«

Er wandte den Blick ab, und ich betrachtete sein Gesicht, und ich war sieben Jahre alt und stand vor einem großen rotierenden Globus, auf dem dasselbe blaue Meer alle Landmassen miteinander verband.

Aber war ich das?

Nein.

Definitiv nicht.

Ich war sechsundzwanzig und lenkte einen Pferdewagen.

Und wohin?

Irgendwohin.

Egal wohin.

Mit ihm.

»Also«, sagte ich, »erzähl mir, wie du von Burundi nach La Higuera gekommen bist.«

Er kam ein bisschen näher.

Ich ließ ihn.

Wir saßen immer noch im Schneidersitz, wie Schulkinder.

Nur ganz anders.

Durch die Risse in seiner weiten Jeans konnte ich seine Knie sehen.

Noch etwas näher.

Seine Haut.

Ich konnte sie fühlen.

Knie an Knie.

Sag was.

»Ich bin mit dem Boot gekommen«, sagte er. Ich blickte ihn an, auch wenn es kaum auszuhalten war, dieses Blicken. »Wie die anderen. Die Strandverkäufer aus dem Senegal. Aber aus Burundi trifft man nicht viele. Für die Wanderung muss man schon verrückt sein.«

Er lachte.

»Du bist zu Fuß gekommen?«

»Zu Fuß.«

Ich stellte mir die Landkarte vor.

»Ich besaß nichts«, sagte er. »Und ich habe da drüben gearbeitet.«

Er deutete in Richtung der Hauptstraße hinter dem Dorf.

»Auf dem Ferienkomplex, aus dem nie was wurde.«

»Den hab ich vor Jahren gesehen«, sagte ich. »Als ich vierzehn war, da war er gerade im Bau. 2004.«

»2004?«, wiederholte er und wandte sich um. »Vierzehn?«

Kugelfischwolken.

Sonnenaufgang.

Delfine in Tarifa.

Julia.

»Später bin ich dann hierher geflohen. Wie du.«

»Irgendwie die falsche Richtung«, sagte er. »Niemand flieht aus England.«

»Ich schon.«

»Warum das *X* und warum hier?«

»Kannst du mir noch mehr Geschichten mit *X* erzählen, damit ich dir meine nicht erzählen muss?«

»Ich tue mein Bestes.«

»Mir deine Geschichte zu erzählen?«

»Nein, nicht meine Geschichte«, sagte er. »Darüber möchte ich eigentlich nicht mehr viel sagen.«

»Ich verstehe«, sagte ich.

Wir sahen uns an, und in dem Moment wussten wir, was wir noch nicht wissen konnten.

»Also dann«, sagte ich. »Mehr über das *X*.«

»Wusstest du, dass die burundische Flagge ein *X* mit einem Kreis in der Mitte hat?«, fragte er.

Ich nickte.
»Das weiß ich«, sagte ich.
Wir lächelten uns an.
Bleib leicht.
Bleib an der Oberfläche.
Die Wellen ließen eine Schaumdecke auf dem Sand zurück.
Bleib Schaum.
Geh nicht tiefer.
Geh noch nicht ins Wasser.
Du könntest ertrinken.
»Du weißt vielleicht nicht«, sagte ich, »dass in meinem Land das *X* auch ein Verkehrszeichen zur Warnung vor einem Bahnübergang ist.«
»Ach, wirklich?«, fragte er.
Bleib Schaum.
Geh nicht tiefer.
Geh noch nicht ins Wasser.
Du könntest ertrinken.
Zu Bahnübergängen fiel ihm offenbar nichts ein.
Und wer wollte es ihm vorwerfen?
Es war nur zu verständlich.
»Ich hasse Bahnübergänge«, sagte ich.
»Ja?«, sagte er.
Das Atmen fiel mir schwer.
»Du bist dran«, sagte ich.
Er schwieg eine Weile, während er aufs Meer blickte.
Dann wandte er sich um.
»Das obere und untere Dreieck im *X* sind rot, um zu zeigen, dass mein Land schon seit so vielen Jahren blutet.«
Blutet.
Dein Land?
Oder du?
Ich glaube, du.
»Das Andreaskreuz am Bahnübergang ist weiß und rot«, sagte ich.

»Die Leute nannten früher meine Schwester Schneeweißchen und mich Rosenrot. Erzähl mir was in Weiß oder Rot.«

»Mein Bruder Wilfred züchtet rote Rosen.«

Ich bekam keine Luft.

Was hast du bloß mit all den Notizen vor?

»Er ist der Rosenfarmer von Bujumbura?«

Er lachte auf.

»Woher weißt du das? Woher weißt du, dass er in Bujumbura ist?«

»Ich habe einen Artikel über ihn gelesen. Er ist echt dein Bruder? Erzähl mir von ihm«, sagte ich.

»Du hast einen Artikel über *meinen Bruder* gelesen?«

Jetzt sah er mich mit zusammengekniffenen Augen völlig verständnislos an.

»Ja. Eine Journalistin wollte ihn interviewen. Aber er hat nicht gesprochen. Erzähl mir, warum er nicht spricht.«

»Das ist verrückt!«, sagte er und stand auf.

»Verrückt, verrückt!«, sagte er immer wieder.

Auch ich stand auf.

Er drehte sich zu mir, als wollte er mich in den Arm nehmen, und wir bewegten uns aufeinander zu.

Aber dann standen wir nur da und sagten wieder und wieder: »Verrückt.«

»Du hast mir noch nicht gesagt, warum er nicht spricht.«

»Ihm sind die Worte ausgegangen«, sagte er.

»Gut, dann erzähl von einer anderen Farbe – etwas mit Weiß.«

»Mir fällt gerade nichts Weißes ein«, sagte er. »Ich werde ganz nervös.«

Wir beide lachten.

»Irgendwas Weißes muss dir doch einfallen«, sagte ich.

»Oh, Mist«, sagte er.

Wieder Gelächter.

»*Das* ist auch gar nicht weiß«, sagte ich.

Wir lachten.

Wir hörten auf.

»Ach komm!«, sagte ich. »Ist doch einfach. Friedenstauben, Gischt, Fingernägel – oder bei dir vielleicht nicht?«

»Also echt, guck doch!«, sagte er. »Wir haben keine schwarzen Fingernägel!«

Jetzt lachten wir richtig. Was machte dieser Mann mit mir? Klar wusste ich, dass niemand schwarze Fingernägel hatte. Was war nur mit mir los?

Er hielt mir seine Hände hin, seine definitiv weißen Fingernägel.

Und wir lagen fast auf dem Boden vor Lachen.

Und ich versank fast im Boden vor Scham.

»Tut mir echt leid«, sagte ich. »Ich weiß nicht, wie ich darauf kam.«

Wir wurden leiser, doch das Lachen gluckerte in uns weiter.

»Nimm eine andere Farbe«, sagte ich.

»Die beiden Seiten des *X* sind grün, für die Hoffnung. *Esperanza*«, sagte er. »Wenn ich mal eine Tochter habe, werde ich sie *Esperanza* nennen.«

»Mein Nachname ist Hope.«

»Dein *Name* ist wirklich Hope?«

Ich nickte.

»Erzähl mir noch was«, sagte er.

»Ich hatte ein Teleskop gekauft, um in die Sterne zu gucken, aber ich hab es im Haus gelassen, was ich jetzt bereue. Du bist dran. Erzähl mir was über Sterne.«

Ich redete so schnell.

Er auch.

Wir konnte nicht mehr aufhören.

Alles sprudelte heraus.

»In der Mitte unserer Fahne sind drei Sterne«, sagte er. »Für Hutu, Tutsi und Twa. Für *Unité, Travail et Progrès.*«

»Einigkeit, Arbeit und Fortschritt?«

»Du kannst Französisch?«

»Und Spanisch. Und Englisch. Und Latein«, sagte ich.

»Aber Kirundi nicht?«, fragte er mit gespielter Empörung. Er grinste mich an. »Ziemlich enttäuschend!«

Wieder Gelächter.
Dann wieder Stille.
Als wir beide auf das *X* blickten.
»*X* ist eine Konfluenz – wo Menschen zusammenfinden«, sagte ich.
Menschen finden zusammen, dachte ich mit klopfendem Herzen. Sie verlieren sich nicht nur – sondern finden sich.
Konnten wir einander finden?
»Der Apostel Andreas wurde an einem *X* gekreuzigt«, sagte er.
Menschen werden gekreuzigt, es passiert wirklich, nicht nur dem Apostel Andreas, auch normalen Menschen wie mir, bildlich gesprochen – manche von uns werden vom Leben gekreuzigt.
»Daher das Andreaskreuz, *crux decussata*«, sagte ich.
»Ich kann kein Latein«, sagte er. »Aber vielleicht kannst du's mir beibringen.«
»Und du mir Kirundi«, sagte ich.
Und vielleicht können wir auch wiederauferstehen.
Er sagte: »Darf ich mich vorstellen. Ich bin Parfait.«
»Parfait?«
»Genau.«
»*Perfekt, parfait, perfecto, perfectus* gehen alle auf denselben lateinischen Ursprung zurück – *per,* das bedeutet *vollständig,* und *facere*, tun, machen. Komplett gemacht. Also bist du das fertige Produkt. Vollständig, vollendet und vollkommen.«
»Sehr liebenswürdig«, sagte er, und ich lachte auf.
Er band sich die Zöpfe mit einem grauen Band zusammen.
»Wollen wir?«
Wir?
Wollen *wir*?
Irgendwas.
Egal was.
Mit dir.
Wir liefen über den Strand bis zum Bus, und beim Eintreten fiel mir ein Kreuz aus Treibholz auf, das an einem Haken hing.

Dann sah ich ein Gemälde an der Wand.

Ein tanzendes Mädchen.

Der Rock ihres Kleides bestand aus Satinbändern, aus denen die Farben herausspritzten und Kleckse auf den weißen Wänden um sie herum verteilten.

Und ich dachte: *Ich will das Mädchen sein.*

»Mit mir wirst du deine Ruhe haben«, sagte er und zeigte mir meinen kleinen Bereich hinter der Plastiktrennwand.

Ich will nicht meine Ruhe mit dir, dachte ich.

Unruhe will ich mit dir.

Oft war Parfait zum Malen stundenlang weg – jedenfalls nahm ich an, dass er malte. Und wenn er dann zurückkam, waren wir beide immer ein bisschen nervös.

Wir fingen gleichzeitig an zu reden. Und verstummten wieder.

Ich merkte dann, wie ich rot wurde.

Und lenkte mich mit irgendwas ab.

Oder er sich.

Es war ziemlich albern.

Ich kannte mich so nicht.

Noch etwas anderes beschäftigte mich, was mich schließlich eine Apotheke aufsuchen ließ. Auf dem Rückweg von der Apotheke kam ich an einem Stand mit Flamenco-Kleidern vorbei.

»Haben Sie auch eins in Orange?«, fragte ich.

Die Frau verschwand kurz in ihrem Transporter und kam mit einem Kleid zurück. Mit einer Decke schirmte sie mich ab, während ich es anprobierte. Ich blickte auf meinen flachen Bauch, die Muskeln darauf sichtbar – es würde schon gut gehen.

Die Frau hielt einen gesprungenen Spiegel hoch.

Da war ich: Ich hatte einen Sprung und ein oranges Flamenco-Kleid.

Als der Spiegel meiner Mutter zerbrach, machte Julia ein Mosaik draus, denn das kann man mit kaputten Dingen machen: Man verwandelt sie in etwas anderes.

Das Kleid war goldfischorange und hatte winzige weiße Punkte auf den Rüschen – den *volantes*, das kommt von *volar,* fliegen.

Ich fliege nicht weg von hier.

Ich kriege es hin, irgendwie.

Die Frau wickelte das Kleid in Papier und legte es in eine weiße Plastiktüte.

»Bitte keine Plastiktüte«, sagte ich zu ihr. »Sie bringen die Delfine um, draußen in der Straße von Gibraltar. Und die Wale. Und die Fische. Und letztendlich uns. Weil wir die Fische essen.«

Die Frau runzelte die Stirn.

Ich nahm das Kleid aus der Tüte, gab sie ihr zurück und machte mich auf den Weg zu Raúls Restaurant, vorbei an der Galerie.

Ich betrat den gekachelten Eingangsraum des Restaurants und öffnete die Tür zur Damentoilette. Ich schloss mich ein, machte die Verpackung auf und las die Anleitung.

Mit Mühe schaffte ich es zu pinkeln.

Zählen. Eins.

Und zwei.

Und drei.

Und vier.

Und fünf.

Dann blickte ich auf den Strich.

Der Strich färbte sich blau.

Ist das blau?, dachte ich beim Anblick des blauen Strichs.

Das kann nicht blau sein, dachte ich beim Anblick des blauen Strichs.

Das *ist* blau, dachte ich beim Anblick des blauen Strichs.

Ich versteckte den Plastikstab in meiner Tasche und wusste nicht, wo ich mich verstecken sollte.

Also ging ich in die Kirche.

Da war es dunkel.

Der blaue Strich ist – *da war ein Gemälde, das mir vorher nicht aufgefallen war* – mein Kind.

Das Jesuskind umarmte seine Mutter, zog sich energisch an ihr hoch und schmiegte sich an sie – Wange an Wange. Maria in ihrem blauen Kleid schaute ein bisschen drein, als ob ihr die Körperlichkeit des Kindes peinlich wäre.

Ich wusste, dass mir meine peinlich war – sie hatte mich stets überrumpelt. Und jetzt würde ich sie nicht mehr leugnen können.

Der blaue Strich ist mein Kind.

Ich legte eine Hand auf meinen Bauch, und dann kniete ich mich hin, ohne zu wissen, warum. Was Leute eben in der Kirche tun. Doch ich kniete nicht vor Gott. Ich kniete vor Julia.

Ich war schwanger, von ihrem Mann, und sie war tot, und ihr Mann gab mir die Schuld. Das dachte ich, als ich in die flackernden Kerzen blickte.

Jetzt wird mich Parfait definitiv nicht lieben.

Jetzt nicht mehr.

Verzeih mir, Julia, bitte verzeih mir.

Verzeih mir meine Worte – falls sie dich verletzt haben. Verzeih mir, dass ich dir Dinge über die Welt erzählt habe, die du nicht hören wolltest. Dass ich dein Leben kompliziert gemacht habe.

Ich stand auf, um eine Kerze anzuzünden. Noch etwas, was Leute in Kirchen tun.

Ich sah mich um – niemand war hier.

Julia, flüsterte ich, es tut mir leid, wenn du uns zusehen musstest, Diego und mir, ich hoffe nicht, ich weiß ja nicht, wie es da oben läuft. Und ich weiß, dass es falsch war. Komplett falsch. Und es tut mir leid, wenn ich dir hätte helfen können und es nicht getan habe. Wenn ich dich hätte stoppen können und es nicht getan habe.

Vergib uns unsere Schuld.

Falls du gestoppt werden wolltest.

Stopp: *Falls?*

Ich sah die Maria an, die Wange ihres Kindes fest an die ihre geschmiegt. Wie Roses Wange niemals warm an Julias geschmiegt war. Und für den Bruchteil einer Sekunde begriff ich.

Julia wollte bei ihr sein, ihre warme Wange spüren, wie Maria die ihres Sohnes.

Maria wusste, wie es war, zur falschen Zeit schwanger zu sein. Wobei sie natürlich nichts falsch gemacht hatte, sondern nur als eine Art Vehikel diente, für die Geschichte.

Machte es ihr etwas aus, Vehikel zu sein?

Machte es mir etwas aus, Vehikel zu sein?

Sie hatte nicht wissen können, wie ihre Reise weitergeht.

Keiner von uns weiß das.

Ich blickte auf Marias weites blaues Kleid. Ich würde weite Kleider tragen wie sie. Die mochte ich sowieso.

Das orange Kleid, das ich gekauft hatte, war eng, wie immer bei Flamenco-Kleidern, aber ich hatte es ja gekauft, bevor ich auf das Stäbchen gepinkelt hatte. Im Vertrauen, nicht schwanger zu sein, hatte ich mir ein enges Kleid gekauft.

Ich hatte nur ein Mal mit Diego geschlafen, aus Traurigkeit, aus Versehen. Und was für ein Versehen.

Scheiße, Scheiße, Scheiße, dachte ich.

Wahrscheinlich ist es jetzt aus und vorbei.

Das, was ich am meisten will.

Mit dem Kleid in der Hand verließ ich die Kirche.

Draußen brachten sie gerade die Jungfrau Maria in Position, für die Prozession.

Ich ging zurück ins Restaurante Raúl, zurück in die Damentoilette, wo ich in das Kleid schlüpfte. Vielleicht konnte ich ja schön sein, heute Abend – mit meinem sonnenbraunen Gesicht, dem Mantilla-Kamm im schwarzen Haar und diesem orangen Flamenco-Kleid, wie es die Tänzerinnen in Mr Sánchez' Film getragen hatten.

Alles, was du je getan hast, hatte Mr Sánchez gefragt – wäre das der Himmel oder die Hölle?

Jetzt wusste ich die Antwort.

Als ich zur *feria* kam, war die Jungfrau schon vorbeigezogen. Parfait kam den Hügel herab auf mich zugelaufen, und Seite an Seite machten wir uns auf den Weg zu den Festbuden. Dort saßen die Leute auf Heuballen und tranken Sherry aus Jerez, eine Autobahnabfahrt weiter, der Stadt, wo sie Pferden das Tanzen beibringen.

Die Frauen trugen bunte Kleider wie ich, und wir alle sahen aus wie die Singvögel, die sie in La Higuera leider immer noch in Käfigen auf den Balkonen halten.

»Eines Tages tanze ich durch die Straßen und lasse sie alle frei«, sagte ich. In meinem Kopf ergab es ein schönes Bild. Es fühlte sich nach Hoffnung an. Wie das Bild, das im Bus hing, von dem Mädchen mit dem Bänderrock.

Augusta *Hope*.

Vielleicht.

Parfait steckte eine weiße Rose in mein dunkles Haar.

Die Musik setzte ein.

Du denkst an das, was Mr Sánchez sagte.

Dass der *duende* nur manchmal kommt.

Dass alle Bedingungen stimmen müssen.

Die Gitarre klagte und weinte, und eine einsame Frauenstimme, rauchig und tief, wurde von der warmen Luft herübergetragen. Die Gitarre und die Stimme verschmolzen mit dem Klatschen der Hände, und Parfait begann zu tanzen, ganz langsam, und unter seiner Kastanienhaut schien irgendeine berauschende Energie aufzubrodeln, wie kochendes Wasser.

Er wusste, wie es geht.

Er musste auch Unterricht genommen haben.

Ich begann zu tanzen.

Parfait streckte die Hand nach mir aus und zog sie zurück.

Kam vor und wich zurück.

Ich lehnte mich nach hinten und ließ meinen Körper die Dinge sagen, die ich ihm nicht hatte sagen können.

Er tat das Gleiche.

Wie ich so meinen Körper streckte, kribbelte es in allen Extremitäten, Zehenspitzen, Brustwarzen, Fingern – und auf der Kopfhaut, unter dem fest zurückgekämmten Haar.

Wir modellierten uns nach dem Körper des anderen, wurden zur

Kontur des anderen, nur berühren konnten wir uns nicht, so geht der Tanz, man berührt sich nicht.

Wir hoben die Hände, streiften einander fast.

Nur fast.

Duende.

Hier war er, wehte die Straße herauf wie ein Geist aus der Flasche.

Wir berührten uns nicht.

Aber wir waren uns so nah.

Wir waren Echo des anderen, und wir kamen uns näher, beugten uns näher heran, wie ein Chirurg, ganz kurz davor –

Einen Körper zu öffnen.

Die Hand darin zu versenken.

Zum Zweck der Heilung.

Die Saiten der Gitarre weinten.

Und wir waren drei parallele Flammen.

Parfait, *duende* und ich.

Wir hielten den Abstand.

Legten unseren Schmerz offen.

Drangen tiefer.

Ich weiß nicht, wie lange wir so tanzten.

Irgendwann merkte ich, dass die Gitarre verstummt war und alle Leute nach Hause gegangen. Wir waren allein auf der Straße, ein Mann und eine Frau. Die polierte Jungfrau Maria hatten sie schon längst in ihre dunkle Kiste in der Kirche zurückgebracht.

Die Straße war mit Rosen übersät, hingeworfen wie die blauen Blumen, die meine Mutter und mein Vater mit der Sense abgemäht hatten, weil sie sie für Unkraut hielten.

Ihre Unkräuter sind meine Blumen, hatte Lola Alvárez gesagt, weißt du noch?

Der Morgen dämmerte bald, wir waren an den Strand gegangen, ich immer noch in meinem Flamenco-Kleid. Und noch immer erzählte ich Parfait nicht, was in meinem Körper passierte – warum er mich nicht wollen würde.

Parfait schnitt eine Orange in vier Stücke.

Ich schob mir eine viertel Orange in den Mund.

Und Julia sank mit Diego hinter Mr Dunnetts Schuppen zu Boden.

Ich will auch zu Boden sinken.

Mit diesem Mann.

»Erzählst du mir den Rest deiner Geschichte, Parfait?«, bat ich und spürte ihn neben mir wie sengende Hitze.

Dagegen spricht doch nichts, sich Geschichten zu erzählen.

Anstatt miteinander zu Boden zu sinken.

Oder?

Er atmete tief ein, so wie er es immer tut, als ob er die Luft zum ersten Mal probiert, und über dem feuchten Sand vor uns schwirrte eine leuchtend orange Libelle wie ein glimmender Funke. Sie hatte dieselbe Farbe wie mein Kleid.

»Die kommen aus Afrika her«, sagte ich. »Gefleckte Sonnenzeiger.«

Parfait lächelte.

»Für sie ist die Reise wohl ein bisschen einfacher.«

Die Libelle setzte sich kurz auf meine Hand, flitzte von da auf mein Kleid.

Parfait starrte sie an.

»Ich muss an meinen Vater denken«, sagte er. »Er liebte alles Schöne.«

Er erzählte mir mehr von seinem Vater und von seiner Mutter und von Víctor, der mit Hoffnung gekommen war, aber vielleicht an Burundi scheitern würde, wie Parfait selbst. Er erzählte mir von der *colline* und dem Flusslauf und dem Pfirsichköpfchen und von einem Tag, als die Sonne schien und sie alle zusammen im See schwammen und glücklich waren.

»Du hast ganz schön viel ausgelassen, oder?«, fragte ich.

Er nickte.

»Aber ich glaube, du verstehst es auch so.«

Ich nickte.

Er rückte ein Stück näher an mich heran, sodass ich ihn atmen hören konnte.

»Irgendwie fühlst du dich wie zu Hause an«, sagte er.

Jetzt konnte ich mich selbst atmen hören.

»Du auch, Parfait«, sagte ich, und ich wollte nach ihm tasten, ihn berühren, doch ich ließ es sein und redete weiter, eine Ersatzhandlung. »Es heißt *nóstos* auf Griechisch. Daher kommt das Wort Nostalgie, eine quälende Sehnsucht nach Heimkehr.«

»So eine Sehnsucht hatte ich immer«, sagte Parfait.

»Ich auch«, sagte ich. »Aber ich wusste nicht, dass noch jemand sie hat.«

»Und ich dachte immer, jeder hat das«, sagte er.

Wir sprachen jetzt schnell, unsere Wörter krachten ineinander.

»Ich dachte immer, ich wäre ins falsche Leben hineingeboren«, sagte ich.

»Jeder, den ich kannte, war ins falsche Leben hineingeboren«, sagte Parfait. »Ich bin hierhergekommen, um nach dem richtigen zu suchen.«

»Ich auch«, sagte ich.

Pause.

»Vielleicht hab ich ja dich gesucht und auf dich gewartet, bevor ich dich überhaupt kannte? Kann das sein?«, sagte er. »Das wäre ziemlich cool.«

»Wie bei einer Zeitreise. Das gefällt mir. Chronologie hat was Erdrückendes, findest du nicht?« Ich lächelte ihn an.

»Wenn wir nur zurückspulen könnten«, sagte er. »Denkst du das auch manchmal?«

»Sollen wir schwimmen gehen?« Ich machte Anstalten, aufzustehen, vielleicht würde er ja mitkommen.

Wenn wir nur zurückspulen könnten.

»Ich mag nicht«, sagte er. »Nicht mehr. Früher bin ich gern im See geschwommen.«

»Mit den Buntbarschen?«, fragte ich lächelnd. »Zweihundertfünfzig verschiedene Arten!«

Ich lief zum Rand des Wassers, weil ich nicht länger in seiner Nähe sein konnte, ohne zu platzen.

Er blieb sitzen.

»Wenn du dein Leben zurückspulen könntest«, sagte er, »aber nur eine Sache ändern, was wäre das?«

Mit Diego zu schlafen, dachte ich.

Sofort schämte ich mich für den Gedanken.

Julias Tod.

Was sonst.

Was war los mit mir?

Ich drehte mich um.

»Meine Schwester hat mich mal gefragt, ob man Menschen entmorden kann«, sagte ich.

»Wann erzählst du mir endlich von deiner Schwester, Augusta?«

»Nicht heute«, sagte ich.

Wenn du eine Sache ändern könntest.

Eine einzige.

Wir schwiegen.

In unserem Rücken stieg die Sonne auf, ein rosa Flammenmeer hinter den Bergen.

Am 5. November arbeitete ich.

Dachte nicht nach.

Hätte es nicht ertragen, nachzudenken.

Schon zwei volle Jahre hatte ich ihre Stimme nicht gehört.

Parfait malte ununterbrochen.

Libellen, Schmetterlinge, Insektenpuppen, Gebärmütter.

Über Gebärmütter wollte ich nicht nachdenken.

Er schien darin aufzugehen, wirkte erfüllt, also gab ich mir Mühe, auch erfüllt zu wirken – was gar nicht so leicht zu simulieren ist. Vielleicht haben Sie es ja mal versucht.

Nachts schrieb ich miese Gedichte.

Ein Vulkan brodelte. In mir jedenfalls, vielleicht aber auch in ihm. Er war schwerer zu deuten.

Nicht ein einziges Mal machte er Anstalten, nachts hinter die Trennwand zu kommen, dabei lag ich wach und wünschte es mir so sehr, insgeheim.

»Parfait, was ich dich fragen wollte«, sagte ich endlich, als wir draußen vor dem Bus saßen, im Dunkeln fiel es mir leichter. »Gibt es etwas, was ich über dich wissen sollte? Eine Freundin? Oder …?«

»Nein«, sagte er.

»Warst du schon einmal verliebt?«

»Nein«, sagte er.

»Im Ernst?«

Er nickte.

»Hast du Angst?«

Er blickte auf.

»Vielleicht«, sagte er.

Ich holte mein Tuch aus dem Bus – um meinen Bauch zu verstecken, noch ging das.

»Warum warst du noch nicht verliebt?«

»Ich habe wohl auf die richtige Person gewartet«, sagte er. »Außerdem …«

»Außerdem was?«

»Egal.«

Mein Tuch war aus korallenfarbener Seide und mit blauen Libellen bedruckt.

Olly Macintosh hatte es mir geschenkt.

In Olly Macintosh war ich nicht richtig verliebt gewesen, das wusste ich jetzt. Er war mehr ein Testlauf gewesen.

»Du wolltest nie einen Testlauf?«, fragte ich.

»Nein«, sagte er. »Ich habe mit angesehen, wie Soldaten meine Schwestern vergewaltigt haben. Immer wieder und wieder. Und ich konnte nichts tun.«

»O Gott, das tut mir so leid.«

»Danach habe ich mich so geschämt, ein Mann zu sein. Mich wie verseucht gefühlt von dem, was ihnen passiert ist. Und ich wollte es mit meinem Körper ganz anders machen. Wegen meiner Schwestern. Und vielleicht auch, um meinem Vater zu gefallen. Er hatte auf meine Mutter gewartet, und vielleicht …«

»Ich bewundere das«, sagte ich. »Dass du diesen Weg gewählt hast.«

»Und vielleicht für mich selbst«, sagte er. »Und vielleicht auch für …«

»Also hast du noch nie mit einer Frau geschlafen?« Ich sah ihn fragend an.

Er nickte.

»Guck doch nicht so besorgt«, sagte er und lächelte.

»Aber du würdest gern? Irgendwann?«

Er lächelte wieder.

Ich wich seinem Blick aus.

Und nestelte an meinem Tuch.

Und dachte, wäre ich doch eine Libelle.

Dann könnte ich frei sein.

Wäre er doch eine Libelle.

Dann könnte er auch frei sein.

Warum war es so kompliziert, Mensch zu sein?

»Wollen wir heute Abend tanzen gehen?«, schlug er vor und trommelte mit den Fingern auf den Tisch. »Du könntest das orange Kleid anziehen. Du sahst darin so …«

»Ich kann das orange Kleid heute Abend nicht anziehen«, sagte ich.

»Warum nicht?«

Getrommel.

»Wollen wir spazieren gehen?«, sagte ich. »Ich hab Hummeln im Hintern.«

»Und das heißt?«

»Dass ich rastlos bin. Wie kurz vorm Explodieren.«

»Vielleicht solltest du mal explodieren.«

»Will ich aber nicht. Vielleicht eher *du*. Du trommelst die ganze Zeit mit den Fingern.«

»Wo sollen wir hin?«

»Irgendwohin.«

Wir liefen die Promenade entlang.

Kurz vor Raúls Haus, wo die Straße nach links auf den Platz abgeht, hörten wir ein furchtbares Geräusch, das klang wie der Schmerzschrei eines Kindes.

Wir beschleunigten unsere Schritte und folgten dem Schrei.

Er führte uns die Straße hoch zu den Mülltonnen.

Wir sahen uns um.

Blickten in den Lichtkegel der Laterne.

Und da lag sie.

Zwischen den Scherben und Ameisenhaufen.

Verrenkt.

Schrecklich anzusehen.

Die kleine schwarze Katze mit dem herzförmigen Gesicht.

Gefangen in einer Spirale aus Stacheldraht um ihren Körper, der ihr tief in den Hals schnitt.

Es sah fast aus, als hätte jemand sie darin eingewickelt.

Sie blutete, in Spiralen, und ihr Fell war übersät mit kleinen sternförmigen Löchern.

Ihr kleiner Brustkorb bebte, auf und ab, rasend schnell, vor lauter Schmerz.

Parfait kniete sich hin und nahm sie hoch.

Er streichelte die Stellen, die er erreichen konnte.

Während er sie hielt, hörte sie nach und nach auf zu schreien, und er begann, ganz sachte, die Stacheln aus ihrem Fell zu entfernen, einen nach dem anderen.

Er sagte dabei kein Wort.

Ich versuchte, mit meinem Tuch die Blutungen zu stillen, aber es waren zu viele, also blieb mir nichts übrig, als es gegen ihren winzigen Körper zu drücken und mir selbst die Finger an den Stacheln zu schneiden.

Parfait war noch immer mit dem Draht beschäftigt, versuchte mit größter Vorsicht, mit höchster Konzentration, ihre Haut von den Haken zu befreien.

Ihr Brustkorb senkte sich, hob sich, senkte sich.

Wir beide starrten auf den kleinen schwarzen Körper, rühr dich, dachten wir, bitte.

Rühr dich doch.

Er rührte sich nicht mehr.

Parfait stützte den Rücken der Katze mit seiner großen Hand, und ich legte meine Hand auf ihren Kopf.

Wir hielten inne, spürten instinktiv, wie schwer dieser kleine tote Körper wog.

Parfaits Gesicht war regungslos.

Fast starr.

Mit einem Stock grub er unter einem Feigenbaum ein Loch in den sandigen Boden und legte die Katze hinein.

»Alles in Ordnung?«, fragte ich ihn.

Doch er schwieg.

Alles an ihm war zum Zerreißen gespannt.

Er war wie ein Damm, der eine Flut zurückhalten muss.

Dann, unerwartet, rollte die Flut herein – nur war es meine, nicht seine.

Hier endlich waren die Tränen, auf die ich gewartet hatte.

Zwei ganze Jahre lang.

Sie brachen aus mir heraus.

Als ich genug geweint hatte, wusste ich, dass der Moment gekommen war.

»Weißt du noch, als du 2004 hier ankamst? Ich habe ein Foto von einem Mann, der am Ende des Strands im Sand liegt«, sagte ich und zog den gefalteten Zeitungsausschnitt aus meiner Tasche. »Und obwohl ich stark hoffe, dass es nicht so ist, glaube ich, das könntest du sein.«

»Wieso hast du das?«, sagte er. Ich sah ihm an, dass er sich unwohl fühlte. »Das ist doch schon Jahre her.«

»Was ist passiert?«, fragte ich. »Welche Teile aus deiner Geschichte hast du ausgelassen?«

»Es gab einen Sturm«, sagte Parfait.

»Erzähl weiter.«

»Ich hab meinen kleinen Bruder umgebracht, der mir sein Leben anvertraut hatte.«

Ich wollte es nicht hören, ich hielt es nicht aus.

»Wir hatten das Boot von einem spanischen Priester in Tanger. Der machte sich Sorgen wegen dem Wetter und wollte es mir ausreden. Das falsche Boot zur falschen Zeit, meinte er. Aber alles wirkte ruhig, aus meiner Sicht, ich wusste ja nichts über das Meer. Und wir waren den ganzen Weg von Burundi gelaufen, und ich konnte es nicht erwarten, anzukommen. Ich versuchte noch, ihn festzuhalten. Aber …«

Er wies zum Meer.

Ich erinnerte mich an den Wind an jenem Tag und wie er nachts an den Fensterläden gerüttelt hatte.

»Wie hieß dein Bruder?«, fragte ich, dabei war ich nicht sicher, ob ich den Namen hören wollte.

»Zion hieß er, und ich hatte ihm ein besseres Leben versprochen, schon seit er ganz klein war. Die Reise war so schlimm, aber ich war überzeugt, dass sie sich lohnte. Um ihn zu retten. Uns beide zu retten. Bei uns sind fast alle gestorben, verstehst du? Einer nach dem anderen.«

»Bei mir auch«, sagte ich. »Mehr oder weniger.«

»In England? In England sterben die Menschen doch nicht«, sagte er.

»Menschen sterben überall«, sagte ich.

»Wenn du jemanden so im Stich lässt, das vergisst du nicht«, sagte Parfait.

»Ich weiß«, sagte ich.

»Meine Schwestern hatten so viel durchgemacht, und dann waren sie plötzlich verschwunden. Ich weiß nicht, ob ich sie je wiedersehe.«

»Gibt es noch mehr Brüder und Schwestern, von denen du mir nicht erzählt hast, außer Wilfred?«

»Pierre – er hat Bujumbura verlassen und ist in den Norden gegangen. Ich weiß nicht, was er macht, aber ich hab kein gutes Gefühl. Und dann mein Bruder Claude.«

»Ja?«

»Er ist verbrannt. Ihn hätte ich vielleicht retten können. Hab ich aber nicht. Niemanden aus meiner Familie habe ich gerettet. Nicht einen Einzigen.«

Ich machte mich bereit.

Mein Herz pochte.

»Meine Mutter und mein Vater waren am Strand, an der Stelle, wo ich das *X* gemacht habe«, sagte ich. »Mit meiner Schwester. Es war der zehnte August 2004, wie in dem Zeitungsbericht steht. Wir waren im Urlaub hier. Sie haben gefrühstückt, und sie haben Zion nicht geholfen. Es tut mir so leid, Parfait. Es gibt keine Worte. Es tut mir unendlich leid. Dass wir die Zeit nicht zurückdrehen können.«

PARFAIT

»Deine Familie kann eigentlich nicht da gewesen sein«, sagte ich zu Augusta. »Es war noch sehr früh.«

»Sie waren aber da«, sagte sie und sah mich eindringlich an.

Ich sagte nichts, ich musste es sacken lassen.

»Ich würde verstehen, wenn du nichts mehr mit mir zu tun haben willst«, sagte sie, und sie versuchte zu lächeln. »Aber ich musste es dir sagen.«

Nichts mehr mit ihr zu tun haben?

»Du warst nicht dabei, Augusta, oder?«, fragte ich.

»Ich bin nicht mitgegangen. Ich wollte im Haus bleiben.«

Wir saßen da und starrten uns an.

»Wie alt war er?«, fragte sie dann.

»Vierzehn.«

»Julia war auch vierzehn«, sagte sie. »Und immer sehr gehorsam. Mein Vater hat ihr befohlen, wegzugehen. Sagte, wir sollten uns da nicht reinziehen lassen. So etwas sagte er immer. So war er. Aus Angst vermutlich. Oder Egoismus.«

Was sollte ich ihr sagen?

Was sollte ich denken?

Ich gab ihr keine Schuld, das dachte ich, es wäre verrückt, ihr die Schuld für etwas zu geben, was ihre Familie getan oder nicht getan hatte. Wer weiß schon, was Pierre gerade anrichtete? Und was immer das war, mir konnte man nicht die Schuld dafür geben.

»Du hast mir mal gesagt, manche Menschen haben bessere Augen als andere«, sagte sie.

Immer noch schwieg ich.

»Von dem Tag an war Julia anders. Sie hat nie wieder wirklich Frieden gefunden, war nie mehr richtig glücklich, und als sie ihr Baby verlor, sah sie das als Strafe dafür an, dass sie deinen Bruder nicht gerettet hat.«

Da begriff ich.

Sie war nichts ahnend in meine Geschichte reingezogen worden.

Diese Tragödie war nicht mehr nur meine eigene.

»Also hat sie sich umgebracht«, sagte Augusta. »Mit vierundzwanzig.«

»Wegen Zion?«, fragte ich. »Wegen mir?«

»Nein, nicht wegen dir.« Sie fixierte mich mit dunklen Augen, die unter dem geraden Pony hervorblitzten.

»Bitte sag was«, bat sie.

Aber ich fand keine Worte, die gepasst hätten.

Also saßen wir schweigend da, bis Augusta sagte: »Ich bin mit Julias Mann Diego nach La Higuera gereist, um alles zu verarbeiten …«

AUGUSTA

Parfait sagte zu mir: »Wäre ich nicht mit dem Boot des Priesters nach Spanien gekommen, wäre Julia noch am Leben.«

»Nein«, widersprach ich. »Bitte sag das nicht.«

»Ich kann den Gedanken nicht ertragen, dass ich an ihrem Tod schuld bin«, sagte er.

»Nein, nein. Das bist du nicht. Mein Vater ist schuld an Zions Tod.«

»Wir zwei«, sagte Parfait und versuchte zu lächeln, »streiten uns darüber, wer wen auf dem Gewissen hat.«

»Wofür weinen wir eigentlich?«, fragte ich ihn.

»Lass uns füreinander weinen«, sagte er. »Ich glaube, gegen den eigenen Schmerz können Tränen sowieso nichts ausrichten.«

»So, wie man nicht lachen kann, wenn man sich selbst kitzelt?«

Parfait lachte.

»Vielleicht wäre das eine gute Definition für Liebe«, sagte ich. »Für einen anderen weinen – als ob sein Schmerz dein eigener wäre. Wir brauchen nämlich dringend eine neue Definition. Die im Wörterbuch ist einfach nur armselig, *inniges Gefühl der Zuneigung* – als hätte das Wörterbuch es nicht mal ansatzweise kapiert.«

»Ist es vielleicht Zeit, dem Wörterbuch den Rücken zu kehren?«

»Ich hab mich mein Leben lang auf Wörter verlassen«, sagte ich.

»Dann wird es wohl Zeit, sich auf etwas anderes zu verlassen.«

»Da ist noch etwas«, sagte ich, »das ist noch schwieriger zu erzählen. Ich hab nämlich einen schlimmen Fehler gemacht.«

»Was ist das denn?«, sagte er.

»Mein Fehler?«, sagte ich.

»Nein, da, auf der Straße, guck mal, Augusta. Sieh dir das an! So schön!«

»Ich weiß genau, was das ist«, sagte ich. Ich war wie vom Donner gerührt.

Ganz hinten, hinter dem Bus, stand ein Auto, das hatte einen Anhänger, und auf dem Anhänger war ein Holzwohnwagen, leuchtend rot und gelb, mit großen hellen Speichenrädern und einem winzigen Schornstein.

Mein Herz raste, verrückt war das.

Also.

Alles.

»Das sind meine Eltern«, sagte ich, »und unsere Nachbarn Jim und Barbara. Jim hatte immer neue Träume in petto, schon als ich ganz klein war. Ich hab dir doch von Graham Cook erzählt – das sind seine Eltern.«

Meine beiden Welten trafen aufeinander – wie war das möglich?

Da war Jim Cook, das karierte Hemd bis zum Ansatz seines Ballonbauchs aufgeknöpft, und Barbara Cook in ihrem indischen Wickelrock. Meine Mutter stieg aus und klappte den Rollstuhl auf, und gemeinsam hievten sie meinen Vater hinein.

»Was macht ihr denn hier?«, rief ich. »Ihr müsst ihn ja den ganzen Weg mit dem Schiff transportiert haben!«

Sie alle nickten, und mein Vater sagte etwas mit seiner komischen Stimme, was ich mit Mühe ausmachen konnte als: »Mit der Fähre.«

»Von Plymouth nach Santander«, erklärte Barbara.

»Dann seid ihr durch ganz Spanien gefahren?«, fragte ich.

Ich wusste, wie viel Mut es meine Eltern gekostet haben musste.

»Wir haben Hotels gebucht«, sagte meine Mutter, leckte sich den Finger und bückte sich, um einen Fleck von ihrer weißen Sandale zu wischen. »Mit dem Laptop. Booking, Punkt, Com.«

»Im Internet!«, sagte mein Vater mit seiner seltsam langsamen Stimme. »Für dich.«

Jedenfalls glaube ich, dass er *für dich* gesagt hat.

Und im Rückblick betrachtet ist klar, dass sie es nur für mich getan haben konnten.

»Das ist so großartig«, sagte ich. »Oh, Entschuldigung. Ich hab euch noch gar nicht vorgestellt. Das ist mein Freund Parfait, er ist Maler.«

Ich wischte mir mit der Hand übers Gesicht und hoffte, man sah uns nicht an, dass wir geweint hatten.

Parfait machte einen Schritt vor und streckte seine dunkle Hand aus, um die kleine blasse Hand meines Vaters zu schütteln.

Seine gute Hand, wie wir sie nannten.

Ich fragte mich, ob es wirklich eine *gute* Hand war.

Die Hand, mit der er Hemden gestapelt und Strümpfe gefaltet und in Schubladen sortiert hatte.

Und Julia ins Gesicht geschlagen.

Und sie von Zion weggezogen hatte.

Und sie zum Altar geleitet, mit so viel Schmerz in den Augen, so viel Liebe.

Mein Vater beäugte Parfaits schwarze Hand.

»Parfait?«, sagte meine Mutter. »Wie das Dessert mit Sahne und Eiern?«

Parfait lächelte.

Ich bewunderte ihn dafür, dass er meine Mutter und meinen Vater anlächelte.

»Er ist der fahrende Händler«, sagte ich.

»Wie in dem Gedicht«, sagte Jim Cook. »Aus dem du die Idee für den Wohnwagen hattest. Und wir haben ihn für dich restauriert – dein Vater und ich haben ihn gestrichen. Mit deinem alten Buch immer in Griffweite. Wir haben es dir ins Regal über dem Bett gestellt.«

»Barbara und ich haben den Innenraum dekoriert«, sagte meine Mutter.

»Es ist ein Geschenk für dich«, sagte Barbara Cook. »Es kommt von Herzen.«

»Es hat die ganze Nachbarschaft zusammengebracht«, sagte Jim

Cook. »Wir haben uns alle besser kennengelernt, sogar die Hassans haben mitgemacht. Und uns hat es …«

»Trost gespendet«, sagte Barbara.

Meine Mutter sagte: »*Zwei Fenster hat sein Wagen auch,*
und aus dem Schornstein quillt der Rauch – so stehts im Gedicht. Und Jim hat gesagt, daran müssen wir uns halten. Also musste der Holzofen auch rein. Der macht es so richtig gemütlich.«

Sie zögerte und holte kurz Luft.

»Julia hätte ihn auch toll gefunden«, sagte sie.

Ihr Name hing in der Luft.

Ich lächelte meine Mutter an, und sie lächelte zurück, und der warme Mantel legte sich über mich, legte sich tatsächlich eine Sekunde lang über mich, aber dann wurde es uns peinlich, einander in die Augen zu sehen, und wir wandten beide den Blick ab.

»Das Gedicht ist viel netter als die, die du sonst liest«, sagte meine Mutter.

»Das stimmt«, sagte ich.

»*Mit Weib und braunem Kind geht's fort, frei und geschwind von Ort zu Ort!*«, sagte meine Mutter.

Ich merkte, wie ich rot wurde, für mich klang das immer noch rassistisch.

Außerdem wollte ich nicht über Kinder nachdenken.

Ich ging rüber zum Wagen, setzte mich auf die bunte Holzbank und winkte Parfait herbei, als würden wir gleich zusammen losfahren.

Ich wollte ihm etwas sagen, doch ich wusste nicht, wie.

In dem Moment, als ich den Mund aufmachte, tauchte Jim Cook auf, und Parfait schlug vor, dass wir den Wagen vom Anhänger rollen und im Sand neben seinem Bus abstellen sollten.

Ich kletterte über die Holzleiter ins Innere.

Parfait folgte mir.

»Ob du meinem Vater vergeben kannst?«, fragte ich. »Ich würde verstehen, wenn nicht.«

Parfaits Telefon klingelte.

»Du kommst nach Hause!«, rief er und kletterte die Leiter runter.

Durch die offene Tür hörte ich ihn sagen: »Und bringst du Wilfred mit?«

Und dann: »Ich ertrag den Gedanken nicht, dass er dort ganz allein ist.«

Drinnen gab es ein Holzbett und Lamellenschränke, an den Wänden hingen Blechtöpfe und eine kleine, laut tickende Kuckucksuhr, mit dem winzigen Vogel unter dem geschnitzten Bogen, der jeden Moment hervorspringen, die volle Stunde ausrufen würde.

Ich setzte mich auf das Bett und dachte, wie perfekt alles sein könnte.

Wenn nicht.

Sofort schämte ich mich für diesen Gedanken.

Nein, sagte ich laut.

Nicht ein einziger negativer Gedanke sollte von meinem Gehirn durch die Nabelschnur wandern.

Denn das wäre ungerecht.

Ihm gegenüber.

Also dem … ich wagte noch nicht, das Wort *Baby* zu denken – ich war noch nicht so weit.

»Wirst du jetzt in dem Wagen wohnen?«, fragte Parfait, als er wieder reinkam. »Er steht dir gut.«

Und alles, was ich sagen wollte, war: »Willst du nicht auch hier wohnen? Und wir fahr'n frei und geschwind von Ort zu Ort?«

Ich räumte meine Sachen von Parfaits Bus in den Wohnwagen. Dann lag ich auf meinem Bett und betrachtete das Mollycroft-Dach, suchte schlaflos nach Wegen, wie ich es Parfait sagen konnte, ohne die Worte *schwanger* oder *Baby* oder *Diego* in den Mund zu nehmen – was sich als knifflig herausstellte.

Schließlich stand ich auf und stieg die Leiter runter, vielleicht war er ja draußen.

Das war er nicht.

Mit meinem Handybildschirm leuchtete ich absichtlich unabsichtlich (wie Julia und ich es genannt hätten) auf die Fenster des Busses, vielleicht würde er rauskommen, wenn er Licht sah.

Als ich das Telefon herumschwenkte, fiel das Licht auf die Flanke des Wohnwagens und ich sah, dass mein Vater die Markierungen auf den Flügeln der Schmetterlinge bis ins kleinste Detail nachgemalt hatte.

Und mir lief eine Träne über die Wange, denn mein Vater hatte mich so lieb, dass er für mich den Himmelblauen Bläuling, den C-Falter mit den gezahnten orange-schwarzen Flügeln, den schillernden Grünen Zipfelfalter und das Tagpfauenauge mit seinen lila Augenflecken gemalt hatte. Er hatte sie haargenau getroffen.

Also konnte der Willow Crescent doch Schönes hervorbringen. Ich hatte mich getäuscht.

Hörst du mich, Julia?

Und verzeihst du mir mein Urteil?

Ich ging zurück in den Wagen und legte mich aufs Bett.

Ich spürte die Wölbung meines Bauchs, wuchernd, wundersam, wundervoll.

Ich hatte solche Angst vor Parfaits Reaktion.

Gerade jetzt.

Er sagte, mein Vater hätte nicht gewusst, was er tat.

Aber hatte ich gewusst, was ich da tat?

Als ich mit Diego auf dem marokkanischen Bett lag?

Gegen drei Uhr morgens kam Parfait dann aus dem Bus, und wir saßen zusammen im Dunkeln zwischen seinem Bus und meinem Wohnwagen.

Es war nicht mehr lang bis zum Sonnenaufgang, und es war kalt. Ich wollte, dass er näher kam. Aber er kam nicht näher.

»Warum wolltest du das orange Kleid gestern nicht anziehen, Augusta?«, fragte er.

»Ich weiß nicht, wie ich es dir sagen soll«, fing ich an. »Ich habe geübt – aber egal, welche Wörter ich mir zurechtlege, es klingt einfach nicht besser.«

Er nickte.

»Weil ich schwanger bin, Parfait. Und den Reißverschluss nicht zukriege.«

Er nahm meine Hand.

»Ich hoffe, ich weine für dich«, schluchzte ich. »So sollte es doch sein. Das hatten wir abgemacht. Aber ich glaube nicht.«

»Was meinst du denn, für wen du weinst?«

»Für mich selbst«, sagte ich. »Wenn du mir nicht verzeihen kannst.«

»Sag was«, flehte ich. »Sag irgendwas.«

»Wie geht es dir denn jetzt damit, Augusta?« Er sprach sehr leise.

»Ich weiß es nicht«, sagte ich.

Parfait machte die Augen zu.

»Bitte sag was.«

»Kannst du mir ein bisschen Zeit geben?«, fragte er.

»Zeit wofür?«

»Um nachzudenken, alles sacken zu lassen.«

»Bitte sag mir, wie du dich fühlst«, sagte ich.

»Ich bin mir nicht sicher«, sagte Parfait. »Aber geht es dir gut, Augusta?«

Ich nickte.

»Wenigstens sind deine Eltern hier.«

»Ihnen werde ich es nicht sagen«, sagte ich. »Es klingt komisch, aber sie können mich nicht trösten. Haben sie noch nie.«

»Vielleicht kannst du den Wagen bei Raúl auf die Wiese stellen«, schlug er vor. »Um näher bei Raúl und Teo zu sein.«

Ich nickte.

»Was kann ich für dich tun?«, fragte er.

»Ich weiß nicht«, sagte ich. »Was kann *ich* für dich tun?«

»Ich komme schon zurecht«, sagte er.

»Ich auch«, sagte ich. »Um mich muss man sich nicht kümmern.«

Unsere Hände fielen auseinander.

Ich wünschte, wir hätten unsere Hände nicht auseinanderfallen lassen.

Er deutete mit dem Kinn auf meinen Bauch.

»Ist das die eine Sache, die du ändern würdest?«, fragte er. »Wenn du könntest?«

Ich schüttelte den Kopf.

»Nein, nicht das, das kann es nicht sein. Das wäre nicht …«

»Nicht?«, sagte er erstaunt. »Oh, ich dachte, dass du vielleicht …«

»Ich würde nie …«

»Schon gut«, sagte er. »Du brauchst nichts zu erklären. Es geht mich sowieso nichts an.«

Geht dich nichts an? Ist das wahr?

»Ich sehe dich bestimmt bald wieder, Augusta«, sagte er. »Ich muss meine Gedanken in Ordnung bringen. Du sicher auch. Wenn das okay ist. Wenn ich sonst nichts für dich tun kann. Außerdem kommt Víctor nach Spanien zurück. Also wird Wilfred bald völlig allein sein. Und alles fühlt sich …«

Er stockte.

Er fand das Wort nicht, das beschrieb, wie alles sich anfühlte.

Wer konnte es ihm verübeln?

Er nahm meine Hand, und ich glaube, er wollte sie direkt wieder loslassen, aber dann überlegte er es sich anders und küsste meinen Handrücken und blickte mir ganz tief in die Augen, aber seine Augen funkelten nicht wie sonst immer – sie waren trüb vor Schmerz.

»Ich meine, du hättest ein bisschen zugenommen«, sagte meine Mutter, trat einen Schritt zurück und musterte mich von Kopf bis Fuß, als sie nach dem Frühstück alle vorbeikamen.

»Das kommt wohl von zu viel Paella!«, lachte ich und zog mir mein Tuch fester um den Körper.

»Und wo ist dein Bekannter, Parfait?«

»Ach, der ist immer unterwegs«, sagte ich mit dem fröhlichsten Tonfall, den ich zustande brachte. »Danke noch mal, euch allen. Ich weiß nicht, ob ich euch gestern genug gedankt habe. Der Wohnwagen ist so wunderschön – und ich bin so gerührt.«

»Es war uns ein Vergnügen«, sagte Barbara Cook. »Ich werde nie vergessen, wie nett du zu Graham warst.«

»Ich auch nicht«, sagte Jim Cook.

»Ich habe Graham lieb gehabt«, sagte ich.

Wir sahen uns alle an, und keiner sagte etwas.

Dann fuhr ich fort: »Er war der wahrhaftigste Mensch, den ich kannte. Weil er sich nicht verstellen konnte, um von uns geliebt zu werden.«

Schweigen.

»Die Betten waren ziemlich hart«, sagte meine Mutter. »Im Hotel.«

»Aber der Blick war toll«, sagte Barbara.

»Ich habe Barbara erklärt, dass das nicht dein *Freund* war. Ich habe gesagt, du würdest keinen Farbigen als Freund haben.«

»Schwarz, Mum. Man sagt Schwarz.«

»Ich dachte, das wäre unhöflich.«

»Nein, es ist sachlich.«

»Na, so richtig schwarz ist er ja nicht, eher braun, wenn wir ehrlich sind.«

»Ja, Mum, und du bist eher rosa, aber dich nennen wir weiß.«

»Jedenfalls schön, dass er nicht dein Freund ist«, sagte meine Mutter. »Auch wenn er sehr nett wirkte.«

»Er kommt aus Burundi«, sagte ich.

»Ach, davon hast du doch immer erzählt.«

Jim und Barbara fuhren meine Eltern und mich zum Mittagessen zum Restaurante Raúl.

Mein Vater in seinem Rollstuhl saß am Kopf des Tisches.

Jim am anderen Ende.

Vier Stühle waren übrig.

Barbara, meine Mutter und ich setzten uns, einer blieb frei.

Raúl kam und nahm den Stuhl weg.

Wir taten, als würden wir es nicht bemerken.

»Willst du den Chanquete-Fisch mal probieren, Dad?«, fragte ich.

Und er schob sich einen in den Mund, komplett mit Schwanz und Augen.

Er zwinkerte mir zu.

»Baby-Tintenfisch?«, fragte ich.

»Her damit!«, sagte er.

Und weg war er, mitsamt Tentakeln.

Mir stiegen Tränen in die Augen, aber ich glaube, es hat keiner gemerkt.

Raúl ließ sie nicht bezahlen.

Dann war es Zeit für meine Eltern und die Cooks, die lange Rückfahrt nach Santander anzutreten.

Meine Mutter kam auf mich zu und gab mir einen Kuss auf die Wange.

Mein Vater streckte seine gute Hand aus, und ich drückte sie.

Jim und Barbara umarmten mich.

Und dann verschwand ihr Auto mit dem leeren Anhänger die Hauptstraße hinunter.

Mit viel gutem Zureden zog der Esel von Raúl und Teo meinen Wohnwagen zur Wiese hinter ihrem Haus.

Beim Spazierengehen sah ich Parfaits Bus, der noch hinter den Dünen geparkt stand, aber etwas sagte mir, dass ich besser nicht vorbeischauen sollte.

Er wollte nachdenken, hatte er gesagt.

Also sollte ich ihn nachdenken lassen.

Wie lange würde diese Art Nachdenken wohl dauern, fragte ich mich.

Ich hielt es nur schwer aus ohne ihn.

Was dazu führte, dass ich mich schwach fühlte.

Und dass ich mich schwach fühlte, machte mich wütend.

Ich ging die Promenade auf und ab, in der Hoffnung, ihm über den Weg zu laufen. Ich schaute immer wieder hoch zum Bus, hoffte so sehr, er würde mich hier sehen und herunterkommen. Ich setzte mich an den Wasserrand und warf Steinchen gegen die Felsen, und als ich zurückkam, war sein Bus weg.

War er nur kurz weg – oder ganz?

Etwas in mir gefror bei dem Gedanken, dass er nicht mehr da war, und auch auf dem Rückweg zum Haus taute es nicht wieder auf.

Raúl schlug einen Ausritt vor.

»Weißt du, Augusta, ich bin froh, dass du bei uns wohnst«, sagte er. »Es hat mir nicht gefallen, als du bei dem Maler im Bus warst.«

»Nicht?«, fragte ich, ohne ihn anzusehen.

»Die haben andere Gewohnheiten da drüben«, sagte er mit einer Handbewegung nach Afrika. »Als sie das letzte Mal kamen, haben sie sich alles unter den Nagel gerissen.«

»Als wer das letzte Mal kam?«

»Die Mauren.«

»Das war im Mittelalter, Raúl.«

»Erst 1492 sind wir sie wieder losgeworden«, sagte Raúl. »Haben sie aus Granada verjagt. Aber jetzt kommen sie wieder angeschlichen.«

»Hör gar nicht hin«, sagte Teo.

Am Strand ritt ich vor.

Teo holte auf.

»Bist du sicher, dass Reiten eine gute Idee ist?«, fragte sie.

»Ja«, sagte ich.

»Du bist gar nicht du selbst, Augusta. Kann ich irgendetwas tun?«, fragte sie.

Niemand hätte etwas tun können.

Außer ihm.

Das klingt vielleicht pathetisch.

Oder nur armselig.

Aber so ist es manchmal.

»Bist du verliebt in ihn?«, fragte Teo nervös.

»Nein, warum?«, fragte ich.

»Machen wir heute langsam«, sagte Raúl. »Kein Galopp.«

Sein Bus war immer noch nicht wieder da.

Schweigend zäumten wir die Pferde ab.

Teo kam mich im Wagen besuchen. Sie wollte mich auf einen Ausflug mitnehmen, eine Überraschung, sagte sie.

Ich hatte die schreckliche Ahnung, auch Parfait würde bald ausfliegen, zurück nach Burundi. Um bei Wilfred zu sein. Um wegzukommen von, tja, mir. Von dem Dilemma, als das ich mich herausgestellt hatte.

Wenn ich La Higuera verließ, so mein seltsames, unbestimmtes Gefühl, würde Parfait verschwinden.

Aber ich konnte zu Teo nicht Nein sagen.

Auf der Autobahn nach Jerez wollte sie aus mir herausquetschen, dass ich schwanger war, was ihr schließlich gelang. In Jerez besuchten wir die Reitkunstschule und sahen weiße Pferde für Touristen tanzen, probierten Sherry in einer der berühmten Bodegas und verbrachten die Nacht bei ihrer Schwester.

Es hätte so schön sein können, aber das war es nicht.

PARFAIT

Nach dem Mittagessen fuhr ich die Küste entlang nach Tarifa, in der Hoffnung, die Jungs dort zu treffen. Vielleicht würde es helfen, mit ihnen zu reden.

»Ich sehe ein, es gibt ihn nicht.« Auf dem Lkw-Parkplatz in Tarifa las Paco mir vor und zupfte dabei an seinem Pferdeschwanz herum.

»Es gibt ihn nicht, den geraden Weg.
Bloß ein großes Labyrinth
vielfältiger Kreuzungen.«

»Du bist ein Mann, der gerade Wege mag«, sagte Luis, der sonst eher wortkarg war, und nickte mir zu. »Aber keiner von uns bekommt einen geraden Weg im Leben, Parfait, das ist eine Tatsache.«

Ein großes Labyrinth vielfältiger Kreuzungen, das blieb hängen. Die Zeile wiederholte sich in meinem Kopf wie ein Mantra.

»Verstehst du, was wir dir sagen wollen?«, fragte Paco.

»Aber sie hat gesagt, sie würde es nicht rückgängig machen wollen«, sagte ich. »Und was bedeutet das? Was sagt das über ihre Gefühle für den anderen?«

»Fahr zurück und frag sie«, sagte Antonio. »Du solltest jetzt nicht von ihr getrennt sein. In so einem Moment bringt es nichts, rumzusitzen und Gedichte zu lesen.«

»Und das Kind braucht einen Vater«, sagte Paco.

»Hat das Kind nicht schon einen Vater?«, erwiderte ich.

»Hat sie es ihm denn überhaupt gesagt?«

»Weiß ich nicht.«

»Und warum zur Hölle hast du nicht gefragt?«

»Weiß ich auch nicht.«

»Ist es schwer, Vater für das Kind eines anderen zu sein?«, fragte ich.

»Das solltest du vielleicht Víctor fragen«, sagte Paco.

Ich dachte daran, wie sehr Víctor Wilfred liebte, und ich dachte an seine tauben und blinden Kinder in ihren rosa Baumwolluniformen, wie sie durch den Staub tanzten.

»Fahr zu ihr«, sagte Antonio.

Ich dachte an ihr strahlendes, fragendes, wildes Gesicht, umrahmt von pechschwarzen Haaren.

Ihr oranges Kleid mit den Rüschen.

Wie sie tanzte mit der weißen Rose im Haar.

Wie sie von den flachen Felsen ins Wasser sprang.

Wie sie über den Strand galoppierte.

Ich sah sie vor mir, wie sie draußen vor dem Bus in ihr großes Tuch gehüllt in einem dicken Wörterbuch blätterte, mit dieser kleinen Runzel auf der Stirn, auf der Suche nach einer Definition für Liebe.

Eine Definition für Liebe?

Ich sah sie in ihrer Latzjeans auf der bunten Kutschbank ihres Wohnwagens, längst startklar, bereit, einen neuen Weg einzuschlagen.

Einen neuen Weg?

»Ja«, sagte ich zu mir selbst. »Ja.«

Doch als ich nach La Higuera zurückkam, fand ich sie nicht.

AUGUSTA

Teo und ich kamen rechtzeitig zur Baumzeremonie, gerade hatte Josef seine Maria auf Raúls Esel in den Stall geführt.

Parfait hielt das Mikrofon.

Ich konnte meine Augen nicht losreißen.

»Dieses Jahr starben viertausendsechshundertdreiundsechzig Menschen beim Versuch, Europa zu erreichen«, sagte er.

Ich stellte mich in die Schlange.

Dann stand ich vor ihm.

Er nahm einen Stift und begann zu schreiben, wobei er sich auf dem Tisch abstützte.

Auf einen goldenen Planeten schrieb er Julia und als Nächstes Rose.

Und dann schrieb er Graham Cook.

»Kannst du mir verzeihen?«, fragte er.

»Was?«

»Dass ich dich alleingelassen habe.«

Dieser Moment.

Ich holte Luft.

Nahm einen Stift.

Nahm einen Stern.

Ich schrieb Melchior.

Noch einen Stern.

Ich schrieb Claude.

Noch einen Stern.

Ich schrieb Zion.

Noch einen Stern.

Ich schrieb Aurore.

Ich konnte mich kaum konzentrieren, weil er mir zusah und meine Finger mir nicht gehorchten – sie hatten sich verkrampft, wie mein Herz auch, das unerbittlich tickte wie ein alter mechanischer Wecker.

Parfait wurde weggerufen, um den elektrischen Stern über dem Stall anzuknipsen, der Bürgermeister bekam sein Foto mit dem Migranten, die weiß gedeckten Tische standen fürs Abendessen bereit.

Ich sah ihm nach.

Das Jesuskind weinte.

Und das Weinen weckte etwas in mir.

Auch ich trug ein Kind.

Ein echtes Kind.

Beim Weggehen spürte ich eine Bewegung.

Das Baby schien sich zu drehen.

Das Baby.

Mein Baby.

Ich warf mein Tuch ab und lief auf den Sand, grub meine Zehen hinein. Dann, nachdem ich mich vergewissert hatte, dass niemand in der Nähe war, schließlich war ich zurzeit nicht in FKK-Stimmung, war es eigentlich nie gewesen, zog ich, etwas abseits am dunklen Strand, Kleid und Unterwäsche aus und tauchte ins Meer, und dabei stellte ich mir vor, wie mein Baby das Patsch-Patsch-Patsch der Wellen von innen und außen hörte. Mehr noch, ich stellte mir mein Baby vor. Wie es meins war. Hier bei mir war. Er oder sie war. Glücklich, mein Gesicht zu sehen. Bei meinem Anblick losstrahlte. Das hatte Julia gesagt. Das hatte sie sich über alles gewünscht.

Ich dachte an Parfaits Gebärmutterbild, das den Titel trug: *Das Baby glaubt nicht, dass es eine Mutter gibt.*

»Glaubst du, dass es eine Mutter gibt?«, flüsterte ich meinem Baby zu, traute mich zum ersten Mal, mit ihm, mit ihr zu reden.

Ich hoffte, dass sich mein Baby da drin nicht einsam fühlte, und ich dachte an all das, was ihm im anderen Leben blühte, außerhalb der Gebärmutter, alles, was das Baby sich unmöglich vorstellen konnte.

Ich fragte mich, ob es ein anderes Leben hinter diesem gab, eines, das wir uns unmöglich vorstellen konnten, voll mit Menschen, die wir geliebt hatten, immer noch liebten, man kann ja nicht aufhören, sie zu lieben, bloß weil man sie nicht mehr sehen kann.

Wieder drehte es sich, dieses Baby, das ich noch nicht sehen konnte.

Wie würde es sich wohl anfühlen, ein Kind zu gebären?

Wie weh würde es tun?

Ich dachte an Julias Fluchen.

Ob es etwas genutzt hatte?

Maria hat bestimmt nicht geflucht, dachte ich, es hätte die Engel verstört.

Ich lächelte beim Schwimmen.

Jesus kam durch den Geburtskanal, wie meine Mutter es gern nannte, durch die Scheide, wie meine Mutter es nicht gern nannte. Diesen Weg hatte Gott gewählt, um auf die Welt zu kommen.

Auf einmal erkannte ich die Würde, die meinem Körper dadurch verliehen war.

Ich tauchte unter eine Welle.

Zambullirse, sagt man auf Spanisch, eintauchen, aber es bedeutet auch, sich mit voller Energie in etwas hineinzustürzen. Daran dachte ich, als ich tauchte. Ich dachte, ja, ich stürze mich in etwas, ins Muttersein. Kopfüber.

»Das Meer ist wunderschön, warts ab«, flüsterte ich meinem Kind zu. Ganz leicht schaukelte mein Körper auf dem Wasser, und ganz leicht war plötzlich auch mein Geist.

Das hier war der Beginn von etwas.

Der Beginn der Liebe.

Und zwar der echten.

Der *Für den anderen weinen*-Liebe.

Elternsein, erkannte ich blitzartig, war genau diese Art von Liebe.

Ich ging zurück ans Ufer, zog mich an und wickelte mich fröstelnd in mein Tuch, und dann erinnerte ich mich, wie Parfait gefragt hatte, ob es das war, was ich ungeschehen machen würde.

Ich erinnerte mich an seinen Blick.

Seinen besorgten Blick.

Als ich Nein sagte, meinte ich das Baby.

Denn natürlich würde ich nur zu gern rückgängig machen, dass ich die Nacht meines sechsundzwanzigsten Geburtstags mit dem Mann meiner Schwester auf dem marokkanischen Bett verbracht hatte.

Aber das hab ich ihm eben nicht erklärt.

Er sagte, es ginge ihn nichts an, und zog sich zurück.

Da dachte ich: Wenn du mich liebst, geht es dich alles an. Weil ich dich angehe. Also liebst du mich vielleicht nicht.

Aber jetzt begriff ich.

Ich sollte nicht denken, dass er mir Vorwürfe machte.

Doch vielleicht hatte er gehofft, dass die Frau, auf die er wartete, auch auf ihn warten würde.

Und eigentlich hatte ich ja auf ihn gewartet.

Wartete immer noch auf ihn.

Auch jetzt noch.

Vielleicht wartete er gerade woanders.

Aber vielleicht auch nicht.

Ich lief zurück zum Platz – das Festmahl war noch nicht zu Ende.

Der Bürgermeister.

Gemeindevertreter.

Der Vorsitzende des Nachbarschaftsvereins.

Der Priester.

Aber Parfait fehlte.

War er gegangen?

War er schon auf dem Weg zum Flughafen?

Zu Wilfred in Bujumbura?

Ich lief die Promenade entlang, auf dem Weg zu *unserer Stelle.*

Wenn mich nicht alles täuschte, war da ein Feuer.

Und Menschen.
Beim Näherkommen konnte ich die Umrisse von Stühlen ausmachen.

Die Flammen loderten auf.
Zuckten im Wind.
Ein Mensch.
Vielleicht auch mehrere.
Aber eigentlich konnte ich nur einen erkennen.
Als Parfait mich entdeckte, streckte er die Arme aus.
Ich wollte mich so gern in sie fallen lassen.
Was das erste Mal wäre.
Er hatte noch nie eine Frau berührt.
Und das fühlte sich so schön an.
Auf einmal.
Dass er keinen Testlauf gehabt hatte.
»Wirst du mir verzeihen?«, fragte er.
»Bei dir gibt es nichts zu verzeihen«, sagte ich. »Ich muss dich um Verzeihung bitten.«
Er schloss mich in die Arme.
»Du frierst ja«, sagte er. »Und du bist ganz nass.«
Er nahm eine Decke und wickelte mich darin ein. Ich setzte mich hin. Mit einem Handtuch begann er, meine Haare trocken zu rubbeln. Ich schloss die Augen und spürte seine Hände an meinem Kopf, seine Finger in meinen Haaren, die sich jeder Strähne einzeln von oben bis in die Spitze widmeten. Es fühlte sich sehr anders an als mit Barbara Cook, damals in der Umkleidekabine im Schwimmbad von Hedley Green. Ich hätte nie gedacht, dass in meiner Kopfhaut so viele Nervenenden sitzen. Dass von meinem Kopf so ein Gefühl kommen konnte.
Irgendwann ließ er meine Haare los, legte Holz nach, setzte sich auf den zweiten Stuhl und rückte näher an mich heran.
»Also, Augusta, ich gehe davon aus, dass Diego der Vater des Babys ist«, sagte Parfait.

Ich nickte. »Wir haben sie beide so sehr geliebt, weißt du, und hofften vielleicht, sie im anderen zu finden. Falls das irgendeinen Sinn ergibt. Aber vielleicht ist es nur eine Ausrede. Vielleicht versuche ich, mich mit schönen Worten in ein besseres Licht zu rücken.«

Er nahm meine Hand.

»Wir waren sehr traurig. Und sehr betrunken. Wir haben es ein Mal getan und danach nie wieder.«

»Wie denkst du jetzt darüber?«

»Dass es falsch war. Für uns beide. Aber das Baby ist nun mal da und hat es verdient, für richtig gehalten zu werden. Darum habe ich gesagt, ich würde es nicht ungeschehen machen. Mein Baby will ich nicht ungeschehen machen.«

»Das finde ich gut«, sagte Parfait. »Ich hatte dich falsch verstanden. Und es tut mir leid, dass ich zum Nachdenken so lang gebraucht habe. Vielleicht bin ich einfach ein sehr langsamer Denker.«

Ich lächelte.

Er lächelte zurück.

»Es ist nur, dass das Baby eben …«

»Nicht von dir ist?«, fragte ich.

»Nicht von mir ist«, sagte er.

»Und darum?«, hakte ich nach, obwohl ich mich fast nicht traute.

»War ich eifersüchtig. Ich wollte dich für mich allein haben, und deshalb wollte ich wohl auch, dass dein Baby von mir wäre. Ist das was Schlechtes? Dich für mich allein haben zu wollen?«

»Das ist überhaupt nichts Schlechtes, sondern vielmehr …«

»Was Gutes?«, sagte Parfait. »Könnte das sein?«

»Ja.«

»Es tut mir leid, dass ich dich ausgerechnet in dem Moment alleingelassen habe, als du mich wirklich an deiner Seite gebraucht hast«, sagte er. »Ich wollte nur …«

»Es macht nichts«, sagte ich.

»Da gab es dieses Gedicht von Federico …«

»García Lorca?«, fiel ich ihm ins Wort.

»Da spricht er von einem großen Labyrinth …«

»… vielfältiger Kreuzungen«, ergänzte ich.

»Hätte ich mich nicht nach Europa aufgemacht, wäre Zion nicht gestorben. Und wenn Zion nicht gestorben wäre, wäre vielleicht Julia nicht gestorben. Und dann wäre dieses Kind nicht gezeugt worden. Wenn man so darüber nachdenkt.«

»Na ja, eine Wahl hatte ich schon«, sagte ich.

Er stand auf.

»Diego hat ziemlich dunkle Haut«, sagte ich. »Falls das irgendwie hilft. Es wird vielleicht nicht ganz so offensichtlich sein.«

Parfait lachte.

Er lachte wirklich.

Was mich zum Lachen brachte.

»Ich glaube, da bist du etwas zu optimistisch«, sagte er.

»Mir ist nach Optimismus«, sagte ich.

»Weiß Diego es?«, fragte er.

Ich schüttelte den Kopf.

»Hast du ihn je geliebt, Augusta? Nur, damit ich es weiß.«

»Vielleicht ein oder zwei Wochen lang, als ich neun Jahre alt war. Mir hat imponiert, dass er vier Pappkartons auf einmal tragen konnte.«

»Ich schaff mindestens fünf«, sagte Parfait und grinste von einem Ohr zum anderen. »Oder fünfundfünfzig.«

Ich lächelte.

»Und das Baby, das du da trägst, trag ich mit dir«, sagte Parfait. »Als ob es mein eigenes wäre. Das ist ein Versprechen.«

»Ich fand Versprechen immer problematisch«, sagte ich und konnte nicht aufhören zu lächeln. »Aber vielleicht finde ich doch langsam Gefallen daran.«

»Vielleicht?«

»Ich brauche ein Wort dafür«, sagte ich und sah mich um. »Für diesen Moment. Dieses Gefühl. Dieses. Alles.«

Auf dem Platz schlug die Turmuhr.

Und der Mantel legte sich über mich.

Dieses flüchtige Gefühl.

Dass es Trost gab.

Es war Mitternacht.

Weihnachten, seltsamerweise.

Es fühlte sich gar nicht wie Weihnachten an.

In genau diesem Moment begann das Feuerwerk vor dem Restaurante Raúl.

In meinem Wohnwagen sprang genau jetzt der Kuckuck aus der Uhr.

»Ich hab das Wort!«, rief ich. »Einklänglich. Du und ich.«

»Wie übersetzt du das?«, fragte Parfait.

»Es ist unübersetzbar«, sagte ich. »Ich hatte mir immer gewünscht, unübersetzbar zu sein. Könnte ich das sein, was meinst du?«

Parfait nickte lächelnd.

»Wenn ich es mir recht überlege«, sagte ich, »ist einklänglich doch ein eher hässliches Wort.«

»Also, vergessen wir die Wörter doch einfach«, sagte Parfait.

»Komm und schwimm mit mir – es ist so schön im Wasser«, sagte ich.

»Ich bin seit Zions Tod nicht geschwommen.«

»Wenn *ich* wieder weinen kann, kannst *du* auch wieder schwimmen.«

»Na gut«, sagte er und lächelte.

Als wir zum Wasserrand liefen, wurde ich plötzlich verlegen.

Ich wusste nicht, was er sich vorstellte.

In Sachen Ausziehen.

Aber da stand er, auf dem Sand, und zog sich Schuhe und Jeans und T-Shirt aus.

In seinen Shorts rannte er los, machte einen Salto ins Wasser, und als er wieder stand, schimmerte seine Haut im Mondschein.

»Komm, Augusta!«, rief er.

Noch im Kleid rannte ich ins Meer.

Unter dem Mond schloss er mich in die Arme.

Und wirbelte mich herum.

Ich war das Mädchen auf dem Bild mit dem Rock aus flatternden Bändern.

Und alles, was in mir versteckt war, würde nach draußen flattern.

Jeden Augenblick.

EPILOG

Ich beuge mich vor und grabe Löcher in die Erde, und in jedes Loch setze ich eine Narzissenzwiebel. Hunderte von ihnen. Überall auf unserem kleinen Grundstück abseits der Felder vor La Higuera.

Der Ring am Ringfinger meiner linken Hand ist schlammverkrustet, sodass man die Worte kaum erkennen kann.

Kohelet 3:4–5. Parfait hatte es eingravieren lassen.

Ich habe es nachgeschlagen.

Eine Zeit zum Weinen und eine Zeit zum Lachen.

Julias Medaillon baumelt an meiner Kette über der Erde, während ich grabe.

Eine Zeit für die Klage und eine Zeit für den Tanz.

Esperanza, sechs Monate alt, mit dunklen Haaren und karamellfarbener Haut, liegt glucksend in dem großen alten Kinderwagen unter der Palme, neben dem Wohnwagen, wo wir schlafen, bis das Haus fertig ist. Raúls Eselstute hat sich gut in ihre neue Rolle eingefunden.

Dort hinten steht der Bus. Bald fahren wir drei für einen Monat nach Kalabrien, um den Flüchtlingen zu helfen – wir wollen Englisch und Schreiben und Kunst unterrichten. Raúl und Teo halten uns für verrückt. Parfait meint, er hat was gutzumachen. Das gilt wohl für uns beide.

Und dann kommen wir zurück und schlagen unsere Zelte auf. Das ist dann wohl der Ausverkauf.

Lachst du mich gerade aus, Julia?

Es ist was anderes, wenn es einen Menschen dazu gibt, sagst du?

Wenn wir wiederkommen, werden rings um unser kleines weißes

Haus die Narzissen blühen. Und dort werden, auch wenn es jetzt undenkbar scheint, gleichermaßen Schmerz und Freude sein. Wie es wohl immer ist.

Und dann werden wir wieder aufbrechen, vielleicht als nächstes nach Lesbos, und sobald Esperanza alt genug ist, besuchen wir Wilfred auf seiner Rosenfarm in Bujumbura.

Die Reiher picken den Kühen Zecken aus den Ohren.

Ich setze weiter meine Blumenzwiebeln.

Teo brät Garnelen über dem Feuer.

Raúl baut eine Steinmauer.

Eine Zeit zum Steinewerfen und eine Zeit zum Steinesammeln.

Die warme Brise duftet nach Safran und frischer Farbe.

Da ist Parfait, er sieht mich graben und kommt auf mich zu.

Ich stehe auf.

Julias Silbermedaillon fällt zurück an seinen Platz, es brennt auf meiner Haut.

Er küsst mich.

Er schmeckt nach Erde, dieser Erde, unserer Erde, Heimkehr, *nóstos.*

ZITATNACHWEIS

Kenneth Graham: *Der Wind in den Weiden.* Aus d. Engl. v. Harry Rowohlt. 2004, Kein und Aber, Zürich.

Philip Larkin: »This Be The Verse«. Aus d. Engl. v. Stefanie Ochel.

Federico García Lorca, aus: »Fabel von den drei Freunden«. In: *Dichter in New York.* Aus d. Span. v. Martin von Koppenfels. 2000, Suhrkamp Verlag, Berlin.

Federico García Lorca: *Bluthochzeit.* Aus d. Span. v. Rudolf Wittkopf. 1998, Suhrkamp Verlag, Berlin.

Federico García Lorca: »Die Hängebrücken«. In: *Poemas/Gedichte – Spanisch/Deutsch.* Aus d. Span. v. Gustav Siebenmann. 2007, Reclam Verlag, Ditzingen.

Federico García Lorca: »La Guitarra«. In: *Poetas españoles/Spanische Dichter. Die Generation von 1927.* Aus d. Span. v. Erna Brandenberger. 1980, dtv, München.

William Brighty Rands: »The Pedlar's Caravan«. Aus d. Engl. v. Stefanie Ochel.

Stevie Smith: »Nicht winkend, sondern ertrinkend«. In: *Akzente.* Aus d. Engl. v. Ernst Jandl. 1969, Luchterhand, München.

Alfred Tennyson: »Die Lotosesser«. In: *Tennysons ausgewählte Dichtungen.* Aus d. Engl. v. Adolf Strodtmann. 1870, Bibliographisches Institut Hildburgshausen, Hildburgshausen.

»Humpty Dumpty«. In: Nursery Rhymes – Englische Kinderreime. Aus d. Engl. v. Erika Tophoven. 1995, dtv zweisprachig, München.

LChoice App kostenlos laden,
dann Code scannen und jederzeit
die neuesten Arche-Titel finden.

LChoice
Hier bestellen